시의 눈, 벌레의 눈

시의 눈, 벌레의 눈

초판 1쇄 발행 · 2017년 12월 26일

지은이 · 김해자
펴낸이 · 황규관

펴낸곳 · 도서출판 삶창
출판등록 · 2010년 11월 30일 제2010-000168호
주소 · 04149 서울시 마포구 대흥로 84-6, 302호
전화 · 02-848-3097
팩스 · 02-848-3094
홈페이지 · www.samchang.or.kr

종이 · 대현지류
인쇄제책 · 스크린그래픽

시의

눈 , 벌레의

눈

김해자 시평에세이

삶창

어느 날 술자리에서 도서출판 삶창의 대표를 맡고 있는 황규관 시인이 말했습니다. "시집 발문 쓴 거 제법 되죠? 그거 모아 책 내는 거 어때요?" "그래 그러자." 대답해놓고 보니 15여 년 사이에 쓴 발문도 제법 되고, 여기저기 강의 다니면서 교재 삼아 써놓은 비평문 비슷한 글들도 꽤 있었습니다. 지면 사정상 그중 일부를 책으로 묶으면서 보니, 최근 십여 년 제가 품었던 수수께끼 같은 질문도 보입니다. '왜 인간은 이 행성과 스스로를 파괴시키는 쪽으로 달려가고 있는가?', '진보와 발전을 숭상한 결과 너무나도 풍족한 물질을 향유하는 이 스마트하고 편한 현대 문명을 언제까지 지구가 감당할 수 있을 것인가?', '이렇게 좋은 세상에 왜 행복한 사람을 찾아보기가 그리 힘든가?' 따위의 질문이 나와 타자, 나와 세계, 무지와 지혜 사이를 잇는 다리라면, 이 글들은 어쩌면 같은 시대를 살아가는 선배, 동료들의 '시'라는 매개를 통해, 제 수수께끼를 풀려 애쓴 고민의 흔적인지 모르겠습니다.

오늘날 우리는 멀티미디어와 스마트폰의 장밋빛 광고 속에 숨은 자본과 발전의 맹신자들이 유혹하는 명령에 지배당하며 살고 있지 않나 생각합니다. 가능한 많고 풍요롭게 누리며 살아가는 것이 인간의 권리라는 주술은 삶의 많은 측면과 배면에서 우리를 지배하고 리드합니다. 철밥통이 없으면 우정도 사랑도 삶도 불가능하다! 아파트와 자동차와 탐나는 물건들을 구비하라! 안정적인 수단을 확보하고 향유하기 위해서 더 뛰어라! 더 많이 공부하고 더 많은 스펙을 쌓아라!

학력과 돈과 외모와 자리를 찬양하는 노골적인 맹신에 중독된 결과는 각자도생입니다. 이웃과 공동체는 무너지고 타자는 오직 잘 보여지기 위한 루키즘(lookism)의 희생자가 되어가고들 있습니다. 비교와 경쟁을 통해 소외감을 불러일으키고 각자도생하는 세계에서 빠른 정보들은 오늘, 이 자리에, 나로서 살아 있음을 절대적으로 방해합니다. 원시인들이나 가난하고 단순하게 살아가던 사람들도 가능했던, 단순히 나로서 현존하기 위해서라도 피나는 노력이 필요하게 되었습니다.

"우리는 각자도생의 사명을 띠고 이 땅에 태어났다. 타고난 저마다의 소질을 무시하고 철밥통 하나 얻기 위해 시험과 1등을 숭상하고, 각자의 처지를 경쟁의 발판으로 삼아 길이 후손에 물려줄 영광된 조국의 미래를 앗아가며…."

과거 독재 정권하의 국민교육헌장처럼 강제로 외우는 대신, 실체도 모른 채 우리를 붙드는 이미지가 명멸하는 광고처럼, 옴짝달싹 못 하게 하는 각자도생의 국민교육헌장으로 우리의 미래인 청년들이 구금되고 닦달당하고 있습니다. 물신과 우월함을 조장하는 신흥종교의 우산 아래 내던져지는 동안, 땅과 대기와 바다가 몸부림치고 일상의 모든 부문에서 그 끝의 징후를 드러내고 있는 독생대 인류세(獨生代 人類世)를 우리는 통과하고 있습니다. 외따로 떨어져 점으로 존재하는 고독한 인간들의 군상과, 스스로 멸절을 택하는(강요당한) 사람들과 날마다 멸종되고 있는 생명체들이 마지막으로 두드리는 절박한 요청 앞에서, 저는 아무것도 할 수 없는 무능하고 무용하기까지 한 하찮은 시가 과연 무엇인지 질문합니다. 호모사피엔스는 언어와 뒷담화 때문에 강력해지고 지구를 지배하는 무소불위의 독불장군이 되었지만, 바로 그것 때문에 스스로를 죽이고 이 행성을 파괴하고 멸종시키는 주범이 되어왔던 것은 아닌가, 새삼 언어의 의미와 의무를 떠올리게 됩니다.

시는 언어의 에센스라고들 말합니다. 저자가 따로 없던 역사 이전 시대에, 시는 공동으로 창조하고 같이 향유하는 둥근 원의 노래였습니다. 오랫동안 시는 상처를 받고 기진맥진해서 일어설 힘조차 없는 사람들을 일으켜 세우는 위로와 치유의 소리였으며, 염원과 발원의 기도이자 응답이었습니다. 발화하며 나오는 소리가 공기를 통과하고 모든 원자를 춤추게 하며 세상 끝까지 도달하는 사라지지 않는 음악이었습니다. 사람들은 심장처럼 박동하는 시구 속 리듬에 귀를 기울이며 우주와 미물과 나와 내 옆의 사람들과 통했습니다. 이미지의 범람으로 실감과 생물의 펄떡거리는 감각이 실종된 이 너무나도 문명화된 세상에서 시는 과연 무엇을 줄 수 있을까요.

바람도 자고 오랜만에 비치는 겨울 햇살이 참 좋아서 잠시 나갔더니, 앞집 마당에서 어여 오라 손짓합니다. 메주 쑤는 아궁이 앞에 옹기종기 모여 앉아 동치미 국물에 팥떡과 말과 몸짓과 웃음을 나눠 먹었습니다.

그 까만 가마솥에서 어제는 사골이 끓어 불도 안 땐 저 같은 백수한테까지 냄비 가득 돌아오더니, 며칠 후엔 그 가마솥에서 제 청국장도 끓게 생겼습니다. 저보다 10년, 20년 더 산 분들과 어울리다 보니, 열 살 이래 오랫동안 끊어졌던 공동체적 삶의 풍경들이 복습된다는 느낌을 받곤 합니다. 흘러가버려 다시 돌이킬 수 없는 풍경들에서 때로 오래된 미래를 발견하기도 하고요.

저는 모든 위대한 것들은 잘 보이지 않는 '작은 존재들' 속에 살아 있다고 믿습니다. 아직 파헤쳐지지 않는 지층 속의 흙과 광물질과, 도끼질이 가해지지 않는 나무와 아무도 거들떠보지 않는 평범한 사람들 속에 생명이 숨 쉬고 있고, 그 보이지 않는 존재와 티 나지 않는 사람들이 각자의 자리에서 이만큼이라도 세상을 떠받치고 있다고요. 나무 열매나 뿌리와 과일을 먹고살며 땅도 나무도 해치지 않으며 숲에 경배하며 그 숲에 거하는 정령과 도깨비와 꼬마귀신 등에게 노래와 춤으로 응답하던 시대는 오래전에 끝났습니다. 그러나 이웃과 공동체가 공동으로 품고 살던 감사와 은총과 기쁨의 유전자는 인공지능과 사이보그가 공존하는 지금도 꿈틀거리고 있다고 믿습니다.

한국과 베트남 내전 때 상공에서 폭격기를 타고 폭탄을 투하하던 미군들에겐 지상의 사람들이 한낱 벌레처럼 보였을 것입니다. 버튼 하나 누르는 순간 숱한 생명들의 사지와 내장을 흩어 놓는다는 사실은 그들에겐 추상이었겠습니다. 땅에서 발을 뗀 순간 우월한 위치에서 조감하는 눈은 고통과 참혹을 실감하기 어렵겠습니다. 시적 언어가 지닌 신비란, 판타지나 미적인 감상주의가 아니라 인간이 이 세계와 나와 타인에 대해서 얼마나 모르는 것이 많은지를 보여주는 게 아닐까요. 이 세상천지에 우리가 모르는 신비로운 것들이 얼마나 많고, 보이지 않는 것들이 얼마나 많이 존재하는지요. 시란 땅속에 숨은, 보이지 않으나 분명히 존재하며, 제 생명을 존속하는 동시에 땅을 일구는 미물의 눈이며, 그 눈을 회복하는 것이야말로 이 혼돈의 시대에 글을 쓰고 읽는 자가 해야 할 응답이라 봅니다. 제 경험과 상식으로 바라본 선배님과 동료들의 시들이 오독이 아니기를 바라며, 부디 이 글들의 어느 대목이 질문을 품고 지금 사거리에 서 있는 누군가에게 말을 걸어줄 수 있다면 참 좋겠습니다.

2017년 12월 천안 광덕에서 김해자

차
례

시간을
혁명하다

인간의 존엄성은 어디에서 비롯되는가

반쯤 죽어 있는 나를 자각하게 하는 시들이 있다. 권태와 무의미가 되어버린 인생의 시간 속에서 더 큰 자극을 바라는 욕망과 집착을 벗어 던지게 하는 시적 순간이. 그 찰나는 이것과 저것의 경계에서 두리번거리는 미망과 궁상과 진짜가 아닌 혼미한 생각들의 막을 깨트리고 육박해온다. 그 깨어 있음의 찰나는 서로 다른 곳으로 내달리던 몸과 영혼 혹은 정신이 한곳에 기거하고 있었다는 것을 알아채게 한다.

한 죽음이 자주 나를 깨운다

숨이 끊겼다 이어지고 가래 끓으며

임종을 앞둔 노인이
둘러앉아 훌쩍이는 식구들에게
버럭 소리를 질렀다
―인자 마 안 되겠다 두루매기 베끼도!

우애된 일이고 무신 소리고
훌쩍이던 사람들이 두 눈 뚱그래 멀뚱거리는데
―두루매기 베끼온나 안카나
더 우째 해볼라켔는데…… 문 열거라

달빛이 열린 문으로 들어와
벽에 걸린 두루마기 푸르게 빛나는데
―문은 와 닫노 인자 마 도저히 안 되겠다 갈란다

사는 일과 죽는 일의 경계가 얼마쯤 될까
한 죽음이 자주 나를 깨운다
평생 소작인으로 살다 가는데
죽음 앞에서 궁상 한번 없다

내 사는 일로 어찌 이리 망설이나
너거 다 묵거라 내 신발 우쨌노
밖에서 기다리마
___「한 소작인의 죽음」(『인간의 시간』) 전문

16

신발 신고 밖에 잠시 나가듯 "궁상 한번 없"이, 죽음을 맞이하는 이 소작인의 죽음에서 난 존귀하다 추앙받는 이 세상의 잣대가 모두 헛것이었음을 보는 동시에, 대지의 인간이 품고 산 존엄성을 느낀다. 이 소작인은 "목숨보다 앞선 밥은 먹지 않"았고, "펄펄 살아오지 않는 밥도 먹지 않았"으며, 하여, 목숨을 분명히 보았으므로 죽음도 분명할 것이다.(「노동의 밥」) 싱싱하게 살아 팔딱거리는 삶은 이 세계의 변방 혹은 '그 모든 가장자리'에 흔히 존재하지만, 호들갑 떨며 발명해야 할 정도로 잘 발견되지 않는 일이 되었다.

　　　　나 전에 옛사람에게서 이렇게 들었다
　　　　말이 달릴 때 필요한 땅은
　　　　말발굽 닿는 면적만큼만 필요하다
　　　　그러나 그 면적만 남기고 나머지는
　　　　벼랑을 만들어도 말은 달릴 수 있나

　　　　그것을 과학이라고도 불렀다
　　　　그것은 이념이라고도 불렀다
　　　　작은 오차도 발견할 수 없는 이 길을
　　　　나사보다 더 명쾌히 확정된 이 길을
　　　　왜 못 가느냐
　　　　훈련 부족이라 하고
　　　　의식 무장이 덜 되었다 하고
　　　　속성 개조에 실패했다 하고

욕망과 사욕의 본능 때문이라고 하고

발굽만큼 남은 땅을 길이라 하는 거냐
말이 유기물인 만큼 길은 연속적이다
밟지 않은 곳
남겨진 그곳
풀이 자라고 꽃이 피고 지는 곳은
그곳인데
――「살아 있는 시간」(『길은 광야의 것이다』) 전문

  여기서 옛사람이 말하는 길은 백무산이 걸어왔던 길이기도 하다. 그
길은 과학 혹은 이념이라고도 불렸으며, 한 치 오차도 없이 "나사보다
더 명쾌히" 그 자리에 박혀야 하는 확정된 길이다. 그 길이 분명 옳음에
도 못 가는 것은 훈련 부족 때문이고, 속성 개조가 덜되어서 내지는 욕
망과 사욕의 본능 때문이라고들 한다. 그러나 인위적으로 만들어보려
는 그 길은 세계의 아주 작은 부분일뿐더러 표피에 불과하다. 그 길은
수많은 공간과 생명과 깊이를 배제한다. 아무리 걸어도 지구의 껍질일
뿐만 아니라, 콜타르와 콘크리트로 만들어놓은 길일 뿐.
  시인은 지금까지 걸어왔던 길이 길 밖에 존재하는 살아 있는 길들을
부정하는 것이었음을 발견한다. 유용성의 몫만큼 도려내고 그 나머지
를 배제하는 죽은 사유요 뼈만 남은 언어라는 거다. 그것은 "죽은 관념
의 덫에 걸려 사는" 시간이었다. 백무산은 과거의 길에 대한 부정으로
'살아 있는 길'을 찾는다. 길의 탐색은 자신의 몸과 기억, 그리고 인간에

대한 근원적인 질문과 성찰을 통해서 나타난다. 그 길은 존엄하게 살다 존엄하게 죽어야 할 인간만이 아니라, 이 세상의 모든 생명과 무기물조차 아우르는 길이다.

살아 있는 시간이 살아 있는 말을 만든다

잠시 손을 놓으면 들린다
시멘트 바닥 아래 바닷물소리
오색 깃발 매달고
파도의 몸짓으로 덩실대던 어부들
만선의 고깃배 들어오는 소리 꽹과리소리
귀를 찢는 쇳덩이 떨어지는 소리
개새끼 비키란 말야 뭘 꾸물대고 있어!
아름답던 미포만 해풍에 끼룩대던 갈매기
엉덩이 까놓고 은빛 모래사장 뒹굴던 아이들
햇살에 소금편 반짝이며
치마폭 눈물 감추고 큰애기들 떠났을까
파도소리 여전히 쟁쟁쟁 울릴까
호르라기소리, 어디로 가는 거야!
썹새끼 죽고 싶어 떨어져 죽고 싶어!
어디로 가는 것인가
살자고 하는 짓인데

아름답던 작은 어촌 쇠말뚝을 박고

우리가 쌓은 것이 되려 우리를 짓이기고

가야 할 곳마다 철책을 둘러치고

비켜 비키란 말야!

죽는 꼴들 첨 봐! 일들 하러 가지 못해!

앰블란스 달려가고

뒤따라 걸레조각에 감은

펄쩍펄쩍 뛰는 팔 한 짝 주워 들고

싸이렌소리 따라 뛰어가고 그래도

아직도 파도는 시멘트 바닥 아래서 숨죽여 울고

___「지옥선·2—조선소」(『만국의 노동자여』) 전문

이 살아서 펄펄 뛰는 언어들엔 계몽도, 가르침도, 주장도 존재할 자
리가 없다. 동료의 육체가 절단 난 상황에서, "일들 하러" 가야 하는 삶
의 현장은 죽음의 장. "살자고 하는 짓인데" 죽음 쪽으로 뱃머리가 돌려
있다. "우리가 쌓은 것이 되려 우리를 짓이기고" "가야 할 곳마다 철책
을 둘러치"니, 나와 너는 황급히 비켜야 할 장애물로 전락했다. 그러나
완강한 시멘트 바닥 아래에선 "파도의 몸짓으로 덩실대던 어부들"이 보
이고 "만선의 고깃배 들어오는 소리 꽹과리"가 들린다. 우리가 잃어버린
아름답고 눈물겨운 바닷물 소리 같은 자연의 시간들이 배경으로 존재
한다.

"노동의 근육 속에는 말이 있다"는데, "그것은 살과 살의 대화"라는
데, "뼈와 살의 대화"이자, "남의 살과 나의 살의 대화"라는데,(「노동의 근

20

육」) 오늘날 우리 언어 속엔 살 속에 내장한 숨결이 없다. 자본에 저당 잡힌 인간의 시간에는 현재가 없다. 두 발을 땅에 붙이고 대지를 일군 노동의 근육과 언어는 사라졌다. 시를 찾는 것은 언어를 찾는 것이고, 언어는 인간의 살아 있는 숨결이자, 이 모든 현재적 시간을 살아 있게 만드는 것인지도 모른다.

그 집은 반석 위에 지어진 줄 알지만
말의 상징탑 위에 아슬아슬 걸렸구나
발은 대지를 흔들림 없이 딛고 있는 줄 알지만
말의 거품 위에 침몰할 듯 위태위태하구나

말 위에 꽃을 피우고
꽃 위에 말을 향기처럼 뿌리는 일은
이제 그만둘 때가 되었다

그것은 바위나 베어진 나무토막이다
건너야 할 강에 다리나 놓을 뿐
나는 이제 건너갈 생각도 없다

옷도 벗지 않고
다리도 걷지 않고
흠뻑 젖어버릴 것이다
건너는 일은 더 이상

내게 목적이 아니다

──「젖어서 갈 길을」(『길은 광야의 것이다』) 전문

　"말 위에 꽃을 피우고/ 꽃 위에 말을 향기처럼 뿌리는 일"은 삶과 실체가 없는 강팍한 이념이자 죽은 말이다. "말의 상징탑"이 가혹하게 혹사당하고 병들고 아픈 자들을 구원하지 못한다면, 나 혼자 저 세계로 건너가는 것이 무슨 의미가 있겠나. "말의 거품"을 걷어내고, 흠뻑 젖는 일이야말로 자신이 갈 길임을 내놓고 다짐하는 시인의 태도는 그러므로 오만도 포기도 아니다. "건너는 일이 더 이상" 목적이 아니었음을 알아챈 자는 대상과 하나가 된다. 같이 젖는다. 허사도 수사도 비유도 꽃에게는 다 헛것이다.

　백무산 시인은 단호하고도 재빠르게 걷는다. 그의 손엔 굳은살이 박이고 산속 그의 거처엔 연장과 공구와 나무 등의 자재가 늘 놓여 있다. 태풍에 무너진 담장을 다시 쌓고 흘러내리는 흙벽 아래 판자를 대는 것이 일상인 것처럼, 그의 말은 늘 현재진행형이다. 늘 뭔가 만들고 쌓고 짓는 그의 삶처럼 그의 말엔 허사가 없다. 보고 싶은 대로 보고 내뱉는 말이 아니라, 몸에서 이미 소화되어 나온 익은 말이자, 갓 태어나는 싱싱한 말이다. 저 강을 건너야겠다는 목적 때문에 현재를 저당 잡히지 않은 자에겐 이 순간 젖어서 하나가 된 순간들이 이어지겠다. 그것이야말로 인생이자, 잃어버린 시간을 찾는 일인지도 모르겠다.

아파트 한 채와 자본론

이제 4학년 하나 2학년 하나 물가는 또 어쩌고

누가 아파버리면 어쩌지?

그때까지 내 건강은 버틸까?

늙으신 어머니와는 언제까지 떨어져 살아야 하지?

그리고 십년이면 육십, 그리고 어쩌지?

남은 술잔 비우느니, 기쁨도 잠깐

허허, 또 제자리

(……)

희뿌연 새벽은 얼큰하게 밀려오는데

허허, 잠시 헛꿈에 젖었나보네

　　__「노동자는 나이가 없다」(『인간의 시간』) 부분

　"이십년 가까이 일해서 마흔"에 17평 아파트 하나 장만한 우리 주변에 흔히 있는 서민 이야기를 통해, 노동자가 투쟁을 통해 얻어낼 것은, 돈 그 자체가 아니라 잃어버린 "인간의 시간"을 되찾고 "인생의 세월을 되찾는" 일임을 호소하고 있다. "구년 부금 물고 나면 나이 오십/ 나이 오십에 온전한 17평 하나/ 그동안 좀 모을 수 있을 테지/ 그러면 더 큰 그곳으로 갈 수 있을까" 생각해보나 헛된 꿈임을 깨달은 자가 선택할 수 있는 건 "자본에 팔린 노동자의 헛꿈" 따위는 깨버리고 새벽일 나가는 일뿐. 그 반대편에 노동자의 시간들을 빼앗아 50만 년을 비축한 자본이 있다.

줄잡아 그의 재산이 5조원을 넘는단다
그 돈은 일년에 천만원 받는 노동자
50만년 치에 해당한다
한 인간이 한 세대에
50만년이라는 인간의 시간을 착취했다
50만년!

불과 1만년 전에 인간은 처음 농사를 짓기 시작했다
5만년 전에 크로마뇽인은 돌과 동물의 뼈로
은신처를 짓기 시작했다
10만년 전에 네안데르탈인은 죽은 사람을 묻을 줄도 몰랐다
150만년 전에 호모 에렉투스가 유럽과 아시아에 첫발을 디뎠다
500만년 전에 침팬지와 구분이 어려운 인류의 시조
오스트랄로피테쿠스가 등장했다
현대 인간은 4만년 전에 겨우 골격을 갖추기 시작했다
4만년!

우리들의 투쟁이 돈이 아니라 돈으로 왜곡된 시간이 아니라
인간의 시간을 인생의 세월을 되찾는다는 것을
틀림없이 확인해야 한다
자신의 인생과도 싸워야 한다
____「자본론」(『인간의 시간』) 전문

이 시를 다시 읽자니 미야자키 하야오의 애니메이션 〈센과 치히로의 행방불명〉이 떠오른다. 시간 속에 나 자신을 위한 인생이 없다는 점에서, 이 영화의 주요 무대인 온천장은 죽은 자의 세계이자 노동과 탐욕과 착취의 공간이다. 그곳에선 일하지 않으면 바로 돼지가 되어 갇힌다. 여긴 카드와 지갑만 있으면 된다. 모든 걸 돈으로 해결할 수 있다. 온천장 주인 유바바의 집은 온갖 귀금속과 번쩍거리는 보물로 가득 차 있는데, 머리가 엄청 큰 마녀 유바바는 오물신이 뱉어놓은 사금조차 "여기서 나는 것은 다 내 것"이라며 노동자의 손에서 빼앗는다. 공유지인 강조차 자신의 소유로 독점한 자본가 유바바는 어린 예비 노동자 '치히로'에게 말한다. "자, 계약서다. 이름을 써라. 일하게 해주겠다." 원래의 이름을 빼앗고 아주 단순한 새 이름을 부여해 번호나 직책을 부른다. 이름을 빼앗김과 동시에 다른 쪽 세계의 일은 잊어버리게 된다. 자본가에겐 노동자가 어떤 사람인지 중요하지 않으며, 관건은 그가 자신에게 돈을 벌어줄 수 있는가이다.

〈센과 치히로의 행방불명〉에서 인기 있는 외톨이 신 가오나시는 말 그대로 얼굴이 없다. 얼굴이 있어야 할 자리를 덮은 것은 표정이 없는 가면뿐, 입에서 나오는 소리라곤 "아아아… 어어어…" 뿐이어서, 자신의 생각과 감정을 표현해 관계를 맺을 목소리가 없다. 자기 인생이 없는 고독한 가오나시는 자신이 가진 금을 사람들이 미칠 만큼 좋아한다는 것을 알고 금으로 환심을 사려한다. 그는 닥치는 대로 먹어치우면서 몸집을 불려 황금으로 유혹하고, 거대한 입에 잡아먹힐 줄 알면서도 사람들은 그에 환호한다. 그러나 대지이자 자연이자 제로인 어린 치히로는 그가 가진 것에 관심이 없다. "네가 왔던 곳으로 돌아가" "너한텐 내가 원하는 게 없어"라고 달랜다. 가오나시 입에선 "싫어, 싫어. 너를 갖고 싶어"라는 안간힘의 말만 나올 뿐이다. 이 지독한 소유와 물질주의의 판타지 속에서 섬뜩하도록 우리를 빼닮은 형상들을 본다.

노동자들은 강을 건너지 못한다

땅에 발붙이고 대지를 일구는 일로부터 벗어난 사람을 직장인, 회사원, 노동자라 부른다. 혹은 '사' 자가 붙은 온갖 이름을 전문직이라 부르며, 대다수는 그런 자리를 바란다. 산업사회로의 진입은 쇠와 용광로의 길이자, 발전이고 개발이고 진보고 성장으로 가는 길이었다. 용광로는 자본이고 에밀레종은 자본과 노동의 결합으로 나온 생산품 아닌가.

백무산은 오래전 "가난과 살이 섞인 쇠붙이에서" "악쓰며 울부짖는 에밀레 종소리가 난다" 했다. "독가스에 폐가 폐품이 되면서/ 우리가 만든 쇠들이 실려가서/ 가는 곳마다 에밀레 종소리가 되어 돌아온다". "근육을 태워 만든 쇠들은 또 실려가서/ 저들의 자가용이 되고 트로피가 되고/ 고층건물이 되고 비행기가 되고/ 총칼이 되어 우리 귓전에/ 에밀레 종소리가 되어 되돌아 온다". "많은 벗들의 피를 묻히"고, "벗들의 살을 자르"며 행한 우리들의 노동이 신성하다고 주장하는 것은 뻔한 거짓말이라고 시인은 말하는 것 같았다. (「에밀레 종소리」, 『만국의 노동자여』)

〈센과 치히로의 행방불명〉에서 불가마할아범은 지하에서 일하는 노동자인데, 숙련공인 그는 여섯 개 팔로 쉬지 않고 일한다. 잠깐의 휴식 시간 동안 그는 앉은자리에서 식사를 해결한다. 할아범 밑에는 손바닥만 한 크기의 무수한 숯검댕이들이 오물조물 몰려다니는데, 이들의 일과는 나와서 일하고 별사탕 얻어먹고 쥐구멍 같은 데로 들어가 쉬다, 다시 나오는 일의 반복이다. 숯검댕이들은 그나마 일하지 않으면 숯가루가 되어버리므로, 힘들어도 버티는 수밖에 없다. 그들에게 식사를 갖다주는 종업원도 마찬가지, 치히로와 함께 동료들은 좁은 합숙소에서 자고 다시 일하고 또 다시 자는 일을 반복한다.

그들의 유일한 취미는 꿈꾸기. 합숙소 유리창에서 간식을 먹으며 그들이 가리키는 방향은 강 건너 마을이다. "저 건너 바다 같은 마을이 있어" "언젠간 때려치우고 그곳에 갈래". 그들이 현실에서 벗어나 꿈을 이룰 수 있는 수단은 가오나시가 던져주는 황금이므로, 그들은 자신의 시간들을 탕진하며 예속에 머무른다. 인위로 탑을 쌓은 죽은 자의 세계인 이곳과 생명이 숨 쉬는 저곳 사이에 강이 있고, 그곳엔 '중도'라는 이름의 기차가 다닌다. 그런데 큰 봇짐을 메고 막상 고향으로 돌아가는 노동자들 몸은 죽음을 지고 가는 허깨비처럼 반투명하고 말이 없다. 너무 오랫동안 인간의 얼굴을 잃고 시간을 잃고 말을 잃고 인생을 잃어버렸으므로. 소외의 자식은 더 큰 소외, 죽어 있던 시간이 길면 공간의 이동만으론 삶을 복원하지 못한다.

> 노동은 다시 우리의 피와 땀으로부터 분리되었다
> 노동이 우리를 이겼다
> 우리의 생애를 노동에 실어 건너가지 못했다
> 노동은 거대한 기관, 그것을 움직여 갈 힘은 우리의 피와 땀
> ___「기차」(『인간의 시간』) 부분

로봇과 인공지능에게 일을 시키는 미래 인간들은, '글쎄 사람이 기계처럼 일하는 시대가 있었대'라고 말할지도 모른다. 그 미래는 머지않다. 백무산은 산업사회 한가운데서 노동자로 살고 싸워왔으나 오래전부터 대지와 노동을 결합시키는 사유와 희구와 발원을 보여주었다. 살과 혼을 빨아먹는 에밀레종을 만들며 죽음의 시대를 통과해왔기에, 더 철저하고 근본적인 방식으로 그것을 넘어서는 길을 사유했는지도 모른다. 그는 "과거를 남기지 말라" 한다. "과거는 죽은 시신들뿐"이므로. "과거는 다만 현재를 확장할 뿐"이므로.(『참을 수 없는 또 한 시대가』) 대신 그는 수치로 계량화할 수 있는 시간과 인간의 길 너머에 있는 광야와 들판과 바다를 가리킨다. 무시간의, 과거의 광막한 광야를 미래의 자원으로 끌어온다는 점에서 그는 시간의 경계를 뛰어넘었다. 그러나 자연 그 자체에 대한 낭만적인 찬탄은 없다. 다만 "권력의 사욕"과 "욕망의 평등"과 대비되는 "대지의 선한 의지"를 발견할 뿐.(『기차』)

대지의 시간

길이란 길은 광야 위에 있다
길 위에 머물지도 말고 길 밖에 서지도 말라
길이란 길은 광야의 것이다
삶이란 흐르는 길 위의 흔적이 아니다
일렁이어라 허공 가운데
끝없이 일렁이어라 다시 저 광야의

끝자락에서 푸른 파도처럼 일어서는

길을 보리라

　　___「길은 광야의 것이다」(『길은 광야의 것이다』) 부분

　　인간의 시간을 넘어선 곳에 출렁거리는 물과 대지와 광야가 있다. 거기엔 "인간들이/ 왜 저리 떠벌리고 싸돌아다니고/ 게걸스럽게 처먹는지" 이해할 수 없는 나무들이 우거져 있다. 인간과 반대의 길을 가는 나무는 위기를 먹고 자란다. "인간들이 지구를 갈기갈기 찢어놓는 동안에도" "지구의 심장을 지"켜온 나무들이 있고,(「거꾸로 비추는 거울」) "쬐그만 냉이꽃 한송이"가 있다. "온몸에 멍이 들고 상처를 입고 쓰러져 얼굴을 처박았던 곳"에, "내 생애도 무너지고" "세상도 온통 균열이 지는" 참인데, 그 "코앞에 핀 쬐그만 것"이 바람도 없이 흔들리면서 말한다. "땅의 일이라고 전지구의 사건이라고/ 온몸으로 감당하고 있노라"고.(「그 쬐그만 것이」)

대지의 시간은 인간의 시간을 거역한다

소모와 죽음의 행로를 걸어온,

날로 썩어가고 황무지만 진전시켜온

죽은 시간을 전복시킨다

대지는 단절을 꿈꾼다

모든 것이 모든 것에 순응하는 지휘계통

대지는 이렇게 혁명을 하는 것

잠든 씨 알갱이들과 언 땅 뿌리들을

불러내는 것은 봄이 아니다

스스로 자신을 밀어올리는 것

생명의 풀무질을 충만하게 가두고

안으로 눈뜬 초미의 주의력을 늦추지 않는 것

시간과 봄은 생명력의 배경일 뿐

역사가 강물처럼 흐른다고 믿는가

그렇지 않다

단절의 꿈이 역사를 밀어간다

　　　——「인간의 시간」(『인간의 시간』) 부분

　　어쩌면 농업혁명 이후 1만년 동안 호모사피엔스의 역사는, 땅을 황
폐화시키고 야생을 가축화하고 도륙하는 죽음의 시간이었는지 모른
다. 문자를 발명하고 예술을 한, 인간이 소위 문명의 시대라 주장하는
지난 오륙천 년은 기나긴 대지의 시간에 나타난 한낱 돌연변이일지도.
"날로 썩어가고 황무지만 진전시켜온/ 죽은 시간을 전복시"키는 것은
대지다. 인간의 시간 따위 아랑곳 않고 단절을 통해 생명의 풀무질을
하는 문맹이자 비역사인 대지는 늘 자신을 혁명한다. "같은 눈 같은 가
지에/ 다시 피는 꽃은 없다/ 언제나 새 가지 새 눈에 꼭/ 한번만 핀다
네// 지난 겨울을 피워올리는 것이 아니라/ 지상에 있어온 모든 계절을
/ 생애를 다해 피워올"(「꽃은 단 한번만 핀다네」)린다. 그러나 인간에게 과
거 역사는 현재의 일부이며 과거를 안고 있는 현재이기도 하다. 이런 의

미에서 과거에 대한 부정과 비판은 삶에 대한 새로운 길의 탐색이기도
하다.

> 나는 마침내 대지로 가야 한다
> 내 노동의 대지에 그녀가 살기에
> 내가 기꺼이 땀을 뿌리면 생명의 잔뿌리들을
> 다 받아주고 내 잠깬 몸에 생명의
> 어린 싹을 키우도록 젖을 물린다
> 나는 가야 한다 그녀가 사는 곳
> ___「그녀가 사는 곳」(『길은 광야의 것이다』) 부분

 '그녀가 사는 곳'은 대지의 시간이자, 물과 만나 푸른 초목을 빚어내
고 젖을 물리는 시간이었다. 구불구불 곡선이 생리인 물길을 직선으로
자르고 네모난 보에 가둔 그녀가 사는 곳은 이제 썩어간다. 〈센과 치
히로의 행방불명〉에서 오물신으로 불리는 그는 병들어 날뛴다. 그의 몸
속에선 인간이 사용한 온갖 도구와 썩지 않는 쓰레기가 토해져 나온
다. 치히로에게 도움을 받은 오물신이 센에게 준 치유의 경단은 결핍에
시달리는 자들에겐 치유약이 되듯이, 위기를 겪고도 강은 내버려두면
다시 우리에게 젖을 물릴까. 흐르며 뭇 생명들을 키우며 치유할까. 불
에 타고 물에 휩쓸려도 나무와 풀들은 그 위기를 먹고 다시 지상을 일
구듯이. 그러나 조물주 위에 건물주를 떠받들며 바벨탑들을 쌓는 데 골
몰하는 한, 새들이 길을 잃고 천공의 유리창에 머리를 박고 떨어져 내리
는 한, '그녀' 대지는 젖도 물릴 수 없는 불임이 될지도 모른다.

내 이름만 같은 그 모든 이름들

그 연두빛 시절을 잊을 수 없었다
하얀 종이 위에 싹이 나고 이름이 움트던 시간들을
몸에 새순이 돋고 글씨들이 두근거리던 시간들을
그 기쁨의 플라타너스를 잊지 못했다

다시 와서 그 첫 이름들 불러보기도 전에 눈물이 난다
그 이름들 불러 새로 움트게 할 수 있을까
내 이름만 같은 그 모든 이름들을
____「플라타너스 초등학교」(『그 모든 가장자리』) 부분

　시인은 "플라타너스 허리에 1-4반 푯말을 묶고" "연필에 침을 발라 가나다라를 받아적"던 시절을 생각하고 있다. 그 모든 이름들은 이후 "거친 세파에 쓸려가고 난파되면서" "연둣빛 글씨들은 흉기가 되어갔"고, "흉흉한 시간을 불러왔"다. 불구가 되어버린 이름들에 원래의 이파리 같던 자연의 모듈 조각을 상기하도록 호명해주는 것이 그에게 시이자 삶이었던 것 같다. "내 이름만 같은 그 모든 이름들/ 불러보기도 전에 눈물이" 나는 것은 너나할 것 없이 어디 한군데 망가지거나 뒤틀리거나 아직 난 채 살아온 시간들을 우리가 통과했기 때문이겠다.
　〈센과 치히로의 행방불명〉의 주인공 치히로는 'Zero'이자, '공(空)'. 죽은 자의 세계에서 노동계약서를 쓸 때, 유바바가 실수로 한 획을 놓쳐 원래의 이름을 빼앗지 못한 치히로는, 아무리 '센'으로 불려도, '천 개

의 센(千)'이 되게 해도, 그것들은 천분의 일 조각일 뿐, 그의 원래 이름인 본질과 순수를 없앨 수 없다. 어린 제로는 사람들에게서 뭔가를 얻어내려는 욕심도 무엇을 이루려는 야망 같은 것도 없기 때문이다. 그래서 순백인 마음이 불러일으킨 과거의 기억으로 친구 하쿠의 원래 이름을 되돌려줄 수 있었는지도 모른다. 아무것도 제 것으로 만들지 않는 그냥 무산(無產)인 '치히로'.

오래전에 백무산은 "억지 꽃이름 달아 무엇에 쓰나"(「이름」) 물었다. 꽃은 그저 존재하는데, 사람이 이름을 붙여서 꽃은 못 보고 이름만 헤아리는 짓이 의식이라는 게 대체로 하는 짓이다. 이 모든 천억 만억 항하사 모래알만큼 많은 이름의 허상 속에서, 본디 자리를 찾을 곳은 지금 이 순간밖에 없을지 모르겠다. 잃어버린 인생과 시간을 다시 찾는 길이자, 본디로 돌아가는 자리, 원래의 '치히로'에 머무는 자리가 시의 거처인지도.

> 살아 있는 모든 것에 시간을 부려놓고 수레처럼 빠져나가지만
> 시간의 주름 하나 잡히지 않는 네 몸
> 영혼은 화석이 되어도 몸은 시간을 묻히지 않는다
>
> 네 몸 깊이 들어와보면 내가 보인다
> 한덩이 거품이 부풀었다 꺼진다
> 저기 끓듯이 또 한 거품이 부푼다
> 사라지는 것은 아무것도 없다
> ___「물의 시간」(『그 모든 가장자리』) 부분

"네 몸 깊이 들어와보면 내가 보인다"는 물의 시간 속에서 거대한 하나의 원초(原初)이자 공(空)인 치히로가 묻는 것 같다. "한덩이 거품"인 너는 언제부터 너였고, "또 하나의 거품"인 나는 언제부터 나였냐고. 너는 언제부터 지금이고, 나는 언제부터 지금이냐고. 현재 마음도 얻을 수 없는데 과거와 미래는 말해 무엇하리. "사라지는 것이 아무것도 없는" 그 수많은 흐름과 유전과 섞임 속에서 모든 시간은 하나이자 처음이자 현재가 아니겠나. 그 시간은 늘 설날이자, 초심이자, 첫길이자, "한 번도 살아보지 못한 첫날"이겠다. (「초심」, 『初心』)

첫눈이 오면 설레고 눈을 보면 뛰어다니는 백무산 시인은 눈 같은 사람이다. 마당에 찍힌 짐승 발바닥을 보면서 산 쪽을 향한 사슴과 노루를 닮은 야생의 눈. 뱀에게 어미를 잃은 새끼 다람쥐들을 방에 들여놓고, 산속 식구들을 생각하며 숲을 바라보는 그는 실제 사람대접도 아주 잘한다. 밤이어도 낮이어도 그는 데리러 오고, 집에 데려가 먹여주고 재워주고 한 보따리 싸서 다시 역이나 터미널까지 데려다준다. 한결같이 극진하게 대접한다. 공치사하거나, 과거의 어떤 공이나 이력을 말하는 걸 본 적이 없다. 잠시 잠깐 머물다 갔어도 세상을 위해 뭐 좀 했다고, 군대 갔다 온 사람이 군대 이야기하는 것처럼, 후일담을 반복하는 사람들 속에서 그는 참 희귀한 사람이다. 청춘의 반을 지옥선 같은 공장에서 보내고, 그것도 모자라 쫓기고 결국은 감옥 속에서 몇 년씩 썩고 나온 그에게서 과거의 영웅담을 들어본 적이 없다. 그를 만나고 보면 주변엔 늘 그와 비슷한 사람들이 있다. 순박하고 손에 굳은살 박이고 잘 웃고 웬만해선 이를 드러내지 않는 전혀 투사 같지 않은 투사들. 연민과 슬픔의 둥근 얼굴들, 보살 같은 얼굴들, 실제 보살이었는지도 모를 얼굴들 속에 파묻혀 생각하느니, "등이 휘도록/ 지고 가는 이 짐들을 어떻게 부릴까". "연민이 아니고서/ 우리를 구할 물건이/ 세상에 몇이나 있을까". (「연민이 아니고서」)

다시, 노래의 꿈, 언어의 꿈

천년 전 사람들은 노래의 힘을 믿었다는데
노래로 뭐든 이룰 수 있었다는데 그건 꿈일까 허풍일까

노래로 하늘을 감동시키고
바다를 쩍 갈라놓기도 하고
관음보살을 감동시켜 눈먼 자가 눈알 하나를 얻기도 하고
노래로 온갖 풍파를 평정하고
노래를 지어 극악한 도적이 회개의 눈물을 짜게 하고
흉흉한 괴변들을 쓸어내는 빗자루가 되기도 했다는데
그 노래가 어떤 노래인지 이제는 다 사라지고 없는 노래인지

그땐 귀가 있는 자든 귀가 없는 물건이든
심성이 그저 풀잎만 같아서
노래만으로 온 마음을 다 흔들었다는 것인지

사납고 흉악한 패악질도 다소곳하게 만드는

신묘한 노래를 지어 부를 줄 아는 시인들이 있었다는 것인지

___「노래의 꿈」(『폐허를 인양하다』) 부분

세상만 폐허가 아니라, 언어도, 우리의 모든 노래도, 건질 건 폐허밖
에 없다고 말하는 것 같다. 의문을 동반한 이 시에서 언어와 시에 대한
존재 이유와 근본적인 물음을 듣는다. 갈수록 똑같은 언어만 복제하는,
침묵과 경청과 진실과 생성이 빠진 언어와 시에 던지는 화두만 같다. 정
의를 말하는 대개의 통치자와 관료에겐 정의가 없다. 서민들이 상상하
기 어려운 혜택을 받으면서도 뇌물을 버젓이 받고 치부를 하면서 민심이
어쩌고저쩌고 역설하는 다수의 정치가들에겐 민주가 없다. 사랑과 평
등을 가르치는 지성인들과 종교 지도자들에게서도 따스하게 만져주는
생명의 말을 찾아보기 힘들다. 어제오늘 일이 아니지만 말이 몸과 맘을
곧잘 위반하는 세상과 우리 자신을 발견하는 일은 이제 곤혹감조차 안
겨주지 않는다.

직선으로 뻗어서 일방적으로 상대에게 화살처럼 박히는 말 대신, 내
몸에 흐르는 피톨을 빼내어 둥글게 둥글게 새순이 돋는 듯한 말은 없을
까. 치욕과 상처와 억압을 안겨주는 거짓 언어의 자리에 자리(自利)와
이타(利他)가 구분되지 않는 구원과 사랑이라는 말을 새길 수는 없을까.
말한 게 다인 아주 단순한 말, 침묵의 말, 이 세상을 이방인처럼 떠도는
문맹자의 말이 세상에 퍼지는 일은 기적일까. 비정규직으로 프리터
(freeter)로 떠돌며 살아가는 오늘날 대다수의 노동자와 서민의 언어 속
엔 미래에 대한 불안과 결핍된 현재로 가득하다. 걱정과 불만족스러움
과 정보의 홍수가 언어와 시간을 익사시켜버렸다고나 할까. 우리의 삶

과 사유를 반영하듯 생기를 지닌 말이 사라진 지금, 평생 농사만 짓고 살아온 소작인의 죽음처럼 평범하고도 담대한 말, 대지의 말, 삶의 말을 어디서 되찾을 수 있을까.

> 태양은 따듯한 중심이 아니라
> 제 몸이 뜨거워 불덩이를 사방으로 마구잡이로 흩뿌리는 거다
> 주변에 있어 모두 손이 둘인 거다 모두가 결핍돼 있어
> 손을 잡아야 일어설 수 있는 거다
>
> 아이들이 둥글게 앉아서 손을 잡고 논다
> 가운데는 죽은 술래만 앉는다
> ___「주변뿐인 우주」(『폐허를 인양하다』) 부분

"살육의 중심"에서 나온 "환장한 사람의 말"잔치에서 우리는 '죽은 중심의 언어'를 '주변부의 산 언어'로 바꿀 수 있을까. 권력의 언어를, 거짓 희망의 언어를, 유일사상의 언어를. 백무산은 말한다. "희망이 세상을 건져올린 적은 한 번도 없다"고. 그것은 "희망으로 은폐된 폐허"이기에, 이미 패닉에 빠진 이 세계에서 "인양해야 할 것은 폐허"라고. 그렇다면 부풀린 희망 대신 우리가 있는 망한 자리를, 그 폐허의 참혹한 자리를 직시하는 데서 출발해야겠다.

> 내게 많던 나는 어디론가 떠나버렸다네
> 지금의 나를 만든 건 내가 아니므로

나는 내가 꾸는 꿈보다 더 가짜일지도 모르지
실현되지 못하고 떠나버린 내가 더 나다울지도 모르지
그런 내가 떠난 곳도 저 먼 변두리

세계의 변두리에서 나는 나를 만져볼 수 있네
세계의 변두리를 떠돌고 있는 수많은 나를
——「세계의 변두리」(『폐허를 인양하다』) 부분

　그 자리는 어쩌면 공간적으로 이방인이요, 떠돌이요, 대지에서 유배
된 자들의 땅이 아닐는지. 거기서만이 "내가 더 나"다움을 회복할 수 있
고, 내가 나를 만져볼 수 있는 자리이자, 새로운 언어가 생성되는 일차
적 거처가 아닐지. 그렇다면 우리가 잃어버린 시간은 어디서 찾을 수 있
을까. 이 문제에 대한 힌트를 「시간 광장」에서 찾아본다. 그는 전파사
에 가서 "삼십년도 더 지난 에로이카 전축과 턴테이블과 LP판 백여 장
십삼만원에 사서" 들으며 시간을 거슬러 가며, 그 모든 시절의 페이지를
뒤적이며, "바늘 긁힌 자국마다 쓰라리고 아리"게 과거로 돌아간다. 현
재가 된 과거로. "역류다 거슬러가야겠다 흘러온 거기에 호수가 있다 기
억은 추억만이 아니다 내 몸 전체가 기억이다 시간을 담아내는 호수
다".(「시간 광장」) 말해주듯, 현재가 된 과거를 흐르게 하는 건 내 몸 전체
일지 모르겠다.
　음악은 타악기에서 시작되어 약 7만 년 정도의 나이를 먹은 어른이
고, 미술은 짧게 잡아도 3만 년 역사를 지니고 있다. 수만 년 동안 인류
는 예술을 창조하고 예술적인 삶을 영위해왔지만, 수메르어와 아카드어

문자는 불과 5천 년 정도 됐으니 문학은 어린애에 불과하다. 그러나 아이에게 희망을 걸듯, 문학이 젊고 풋풋하고 미숙하기 때문에 우리는 문자로 뭔가를 쓰는 것에 희망을 걸 수 있을까. 책과 혁명이라는 주제에 대해 닷새 밤의 기록 형식으로 쓰여진 『잘라라, 기도하는 그 손을』에서 젊은 저자 사사키 아타루는 "책 읽기는 혁명이다"라고 말한다. 이 말은 거의 발명에 준하는 수준의 선언. 사사키에 의하면 문학은 지금 우리가 보는 것보다 훨씬 넓고 일반적인 개념이라 한다. 주변부인 혹은 야만인이라 부르는 사람들에겐 법과 규율 그리고 신화와 전설과 야담도 문학이다. 그들에게 "위대한 춤은 우리의 철학적, 법적 사고, 정치적 깊이 있는 사고와 같"다. 우리는 종이나 컴퓨터에 쓰고, 문자가 없는 사람들은 그들의 육체와 육체의 연장인 옷에 신화와 이야기를 써넣고 그것을 조금씩 바꾸어간다.

　　괴멸된 생태계에는 시간의 단일종만 서식한다 별별 유사혁명이 팔리지만 모든 시간은 부스러기다 멈추어야겠다 모든 혁명은 시간 혁명이어야 한다 역류하겠다 역류하여 호수에 담겨야겠다 앞과 뒤가 사라진 물처럼 광장에 시간을 풀어놓아야겠다
　　___「시간 광장」(『폐허를 인양하다』) 부분

'문학(literature)'의 어원은 세계를 읽고 다시 또 보는 것이다. 그렇다면 책만이 텍스트인가? 아니다. 사람들의 몸뚱이와 대지와 물과 우주와 그 모든 것을 담고 있는 것이 텍스트다. 어디에다 무엇으로 쓸 것인가? 종이와 컴퓨터 속에? 이 기록들만을 문학이라 부른다면, 암흑 에너지와 암

혹 물질을 빼면 4%밖에 안 되는 원자가 우주의 모든 것이라 주장하는 것과 같다. 안 보여도 존재하는, 말 안 하고 글 안 써도 실재하는 "전체가 기억인" 내 몸, "시간을 담아내는 호수"에 우리는 써야 한다. 내 몸의 혁명이 새로운 언어를 만들고 새로운 세상을 생성하는 종이다. 그것은 바로 시간 혁명이며, 광야의 길과 인간의 시간을 결합하는 유일한 길인지도 모른다. 좁은 방에 갇힌 '나'만의 속삭임을 지나, 저 넓은 지평선을 향해 허리를 펴고 두 다리를 대지에 굳건히 디디고 있는, 혁명의 언어는 기쁨과 화해와 생명과 야생의 노래이기도 하겠다. 저 평등한 수평선을 가득 채운 출렁거리는 생명들의 말, 물속의 말, 온 세계에 촛불처럼 타오르나 아직 태어나지 않은 어두운 숲속의 나무 한 그루와 풀 한 포기, 그리고 그들이 시시각각 새기고 있는 시.

육봉수
\
희망 없음을
희망 있음으로
/
『근로기준법』과
유고시집 『미안하다』에 부쳐
\

 청년기에서 중년기가 되기까지 30년 동안 저는 참 많은 죽음을 보았습니다. 많은 사람이 '노동' 자(字)가 붙은 자리에서 살다 '노동' 딱지가 붙은 채 죽었죠. 그중 한 사람이 육봉수 시인입니다. 그는 2013년 3월 11일 경북 선산군 옥산면 초곡리, 자신이 태어난 옥성마을 옛집에서 뇌출혈로 영면했어요. 포항 '한국협화'에서 노조위원장 일을 맡았었고, 구미 '화인정밀'에서 노동조합을 만들어 교육선전부장과 사무국장 일도 했죠. 파업을 주도한 혐의로 해고되고, 이후 구미의 여러 소규모 사업장에서 노동조합 결성과 해고 그리고 복직투쟁을 반복했고, '구미노동자의 집'에서 일하다 결국 '시'라는 걸 쓰고 말았더군요. 해고된 노동자가 벌어먹을 수 있는 일은 일용직뿐, 날일을 전전하거나 산림녹화라는 이름의 공공근로를 하며 생계를 이어나가던 중 두 번째 시집을 묶다 죽었습니다.

제가 그를 만난 것은 그의 '근로기준법'이라는 연작시들 때문입니다. 90년대 중반부터 쓰기 시작하여 노동현장에서 읽혀진 시들은 『삶이 보이는 창』 발행인을 맡고 있던 제게 거의 10년 만에 도착했어요. 동구가 급변하고 민간 정부가 대두한 90년대를 지나 21세기에, 이념의 금기도 성역도 사라지면서 많은 이들이 물질적 풍요와 자유의 포만을 누리던 때, 노동자이자 시인인 육봉수는 여전히 힘들게 살아가며 고통스러워하고 있었습니다. 그는 살 만하지 않았어요. 환멸스럽고 허무한 개별자의 고독에 빠질 여유가 없어 보였죠. 상품성의 요건인 참신함과 기발함과 낯설게 하기에 목숨 걸고 나아가는 시대, 거대담론도 사라지고 공동체적 열망도 식어가는데 여전히 그는 근로기준법 조항들을 되작되작 뒤적이고 있었죠.

근로기준법 제16조에서 '근로'는 정신노동과 육체노동을 말한다고 정의하고 있습니다만, 단순 반복 작업으로 육체만을 팔고 있는 노동자들의 써먹지 못하는 정신은 어디로 휘발되었는가. 최소한의 근로기준법조차 지켜지지 않는 시대에 사는 노동자들의 '박제된 정신'은 어디에 감금되어 있는 걸까. 얼이 빠진 채 인간이, 노동자가 이렇게 살아서는 안된다는 고통의 몸부림과 긴박한 눈앞의 현실이 그가 시를 낳은 에너지가 되었다고 생각했습니다. 당연히 뭔가 지금 당장 변해야 한다는 절박성이 그의 시의 내용과 형식을 끌고 가지 않았겠는가.

사실 그의 시를 읽는 것은 고문에 가까웠어요. 노동자들도 잘 읽지 않는 노동시, 행사가 아니라면 잊어버리거나 피하고 싶은 노동자의 현실이 날것으로 들어 있는 묵직한 시들 앞에서, 독자에게도 고문이 될 줄 알면서도, 그의 절박하고 날선 정신에 화답하기로 했습니다. 육봉수 시인 시집은 그렇게 세상에 나오게 되었습니다. 그의 고통은 저도 풀지 못하고 있는 고민들과 맞닿아 뚝뚝 끊어지며 한 문장씩 튀어나왔습니다.

육봉수 시인의 『근로기준법』은 시인이 직접 노동조합 활동 속에서 겪은 노동과 투쟁의 각 국면에 대한 노동운동가의 고민을 형상화한 구체적이고 생생한 보고서입니다. 시가 무엇인가. 사는 데 별 쓸모도 없고 들어주는 이 적어도, 여전히 인간 해방의 빛을 향한 열망과 공동체적인 아픔을 공유하는 아름다운 무기가 아닌가. 삶과 실천의 차원에서 나누는 신뢰와 약속의 언어가 아니던가.

여전히 너무 먼 당신, 근로기준법

시집 절반가량을 차지하는 '근로기준법' 연작에서 정정하고 당당한 강자의 법 앞에 놓인 자벌레 같은 노동자 모습이 영화처럼 펼쳐집니다. "짧은 밑천으로 베끼고 꾸미고 묻고 물어/ 비로소 그럴 듯해진 격식"인 진정서와 고발장, 그도 아니면 고소장이나 탄원서를 들고 노동부, 지노위 혹은 중노위에서 법원으로 쫓아다니는 노동자의 쭈뼛쭈뼛한 까치발과 고된 여로가 여실히 드러나죠. 시인이 친절하게 각 조항까지 단 것은 모종의 의도된 목적 때문이겠습니다.

1970년, 전태일이라는 젊디젊은 재단사가 자신의 몸과 함께 불 질렀던 '근로기준법'은 30년이 지난 지금도 "순진무구요 함구무언"이죠. 이 법을 따진다 해서 "기대어 반짝하고 빛나줄 아름다운 노동자의 미래가 있는 것도 아니지만/ 한 번만이라도 진정 우리의 것으로 껴안아보기 위해/ 애면글면 책장 넘기며 밑줄을 치"고 있는 것은, "가늘 대로 가늘어진 내 허리 하마/ 언제쯤이면 풀어 볼 수 있을까? 하는/ 지극히 어리석은 질문 때문"입니다. "최저 최저로만 정해놓은 기준조차/ 지키지도 지키라고 말하지도/ 지키고 있지 않다고 가르쳐 주지도 않는/ 무대포 눈 가리고 아웅식의 짓거리들"(「근로기준법 제2조」)뿐이기 때문이죠. '근로조건은 근로자와 사용자가 동등한 지위에서 자유의사에 따라 결정하여야 한다'는 조항이 있지만, 동등도 자유의사도 너무 먼 당신인 걸 사용자도 노동자도 압니다.

근로기준법 연작 마지막엔 법원에 올린 서류와 답변이 가공 없이 들어 있습니다. "근로자가 요구한 사항만을 사용증명서에 기입하여야 한다"는 당시 근로기준법 제38조에도 불구하고, 해고당한 화자가 취직을 위해 요청한 사용증명서에는 "노동조합 활동을 했으므로 권고사직 당했다"는 내용이 버젓이 들어 있죠. 이에 "퇴직자의 동의 없이 퇴직자에 불이익한 사항을 타사에 통보한" 회사를 상대로 선처해주기를 요청해보나, "귀하의 진정 내용에 관한 어떠한 위법 사항도 발견할 수 없"어 진정이 자동 소멸되었다는 통고만을 받을 뿐입니다. 이처럼 근로기준법 연작은 '노동자에게 너무 먼 당신'인 법과 권력과 강자의 질서를 풍자하고 있죠. 포장은 그럴듯한데 최소한의 인권조차 지켜지지 않을 때, 약자들은 보이지 않는 야만에 대하여 싸울 수밖에 없습니다. 30, 40년 후의 전태일들은 그 거대한 벽에 절망하고 근로기준법을 불 싸지르지는 않는 대신, 단식하고 파업 농성을 하고 협상을 합니다.

1부의 '파업농성' 연작엔 온몸 내던진 싸움의 전 과정 및 맨정신의 투혼이 보입니다. 쟁의행위를 위한 찬반 투표와 냉각기간 15일과 19차까지 늘어진 협상의 결과는 직장폐쇄입니다. "무엇이 이따위여야 하는가에 대해서" 고민할 필요도 없죠. 대화를 통한 타협 운운에 "혹시나 귀 기울이며 늘어져 있던 마음 새롭게 곧추 세워"야 합니다. "어차피/ 우리의 몫으로 곱게 나누어질/ 질서와 양보는 없었"기에. "밟으면 밟힌 만큼 튀어오를 뿐이다 항거할 뿐". (「파업농성 7 — 직장폐쇄」)

48일 동안 투쟁하고 "완전쟁취라고 하기에도 미심쩍은 머리띠를 풀"지만 성과는 별로 없죠. 그동안 단식하고 탈수로 쓰러져가며 벌이던 수많은 절차와 협상은, 적의 두께와 무게의 실체를 깨닫게 합니다. 깨달음에 치러야 할 대가치고는 너무 비쌉니다. 하지만 그 싸움이 내일을 만든다는 것을 알기에, 식당에도 미끄러지는 컨베이어 앞에도, 분진 가루 쌓여가는 안전모 위에도, 지나간 투쟁의 함성들이 남아 그나마 노동자도 인간이라는 증명이 됩니다. "난생 처음/ 스스로가 살아 있음을 살아서/ 숨 쉬고 있음을 확인하던 난생 처음/ 스스로의 위치를 스스로가 결정짓던 노동자의/ 눈물보다 통곡보다 어설픈 사랑보다/ 더욱 강하게 연결되던 함성이 있"(「파업농성 11 — 다시 내일」)어 헛되지 않은 투쟁이요 역사였습니다.

왜 그렇게 모질게 사는지 묻는 당신에게

세상은 변했지만 노동자문학을 낳았던 현실은 사라지지 않았으며 오히려 연속적으로 확대되고 있습니다. 노동의 형태 또한 달라져 개인이 거대한 자본의 논리에 왜소하게 싸워야 할 고립된 개체로 내던져져 있으며, 경쟁은 뼛속 깊이 각인되어 모두의 꿈속까지 침범해오고 있죠. 맑스는 "이미 되어버린 어떤 것에 머물러 하지 않고 생성의 절대적 운동" 속에 있으며 "기존의 어떤 척도로도 잴 수 없는, 자신의 능력 발전의 총체만을 목적 그 자체로 삼는 것을 인간의 창조적 능력"으로 설명한 바 있습니다.

지금이 어느 시대인데 맑스를 떠올리느냐 묻는, 우리 속마음을 훤히 들여다보는 듯 시인은 증거자료를 들이대는 것 같습니다. 일상의 삶조차 누리지 못한 채, 착취당하고 억압당하는 노동자들이 넘쳐나는 시대에, 자기 몫을 받고 노동자들이 자기 가치를 실현하고자 하는 행위가 어찌 지난 시대 관념일 수 있느냐고. 자기 시대 고통의 심연으로부터 흘러나오는 삶을 건져 올리고, 소외된 자의 해방과 이해를 위해 봉사하고자 하는 의지와 노력이 과연 낡을 수 있느냐고. 이어 시간을 착취하는 것이 존재를 소멸시키는 일이라는 걸 육봉수 시인은 '교대근무'를 통해 처참하게 보여줍니다.

열두시간야근으로푸석한맞교대자앞에서면반가움보다서늘히전달되어오는피곤의뿌리아프다그러나어쩔수없다이점육초만에한포대썩이십오킬로의비료푸대를실어도착시키고있는컨베이어와의싸움은지금부터내것이기때문이다째깍생산째깍생산째깍째깍생산생산어지럽다쌓이는피로점심시간에도컨베이어는돌고삼십분을잘라교대로점심을먹어낸다이십분식사에십분담배참이렇게살아무엇이라도될수있다면가령과장도되고사장도되고하다못해구멍가게주인이라도되어볼수있다면(……)오후내내화살을날린다과녁이없는화살은마스크를쓰고도콧망울주위로하얗게달라붙는분진

속을떠돌다가안개속이듯켜지는작업등아래로거미처럼들어와서는아침교
대자와악수를나눌때두사람의손등을동시에관통한다째깍째깍병신들

___「시간여행」부분

휴지(休止)가 없는 노동자의 삶처럼 이 시는 띄어쓰기가 없네요. "변
화를 기대할 수 없는 반복의 생활, 70rpm의 컨베이어 앞에서 조금도 쉴
새 없이 돌아눕는 시간"에 어찌 노동이 신성하고 어찌 인내가 다디달기
를 바라겠는가. 「시간여행」은 생산직 노동자의 고통과 그들이 어떻게
기계 부품으로 취급되고 있는지 희화화합니다. 아침 6시에 일어나 밤
10시 30분에 까마득히 밀려드는 잠에 빠져들기까지 2교대 생산직 노
동자가 어떻게 움직이고 있는지 보여주죠. 띄어쓰기를 없앤 대목은 아
마도 쉴 틈 없이 일감을 실어 나르는 컨베이어 벨트의 숨 막히는 모습
을 시각적으로 구현하기 위한 장치겠습니다. "혹자는/ 왜 그렇게 모질
게 사느냐고/ 물을지도 모르"지만 당사자는 아주 단순하게 답합니다.
"살기 위해서요."
  "진정한 생활은 노동시간 외에 시작되고, 노동은 비노동의 영역을 넓
히기 위한 수단이자, 개인들이 자신들의 의미 있는 활동을 추구할 가능
성을 획득하는 데 요구되는 임시적 의무 사항이다." 이 말은 2007년에
작고한 프랑스의 실천적 지식인 앙드레 고르(André Gorz)의 말입니다. 이
어서 그는 "경제적 목표를 둔 사회적 노동이 개인적 자율성의 영역을 넓
히는 데─곧 자유 시간을 확장하는 데─이바지해야 한다는 사상은 이미 마
르크스에게서 중점적으로 나타났다" 말합니다. 자율성을 위해서 생산
활동과 산업 노동을 없애야 하는 건 아닐 겁니다. 문제는 타율과 자율

적 생산 간의 관계 정립이죠. 인간을 인간이게 하는 요소나 특징은 생산하는 시간 내에서뿐만 아니라 여가 시간에서 더 극명히 드러나니까요.

그러나 이 시대는 노동력만 상품이 아니라, 노동 밖으로 한 발짝만 걸어 나와도 상품 소비라는 덫에 갇히고 맙니다. 이 시대는 물건과 상품과 돈이 넘쳐납니다. 하지만 풍요가 넘친다는 시장에 나가봐도 노동자에겐 온통 소비로 포장한 거리일 뿐이죠. 시인은 묻는 것 같습니다. "눈길 한번 잘못 주면 온통/ 허방투성이의 골목을 돌아 나와/ 시급 이천 원에 한사코 기어든/ 작업장 안 꼼짝없이 쳇바퀴 돌며 허덕이는"(「배열」)데, 성실이 아름답고, 노동이 귀한 일이냐고. 그것이야말로 허구의 이데올로기 아니냐고. 우리가 발견해야 하는 노동자의 일상적 삶과 아름다움은 지난한 숨은 보물찾기 아니냐고.

지리산 천왕봉 아래 장터목산장 바로 위
비 아니면 바람 항상 들이치는 능선 곳곳
이미 수십 년 전 죽어버린 것들이 오히려
등뼈 꼿꼿하게 곧추세운 채 혹은 쓰러진 채
가냘프게 살아서 하늘대는 것들 당당히
압도하며 서 있다. 고사목!

온전히도 드러난 상처 위로 둥그렇게 닳아가는
죽은 세월의 흔적 더께로 쌓인 이들더러
새삼스레 무슨 뿌리 잎 가지 열매
내리고 뻗고 맺으라 할까만

이윽고 더욱 혹독하게 추운 계절 찾아와 밤새
함박눈 퍼붓고 난 아침이면 오호 놀라워라

상처 부위마다 소복소복 담아 올린
기막히도록, 눈물 머금은, 햇빛 머금은, 희디흰,
절경의 눈꽃들, 빛나는 무리들, 눈꽃들, 결정체들,
＿＿「세상의 장기근속자들은 다 위대하다」 부분

　지옥 같은 쳇바퀴 속에서 살아남은 장기근속자들을 고사목에 비유
했습니다. 박제된 듯 살아 있는 고사목같이 늙은 노동자의 미학은 그
나마 시인이 절망하지 않게 하는 나무뿌리 같은 힘입니다. "껍데기뿐인
기적의 고도성장"을 온몸으로 떠받치며, 공장에서 집으로, 집에서 공장
으로 수십 년 쳇바퀴를 돌아야 했던, 가슴과 머리가 박제된 채로, "끈기
하나로 살아남아 빌어먹을 공장 끝까지 지키고 있"는 고사목 같은 장
기근속자들은 위대하다 말합니다. 이 위대한 끈기가 반어인지 역설인지
우리는 모릅니다. 차가운 산에서 죽지도 못하고 꼿꼿이 서서 눈꽃을 피
우는 고사목 같은 노동자들 삶이.

쫓겨난 자들의 경제성

　시선은 그의 감정과 미추 관념과 관계들까지 구획 짓게 하죠. 자기
보다 피곤하고 더 아픈 쪽으로 향하는 눈, 그것이 육봉수 시인 렌즈입

니다. 그에겐 산사의 새벽도 고즈넉한 향불 내음이나 한가한 풍경 소리로 다가오지 않습니다. 산문 밖의 "플라스틱 간이/ 식탁 앞 컵라면 후루룩거리며 공복의 위장/ 달래고 있는" 사람들과 한 번 쓰고 버려지는 임시직으로 상징되는 듯한 일회용 종이컵들의 무료함이 먼저 눈에 걸립니다. 대웅전의 부처님도 "언제나 평면일 뿐인/ 부처님의/ 맹물 같은 미소보다 먼저 눈길을 끄는/ 사방 벽 현란한 탱화 그 중에도/ 불속에 갇혀 허우적대는 중생들 가득한/ 지옥도"가 마음에 걸리죠. 다시 산문 밖을 나서 봐도 아름다운 햇살이 아니라, "저 많은/ 목숨들의 새벽 맥박들 어디에서 시작되고 어디에서/ 끝이 날까?" 연민하는 렌즈입니다. 거듭되는 정직 처분과 해고로 인해 그의 생계는 공공근로에 의존하게 되는데, 그곳에서도 무한한 경쟁 속에서 경제성이 있는 것만 살아남는 현실을 목도하게 됩니다.

경제성이 없으면 베어 넘길 뿐이다.
단단한 박달, 무늬가 좋은 산벚,
잘 자라는 층층, 다목적의 참나무과,
독야청청 소나무의 시대는 어느 틈엔가
지나가고 말았다 쓸모가 덜하면 그냥
베고 베어서 넘기고 말 뿐.

꽃도 피우지 못한 너는 쓰러져서
꽃을 피우는 나무의 거름이나 되거라
열매도 맺지 못하는 너도 쓰러져서

열매를 맺는 나무의 거름이나 되거라
한눈을 팔듯이
함부로 가지 뻗지 마라 하늘을 향해
곧장 뻗어 올라라 너희들끼리의
경쟁은 몹시 지루하고 결국 무용하다.
___「공공근로—천연림 보육작업」 부분

　기나긴 역사를 돌아보건대, 우리 시대처럼 사람을 경쟁력으로 판단
하는 때가 있었던가. 당장 눈앞의 쓸모와 유용성으로만 인간을 재단하
고 평가하는 시대가. 몇 개의 상품성 있는 큰 과일을 위해 작은 것들은
일찌감치 가지에서 떼어내는 인위적인 법칙이 자연스런 삶의 관행이 되
어버린 시대가. 고용이 노동을 조직하는 방식은 기나긴 역사의 끝 지점
인 200년에 지나지 않습니다만, 다수를 폐품으로 만들어가고 있습니
다. 국가 체제와 자본주의는 우리를 필요한 존재가 되기 위한 과정으로
시간과 교육과 조직을 재배치했습니다. 필요는 결핍을 전제합니다. 우
리는 경제적 인간으로 진화하면서 넘쳐나는 '필요' 때문에 '결핍'된 인간
들이 되어버렸습니다. 자본과 고급 기술력을 가진 소수를 제외하고, 나
머지는 떨이이자, 궁핍한 인간들의 무더기에 불과합니다. 희소가치와
필요를 전제하는 관계에서 서로가 서로에게 이방인이자 소외자입니다.
　"꽃도 피우지 못하는 놈"들과 "열매도 맺지 못하는 놈들"은 각기 꽃
과 열매의 관점에서만 존재를 바라보는 인식이죠. 권력과 자본을 가진
자들 앞에서 노동자는 자주 작업복 입은 자벌레로 느껴집니다. 공장 징
계위원회가 열리는 제4호실에서 벌레가 되어 정직 6개월을 선포받으며,

"반쯤만의 수긍으로 자책을 씹"을 때, 쳇바퀴에 실려 가슴과 머리가 이미 박제되었음을 느낄 때, 그는 인간이 아니라 사물이나 기계나 하나의 풍경이 되죠. 노동 현장의 법적 지위는 높아졌지만 노동자들의 내면은 황폐화되어 갑니다. 사람이 살려고 하는 노동이 인간을 얼마나 황폐화시키는지 목도하고 고발하고 미리 앞질러 예감하는 문학이야말로, 총체적인 의미의 인술(仁術)이자 인간학인지 모르겠습니다.

노동운동가의 슬픈 자화상

눈뜨자마자 텔레비나 켜고 누워/ (……) / 하다못해 설거지 한번 제 일처럼 못하는/ 아내의 말대로라면 나는 지금/ 의미도 없이 세월이나 죽이고 있는/ 무위도식자다 생활의 무능력자다// (……) / 친구들의 말대로라면 나는 지금/ 나이 값도 못하고 입만 가지고 설쳐대는/ 돈 안 될 녀석이다 덜떨어진 놈이다// (……) 당신도 이제 그만/ 당신 속으로 들어가 갇혀 관객이 되거나/ 과거 속으로 돌아가 앉아 회고록이 되거나/ 현실 속으로 걸어 나와 반성문이나 되라고/ 노동자의 권리 온전하게 보장되는 세상이 어찌/ 간단하게 주의와 주장만으로 결정되는 것이겠느냐/ 주춤주춤 머뭇머뭇 강변하는 나는 지금/ 집단이기주의다 고집불통이다// (……) / 나이 어린 동지들의 말대로라면 나는 지금/ 안 보이면 아쉽고 보이면 걸리적거리는/ 누런색의 스크랩북이다 선배노동운동가다 (「기형아」 부분)

위 시에는 사람들이 바라보는 "선배노동운동가"의 모습이 어떤지, 어떻게 그의 꿈과 존엄성이 훼손당하고 있는지 보여줍니다. 우스꽝스럽다 못해 자조적인 느낌이 듭니다. 한평생 노동자로 그리고 기왕이면 함께 잘 살아보자는 열망으로 살아온 반평생이 '기형아'라니. 꿈같은 일이지만, 필수적인 생산노동의 시간이 줄어들고 여가 시간이 늘어난다면 노동자가 할 수 있는 게 무엇일까요. 티브이가 제공하는 오락 프로그램으로 머리를 쉬어(마비시켜) 풀리지 않는 현실의 여러 일과 문제를 잊거나, 물건을 구매함으로써 잠시나마 묶인 시간에 대한 보상 혹은 위안을 얻거나, 고독 속으로 침잠하는 일들로 채워진다면…. 이 질문으로부터 시인도 자유롭지 못했을 겁니다. 기형아가 되어가는 수많은 노동자의 모습을 '나'와 동일시함으로써, 그는 자율과 타율 사이의 모순과 혼돈을 껴안고 고투했겠습니다.

「노동운동가 김씨의 웃음」에서도 희화화는 계속되죠. 시인은 노동자로서 폐기 처분되기 직전의 김씨를 보며 "다 쓰고 뚜껑 열어놓은/ 로션병 같다" 합니다. "비 오다 개인 날/ 주인 잃은 우산 잔뜩 꽂혀 있는/ 촌 다방 한쪽 구석/ 때깔 아직 화사한 쓰레기통"처럼도 보입니다. 그래도 결론은 "갈 사람들 가더라도 마/ 남을 사람이 더 안 많겄냐?"는 낙관입니다. 낙관을 이루는 토대는 인간에 대한 존엄성입니다. 그래서 멈출 수도 물러설 수도 없습니다. 「딸에게」는 기형아로 취급되면서도 그가 무엇을 위해 그렇게 사는지, 남루한 꿈조차 접을 수 없는 자의 자존심을 보여주고 있습니다.

그는 유치원에 입학시킨 딸아이 입학원서 속 채워 넣어야 할 '아버지의 직업란'을 보며 "우리가 아주 못쓰게 부서져/ 이 시대의 아주 못마땅한 술상머리/ 감칠맛의 안주 한 접시쯤으로 놓여질지라도/ (……) /단풍

잎 같은 네 조막손 위에 올려놓은 사랑을 위해/ 두부처럼 주무른다" 노래합니다. "혹시나 딸아 네 앞에 놓여진 푸르른 꿈/ 가로막을세라 더욱 더 나를 판다" 합니다. "죽어있는 아빠의 시간/ 불꽃 끝의 노동이 더러 시대를 밝히는 서러움이 된다면/ 얼마든지 살아있겠구나"라고.(「딸에게」) 그런 꿈이 있는 한, "이루고 싶은 시간이 나를 배반하고/ 이루고 싶은 속도가 나를 배반하고/ 이루고 싶은 무게가 나를 배반하고/ 이루고 싶은 발전이 나를 배반하더라도" 고인 물이고 싶지 않았습니다. 시인은 "타악 탁/ 마주치는 손바닥의 힘찬/ 앞면과 뒷면의 소리이고 싶"(「나머지」)었습니다.

오래전 구미에 갔을 때, 행사 준비로 분주하던 육봉수 시인의 피로한 얼굴이 떠오릅니다. 지역에서 이력서도 내밀지 못할 만큼 불순분자로 찍힌 그는, 공공근로 나가며 하루치 일당을 챙기고, 밤에는 후배들에게 안 보이면 아쉽고 보이면 "걸리적거리는 누런색의 스크랩북"으로 돌아다녔습니다. 도시의 노동자 숲에서 묻고 묻히면서 그냥 거기 바람에 흔들리며 하루를 또 버텨나간다 했습니다.

혹자는 90년대 이후 문학의 특징인 환멸과 냉소, 권태를 '정치성과 계몽성, 혹은 공공성의 증발과 사적 영역의 전면화'라고 진단합니다. 혹자는 문학하는 자들이 불의에 저항하고 최소한 아픔에 공감하고 더 아픈 사람과 연대하여 저항하는 자유주의의 정신이라도 제대로 실천했는지 자문하기도 하죠. 90년대 이후 문학이 무엇인지, 왜 글을 쓰는지, 작가 자신도 답할 수 없는 상황에서 노동문학은 민중문학과 함께 급격하게 퇴조하고 영향력을 잃기 시작했습니다. 이 같은 현상의 배후에는 90년대식 절망이 작용했겠습니다. 저잣거리와 사람들 속으로 들어가 그들의 복잡다단한 삶을 그려내고자 하는 의지는 소재주의로 몰리고, 주로 개인적 독백이나 성적 담론에서의 솔직하게 까발리자는 문학이 그 자리를 대신했습니다.

노동자의 현실을 담은 시만이 진실이고 중심이라고 주장해서도 안 되듯이, 육봉수 시인에게도 시대착오적이다 말해서는 안 됩니다. 그가 노동자로 살아가며 자기가 선 자리에서 자기 고유의 진정성을 담아 써온 노동시들은 노동하는 사람에게 고통과 억압이 존재하는 한 유의미합니다. 가파른 현실을 넘어가기 위한 과정에서 이념의 과잉이나, 도덕주의적 징후가 묻어 있는 것도 사실입니다. 인류사의 관점에서 보면 늘 무언가를 반대하는 데서 출발하는 '안티테제의 사유'를 넘어서야 하는 것은 우리 모두의 몫입니다. 무엇을 반대하는 것으로부터 출발한 감성은 그 자체로 억압과 부자유를 담고 있기 때문이죠. 그런 점에서 노동문학을 부정하지 않으면서 노동문학의 지평을 넓혀가야 하며, 내 몫의 일을 하고 있다는 주장보다 보편적인 사유와 창조로 넘어가려는 치열한 자기 성찰과 자기 혁명이 요구되겠습니다.

노동자의 미래와 희망

2016년 현재, 독일 아디다스 공장 '스피드팩토리(SpeedFactory)'에는 신발을 만드는 사람이 10명밖에 없다네요. 인터넷으로 주문을 받은 뒤, 고객 완전 맞춤형으로 러닝화를 제작하는 데 5시간밖에 걸리지 않는다죠. 600명의 근로자 대신 단 10명이 연간 50만 켤레를 만들 수 있을뿐더러 숙련공도 필요 없답니다. 생산과 관련한 복잡한 작업 대부분은 기계가 수행하고 사람은 단순히 의사 결정만 해주면 되니까요. 로봇이 원단을 오리고 3D프린터로 부속을 만들고 꿰매고 붙이고 로봇이 분류하고 배달해줍니다.

쫓겨난 590명은 어디서 무엇을 하고 살 것인가를 심각하게 물어야 할 사회로 우리는 진입했습니다. 사물인터넷과 빅데이터와 인공지능의 결합으로 스포트라이트를 받는 4차산업혁명 시대에 우리 대다수는 어떻게 살고 있나요. 학비와 생계 때문에 빚쟁이가 되고, 고시원과 원룸에서 대기와 준비자 신분으로 견뎌야 하며, 망하고 쫓겨나는 사람들이 이루는 거대한 유목민의 행렬 속에서 우리는 무엇을 해야 할까요. 더 많이 생산할수록 더 많이 빈곤하고, 더 풍요해지면서 더 경쟁이 가열화되는 전 세계적인 자본의 덫 속에서 자유로울 자는 이제 없습니다. 사람도 짐승도 물고기도 새와 공기와 흙조차도.

"썩을대로 썩고 또 썩어/ 이 땅은 이미/ 물 조금 갈아주고 퇴비 한번/ 더 넣어봤자 지천의 냄새로 마취된/ 땅심으로는 도무지 소화조차/ 시킬 수 없을 것"(「죽어가는 땅에 씨를 뿌리는 사람들」, 유고시집 『미안하다』)이라 했습니다. 어찌해볼 수 없이 망가진 세상에서 마지막으로 땅의 희망을 노래했던 육봉수 시인이 죽고 나서야 출간된 유고시집 『미안하다』에는 살고 싶었던 삶과 상반된 현실에 대해, 자식과 가족만이 아니라, 인간의 욕심과 잘못에 의해 말없이 죽어간 모든 생명들에게 바치고 있습니다.

손 내밀지 않아도/ 알아서// 입시 지옥에서 빼내주겠다던/ 이십년 전의 약속/ 못 지켜// 미안하다./ 고3의 아들// 손 내밀지 않아도/ 알아서/

두들겨 깨우려는/ 죽음의 불꽃들// 다시는 피우지 않게 하겠다던/ 이십
년 전의 약속 못 지켜// 미안하다 나가라면 나가고/ 들어오라면 들어가
야 하는 조건// 요지부동의 공장, 이건 아니다/ 아니다 외치고 외치다 마
침내// 시너통을 선택했던 젊디/ 젊은 KEC 동지!// 약속이야 하나마나
// 거기 있어라/ 여기 있겠다// 먼발치로 안부 주고/ 스치며 안부 받던//
갈대여 모래무지여 쏘가리여/ 시꺼멓게 뒤집힌 강바닥 위/ 허옇게 배 뒤
집고 누울/ 수염 까칠하게 말아 올린 잉어 떼여// 지켜주지 못하고/ 발만
동동 구르는// 낙동강변 사람들 몇몇 무릎 꿇고/ 절하고 있다 미안하다
미안하다 (「미안하다」 전문)

3, 4차 산업혁명과 함께 노동자의 지위는 더 불안정해지고 있습니다.
조직된 정규직 노동자와 불안정·비정규직 노동자의 임금격차는 나날이
증대하고 있으며, 『프롤레타리아여 안녕』에서 앙드레 고르가 예측했던
'고용 없는 성장' 현상도 더욱 심화되고 있습니다. 아니, 성장조차도 제
로에 육박하고 있음에도, 국가권력은 고용 창출과 일자리 확대라는 헛
된 약속만 하는 가운데, 비고용 빈민으로 전락한 노동자들은 자신의 이
익에 반하는 우익적 선택을 하고 있습니다. 최근 유럽에서의 브렉시트
(Brexit)나 트럼프의 당선 같은 사태들은 우익 포퓰리즘이 기존의 좌파 의
제를 차용해서, 조직적·집단적 주체로 존재하지 못하고 있는 원자화된
노동자들의 지지를 얻는 데 이미 성공하고 있음을 보여줍니다. "교육을
이야기하면/ 출세부터 생각하고// 정치를 이야기하면/ 다 그렇고 그런
놈부터 생각하"며, "미래를 이야기하면/ 주머니 속 동전 수부터 헤아리
는" 우리에게는 대체로 희망이 없다고 시인은 말합니다. (「희망에 대하여」)

희망 없음을 희망 있음으로 전화하는 힘은 어디에 있을까요? 이제 과거형이 되어버린 한 노동자의 삶은 여기 없지만, 억압이 없고 휴식과 웃음과 미래가 있는 일터를 꿈꾼 그의 기억과 꿈은 남아 있습니다. 술에 취해 안티와 저항 속에서 자유를 구가할 수밖에 없는 아픈 현실을 질경질경 씹고 있었을 그가 질문합니다. 덜 일하고 더 잘 사는 길은 정말 없겠는지. 프롤레타리아조차 될 수 없는 프레카리아트(Precariat, '불안정하다'는 뜻을 가진 이탈리아어 'precarious'와 '프롤레타리아트'를 합성한 신조어)가 점점 늘어가는 세상에서, 이제야말로 다른 꿈을 꾸어야 하지 않겠냐고. 대지의 품과 흙에서 단절된 채 도시에서 공장에서 몸을 팔아 살아가야 하는, 그조차 여의치 않은 실업의 황금시대, 가난과 빚에서 벗어나기 위한 복권 당첨 같은 꿈 외에 우리는 어떤 꿈을 꿀 수 있으며, 어떤 삶과 세상을 설계할 수 있을까요. 먹먹해오는 그의 시 한 편으로 대신하고자 합니다.

살려달라는 소리 혹시 들릴까
기계톱 끄고 잠시
귀 기울여 보다가 결국
베어버린다 베어지고 나면
나무들은 비로소
자연(自然)이 되곤 한다
___「간벌」(유고시집 『미안하다』) 전문

황규관
\
어둠에 보내는
찬사
/

공고를 졸업하고, 91년 육군 만기제대하고 입성한 나에게 서울은 "매캐한, 역겨운 현기증부터" 가르쳤다. 수많은 일자리를 전전하던 나는 가슴에 박힌 대못, 어머니에게 편히 쭈그려 앉아 천천히 숨 쉬며 먼 산 바라볼 햇살 환한 텃밭을 안겨주고, 좁은 거실에서 복작대는 아직 어린 자식새끼들에게 담도 울타리도 없는 환한 마당에서 맘껏 뛰어놀게 해주고 싶었다. 무작정 사표를 쓰고 시골로 내려가, "아이 손잡고/ 꽃 피는 거, 콩 싹 돋는 거 바라보다"(「석유는 독배다」) 울며 되돌아왔다.

"서울을 떠날 때보다 추레해진/ 사진도 붙이고, 맘에도 없는/ 기회를 주신다면 열심히 일하겠습니다,/ 로 끝나는 자기소개서를 덧붙여/ (……)/ 마치 아귀다툼 같아서 떠나온 곳에게/ 무릎을 꿇"으며 이력서를 다시 쓰고 말았다. "밥 때문에/ 삐쩍 마른 자식놈 눈빛 때문에/ 이렇게 내 영혼을 팔려는 짓이/ 옳은 일인지 그른 일인지" 알고 싶지 않지만 "나는 이렇게 늘 패배하며"(「우체국을 가며」) 살아왔다.

혼자 끙끙대는 혁명은 늘 실패했다

　기다려도 기다려도 가진 건 울음뿐인 사람들 안에 내가 있다. 의식과 지향으로서가 아니라 존재 그 자체로 나를 떠밀어 밥 벌어먹고 살아내야 하는 게 내 삶의 조건이다. 하지만 굴욕스럽고 때로 치욕스럽기까지 한 꽁꽁 묶인 밥의 사슬이 선물한 게 있다면, 뜨거운 밥은 진실하고 달다는 것이다. 비정규직 노동자들이 일을 더 하게 해달라고 농성하는 그로테스크한 현실에서, 치욕을 온몸으로 뚫고 지나가는 처절하게 아름다운 절규들, 그것을 바라보아야 하는 슬픔과 괴로움이여. 비참하면서도 고귀하고, 추하면서도 아름다운, 쌓아둘 게 없는 가난한 자들의 몸이여. "내 몸을 구석구석 착취해달라는 절규 자체가/ 너무 지독한 치욕인데/ 치욕에 대한 예의도 모르는 자들에게/ 무엇보다,/ 우리가 먹는 밥이 뜨거운 까닭이/ 자신들의 착취 때문임을 죽어도 알 수 없는 자들에게/ 더 일하게 해달라며 검게 타버린 영혼을/ 남김없이 보여줘야 하다니!"(「비창(悲愴)」)
　화장실 앞에서 밥을 먹어야 하는 작은 집에 살면서 나는 "들어오고 나가고 먹고 싸는 일/ 그치지 않는 이 단순한 형식이 결코 가볍지가 않"다는 것을 날마다 배운다. "간신히 세상의 끄트머리에 매달려 사는 동안/ 내 안에 쌓인 게 아무것도 없다는 게/ 얼마나 경이로운 일인가/ (……)/ 얼마나 고마운 가난인가" 생각하며 밥을 먹는다.(「화장실 앞에서 밥을 먹다」)

"밥 버는 일, 새처럼 쓰린 걸 물고 와서/ 아이들 앞에 달게 내놓는 일이 결국은/ 계통 없는 구김을 만드는 것이다/ (……)/ 지난 시간의 굴욕을 황급히 손사래치며/ 반듯하게, 아무렇지 않게 펴는 일이다/ (……)/ 또 한주일 동안 접혀질 구김을 미리 길들이기 위해/ 남몰래 치르는 비겁한 의식인 것이다".(「다림질」) 나는 그 비겁함과 굴욕을 어쩔 수 없이 통과해왔다. 혼자 다니는 일이 없는 단짝 친구인, 가난과 아픔을 양팔에 끼고 사는 건, "아프고 아파서 아픔이 웃을 때까지/ 천천히 가는 길"이다.(「아픈 세상」) 없는 돈 때문에, 나 대신 아내의 목소리는 늘 쉿소리를 내지만 "내 꿈은 은행빚을 탕감받는 게 아니라/ 이 비루함을 더 큰 비루함으로 완성하는 것,/ 그게 혼자 끙끙대는 혁명"이다.(「쉿소리」)

나의 혁명, 즉 내가 치욕과 굴욕을 벗어나는 길은, 분노나 구호나 원한의 화살이 당도할 확연한 정답과 대안을 제시하는 직선도로가 아니다. 나에게 그 길은 우회하는 것. 누군가는 "부딪쳐 흘려야 할 피를 피한다고 욕하"기도 하겠지만, "강물을 따라 가는 길"이자, "산모퉁이를 돌아가는 길"이다. "풍경을 훔치려는 허튼 욕망"의 얼굴들과 크게 다를 바 없지만 "까마득한 벼랑을 옆구리에 끼고 도는 길"을 몸으로 넘어서는 것이 내 길이다. "조금 늦게 도착"할지, 아니 "영영 떠도는 길"이자 "혼자되는 길"일지 모르지만. "심장이 뜨거워지는, 괴로운 길"인 줄 알지만, 벼랑을 걸으며 "곧장 가며 흘릴 수 있는 피의 색깔을/ 잠깐 꽃에게 물어보"며(「우회하는 길」) 저마다의 얼굴을 깊이 들여다보며 가는 길이다.

"사람이 만든 길을 지우지 못해/ 풀꽃도 짐승의 숨결도 사라져가고" "산모퉁이도 으깨어져 신음"한다. "사람이 만든다는 제법 엄숙한 길을/ 언젠가부터 깊이 불신하게" 된 내게 길은 머릿속 설계도가 아니라 행위로서의 길, 묵묵히 걷는 고단한 발의 길이다. 그러므로 "지상에서 가장 큰 경외가/ 당신의 발을 씻겨주는 일"이 되었다. "두 발이 저지른 길을 대신 지워주는 의례"이기에. (「발을 씻으며」)

아무 형식도 없는 단순한 몸의 생리와 의지와 당위와 이성이라는 물건은 늘 내 속에서 싸우고 있다. 하지만 그 형식 없는 단순함이 진실의 얼굴이요 나를 살게 하는 힘이다. "쌓아두지 않는 게 몸의 운명인데/ 내가 지금껏 한 고백들, 선언들, 다짐들은/ 모두 무언가에 짓눌려 뱉어진 것"으로 "내 업이 되어버렸다". (「아침똥」) 날마다 새로운 몸, 날마다 내보내고 축적하거나 저장하지 않는 현재형의 몸, 욕심부리지 않는 몸, 거짓을 모르는 몸, 지상의 형식인 몸. 지향과 의식이 하늘과 비상의 영역이라면, 몸의 세계는 남루한 대지의 영역이다. 정신과 이성의 영역이 많이 가진 존재들의 점유지라면, 육체의 세계는 몸밖에 팔아먹을 게 없는 가난한 자들의 고단한 대지다.

몸과 발을 통과하지 않고서 비상은 없다. "새는 대지의 힘으로 난다/ 날아오르는 순간도 그렇지만/ 하늘에 긋는 불립문자들도/ 발목에 쟁여진 대지의 힘으로 쓴 것"이 아니던가. (「새는 대지의 힘으로 난다」) 하지만 대지의 세계는 더 이상 기입할 자리도 없는 패배의 이력만을 안겨주었다.

어제는 내가 졌다
그러나 언제쯤 굴욕을 버릴 것인가
지고 난 다음 허름해진 어깨 위로
바람이 불고, 더 깊은 곳
언어가 닿지 않는 심연을 보았다

오늘도 나는 졌다

패배에 속옷까지 젖었다

적은 내게 모두를 댓가로 요구했지만

나는 아직 그걸 못하고 있다

사실은 이게 더 큰 굴욕이다

이기는 게 희망이나 선(善)이라고

누가 뿌리 깊게 유혹하였나

해야 할 일이 있다면 다시 싸움을 맞는 일

이게 승리나 패배보다 먼저 아닌가

거기서 끝까지 싸워야

눈빛이 텅 빈 침묵이 되어야

어떤 싸움도 치를 수 있는 것

끝내 패배한 자여,

패배가 웃음이다

그치지 않고 부는 바람이다

___「패배는 나의 힘」(『패배는 나의 힘』) 전문

어제도 오늘도 나는 졌다. 하지만 지는 것보다 아픈 건, 삶이 나에게 던져준 굴욕의 총량을 채워야 한다는 데 있다. 늘 함량 초과의 굴욕과 패배 앞에서 내가 "해야 할 일이 있다면 다시 싸움을 맞는 일"이다. "이게 승리나 패배보다 먼저"인 것이라 자문하는 일이다. 패배와 굴욕에게 한바탕 웃어주고 "눈빛 텅 빈 침묵"으로 돌아가는 것이다.

　내게 말은 낮은 몸이자 비루한 살의 냄새로 온다. 어둠 속에서 "풀잎이 들려주는 목소리가 혁명의 노래"는 아닐 것인가. "갓난아이의 배냇짓 같은/ (……) / 단지 밥 넘어가는 목구멍의 깊은 울림 같은/ 낮은 목소리" 가 나를 구원하는 거 아닌가. "너무 낮고 낮아/ 보이지 않는/ 들리지 않 는 /우주의 선율"이 참다운 혁명이 아닐 것인가. 오래 말없이 걸어도 편 한 동지는 아닐 것인가. "바람에 흔들리다/ 끝내는 떨어지는 나뭇잎의 비명이/ 들리지 않는 거대한 침묵"이 상처를 밀고 넘어오는 기쁨이 아닐 것인가. (「낮은 목소리」)

"명확한 답을 너무 많이 가지고" 있어, "타락도 비굴도 모"르는 직선 과 계몽의 목청이 아니라, '울음'마저도 잊어, '매음이나 깨달음이 한 얼 굴 같다는 의문'을 주는 큰 목소리가 아니라,(「변명」) 소용돌이 같은 상 처에서 자라 아물지 않은 흔적으로 세상에 맞서는, '흐르는 말'이 진짜 말 아닌가. 현재진행형으로의 말, 나를 구원하는 말. "말이 되지 못해 스스로 어두워진 상처가/ 지금도 용암처럼 넘쳐 나와/ 나를 만들고 있 는 것"은 아닐 것인가. (「상처에서 자라다」)

어두워진 상처에서 내가 자라고 관계가 자라고 이미 오랜 과거가 되 어버렸을지 모르는 사랑이 자란다. 낮게 어둠 속에 엎드려 "새끼들 칭얼 거림을 다 듣고/ 아내의 지친 한숨도 내 것으로 한 다음에야 노래는/ 터 져나올"지 모른다. "모든 밥벌이가 단기계약이듯/ 사랑도 이제 막바지" 이지만, "깨어진 기억은 길가에 치워져 있"지만, 노래가 저절로 젖어 울 음이 되는 "백척간두가 내 힘"이자, 사랑의 노래이다. (「예감」)

내 안에 갇힌 내가 문을 박차고 나와 나 아닌 것과 살을 섞는 일, 그 것이 관계의 확장이자 혁명의 완수다. "영국사 앞 천살 먹은 은행나무" 처럼, "제 몸에서 다른 몸을 키우고/ 제가 떨군 은행알이 싹 틔운/ 자식

나무와도 몸이 붙"은 천년 나무처럼. "자기 아닌 것들과 몸 섞어가며" "깊은 그늘"이 되어주는 나무처럼 다른 몸들과 섞여 사는 몸과 살로서의 삶.(「몸을 섞다」) 그것이 도처에 널려 있는 죽음을 정지시키고 재생을 가능케 한다. "살이 말을 녹"이고 "살이 얼었던 마음을 녹"이고 "굳어버린 영혼을 살린다." 고체가 아니라 흐르는 강물 혹은 달빛 같은 액체로서의 살이 흐르면 내 말은 노래가 되어 흐른다. "나무의 살과 새의 살이 / 녹아 흐르는" 새의 울음처럼.(「흐르는 살」)

빛이 너무 과하다

　여기까지 제가 황규관 시인이 되어 글을 썼습니다. 『패배는 나의 힘』에 대한 객관적 비평과 해석은 평론가의 몫일 테고 감상은 독자의 몫일 터이니, 전 그냥 황규관 시의 속내로 들어가 시를 잉태한 첫 자리와 씨알만 잡아보기로 하였습니다. 가만히 들여다보니 실직한 기간에 금강경이나 베끼고 살던 후배 황규관이 대체 뭐를 보고 붙들며 살았는지 희미하게 보이는 듯도 하네요.
　시인으론 선배격인 황규관을 만난 곳은 구로공단 언저리입니다. 가리봉 삼립빵공장 담 건너 목욕탕 3층에 있던 구로노동자문학회 사무실에서, 밤에 모여 시를 쓰고 곧잘 가슴에 멍이 드는 합평이란 것도 하고, 존경하는 문인들 초청해 공부도 하던 시절이었죠. 혈기왕성한 구로동, 인천, 부천 파르티잔, 송경동, 홍명진, 조혜영, 문동만, 오도엽, 안기현, 문선옥, 김사이, 이설야, 이만호, 황규관이 걸어 나왔어요. 소설가 이인

휘, 안재성, 윤동수 선배 등이 길을 터주고 시인 오철수가 후배들 일으켜 세우던 곳. 이제 나이를 제법 먹은 노동자 잡지 『삶이 보이는 창』이 만들어지고, 전국노동자문학연대 행사와 공장문학의 밤 등 늘 거리에 서 있어야 할 잡다한 일들이 모의되던 곳, 가리봉. 낙관과 이상과 진보 라는 낱말 앞에서 늘 조금씩은 삐딱했던, 제도와 계몽과 합리보다 탈주 와 내면의 열림과 어둠을 친구 삼던, 하지만 쾌활하고 밝고 진실한 자 유주의자 황규관이 유일하게 자청한 관직이 장난삼아 결성한 '해자당' 사무총장인데, 저도 모르게 비밀리에 당수가 된 죄로, 이전 시집에서 이 번 시집까지 오는 동안 더 깊어진 어둠의 비밀스런 얼굴을 찬찬히 들여 다보고 있습니다.

첫 시집 『철산동 우체국』(1998)에서 시인은 스스로를 어둠이라 불렀 죠. 내 길도 내가 꿈꾸는 세상도 나와 온전히 밀착되지 않기 때문에. 그 렇다면 어둠의 반대편에 누가 있었는가. 그대가 있었고, 사랑이 있었습 니다. "그대가 나를 지우는 빛"이었죠. "나는 그저/ 잠든 그대의 머리맡 에서/ 으스스한 적막으로 서성이다/ 그대의 눈빛이 창문을 밝힐 때/ 흔 적도 없이 사라"지는 어둠이길 주저하지 않았습니다. (「봉천동」) 저를 지 우는 길이 빛이라니. 어둠은 그의 영혼에 각인되어 "어머니와 내가 아버 지에게 버림받았던" 기억이 "내 사지에 박힌 채 빠지지 않는 못"으로 남 아 있었습니다. 희망과 내연의 관계인 어둠은 그에게 역설적으로 "내 안 에 점등되는 희망"이 되었죠. "아무리 누더기일지라도/ (……) / 과거로 기 둥을 세우고 서까래를 올리고/ 그 처마 밑에서 피 흘리"게 했습니다. (「과 거로 지은 집」)

세상은 어둠 투성인데 그런 세상에서 섣불리 빛(희망)을 이야기하는 무책임과 즉 거짓을 용납하지 않겠다는 것, 그것이 어둠을 직시하게 만들었던 것일까. 그래서 기꺼이 세상의 어둠에 나를 섞는 길을 택했던 것일까요. "어둠이 길을 지운다고 생각했지" 실은 "빛이 길을 기만했을 따름"이기에, 빛은 "피 흘리는 사투도 없이/ 사람을 유혹하기"(「어둠은」) 때문이었겠어요. "어둠 속에서 불빛 하나 꿈꾸다/ 기어코 생살 찢는 고통을 날개와 맞바꾸었지만/ 살아보니 다 속임수였음을" 알아버린 탈진한 나방의 죽음을 연민의 눈으로 바라보던 시인은, "날개도 불빛도 다 삶의 허방에 불과한 것"을 너무 일찍 알아버린 겝니다. (「나방의 죽음」)

그런데 빛을 향한 질주와 높이 날고자 하는 욕망은 무참한 후회뿐일까요. 어둠과 빛을 동시에 껴안는 노래는 욕심일까요. "한때는 지긋지긋하게 싫었"지만, "일몰에 마음 다쳐 세상 헤매다/ 생애 거덜난" 내가 머뭇거릴 때, "내 어머니 맨발로 달려나와/ 아이고 내 새끼 아이고 내 새끼/ 얼싸안고 내 등 쓸며 우시던" "우리집 안마당"(「유토피아」)이 소박한 유토피아가 되는 경지에선 더 이상 어둠도 빛도 없습니다. 경계가 사라진 곳, 어둠인 내가 밝음이자 동시에 어둠인, 어머니와 우리집 안마당에 안기는 이 순간이야말로 (삶은 물론 시적으로도) '허방'이 '해방'이 되는, 우리에게 어쩌다 오는 축복의 순간들은 아닐까요.

시인은 『패배는 나의 힘』에서도 여전히 이 세계엔 빛이 과하다고 느끼는 것 같습니다. 세상은 지나치게 빛을 추앙하고 흠모하죠. 하지만 어둠과 무명은 빛의 배경으로만 존재하지 않을 터, "어둠을 비추는 힘은 불빛에게 있지 않"겠습니다. "가을햇빛에 드러나는 세계의 형형색색이나/ 쪽빛 하늘에 뜬 흰 뭉게구름이/ 가장 낮고 고독한/ 영혼의 눈빛에게 나타나듯// 무명이 백광(白光)을 품"지 않던가. "바람도 함성도/ 모두 무명의 가늠할 수 없는 힘"에서 나오는 게 아니던가요. "타오르는 불길 속에서/ 거대하게 일렁이는/ 종잡을 수 없는 무명"이 아닐 것인가. (「무명」) "한강 가에 켜놓은 가로등 수만큼은 함성이 있어야/ 혁명이라 믿었던 때도 있었지만/ 백로 지나 우는 귀뚜리 울음에/ 귀가 지금껏 젖어 있다/ 이제는, 퇴행이라 해도 좋으니 이제는 세상의 불빛을 끌 때"이다. "지워진 길도 내버려둘 때"다. "내 안의 불빛도 이만 끄고 바람이 되어 숲과 울 때"가 아닌가. (「이제는 세상의 불빛을 끌 때」)

가난과 굴욕을 몸으로 통과하는 길, 패배와 치욕을 웃음과 구원으로 완성하는 길, 낮은 목소리로 우회하는 길, 이것이 시인 황규관이 숨겨놓은 길입니다. 하여 이 시집은 어둠에 보내는 찬사이자, 가난에 내민 악수이자, 낮은 곳에 보내는 보이지 않는 깊은 포옹입니다. 어두운 골목길 울음이자, 가슴속으로 난 길이 있어 울음도 침묵도 내면에서 공명되는 울음소리죠. 저마다의 적막을 견뎌야 하는 어둠 속에서 노래가 나옵니다. "어둠이 영혼의 솜털에 정전기를 일으키기 때문에"(「어둠은」, 『철산동 우체국』) 우리는 노래합니다. 어둠이 존재하는 한 우리의 노래는 끝나지 않을 테니.

세계의 조직으로서의 몸, 그리고 육체성의 언어와 시간

살이 말을 녹인다

잎사귀 무성한 나무에서

68

새는, 아무 형체도 없이 울음만
바깥세상으로 내보내고 있다
그게 사실은 나무의 살과 새의 살이
녹아 흐르는 소리라는 것,

말이 녹으면 노래가 되고
살과 살이 섞이면 형언할 수 없는 리듬이
허공에 가득 찬다

그러므로 이 가냘픈 몸 안에
흐르고자 하는 욕망이 번득이는 것,

나는 이승의 어떤 탐닉에 대해서는 너그러워지기로 했다

살이 얼었던 마음을 녹인다
살이 굳어버린 영혼을 살린다
강물 같은 살이
달빛 같은 살이
___「흐르는 살」(『패배는 나의 힘』) 전문

"새는, 아무 형체도 없이 울음만/ 바깥세상으로 내보내고 있"는데,
"그게 사실은 나무의 살과 새의 살이/ 녹아 흐르는 소리"라는 게 시인의
시각입니다. 시집 『패배는 나의 힘』의 서시인 위 시 속에서, 말을 흘려보

낸 살이 얼었던 마음을 녹이고, 굳어버린 영혼을 살려내고 있습니다. 우리가 이름 지어놓은 강이라든가 달이라든가 새 혹은 나무라든가 하는 뼈의 명사들 대신 흐르는 육체성으로서의 '살'로 거듭납니다. 여기서 각 존재들은 자기 영역을 따로 구축할 자아의 세계 혹은 관념에서 해방되어 서로 섞이고 갈마들어 흐릅니다. 즉, 세계는 한몸이 되어, "살이 말을 녹"이고, 녹은 말은 노래가 됩니다.

몸의 세계와 세계의 몸에 대해 각별히 연구했던 메를로 퐁티(Maurice Merleau-Ponty)는 지금껏 철학이 고작해야 몸을 인식 주관이 대면하는 여타의 다른 대상과 다를 것이 없는 시공을 채우고 있는 연장(延長)으로 보았다고 비판했죠. 이미 "규정된 모든 사고에 앞서 스스로 우리의 경험에 끊임없이 현존하는 잠재적 지평으로서의 몸"을 발견하지는 못했다는 겁니다. 퐁티에 따르면 살과 뼈와 피 등으로 이루어진 몸은 의식이 지각하는 대상이기 이전에, 몸 때문에 바로 외부 대상들이 우리에게 존재할 수 있게 되는 것입니다. 세상 바깥에 있는 비신체적인 "고공비행을 하며 내려다보는 주체"는 없으며, 세계 안의 몸과 뒤섞여 있는 의식이 주체가 된다는 겁니다. 피부의 조직끼리 갈라낼 수 없이 얽혀 있듯, 의식은 "세계의 조직(tissu du monde)" 속에 살고 있습니다. 과연 우리는 노래라는 개념 없이 새소리를 들을 수 있을까요. 살이라는 언어 없이 살이 흐른다고 감각할 수 있을까요. 언어 없이 인식할 수 있을까요. 공간 감각과 시간 의식 없이 우리는 타인의 몸이나 내 몸에 대해 생각할 수 있긴 할까요.

살점을 다 발라먹자 조기는 뼈로 누웠다
바다 속을 누비며 살 때는 전혀 예측 못한 순간이지만

가는 지느러미는 아마 보이지 않는 세계가 길렀을 것이다

원하지 않았어도 결국 뜯길 몸,

그래도 입질은 쉴 수 없었으므로

뼈라도 덩그러니 빛나는 것이 아니겠는가

바다를 떠나면 죽음은 시작되나

다시 거기서부터 다른 생(生)이 펼쳐지듯

미동도 없이 길게 누웠다

누구나 마지막엔 하얀 뼈가 되지만

제 살로 삼았던 세계가 풍성한 만큼만 빛나는 것인가

진신사리가 무엇인가,

살면서 건네받은 몸을

다른 입에게 건네줄 수밖에 없음을 증명하는 것이라 생각하니

까닭모를 울음이 가슴 가득 차올랐다

내 뼈의 색깔이 그후로 내내 궁금해졌다

____「빛나는 뼈」(『패배는 나의 힘』) 전문

    내 앞에 있는 조기는 살이 붙은 조기가 아닙니다. 제 살을 다른 입에게 다 주고 뼈로 남아 "다른 생을 펼"치고 있는 그(물고기)는 살면서 건네받은 몸을 다른 입에게 건네준 존재로서의 진신사리입니다. 생물학적 차원에서 먹이사슬의 원리라든가 육신을 제물로 바쳐 거듭난다는 신화적 종교적 진리를 구태여 갖다 붙일 필요도 없습니다. 지금 시인은 내게 보이는 뼈와 죽음을 너머, 바다에서 팔딱거리며 생을 구가한 살, 즉 그가 살았던 과거와 생명의 세계를 보고 있으니까요. 그리고 묻습니다.

"제 살로 살았던 세계가 풍성한 만큼만 빛나는 것인가"고.

우리는 어쩌면 직선적인 '언어'에 갇혀 그 '언어'가 직시하고 가리키는 방향으로 사고하는지도 모릅니다. 그런 점에서 언어가 우리의 사고를 결정한다는 언어 결정론에 대한 철학적 탐구로도 해석됩니다. 호모사피엔스에겐 불가능한 듯 보이지만, 우리는 상상을 통해 그것을 꿈꿀 수는 있습니다. 곧잘 시인들이 하는 게 그 짓인지 모르겠습니다. '뼈'는 곧 사멸이자 무용이자 죽음이라는 죽은 관념을 떨치고, 그 빛나는 뼈의 자리에 살과 생동하는 삶으로서의 과거와 다른 생을 펼치고 있을지 모를 미래의 광휘를 보는 것인지도.

외계인과 지구인의 만남을 통해 시간과 언어의 관계를 그린 드니 빌뇌브(Denis Villeneuve) 감독의 영화 〈컨택트〉(Arrival, 2016)와 겹쳐서 위 시를 읽습니다. 저는 그 영화를 보는 내내 진정한 소통이란 무엇이며, 언어가 정말로 우리의 내적 세계를 보여줄 수 있는가 의심했습니다. 더불어 과거-현재-미래라는 직선적 시간의 흐름에 대해서도요. 문어처럼 보이는 외계인들은 손으로 도구를 잡고 글자를 쓰는 게 아니라, 몸의 가장 말단인 흐물흐물한 다리 한쪽 끝에 붙은 빨판의 원형 구멍에서 나오는 먹물로 쓰더군요. 언어의 질료가 몸에서 나온 물질이라는 것은 그들의 언어가 얼마나 몸적인가를 보여줍니다. 먹물이 번지는 동안 지속적으로 그 글자들은 원환 속에서 뻗어 나온 줄기와 가지와 잎을 피우며 완성되어갑니다. 하지만 페르마의 원리(Fermat's principle, 광선이 두 점 사이를 지날 때 가장 짧은 거리를 택한다는 원리를 말한다 : 편집자)처럼 최초의 획을 긋기도 전에 문장 전체가 어떤 식으로 구성될지를 미리 알고 있는 것 같습니다. 마치 장래에 펼쳐질 잎과 꽃과 열매가 씨앗 하나에 온전히 들어 있는 것처럼.

우리 언어에 의해 헵타포드어(heptapod語)로 불리는 그들 언어에는 시간이 일방적이지 않을뿐더러, 기본 구조가 2차원적인 원입니다. 원은 시작과 끝이 없으므로 사건의 전후 관계가 사라집니다. 모르긴 몰라도, 우리가 알고 있는 인과율도 필시 적용되지 않겠죠. 그들이 말을 끝낼 때까지는 (다 해독할 수 있다 하더라도) 내가 그의 말을 이해했다고 단정할 수 없습니다. 육체의 연장으로서의 그들의 말은, 시간 순서대로 주어가 목적어에게 무엇을 한다는 식의 서술 방식을 가진 지구인에게 미지의 세계입니다. 시 한 편 더 보기로 하죠.

마음이 몸을 가지듯
잎사귀가 바람을 만들 듯 바위가
허공을 훨훨 날아다니듯

사랑이 완성되는 순간은
끝내 오지 않을 거라고
하늘에 낮은 천둥이 지나간다

당신에게 가는 길은
언제나 오류였지만
오류 외에는 가진 게 없지만

시간이 모래 기슭을 짓고 허무는

저 냇물처럼, 가난한 이승을
새벽에 깨어 받아 적는 것은

자꾸 흩어지려는 과거와 미래를
잠깐 이 자리에 머물게 하는 일

오, 미완성의 지속이여
언어를 갖지 못한 설렘이여
형상을 낳는 대지여……
___「오고 있는 세계」(『정오가 온다』) 전문

"자꾸 흩어지려는 과거와 미래를/ 잠깐 이 자리에 머물게 하는 일"이
이 시에선 언어입니다. 그래서 새벽에 일어나 받아 적습니다. 지금 이 순
간도 지속적으로 "형상을 낳는 대지" 혹은 우주 앞에서 언어는 영원히
미완성입니다. '시간에 대한' 의식이 사고하는 방식을 규정합니다. 그래
서 언어는 문명의 초석이자, 서로를 이어주는 끈이겠습니다. 대부분의
문명권에서 인간의 언어는 시간 순서대로 사건을 지각하는 선형적 사고
를 반영하지요. 우리에게 시간은 과거에서 현재를 거쳐 미래로, 즉 한쪽
방향으로만 흐릅니다. 그러므로 시간의 흐름에 따라 사건을 나열할 수
있으며, 원인과 결과 사이의 확실한 선후 관계를 설명하는 인과율이 대
접받습니다.
　다시 〈컨택트〉와 겹쳐 읽어보죠. 실체를 알 수 없는 외계인이 쓰는
언어는 음성언어도 선형문자도 아니고, 그렇다고 상형문자와도 다릅

니다. 원형의 형태를 띤 그 언어는 주어, 목적어, 서술어 같은 방향성이 없고, 시제도 존재하지 않습니다. 내가 지각하는 유일한 순간은 지금 뿐이고, 현재의 시제 속에서만 존재하고 살아갈 뿐이기에. 그 짧은 찰나의 현재라는 한 점의 시간 속에는 과거와 미래가 갈마들며 순간순간 서로 영향을 주고 있지요. 과거-현재-미래가 원형의 세계 속에 생동하고, 지금 이 순간 만들어가는 헵타포드어는 그들이 사유하는 방식을 보여줍니다.

얼핏 보면 드니 빌뇌브의 〈컨택트〉는 운명론처럼 보입니다. 결국 우리에게 주어진 시간—우리가 과거, 현재, 미래라고 부르는—은 이미 짜여진 극본이며, 우리 자신은 그에 맞춰 살아가는 것뿐일까요. 멸망과 죽음으로 종결된 미래의 참상을 얼핏 보았다 하더라도, 과거의 기억이나 지나친 우려가 낳은 환상이라 판단하고 그냥 무시해버리면 어떻게 될까요? 3차원에 사는 우리에겐 얼핏 들여다본 세계가 과거라고 생각할 수밖에 없습니다. 시인이 언어를 통해서 "미완성의 지속"이자, "언어를 갖지 못한 설렘"이라고까지 말할 수 있는 것은, 인간의 눈은 본래 형상을 낳는 대지의 시선의 중첩이자 오고 있는 미래 세계의 중첩인 동시에 그것에 대한 기억이기 때문일 겁니다. 시간이 엎어져버리는 〈컨택트〉처럼 황규관의 시에서 곧잘 선형적인 시간 구조는 깨집니다.

접촉, 그리고 오고 있는 세계

웃음은 신의 흔적이다

컴컴한 담벼락 귀퉁이에서
희미하게 빛나는 창문이다
고단한 길의 복판에서
더듬더듬 말을 배우는 작은 꽃잎이
우리의 잘려진 심장을 대신할 때
신은, 우리 안에서
조용히 밖으로 몸을 내민다
울음도 신의 흔적이다
멈추지 못하는 배회도 그의 번민이다
신이 사라진 자리에서만
저주와 외면과 소비가 번식한다
저 운동장에는
흙먼지 뿌연 아이들의 달리기 대신
거대한 종말처럼
고층 빌딩이 앞을 다툰다
사랑은 그의 눈썹에 가득한 석양이고
시는 비틀거리는 그의 걸음이다

심해가 멍들도록 바다가 휘어지는 것도
신이 죽은 이들을 꼭 품기 때문이다
___「신의 흔적」(『정오가 온다』) 전문

이 시에서 보이지 않는 신이 보이는 사물에게도 현현합니다. "더듬더듬 말을 배우는 작은 꽃잎이/ 우리의 잘려진 심장을 대신할 때/ 신은, 우리 안에서/ 조용히 밖으로 몸을 내민다". 신은 볼 수 없지만 더듬거리는 꽃잎과, 수장된 자들을 품는 심해, 그리고 사랑으로 가득한 석양은 신의 연장입니다. 여기서 공간적으로 신과 인간의 시간 또한 거대한 바위처럼 통째로 하나입니다. 그런데 우리는 시간과 사물을 낱낱이 분석하고 나눠서 부분적인 요소로 이해합니다. 이 세상을 이루는 기본단위는 원자이고 원자는 다시 전자와 핵으로 나뉘고 핵은 또 양성자와 중성자가 있고… 쿼크 단위에 이르기까지 분석하는 입자물리학 같은 것을 우리는 환원주의라 부르죠. 물체나 생물체를 갈가리 찢어 원자단위까지 쪼개버리면 생명현상은 사라집니다.

마른 숲을 가득 채우는
저 어린잎들을 보아
이제 몸의 시간이 온 거지
아니 시간의 몸이 우리를
쓰러뜨리고 있는 중이지 어두운 내면이
환해지는 게 아니라
다른 몸, 너의 아픈 기쁨이
한 조각 덧대어지고 있다는 것
그것만이 내 유일한 신앙이야
지독한 남루도
그동안 타오른 적이 없는
다른 태양인 거야 말없이

낡아버린 영혼을 덮어주던 스웨터 같은

저 어린잎들을 보아

하늘을 나는 새 같고

나에게 던져진 돌멩이 같고

경련을 일으키던 눈빛 같은

몸의 시간, 아니

꽃이 무너진 자리에 핀

시간의 몸

___「시간의 몸」(『정오가 온다』) 전문

  이 시에서 시간이라는 4차원은 몸이라는 3차원으로 하강하여 몸으로 화합니다. 과거, 현재, 미래가 하나의 통일체처럼 병존하면서 다른 몸으로 생성해가는 다른 몸을 보게 됩니다. 현재의 몸을 그 자체로 잘 들여다보면 그와 연관된 과거의 몸이 현재처럼 상영됩니다. 현재를 잘 들여다보면 미래의 몸도 여기에 현현합니다. 미래가 과거처럼 보이고, 과거가 미래처럼 보이는 이런 현상은 단지 신비나 예지력의 문제가 아니겠습니다. 추상의 틀을 깨고 이미 규정한 나의 언어를 내려놓은 그대로 볼 때, 현재는 미래와 과거가 교직된 원형이 되지 않을까요.

풀이 대지와 대지의 틈새에서 자라듯

노래는 여기에 있는 몸과

지평선 너머에서 반짝이는 번개

사이에서 울려 퍼진다

모였다 흩어졌다 반복하는 시간 속에서

사랑을 벌겋게 앓을 때

인적 없는 길에서 뒹구는 돌멩이도

내부의 뜨거움을 번민하는

작은 별이 된다

이건 살아보지 못한 시간의 이미지가 아니다

아름다움은, 뿌리 깊은 놈을 당신의

혀가 핥아줄 때 생기는 영원 같은 것

그러나 잎사귀를 갉아먹는 저 벌레는

얼마나 생생한 세계인가

사랑에도 낫지 않는 아픔을

슬프게 슬프게 우는 노래여

시간을 움직이는 부르튼 입술이여

동요하는 어둠이여

＿＿「어두운 노래」(『정오가 온다』) 전문

　황규관의 시에서는 곧잘 인류의 시간을 벗어나는 사건이 발생합니다. 그것이 시를 난해하게 하지만, 바로 그것 때문에 시간의 지배를 벗어난 사고를 하게도 합니다. 특정 시간의 흐름에서 빠져나와 원형의 공간에서 벌어지는 사건이 곧 사랑이자 노래의 시간입니다. 그것은 영원의 시간입니다. 아무 일도 생기지 않았으나 모든 일이 생길 수도 있는 그 시간은 영원의 시간입니다. 미래에 있을 일이 이미 거기에 존재해 있고, 과거에 있었던 일도 지금 내 앞에 영원히 멈춰 있습니다.

"아름다움은, 뿌리 깊은 농을 당신의/ 혀가 핥아줄 때 생기는 영원 같은 것/ 그러나 잎사귀를 갉아먹는 저 벌레는/ 얼마나 생생한 세계인가"라고 말하는 시간은, 생명의 시간이자 생성의 시간이겠습니다. 참다운 의미에서 원형적인 시간, 시의 시간, 아름다운 시간, 사랑의 시간, 정지된 시간은 영원의 시간과 동의어겠죠. 그리고 그것은 소요와 거품과 잡음이 제거된 침묵의 시간입니다. '컨택트'가 접촉이자, 타자를 있는 그대로 알아본다는 의미로 받아들인다면, 황규관 시인은 외계인의 선물을 받을 필요가 없겠습니다. 그들이 주고자 했던 'weapon'은 전쟁 무기가 아니라 시간을 다르게 사유하는 언어였으니까요.

김정환
\
세계의 시신을 떠메고
나아가는 시
/
『내 몸에 내려앉은 지명(地名)』에 부쳐
\

일부러 불친절한 건 아니지만 가리킨 길을 찾기가 쉽지 않은 시, 혹은 말했으나 딱히 그것만 지시해 표식하지는 않는 시가 있다. 시치미를 떼고 울 자리에서 울음을 거두게 하는 짐승의 한숨이나, 광물질의 땀방울이나, 혼자 중얼거리는 듯한 읊조림이어서 표준어와 문법이라 불리는 것에 익숙한 머리를 쥐어뜯게 하는 시. 평균 이상의 지성을 유지하면서도 광물질과 신화의 동굴과 동물 상태 혹은 그 모든 것을 혼융해 물질화, 역사화해버리는 시. 김정환 시인의 『내 몸에 내려앉은 지명(地名)』이 그렇다. 이 시집은 그래서 한번에 읽을 수가 없다. 읽어도 처음엔 확연히 다가오지 않는다. 시의 이해가 시 읽기의 목적이라면 중간에 내던질 수도 있다. 아니 시인이 말하고자 하는 바를 꼭 알아야겠다면 애초부터 그건 불가능하다. 시인도 모르므로. 모르기에 계속 쓰는 것이 시인의 시이자, 전에 쓰던 시가 맘에 안 들기 때문에 계속 쓰게 만들었으므로.

지명 속에서는 때로 제2차 세계대전 참혹도 위안을 입고 감격의

분명이 더 분명하다. 자유가 방임일 수 없다.

집단이 강요일 수 없다. 둘 다 헌신과 희생을 통해서만

가능하다는 분명이다.

자유와 집단의 가장 밀접한 거리의 변증법이

가능하다는 분명이다. 그때도 이상(理想)은 금물.

지명 속 지명을 입은

이상은 뒤늦게 지명의 지명을 입은 뒤늦은 이상이고

일화가 뒤늦었으므로 더욱

죽음에 육박하는 것이 생이듯

죽음과 공조하는 것이 생의 예술이라는

명제가 지명이다.

___「분명」 부분

　　제목 '분명'과 달리 분명히 잡히는 게 없다. 그러나 내 머릿속에 모호하게 드리워져 있던 것을 벗긴 것같이 환하게 드러나는 기시감과 "죽음과 공조하는" "생의 예술"이 현재진행형으로 기술되는 듯한 '분명' 때문에, 평소 김정환 시에 거의 내비치지 않던 '슬픔의 힘'과, 자유와 집단과 이상과 변증법과 일화를 넘어, 선과 각도와 도형 보유(補遺) 등 다소 추상적인 것이 환기시키는 '어떤 매력'이나 절박성 때문에 계속 읽게 된다. 그리하여 선물인지도 모르고 내 손에 쥐어져 있는 선물처럼, 선물 준 사람도 잊고, 나도 잊고, 일시에 불이 탁 켜지는 듯한 마주침을 경험하게 한다.

난해가 분명하고 명징한 인쇄소

　추억이 제의다. 맥락도 없이 불쑥불쑥 감동의 뼈대만 드러나고 그렇게
만 그것이 비로소 과거고 비로소 과거가 안심이다. 당신은 선물하는 사
람 마음을 몰라…… 그랬던 여자가 있었구나. 이것도 그녀가 사준 음악
이다. 먼 옛날 추억이 제의를 낳았는지도. 제의가 아무리 피비려야 하는
것이었대도.

　　___「야구」 전문

읽을수록 분명해지는 것은 이 시집의 기조가 "들림이자 보임이자 들
음이자 봄이었"던 죽은 자들의 말이자, 진혼곡이자 시나브로 죽어가는
몸에 바치는 제의 같다는 것, 지금은 이별했으나 사랑했던 삶이 죽음에
입술을 포갠 천 번의 키스이자, 속수무책으로 흘러내리는 액체성의 노래
이자, "울컥, 아는 것이 지워지는 것인" "비에 젖는 지명"들을 미리 앞당
겨 늙었거나 잠깐 죽었을지도 모르는 상태에서 터져 나온 '호명'이라는
것. 그게 시인일 수도 나일 수도 너일 수도 있으며, 우리 모두이자, 생이
자, 우리가 디딘 땅의 실체일 수도 있다는 것. "어느 완벽한 협연이 시간
을/ 공간으로 바꿀 때// 그 안에 깊이 빠졌으나 허우적대지 않고/ 작곡
과 연주도 상관없을 때.// 너와 나 없는 게 그리 당연하고 막연이 가장
진지한/ 대화 상태일 때// 병약한 새끼들을 크낙한 부리로 쪼아 죽여버
리는/ 괭이갈매기 따위 자연을 우리가 '받아'들일 때.// 이해도, '기어이'
도, 개체수도, 연민도, 간절도 비정도/ 없이 그냥 받아들일 때", 지옥 같
은 현실에서 우리를 어딘가를 데려간다. "죽음의 가장 생생한 밑그림/

이기에 미래인 언어"가. (「보유(補遺) : 발굴 바벨탑 토대」)

> 아무데도 속할 수 없으므로 펼쳐지는.
> 겉장만 남은, 그 속면 아무리 깨끗해도
> 겉장이니까 쓸 수 없는 공책이 있다.
> 그것만 따로 모아도 소용없다. 겉장이 겉장의
> 권위를 포기하지 않는다. 스스로 마모될 수 없는
> 목차가 있다, 울컥,
> 이는 것이 지워지는 것인.
> 비에 젖으면 지명(地名)의
> ___「액체 황홀」부분

　미래가 현재에게, 현재가 백악기에게, 멸망한지도 모르고 멸망한 인류가 미리 가서 보내는 샤먼의 중얼거림 같은 시들은 소리 내어 읽을 때, 액체성의 황홀들이 몸속으로 흘러들어온다. 머리와 눈으로만 읽으면 안 된다. 리듬은 형식이 아니라 삶에서 나와 흘러가며 만드는 풍경이니까. 기울어져야 액체는 흐르고, 높낮이가 있어야 음악은 시간의 밧줄을 타고 영원 혹은 영혼 어딘가로 우리를 데려갈 수 있으니까. 시와 음악은 시간을 공간화하고 풍경을 시간화하고, "생의 전면화인 무의식과 생각보다 더 많이 관계하는 의식"이 공조해 만들어가는 협주곡. 죽음과 삶 사이, 진폭이 큰 상념과 사유 사이, 어딘가에 닿을지 모르는 곳으로 흘러가는 시인의 노래를 '리퀴드(Liquid)시'라 부르겠다.
　자본주의 운운할 것 없이 이 시대는 문학도 삶도 상품이 되어버렸다.

나를 나답게 읽지 못하고, 나답게 쓰지 못하고, 세계의 참상과 아름다움을 동시에 바라보지 못하게 하는 것, 그것 또한 앞지른 멸망이자 생으로부터의 절멸이다. 살아서 이미 죽은 것이다. 이 시를 읽는 독법 중 하나는 세밀하게 여러 차례 내리치는 도끼질이다. 옹이와 결절이 많은 섬세한 나무토막을 잘못 내리치면 튕겨나간다. 엄정하고 신중한 몇 차례 닿고서야 상처와 생육과 시간의 집적으로서의 옹이이자 그 옹이를 품은 나뭇결은 도끼날에게 제 몸 귀퉁이를 살짝 허락한다. "겉장의 권위"를 다 버린 겸손 속에서야말로 저를 펼치는 생의 속장 이름은 "난해가 명징한/ 인쇄소"다.

> 고유명사와 분리되며 가장 낯익어지는 궁극의
> 추상명사,
> 죽음의 인쇄
> 동작인
> 인쇄소가 있다.
> 생이 죽음의
> 얼굴 없는 인쇄라는
> 사실,
> 인쇄소가 있다.
> 성경 찍던 최초 속으로
> 성경의 최초인
> 인쇄소가 있다.
> 갈수록 더 부드러운 부드러움의

벽(壁)에 죽음의

난해가 명징한

인쇄소가 있다.

＿「인쇄소」 부분

　"생이 죽음의/ 얼굴 없는 인쇄"라니, 이보다 명징할 수 없다. 억지로
쉬워지기를 염원하거나, 세계를 단순화하려는 욕망이 과하지 않는 이
상, 생이 그런 것처럼 죽음이 또한 그러한 것처럼 웃음도 울음도 엄정할
것이다. "웃음의 참음 아니라 엄정 구현. 무한 박쥐 엄정 구현. 웃음이/
엄정일 때까지. 엄정이 엄정의 형식 아니라 몸일 때까지./ 그것이 겸손일
때까지." "진짜 뉴스는 아무도 모르고 당사자가 제일 모르는/ 고립의
죽음이다./ 울으라, 마침내 검은 죽음이 더 검은 울음 삼키듯이."(「고립의
역정」)

　젊은 시인 권민경은 "오랜 시간 똑같은 이유를 반복하고 있을지"도
모르는 문학과 예술의 대세와 달리 김정환 시인은 "전혀 다른 방식으로
쓰"며, "그것을 지켜보는 것 자체가 시를 읽는 재미"라고 말했다. 혹은
"시인이라는 브랜드만 믿고, 시를 너무 쉽게 쓰고 있다고 느껴질 때가
많"은 현실에서, "좀 더 직설적으로 말하면, 창작과 열정이 경력과는 반
비례로 점점 낮아져가는 모습을 보곤"하는 시단에서, "김정환의 시에서
는 '손목 힘의 시'를 끝까지 경계하는 시인으로서의 자세 같은 것을 발
견"한다 했다. "의식과 풍경이 명확히 구분되지 않"지만, "공간도 현실
도 존재하고 있"으며, "사람의 생각이란 너무도 종잡을 수 없"어서 "생
각의 단초에서부터 연산되고 또 연산되는 생각, 의식의 흐름 와중에 우

리의 눈이 살펴보는 주변 풍경, 그리고 부지런히 풍경을 살피다 다시 상
념 속으로 돌아가는 것, 그런 것이 의식의 흐름" 아닌가 묻는다. 그래서
시를 읽다 "한 문장이나 단어에서 파생된 생각 때문에, 불특정한 상상
의 세계를 떠돌다 돌아오"는 재미를 주기도 하는데, 시간과 공간을 뛰
어넘는 단어나 문장 이미지 등등의 지점을 권민경은 '워프존(Warp zone)'
이라 명명했다.

애써 감추는, 끌어당기는 손이 보이지만 끌어당기는 게 무엇인지
보이지 않는 호의.
그것만큼 분명한 것도 없다.
누구에게나 생이란 결국 다행이겠으나
이제 자기 뜻밖에서 다른 호의가 시작될밖에 없다는 것을 죽음이
오랜 세월 걸쳐 형언하고 있다.
(······)
생계도 지명의 의상에 지나지 않고 생애가 지명을
배열하지 않고 지명의 호의가 생애를 배열한다.
교우 관계보다 더 잡다한 것을
어긋난 느낌 전혀 없이 배열한다. 그때
인간으로 살았다는 게 그렇게 신기할 수가 없다.
지명도 지명의 호의로 씌어진다는 듯이.
___「지명의 호의」 부분

이 시는 생가 지명이 안내하는 표지판(이름) 앞에서 발견하는 "낭만이

나 지성과 다른" 인간의 보통명사이자, 그 이전인 "인간 바깥 자연"으로
서의 지명에 대한 호출이다. 지명의 호의는 죽음의 다른 의미다. 생의 예
술이 지명이라면, 생이 다해 죽음으로 가는 것과, 죽음 속에서 생을 환
기하는 것과, 멀쩡하게 살아서 자신의 죽음에 살을 섞는 것은 한통속이
다. 한통속의 일점(一點)을 바라보는 시인의 존재론이다. 인간이 자기를
창조하는 일이 살고 죽는 것이라면, 시 쓰기가 그런 행위라면, 시인이란
"닿을 수 없는 것, 잃어버렸지만 단지 회복만이 아닌 방식으로 찾아야
하는 게 아닐까? 그게 시가 아닐까?" 그의 지나가는 듯한 말이 들린다.

나라에 국상(國喪)이 있었다

  1
  자식 잃은 부모들, 슬픔에 희망이 없다. 슬픔을 모르는 자 더욱 희망이
없다.

  (……)   .

  4
  나라에 국상(國喪)이 있다. 5백 년 전 국상. 나라가 다할 때까지 울어야
할 국상이다.

  (……)

6

죽은 어린이날이 있다. 죽은 어버이날이 있다. 죽은 스승의 날이 있다.
오 그 밖에 이러고도 세상이 돌아가다니, 우리가 살아 있기는 한 건가?

7

무엇을 했다는 사람들 무엇을 했다는 희망이 없다. 무엇을 하고 있다
는 사람들 무엇을 하고 있다는 희망이 없다. 어른들 희망이라는 말에 희
망이 없다.

(……)

9

여기가 퉁퉁 불은 물의 지옥이다. 실종자 숫자가 사망자 수 302를 향
해 넘어가고 또 넘어간다.

10

너무나 지리한 슬픔의 미분(微分)으로 넘어간다. 왜냐면 주검들의 소문
만 끝없이 이어진다. 너무나 느닷없는 충격의 적분(積分)들로 넘어간다
왜냐면 끝까지 기적을 포기할 수 없었다.

'세월호 참사의 말'이라는 부제가 붙은 「물 지옥 무지개」는 "2014년
5월 5일, 그러니까 참사의 수가 뒤늦게, 어처구니없이, 그러므로 더욱 지
리하고 더욱 지리한 바로 그만큼 더 끔찍하게, 304로 변경 확인되기 전

에 쓰"여졌다. "실종이라 부르"며 "끝내 죽음이라 부르지 않"는, "가슴에 묻었다고 하게" 된 어른들, "어른의 희망이었던 아이들의 그 아픈 무지개가 있을까? 있단들 우리가 볼 수 있을까. 있단들 볼 자격이 있을까?"

어른들이 저질러놓은 세계를 사실적으로 기술했을 뿐인데 참혹해서 참을 수가 없다. 14까지가 산 자가 기술하는 죽음이라면, 15는 "바닷속 아비규환의 고통을/ 아주 먼 옛날의 아주 희미한 참혹 정도로 기억하는/ 어린 혼령들"이 무지개를 놓는 이야기다. 아이들이 무지개를 놓으며 대화한다. "맞아, 그런 게 있었어. 옛날에…… 우리를 위한/ 도로(徒勞)가 있었어. ……그 생각이 무지개의 말이자 보임이자/ 들림이었다, 자신의 무게를 온전히 벗고 단일(單一)로 펼쳐지기 직전/ 가 궁륭의 생각에."

무지개 떴다. 해가 맞은편으로 마중 나왔다.
해가 가장 낮익은 동네였다.
눈에 보이는 것이 귀에 들리는 것이고, 귀에 들리는 것이
말하는 것이었다, 세상 사람들 귀에 들리지 않고,
눈에 보이지 않는.
'참극은, 참극도, 지상에서도, 결국은
다른 이들의 생을
화사하게 하기 위해 있는 거겠지.
왜냐면 참극을 초래한 자들이 결국은
참극의 주인공이고 가장 불쌍한 참극이다.'
그것이 가장 낮익은 동네인 태양의 말이자

들림이자 보임이자 들음이자 봄이었다.

각각의 연에 1~30까지의 번호를 붙여 세월호의 참혹함을 서사시 형태로 써 내려간 이 시를 광화문 광장에서 유족들과 어른들과 아이들이 보는 앞에서 끝까지 낭송한 시인 김근은 영하 10도 넘는 추위 속에서도 사람들이 움직이지 않았다 했다. 이제는 없는 '허리'와 '소년 소녀'와 '학교'를 먼 옛날 동화처럼 기억하는 아이들이, 육체를 포개어 무지개 다리를 놓은 대화를, 이 잔혹한 동화를, 환상처럼, 그러나 가장 사실적으로 듣고 있었겠다. 가장 참혹한 순간은 사실적으로 느껴지지 않으니까. 가장 사실적인 이야기는 판타지 같다. 옛날에 한때 존재했던 '원망'과 '응징'을 아이들은 아름다움이라 부르며, 그것을 통과해야만 하는 "슬픔의 힘을 미래라 부르게 되었"다고 시인은 쓰고 있다.

김정환 시인은 "시를 쓴 지난 3년간 인간으로 산다는 게 얼마나 슬픈 일인지 감각하게 한 일들이 많았다" 했다. '사는 게 사는 건가', '살아 있는 게 맞는가', '시인이란 자들이 남들보다 더 전적으로 파고들어야 하는 게 뭔가' 질문들을 곱씹으면서 쓴, '물 지옥 무지개'의 참혹한 서사가 우리 앞에 당도했다. "무지개 떴다. 무지개 떴다. 여기가 물 지옥, 퉁퉁 불은 무지개 떴다."(30) "울보들아. 울 수 있다는 게 얼마나 다행인가. 울어보자. 울음이 무지개 일곱 빛깔 찾아줄 때까지."(28) "내 이름은 세월호 참사. 울음이 나라의 한몸일 때까지 울어보자."(29) 퉁퉁 불은 지옥이 흐려지고 울음이 잦아들고, 그리고 평소라 불리는 날들이 왔지. "무지개 뜨지 않았다. 비가 내렸고 평소가 돌아왔다. 그래야겠지…… 그런데 평소가 가장 음란한 포르노 같고, 가장 냄새나는 추문

같"(21)다.

　그 기간 동안 내가 보고, 나를 보는 모든 시선에서 여전히 평소와 다
르게 참사의 기미와 죽음의 냄새를 시인은 맡는다. 시인을 쳐다보는 사
진 속 뉴질랜드 소 앞에서 시인은 중얼거린다. "유언 없는 모든 인간 참
사의 뒤늦은 전언 같다,/ 죽음을 100% 다는 모르니/ 저리도 천진난만
한."(「뉴질랜드 소」) 괴물이 된 늙은 원전이 중얼거리는 소리도 듣는다. "자
신을 폐해달라는/ 말. 괴물 자신의 마지막/ 필사적인 인간 언어의/ 말,
말의 마지막 호소"를 들으며, "왜 그것을 인간이 알아듣지 못하나" 하고
중얼거린다.

　　우리가 사라지는 것도 모르고 사라질 수 있다.
　　우리가 사라진 것도 모르고 사라질 수 있다.
　　그건 차라리 낫겠지. 그때 사라지지도 못한
　　사람들 생각하면 생이, 잔존하는 생명이
　　끔찍 그 자체일 수 있다.
　　＿＿「원전 노후(老朽)」 부분

　이미 있었고 지금도 있고 이미 목전에 닿아 있는 죽음과 위험과 공포
와 결국엔 일어나는 참사 속에서도, 인간들은 당장 오늘 쏟아지는 엄
청난 물량을 과적하고 과속하고 추월하고 과거를 지우며 사라진다.
"죽음도 이젠 감옥 아니고 그만한 집의 등장이 없다. 풍경이 죽음의/
문법이다. 혼동이 자연과 인간 사이 그것으로/ 제자리를 되찾는다. 남
음과 만남, 엄청나기/ 바다와도 같지, 모양과 나타남 사이/ 보이고, 너

무 빠르고, 그 과속이 내용을 지우는/ 사라짐 속", (「건물 노후」) 그 바다 한가운데 우리는 떠 있고, 누군가는 허우적대고, 누군가는 이미 휩쓸려 사라졌다. 사라진지도 모르고 사라진 우리는 지금 여기 없는지도 모른다.

갑돌이 갑순이들의 한국현대사와 최근 미국 사정

세월호 이후 3년, 아니 최근 10여 년, 우리 사회에서 일어난 역사적 사건들을 목도하고 견디며 "이러고도 세상이 돌아가다니, 우리가 살아 있기는 한 건가?" 자문했을 시인의 호흡이 길어졌다. 어쩌면 얕은 호흡으로 목숨줄 여러 번 끊어지며 명부로 하강하기도 하며, 썼을 시들 속에는 신학철 화백의 2002년 작 그림인 〈한국현대사 –갑순이와 갑돌이〉에 부치는 「構想의 具象, 혹은 중력의 수평」이라는 시가 있다. 부제처럼 이 시의 주인공은 한국현대사 속의 갑순이와 갑돌이다. 여덟 쪽 병풍처럼 나뉜 이 대작 그림에 시인 역시 1~8번까지 번호를 붙여 각 쪽에 그려진 그림 내용을 시로 형상화했다. 붙임이자 시인의 색다른 해석이다.

1
온화한 농촌과 대지 어머니의 가난이 내게 물려준 것은 팔뚝이었다
식민지 임신과 해산이 해방과 두 손 맞잡은 팔뚝 골육상쟁 내장과어
(……)

2

그것은 주먹, 내 심장에 여인 곁에 가득찬 아우성 형상 이전 형상
문법 이전 문법 바글대는 생이 모른다 죽음이 아는 자신의 정체를
(……)

3

꼭대기에서 드러나는 형상은 늘 죽음 편이다 아무리 목숨의 불꽃
던져주어도 철기 시대 공포가 요상하다 울음이 울음 떠메고 우는
통곡하는 추모 행진이 또 가로막힌다 열리는 포문을 받아들인다
(……)

4

그 아래 녹아내리는 섹스에 사랑 없고 환락도 종말의 상상력이고
흘러내리는 형용조차 형용할 수가 없다 모든 형용사가 녹아내려
빨고 핥고 비명 지른다 종말만 고체다 경악의 감탄사도 없다 누가
(……)

이 시는 해방 이후 내내 '을'로만 살아온 갑돌이, 갑순이 편에서 엄정
하게 구상된 장시다. 여기서 오늘날 온갖 참사의 인과로서의 현대사
와, 시대의 무게를 찬찬히 읽어나가는 과정을 배울 수 있다면, '내 몸에
내려앉은 지명'들은 흙을 입고 살을 입은 내 이웃이자 민초들의 거대한
살아 있는 형상으로 보이기 시작할 것이다. "여보. 사랑이 바로 사랑
이전이다 서로 그리운 뜨거운 짐승이 울부짖는 남남북녀 이팝에 고깃

국 휴전선 가로막았다 철통 같은 태세로 가로막힌 것이 가로막았다 사랑을 할미꽃 목판 생명보다 먼저 딱딱한 땅이". (「構想의 具象, 혹은 중력의 수평」 2 부분)

그리고 이제, 우리 앞에 펼쳐진 세계와 우리가 맡을 수 있는 냄새는 "역사와 자본의 진혼곡"이다. 그래, "올 길을 온 것이다". 올 때까지 온 것이다. "공포의 근육이 기계의 공포를 낳고 자본이 공포 기계를 낳"으며, "곡소리만 뒤늦게 낯설게 들을 수 있는 불쌍한 자본"을 누가 구하나? "눈물의 근육 입고 스스로 경악의 세계를 뛰어넘고 거대한 바로 그만큼 인간 마음의 영토를" 누가, 어떻게 넓힐 것인가?

8

(……)

여인 일어서는 풀 마지막 농부 땅버러지 역사의 용광로뿐 아니라
티끌 하나보다 더 가벼운 죽음의 눈꺼풀 들어올려 낯선 눈동자의
낯선 눈동자 낯선 아름다움의 낯선 아름다움, 배웅 연습을 위하여.

이 연작 마지막에 재등장한 '여인'과 '일어서는 풀'과 '농부'는 자연을 필요 이상으로 착취하고 살면서도, 자연보호를 뻔뻔스레 내거는 이율배반적인 문화 논리도, 원시반본(原始返本) 하여 황금시대로 돌아가자는 시대착오적인 언술도, 민중이 역사의 주인공이라는 동어반복도 아닌 듯하다. 이들은 망가지고 구겨지고 파괴된 현대문명의 참화 속에서 미래로 가기 위해 반드시 담보되어야 할 모더니티의 씨눈이다. 물질이자 정신이자 생이자 죽음인 그 미래의 씨앗은, 고생고생하며 착취당하는지도

모르고 착취당해서가 아니라, 그들이야말로 이 병든 문명을 치유할 수 있는 건강성을 담보하고 있기 때문이다. 그들은 누가 구제해주길 기다리는 약자거나 혁명에 동원되어야 할 대상이 아니다. 그들은 참다운 주체로서의 '나로드(народ)'다. 갈등과 고투 속에서도 최후의 보루로 남은, 이제 낯선 아름다움이 되었으나, 낯설지만 아름다운 진정한 바탕이자 토대다. "낯선 아름다움의 낯선 아름다움, 배웅 연습"이 절박하다.

이 시를 읽는 재미 하나는 면을 뛰어넘어 수평으로 읽을 수 있다는 점이다. 부제에 '좌에서 우로도 읽음'이라 쓰여 있었지만, 책의 양면을 단한 번도 이어서 읽어보지 않았으므로 모두들 스쳐 지나갈 것이다. 현대사의 시간은 해방 후부터 전쟁과 분단의 50년대와 혁명과 반동의 60년대와 농업의 희생을 통해 산업화를 이룬 70년대가 나뉘지만, 과거와 현재는 서로 붙어 있을 뿐 아니라, 공시적으로 보면 지금 이곳, 이 한 점에 그 모든 시간대가 응축되어 있으므로 1, 2, 3, 4, 5, 6, 7, 8의 첫 행은 8행 모두 이어져 있을지도 모르겠다, 생각하며 이어 읽었을 때 정말로, 그새로이 생성된 시는 의미적으로도 리듬으로도 딱 맞아떨어진다.

온화한 농촌과 대지 어머니의 가난이 내게 물려준 것은 팔뚝이었다
그것은 주먹, 내 심장에 여인 곁에 가득찬 아우성 형상 이전 형상
(1, 2의 첫 행 이어 읽음)

꼭대기에서 드러나는 형상은 늘 죽음 편이다 아무리 목숨의 불꽃
그 아래 녹아내리는 섹스에 사랑 없고 환락도 종말의 상상력이고
(3, 4의 첫 행 이어 읽음)

"화음의 중산층 없"고 아우성과 죽음과 목숨의 불꽃에 사랑 없고 백성도 살림도 부활도 순환도 없는 우리 현대사가 보인다. "비운보다 인과/ 응보로 느껴져야 했다. / 조선 왕족들 자존심이 아직 남아 있었다면 말이지. / 끔찍한 비만 틈틈 그 비좁은 길로 쏟아져나온/ 백성들의 인산(因山)/ 인산인해. / 통곡하는 슬픔보다 더 불쌍한 그 슬픔의 짐을/ 비좁은 길보다 더 비좁게 옥죄는 데 써야 했다."(「한성부 지도」) 진화한 것은 기계와 물질 뿐이다. 그것도 편파적으로. 조선 5백년 지나 일제강점기 지나, 이 근현대사로부터 몇 발자국도 못 나간 공간에서 우리는 살고 있지 않은가.

좁게 말해 우리 현대사는 미국과 소련과 심하게 유관하고, 넓게 보면 세계사와 현대 자본주의가 이 양 대국과 지나치게 밀접하다. 「최근 미국 사정」. '그리고 슬픈 순간의 영원, 1990년 서라벌레코드사 발행 ⟨The Classic Collection On Melodiya Of The USSR⟩'이라는 부제가 달린 장시는 우리 현대사를 좌지우지한 그 좌우의 이야기이자, 예술에 대한 알레고리다. "소비에트 멸망을 신발처럼 신고/ 급기야 무슨 수의나 되는 것처럼 입고 다"니는, 도대체가 "멸망/ 하지는 않는 까닭을 도무지 모르겠"는 미국과 "멸망한 까닭의 참혹이 너무 분명"한 소비에트에 대한 이야기다. 웬만한 시집 두어 권 분량은 족히 될 가장 길고 난해한 이 장시를 나는 가장 많이 재밌게 읽었다. 역설인가? 맞다. 도통 종잡을 수 없는 처음을 지나, 몇 번 휴지기를 갖는 중간을 지나, 아무 데나 펼쳐 읽는 후반기 독법을 지나고, 다시 펼쳐드니 의식의 흐름처럼 종잡을 수 없는 풍경과 독백들과, 때로 말이 안 되는 말과 욕설까지도 진짜 시로 다가왔다. 나중에는 아무 데나 펼쳐도 어느 지점에서 탈각된

나를 발견하거나 워프존으로 사라지는 경험이 반복된다.

1

(……) 이런 천박한 디아벨리, 벼락부자 새끼……
돈 자랑에도 예술 경지가 있다 이거냐? 그렇게 쓴
음악이 2백 년 전에 앞으로 2백 년을 변주한다.
가구장이들 막간 뒤집은 간막의 무늬 짜는 소리. 전
세계의 미국 대통령, 친애하는, 친애하는, 친애하는
에서 끊긴다 연설이. 말은 평화의 말이고 평화시에만
말이 되거든. 아무리 거대하고 길게 이어져도 전쟁은
의성과 의태뿐이다. 이야기가 가까스로 연옥의 조난
신호에 달하는데, 이상한 모임이고 지붕, 홈통 같은
단어에 한참 못 미치고, 그래서 거대하기도 하다.
신대륙, 그 생의 왕성한 낯섦. 그게 언제였나 아니
돌이킬 수 없게 된 지금 비로소 보이는 건가? 고질이다
두려움이, 살갗보다 더 낯익고 식량보다 더 집단적.
우울하고, 축 늘어져 낭떠러지도 없다. 명명의 역사
앙상하다. (……)

"이런 천박한 디아벨리, 벼락부자 새끼"는 미국 혹은 계속 "I am sail-
ing"을 반복하는 USA 예술이겠지? "친애하는, 친애하는, 친애하는/ 에
서 끊긴다 연설이." 이것은 전쟁을 일으켜놓고 세계의 평화에 대해 뻥까
는 부시나 그 나부랭이들, 소위 미국의 지도자들을 가리키겠지? "오 피

비림이 학살당하니 피비리지 않다고/ 안심하는, 은밀한 도청의 시간. 듣는 귀들이 스스로/ 듣는 내용 모르고 스스로 듣는다는 사실 모르고 쭈뼛쭈뼛/ 곤두서는 광경들을 보리라. 공포 없이, 공포가 마지막/ 은총인 것도 모르고 보리라. 바야흐로 자연 생명도/ 뒷말이 앞말을 잡아먹는, 전 세계로 번지고 하루/ 아침에 겹치는 최근 미국 사정이 있다."

자본주의의 제왕이자 보루인 미국의 천박성은, 위 문장들처럼 우스꽝스럽게 보인다. 시인이 "그림자 아닌 실물/ (주검 아니라) 죽음을 봐야 해. 그게 지금 현실의/ 가장 중요한 물증이다."라고 말할 때, 그 반대편에 이제는 사멸했다는 사회주의 실험실 USSR이 있다. 있었다. 기억하시라. 지금 시인은 1990년 서라벌레코드사에서 발행한 〈The Classic Collection On Melodiya Of The USSR〉을 듣고 있다. "알 수 없는 죽음의 시시각각이 무대에서 제 악보를/ 손 하나 까딱없이 연주하는 중. 도자기 인형들이/ 자기들끼리만 남아 화재 비상구도 소품이다. 시대별로 유물이/ 유난을 떨지 않는 묘지는 초음파 검사 중./ 믿을 수가 없다, 슬픔이 아직 슬프다는 것이. 행복이/ 아직 행복하다는 듯이 말이지". 너무 완벽을 기한 사회 현실에 맞춰 도자기 인형처럼 굳어버린 채 불행해진 예술가들.

2
스스로 미완과 무명을 슬퍼하는 타자, 슬퍼할 자격이
없다. 스스로 슬픔을 요하는지 알 수 없는 까닭.
감동할 의무 있다 그 둘이 서로를 아우르며 완벽의
빛깔을 빚는 광경에. 가장 슬픈 순간의 영원이 있다.

현실 아니라 우리가 이상으로 물들였던 그곳에 레닌

광장 레닌 묘 신혼부부가 결혼식 차림으로 헌화한다.

(……)

그럼에도 불구하고 자본주의적 스타성을 상징하는 미국의 천박한 예술 반대편에서 소비에트 예술이 아름다운 것은, 예술과 현실의 길항을 체현하고 있다는 느낌과, 이상이 예술 속에 스며들면서, '위대한 현실의 실패'를 곱씹으면서 예술과 삶을 이어가는 운명 때문이다. 실패가 목표는 아니고, 아니었고, 아니겠지만, 운명이라면 그것을 감지하고 받아들이고 슬퍼하는 게 예술 아닌가. 죽은 자식 불알 만지듯 사멸한 USSR을 이상화하고 옹호하는 길 말고, "젊은 감격의 승리한 울음과 무능한 당(黨)이 가난한/ 인민에게 '인민이여 당이 잘못했다' 용서를 대낮의/ 플래카드로" 비는 것 말고, 나라의 실패를 자신의 실패로 안고 슬퍼하는 음악가들처럼 "승리한 울음보다 더 쩽쩽"한 예술과 인류가 등장해야 한다. 이 지경이 된 세계의 운명과 역사와 조만간 도래할 멸망 앞에 그 미완과 무명을 슬퍼해야 한다. 타자의 이름으로, 완벽한 아름다움으로, 슬픈 운명의 시간을. 양자의 대립구도를 넘어 "자연의 비유 너머 석류 같은 소름, 미래의. 메조/ 소프라노 깊을수록 음울해"지는, 그게 "낮고 맞다." "죽음의/ 비유 너머 정육점보다 더 시뻘건 가슴뼈 침대, 환상/ 낙원."보다.

3

(……) 누구나 자신의 생 밑바닥이

밑바닥이라 누추하지 않고 생이라 누추하다는 것을
알고 입는 수의도 있을 것이다. 그때 누추야말로
자연의 총천연색이다 (……) 최근 미국 사정
그 시신을 떠메고 세계는 더 나아가야 한다. 홀로,
사람인 책임을 지고, 자연-동물-친화 아니라
죄의식을 인간 거룩의 단초로 삼고, 혁명 기억의
타락을 나는 믿겠다 (……) 영원한 빛 아니고 수천 년 찬송
아니고 정말 아무것도 없이 죽음 앞 대지로 돌아가는
그것을 믿겠다. 어처구니없는 죽음 직전 시간의 (……)

"도대체 얼마나 거대하게 낡은 임종이 얼마나 더/ 거대하게 낡아야 비명이 비명으로 들리고 임종인 내가/ 임종인 나의 정체를 알 수 있는 거냐. 언제 임종인/ 내가 임종에 임재할 수 있냐고 도대체?" 의성과 의태뿐인 전쟁 대신, 주먹질 대신, 아름다움과 언어와 음악으로 대들면서, 이 미완과 무명을 슬퍼하면서, 그 슬픔에 의미를 부여하고, 세계를 떠메고 가는 거룩의 단초로 삼으려는 이 시를 영어로 쓰지 않은 게 못내 아쉽다.

절망 위에 얹힌 희망 한 점, 각도와 고립

아내가 출근 전에 팔팔 끓여놓고 간
도미 대가리 매운탕 다시 끓여

나 홀로 점심 먹는다. 땀을 뻘뻘 흘려도

도미 대가리 매운탕

새빨갛게 맵고 새까맣게 짜도

소용이 없다.

어두봉미* 눈알을 파먹는 거

별거 아니고 잠깐이고

동굴이다.

춥고 끔찍하여 최소한

아내와 내가 있었지.

얼굴 살 뜯어먹으면 서서히

드러나는 생선

두개골, 광년 너머

지질 연대의.

특히 백악기의.

인간이 먹는 죄가

진화를 능가하고 그것이 참으로

빠른 시간의 먼

거리(距離)였구나. 아내와 나

순식간 멀리 떨어져

아내도 없고 나도 없다.

소름 끼치는데 소름이라는 낱말이 없는 그

백악기에 내가 있다. 아내는 어느 연대에?

그리운, 그리운

구석기여, 음식의

죽음이 보였던. 인간 종(種)의

희망이여, 살갗이었던.

아내여, 이 모든 것이었던.

* 魚頭鳳尾. '물고기는 머리 쪽, 새 고기는 꼬리 쪽이 맛있다.'

___「도미 대가리 매운탕」 전문

젊은 시인 최지인은 위 시를 일컬어 '죄를 인식하는 사람'의 시라 했다. 진화와 진보를 거듭하는 동안 '나'와 무수한 '아내'가 죄를 지었다. "도미 대가리 살을 바르며 인간의 죄를 떠올리는 '나'는 백악기의 사람이다. 보이지 않는 아내를, 출근한 아내를, 모든 것인 아내를 그리워하는 사람이다. 아내는 구석기쯤 있겠다. '나'의 미래에 있겠다. 그것을 희망이라고 불러도 좋겠다"고 썼다. 그리고 김정환의 오래전 시집 『황색예수전』에 나오는 「세례 요한의 말」을 붙였다. "나는 죽음으로/ 이 세상의 추악함을 증거하였다/ 이 세상의 아름다움도 증거하였다". 인간이 인간인 이유는 음식 하나 먹으면서도 이렇게 시공을 넘나들고 육신을 바꿔가면서 죄와 사랑과 그리움과 희망을 오가는 데 있지 않을까.

죽음을 무마할밖에 없는

우리가 썩어간다. 살면서 살아 있다는 게 딱히 더

중요할 것도 없이

고립은 시작이다. 고립의 시작이고

고립이 시작이다.

＿「고립의 역정」 2 부분

　"밀가루 반죽을 얼굴 형용으로 뒤집어쓴 화상은" 뭐지? 스스로를 물으며, "한없는 슬픔의 시간"(「고립의 역정」 5)을 빚은 착각이 뭔지 질문하며, "네가 너한테 나를 사랑하기에는 사랑 말고 너무 불쌍한 사람이다/ 내가 나한테 너를 사랑하기에는 사랑 말고 너무 형편없는 사람이다." 독백하기도 하며, 그렇지만 "너를 아는 시작인 시간. 지금은 우리가 사랑 속에 있는 중"이라 주장도 하면서(「신(神), 첫, 지구」), "죽음도 문제는 죽음이 아니고 생"이 아닌가 심문하며, 시인은 아직 화장도 치루지 않은 생에 대든다. "자신이 생에 속수무책이라는 사실 말고/ 죽음이 무얼 더 알겠는가?"라며 죽음의 신비주의도 벗긴다.(「고립의 역정」 7) 그리고 '와'와 '사이'에서 속수무책으로 무너지는 관계와 현실 앞에 울음과 "우리가 당분간 유지할 것은 연민의 각도"이며, "우리 몫의 연민"을 견뎌낼 것과 타자에 대한 감각을 구현할 것을 주문한다.

　여보. 우리가 당분간 유지할 것은 연민의 각도다.

　산 자들의 번화가 아니면

　비린내 질펀한 어촌 근해 집어등 야경이 우리 앞에

　다시 출현할 때까지. 울음이 울음의 흔들림을

　선이 선의 흩어짐을, 수습할 때까지. 아니면

　할 수 없는 거다 여보. 그것은 우리 몫의 연민.

바다가 멀리멀리 물러나 일직선에 가 닿을 때까지.

벽에 걸어두고 온 모자가 걸린다. 그 무게의

부재가 많이 걸린다.

___「각도」 부분

모든 존재는 자기 안에 있는 것만 본다. 그림자 형태로라도 존재하지 않거나, 경험이 부재하거나 사유해본 적 없는 것은 모두 비밀 속에 갇힌 난해 부호다. 잘난 척인가? 아니다. 진실성이다. 고도의 핍진함과 사실성이 난해라는 이름으로 당대에 죄 없이 배척당하고 미움 받는 이유는, 사방팔방 돌아다녀도 속살은 못 만지고 돌아오는 독자 혹은 타자의 게으름과 안이함 때문이다. 희미한 한 점의 어떤 물질화된 사유가 언어를 통해 육박해오면 그 점은 점점 선이 되고 도형이 된다. '환영' 같지만 그 속엔 "깊이의 실제"가 있다. "읽으면 그대 속으로 그대가 있는" 이 속으로, 위로와 편안함과 달콤함과 행복만이 문학과 예술과 삶의 존재 이유라면 구태여 들어갈 필요가 없다. 그러나 화석과 먼지와 짐승과 인간과 예술이 한 몸, 한 점으로 존재하는 거대한 하나를 잠시 살아보다 가는 것이 생이라면 이 "빛, 색, 선, 우주의 공중파" 속, 바늘구멍만 한 점을 통과해야 하지 않겠나. "읽으면 그대 속으로 그대가 있는/ 속, 환영의 깊이의 실제인" 점, 뿐 속으로.(「점, 뿐, 속」)

우주에서 이 시집을 별로 치면, 부피는 작지만 질량과 에너지는 겁나 큰 중성자별이겠다. 한번 마주치면 괴력을 발하는 번쩍이는 찰나의 시들로 가득한. 그 찰나가 담고 있는 무량겁. "인간으로 살았다는 게 그렇게 신기할 수가 없다"는 한탄이 끌고 가는 입체성과 시대성을 지닌 이 시집의 첫 시 「ps.」는 시론 같다. "목제가면이라는 시가 있다"로 열렸다가 "목제가면이라는 시가 있었다"로 닫힌다. 이것은 온갖 미완이자 무명(無名)일 수밖에 없는 시의 운명. 현실을 담보로, 우리의 현대사와 세계 역사를 증거로, 시인의 당대와 제의가 된 추억의 장소로서의 지명을 걸고, 그는 시의 정신이 곧 내용이자 리듬이며, 시인 자신의 실존임을 보여주었다. 시적인 형식을 띠지만, 시인이 시보다 시적인, 시적 순간들의 번득임이 도처에 산재한다. 30년도 전에 그는 "헤드라이트의 절망과/ 내 몸속, 그립고 또한 아주 왜소한 나의 절망이/ 그리고 절망의 절망이" 보여주는 목소리를 기록했다. (『절망에 대해서』, 『지울 수 없는 노래』)

"일순의 거대한 시대를 지나" 오늘에 이른 지금도 "무지개 뜨지 않았다". 희망을 말한다 해도 희망의 징조는 안 보인다. "절망은 여전히 따스하고/ 희망은 여전히 차갑다고 생각"되지만, "그래도 세상은 여전히/ 얼어터진 희망의 주먹밥을 씹으며 조금씩/ 세상다와질"(『희망에 대하여』) 것만은 믿었던, 막강하고 거칠고 지루하고 기나긴 시대를 지나왔다. "어긋난 데/ 익숙해져 세상 살 만하다 싶으면 세상이 더 어긋나/ 거기에 다시 맞추어 다시 살 만하다 싶으면 세상/ 어긋나는 속도에 가속도가 붙는 이 악화를"(『스캔들 혁명사』) 어찌할 것인가.

> 희망의 입을 어떻게 여는가.
> 벌레도 바람도 꽃도 태양도 아닌
> 오늘의 애인과 정반대인,
> (너로 하여, 때로 고독이 달콤하다.)
> 시간보다 더 늙은 미래의 구멍(은 구렁텅이),

희망의 입을 어떻게 여는가.

    ＿「고립의 역정」1 부분

이제 그는 희망의 입을 어떻게 열어야 하는지 고민한다. 30년 전에도 그랬지만, 거짓 희망 아니고, 엄살은 더더욱 아니고, 입조차 보이지 않는 희망을 열려는 고집과 고립에의 의지가 맘에 든다. 누군들 조용히 살고 싶지 않겠나. 조용히 시나 쓰고 살고 싶은데 세월호며, 정치며, 먹고사는 문제며, 타인의 죽음과 더불어 목전에서 목을 겨누는 죽음의 형상과 괴로움 앞에서, "이 현실을 내게 납득시키는 미학적 그물이랄까, 나를 너무 진창에 안 빠지게 건져 올리는 미학적 그물을 만드는 것이 시쓰기였다"고 시인은 말한다. "내가 그물을 만들어서 그 안에 담긴 나를 내가 들고 있는 거야. 너무 진창에 빠지지 말라고. 문학이 현실의 무엇인가를 해결하는 것은 아니지만 미학적 틀(그물)을 끊임없이 만드는 것, 이게 글쟁이들이 하는 거다. 그것을 '해결'이라고는 볼 수 없고, 아마도 '자신을 구원한다'고는 말할 수 있을 것이다."

    옛사람이 글씨 쓴 것 아니고 옛 글씨가 사람 쓴 것 아니다.
    한용운이 영원히 살았다며 내게 보낸 한문 우편엽서
    답장으로 쓴다. 스스로 장한 너의 일을 하라. 알게 모르게
    죽음도 문제는 죽음이 아니고 생이다.
    아니, 자신이 생에 속수무책이라는 사실 말고
    죽음이 무얼 더 알겠는가?
    ＿「고립의 역정」7 부분

좀체 인터뷰에 응하지 않는 김정환 시인이 위에서 한 말처럼, 그의 시는 팔딱거리는 생선, 즉 자신을 끌어 올려 그를 응시하는 그물이다. 그 그물이 적절하고 맘에도 든다. 올리기 전에는 아지(전갱이, 매가리)인지 고등어인지 몰랐겠지만, 어쨌든 그는 고립과 울음과 속수무책의 역정 속에서 "스스로 장한 너의 일을" 했다. "알게 모르게" 그래서 더 않음답다. 아름답다. "나의 영혼/ 총애 받으라".

송경동
\
삶은 부활해야
한다
/
『꿀잠』에 부쳐
\

    송경동의 첫 시집을 짬짬이 보고 있자니 짠하고 슬프다. '실무자' 혹
은 '운동가'라 불리는 삶을 십수 년간 살아온 그의 버겁고 찢기고 상처
난 삶이 보여서. '실무자'라 발음할 때 겹쳐지는 수많은 선후배 동료들
의 찌들고도 환하고, 가난하고도 맑은 얼굴들. 행사 하나 치르기 위해
그들은 책상과 의자와 비품을 싣고 달려가 발동기와 전기선을 끌어대
고 무대의 배후에서 오들오들 떨며 조명을 비춘다. 회의나 행사 하나 제
대로 치르려면 수십 통 전화를 하고 메일을 통해 확인하고 조율해야 한
다. 이쪽 사정을 들어야 하고 저쪽 현황을 이해해야 하고, 이 사람과 저
사람을 연결해야 하고, 이 일과 저 일을 결합해야 한다. 하루 종일 수십
통 전화를 하고 여러 회의에 참석하고, 숱한 보고서와 기획서를 짜고,
밤마다 술 마시고 날마다 싸운다.

1

「잃어버린 안경」은 송경동의 시가 탄생하는 조건을 적나라하게 보여 주는 시다. 이 시는 근래 잃어버린 안경을 다소 장황하게 나열하고 있는데, 첫 안경은 "십몇 년 좇던 일에서 빠지"려 하였으나 결국 끌려들어간 '지역 민중연대 발대식' 날이었다. 두 번째는 "남들이 이젠 그만하라는, 하지 않아도 된다는" 노동자 캠프 일을 거들 때다. 세 번째는 오십 대도 찾아보기 힘든 농민대회 날, "1001부대와 맞서 싸우다"가 였다. 네 번째는 "386이 정권을 잡았다고 떠들어대는 세상에서/ 하나같이 잊혀진" 구로 노동운동 1세대들의 모임에서였다. "빔에 깔려 네 손가락이 허전한" 선배 앞에서 "기쁨과 설움을 많이도 처먹었"던지 안경이 또 없어졌다.

처음엔 안경 한두 개쯤이야 했다
사람들은 다시 또 죽어나가고
세상에 보기 싫은 꼴이 한둘 아닌 마당이다 보니
난 자꾸 안경이라도 잃어버리며
보기 싫은 세상에 작은 항거라도 하는 거라 생각했다
하지만 이제 난 억울하다
내가 왜 이 못된 세상에 안경까지 잡아먹혀야 하나
힘없는 아내에게 그 짐을 늘 지게 할 수도 없다
그래서 나는 이제 바란다
편파적으로 구체적으로 바란다
안경이나 뺏어가는 소극적 싸움이 아닌

진정한 싸움을, 내게 걸어달라고

차라리 내 영혼의 눈을 거둬가 달라고

___「잃어버린 안경」부분

    이 시에는 억울하고 분통 터지는 수많은 일들이 중첩되어 있고, 이제 그만하고 싶은 마음과 그러지 못하게 하는 현실 사이의 갈등이 복잡하게 얽혀 있다. 그 이후 시인은 또 하나의 안경을 잃었다. 평택 황새울 벌판에서였다. 미군기지 확장 이전에 반대하는 대추리 주민들이 농사를 짓기 위한 논갈이에 들어가려 하자, 포클레인을 동원해 경찰이 논을 파헤쳤고, 이에 저항하던 지역 노인들을 보호하는 과정에서, 시인은 안경이 부서지고 목 인대가 늘어나는 부상을 당했다. 포클레인에 파헤쳐진 흙구덩이에 처박힌 사람들과 실신하는 농민들의 고함과 절규, 볏짚을 태운 뿌연 연기로 싸움터가 된 벌판과 거리가 바로 그의 시가 잉태된 자리다.

새벽마다 허방을 피해 땅 진맥 짚듯 밟고 가던 비포장길

질통 메고 오르면 출렁이며 하늘 그네를 타던 아나방길

오르다 보면 차라리 떨어져 죽고 싶던 고층 철골 빔길

파고 들어가다 보면 그곳에라도 방 한 칸 얻고 싶던 어둔 지하 칠흑탕길

하고많은 길 중에 내가 걸은 노동자의 길

　　——「길」 전문

행마다 연 구분을 해놓음으로써 이 시는 길과 길 사이에 아나방길이
놓인 것 같은 위태롭고 허허로운 느낌을 준다. "비포장길"과 "아나방길"
과 "고층 철골 빔길"과 "어둔 지하 칠흑탕길"은 "하고많은 길 중에" 운명
의 길이 되고 말았다. 인쇄소 조하이공을 거쳐 공사장 인부로 떠돌며
"썩지 않는 꽃", "혼신의 전력을 바쳐" "단 일 획에 그려져야 하는 꽃",
"피 튀기며 피었다 일순간 사라지고 마는"(「용접꽃」) 용접꽃을 피우던 청
춘기 현장이 시인에게 아직 현재형이다. 시인은 이 시대 찌그러지고 외면
당한 노동자들의 초상을 그려내면서 아직도 노동자의 현실이 "빨간 불"
임을 경고한다. "땡볕 공사장"이나 "용접꽃"을 피우며 일하던 힘겨운 노
동 현장에서 지친 달을 이끌고 돌아온 그의 식탁은 여전히 "쇠밥"이거나
"외상" 장부로 지은 "눈물국"의 밥상. 일이 없어 공친 날, 오랜만에 "때
빼고, 깔끔한 옷 갈아입고", 현장이 아닌 세계로 진입하려는 문 앞에서,
그의 암호인 '일용공 비정규직'은 거부당하고 접근조차 허용되지 못한
채 거리를 떠돈다.(「암호명」)

　　김씨가 H빔에서 떨어져 죽고 나서야
　　나는 깜짝 놀랐다
　　고작 시급 3천 원에 목매던 그의 몸값이
　　1억이 넘는다니 도대체 이해가 안 됐다

그 후 나 역시 자본주의를 우습게 아는
든든한 빽을 가졌다
김씨가 산 것은 50년이지만
죽은 순간은 5초도 안 된다

여차하면 죽어버리자
내 삶의 짧은 5초도
최소한 1억쯤은 된다는 것을 알려주자
그간 내가 몇백 번의 죽음을 경험했는지도
말해주자

　——「뒷빽」 전문

　정규직과 비정규직으로 양극화된 사회, 계약직과 파견직 등으로 몸
값 차이가 제도적으로 정당화된 작금의 사회에서, 노동자는 언제 어떻
게 될지 모르는 존재의 불안을 안고 살아간다. 삶이 치욕이고 매 순간
이 벼랑이다. 그런 현실에서 모욕당하는 노동자의 존엄성을 역설적으
로 묘파한 이 시는, 죽음 이후에야 생존이 보장되는 시대를 조롱하는
것처럼 보인다. 또 '어느 지하생활자의 보고'라는 부제를 단 「설명하기
참 힘들다」라는 시는, 공사장 감리 감독관처럼 공학적이고 냉정한 시
선을 유지함으로써, 그곳에서 떨어져 죽은 유씨의 죽음에 울림을 더해
준다. "그곳에서 오늘 유씨가 떨어져 죽었다. 재수가 없거나 발을 헛디
뎠을 뿐이다." 거꾸로 된 세상에서 반대로 발언하는 것은 얼마나 통쾌
한 아픔인가. 풍자하려고 해서 풍자하는 게 아니라 이러한 현실이 반

어와 풍자를 낳았겠다.

2

물기 젖은 눈, 즉 시선은 그 사람의 영혼이다. "어둠 깔린 가리봉오거리" 버스정류장 앞에 서 있는 봉고차 안을 바라보니, "죄수들처럼" 빼곡이 앉아 있는 "날일 마친 용역잡부들"이 보인다. "육십이 훨 넘은 노인네부터/ 서른 초반의 사내/ 이국의 푸른 눈동자까지" 모두 "머리칼이 누렇게 쇠었"다. 그들의 무표정과 묵언 앞에 어떠한 수사로도 "그들을 그릴 수가 없"다. 어떤 은유와 상징도 필요 없음을 영혼이 깃든 시선은 알아채고 말았다. (『그들은 아무 말도 하지 않았다』) 영혼의 눈은 이 세계에 안착하지 못한 불우한 육신들을 비추는 거울, 그 거울에는 날일조차 얻기 힘들어 돌아서는 "오십 대 중반의 사내"(『공구들』)가 있고, "목발을 짚고 철일을 하는 김씨"(『목발』)가 있다. "철골 공사장/ 수십 미터 허공 외빔 위에서 만나면/ 번갈아 길 터주며 목숨을 나누던"(『저 하늘 위에 눈물샘자리』) 최씨 아저씨 죽음이 숨어 있다. 시인은 이 가난하고 불우한 노동자들의 거울을 통해 이 시대 노동자의 현실을 드러내고 있다.

어쩌면 현존 질서에서 상품으로서의 결격 사항은 오히려 시가 떳떳하게 존재해야 할 중요한 이유가 되어주었는지 모른다. 쓸모없음으로 쓸모가 있기도 했던 시는 이제 더 이상 한 시대의 정신적 전위가 되지 못하며, 써먹지 못하는 것을 자부심으로 간직할 수도 없다. 무조건 이겨야 하고 잘 팔려야 한다는 상품 질서의 바리케이드 앞에 시는 왜소하게 내

던져졌다. 인간적 존엄성의 상실과 미적 자율성의 모독은 비례해서 나타난다. 이 모욕당하는 시대에 '나'라는 상품과 시는 써먹지 못한다는 걸 자부심으로 간직할 수도 없다. 그것은 치욕이자 부끄러움이다. 송경동 시 속에서 읽히는 주요 정서는 '치욕'과 '증오'와 '그리움'이고, 그 뒤를 받치고 있는 현실적 코드는 '밥그릇'과 '꿀잠'이라는 생존권 이전의 자연권이다. '아직도 밥과 잠을 노래하다니 지금이 어느 시대인데…', 이런 의문을 가진 사람이 많을 만큼 우리 사회는 지난 20년간 물질적으로 풍요해졌다. 그러나 아직도, 많은 사람이 꿀잠을 그리워하고 밥그릇을 챙기지 못해 떠도는 고통 또한 엄연하다.

> 하루에도 서너 번 난데없이 울리던 축포 소리
> 거리는 연일 들끓는 광장이 되고
> 이따금씩 눈시울 적시던 최루탄 가루
> 한적하던 나무 계단을 울리며
> 한 떼의 청년들이 들이닥치면
> 왠지 모를 부끄러움에
> 우린 원죄처럼 얼굴을 숨겼다
> 그때도 치욕이라는 말을 알았을까
> 작업장 구석에 쥐새끼처럼 숨어
> 토끼눈 반짝이던 청년들보다
> 우리가 더 막다른 곳에 다다라 있다는 아득함
> 내 뜻이 원하는 곳으로 당당히 끌려갈 수 있다면
> 하지만 상념도 잠깐, 우린 아니라고

우린 어떤 불순한 꿈도 꿔본 적 없는 조하이공일 뿐이라고

곤봉 든 체포조들에게

이 세상에서 가장 선한 얼굴로 애걸하며

우리도 증오라는 말을 알았을까

수백 년의 세월을 가지런히 모아 풀칠하고

또 한 해씩을 떼어 철을 하다 보면

환기창 프로펠러 사이

고요한 종묘 담 너머 뜰로

붉은 해가 지고 있었다

    ——「나는 지금도 그 뜰에 가고 싶다」 부분

　위 시 화자는 지금 허름한 인쇄소에서 "조하이공"으로 "수백 년의 세
월을 가지런히 모아 풀칠"하거나, "한 해씩을 떼어 철"하고 있다. 그가
일하는 간이 칸막이 너머에서는 스님들이 "다방 아가씨의 손금을 봐주
는 소리"가 들리고, 또 밖의 광장에서는 최루탄이 터지고 시위대가 흩어
지는 소리가 들린다. 이런 상황에서 작업장으로 들이닥친 "한 떼의 청년
들" 앞에서 왠지 모를 부끄러움에 "원죄처럼 얼굴을 숨"기며, 치욕을 느
낀다. 반면에 "곤봉 든 체포조들에게"는 "우린 어떤 불순한 꿈도 꿔본
적 없는 조하이공일 뿐이라며", "이 세상에서 가장 선한 얼굴로 애걸"하
며, 이때 "증오라는 말을" 느낀다.
　치욕과 증오 사이에는 수없이 많은 연쇄적 갈등이 존재한다. 그는 노
동자이므로 한낮의 시위에 참여할 수 없다. 밥그릇과 그 청년들보다 "더
막다른 곳에 다다라 있다는 아득함"이 그를 "어떤 불순한 꿈도 꿔본 적"

116

없다고 체포조에게 애걸하게 만든다. 그러나 배면에는 자신의 "뜻이 원하는 곳으로 당당히 끌려갈 수" 있기를 바라는 꿈이 숨어 있다. 그 "불순한 꿈"이 치욕에서 증오로 나아가게 하였고, 그것이 존재의 존엄성을 지킬 수 있는 유일한 무기였다. 치욕을 넘어서는 일은 존재 조건을 바꾸는 것이고, 그것이 가능하지 않다면 그 치욕을 당연히 여기는 세상 질서를 부정하는 일이었다. 그 불순한 꿈이 바로 시 쓰기로 이어졌을 지도 모르겠다. 시가 아직 침을 뱉을 수 있다면, 시가 현존 질서를 유지하고자 하는 보수 논리와 민중이 알아들을 수 없는 상징 질서에 불온하게 대들기 때문 아닐까. 가진 자의 논리를 그럴 듯하게 포장하는 거짓 세계를 부정하면서 시는 보수적 질서의 내부를 폭파한다. 강자와 제법 배웠다는 권력의 가르침은 자신이 살아온 경험과 정면으로 배치되기 때문이다. 이럴 때 시는 거짓과 위선에 대한 반격이 된다. 저항은 주변이라는 가장 약한 지반을 뚫고 나오는 용암처럼 분출한다.

3

(……)
공동수돗가에서 얼굴을 씻던 집
수챗구멍 속 쥐 눈망울이 크고 맑던 집
키 낮은 집. 대문이 방문이어서 골목길에
신발 여섯 짝 가지런하던 집. 어깨가 끼는
직각 사다리를 타고 올라가 이층에 있던 집

방 세 칸이 수도꼭지 하나 마주보고 있던 그 이층집

그 수돗가에 쌀도 씻고 오줌도 누고 토하기도 하던 집

문밖에 철제 캐비닛 하나씩은 다 갖고 있던 집

장롱 내어두고 거기에 닭도 키우고

오리도 키우던 집

떼어 가면 만 원도 받고

오천 원도 받던 수은등 아래

전깃줄이 10차선 20차선으로 내달리던 골목

그 골목에 살던 사람들

___「마지막 술집」 부분

위 시는 송경동 시인의 민중적 정서와 민중 서사를 풀어나가는 힘을
보여주는 주요한 작품으로 읽힌다. 저항하고 연대할 그 흔한 조직도 없
이, 하루 벌어 하루 살아가며, 술집에서 골목에서 '닭장집'에서 마주치
는 도시 룸펜 프롤레타리아의 삶을 보여주는 시선은 이 사회의 밑바닥
구성원들을 향해 고정되어 있다. 모든 거리와 장소는 계급적 성격을 갖
는다! 날일 다니던 "미장이목수철근곰빵질통전기조적방통공구리덴죠
닥트선반칠도배"(여기서 사람들은 김씨, 박씨로도 불리지 않고 그가 하는 일로 불린
다)들이 살고 모이던 공간은 그 자체로 계급적이다. 닭장집들이 붙어 있
는 것처럼, 닭장에 닭들이 옴짝달싹 못하고 붙어서 겨우 모이 먹고 알을
낳는 것처럼, '미장이목수철근…' 들은 붙어 있다. 그런 사람들이 모여
마시고 떠들고 웃고 우는 장소인 술집으로 이어진다.

네가 상처받고 있다는 생각이 들 때
가리봉으로 와. 아무도 없는 술집에서 뼈해장국 시키면
거기 네 설움이 울대째 넘어온 듯
퉁명스러운 감자 몇 알이 묻어나올 거야

때 타고 흙먼지 묻었지만
씻겨놓고 보면 말갛던 네 옛 친구들이
퍽퍽하니 목에 메일지도 몰라
어우러져 한 솥 펄펄 끓었어도
제각기 자란 토양 달라 한 맛내기 쉽쟎던 시절
왜 우린 서로 뼈처럼 단단해지기만을 바랐을까
____「오거리 뼈해장국」 부분

"다글다글 끓는" 뼈해장국에 그가 지난날 살았던 운동의 한복판에서 잃어버렸던 친구들을 시인은 대입시킨다. "설움이 울대째 넘어온 듯/ 퉁명스러운 감자 몇 알"은 설움이라는 정서를 표현하고 있음에도 익살스럽고 따뜻하다. 사람에 대한 따스한 정과 "서로 뼈처럼 단단해지기만을 원했"던 지난 연대와, 그래서 "열 갈래 스무 갈래 떠나간 친구들"이 맵고 짠 기억들로 단단히 결합된다. "때 타고 흙먼지 묻었지만 씻겨놓고 보면 말갛던" 옛 친구들이 "퍽퍽하니 목에 메"이는, 이것이 진짜 시의 마음결인지 모른다. 겨자씨 한 알만큼이라도 세상을 바꾸기 위해 애쓰는 자들이 가져야 할 순정인지도.

치욕과 모독이 거대한 본류로 물꼬를 틀 때 공분(公憤)이 되며 그것은
세상을 바꾸는 힘이 된다. 하지만 그것들이 자기 주변에 지나치게 오래
머무를 때 원념(怨念)으로도 가기 쉽다. 그럴 때 독이 된다. 모독을 때로
견디고 직시하며, 그것을 다른 것으로 전화시키며 일하고 사랑할 때, 비
참한 노동 현실은 아름다운 꿈이 되고 우리 모두의 희망이 되고 기쁨이
되겠다. 이 시집에는 일과 밥과 곤한 잠이 유난히 많이 담겨 있다. 이런
시에서 치욕은 원망과 증오로 내닫지 않고 민중적 넉넉함과 해학과 기
쁨으로 전환한다.

흙먼지에 섞어 먹는 밥
싱거우면 녹 가루에 비벼 먹고
석면 가루도 흩뿌려 먹는 밥

체인블록으로 땡겨야 제맛인 밥
찰진 맛 좋으면 오함마로 떡쳐 먹고
일 없으면 고층 빔 위에 혼자라도 서서 먹는 밥

시큼한 게 좋으면 오수관 때우며 먹고
새콤한 게 좋으면 가스관 때우며 먹고
연장이 모자라면 이빨로 물어뜯어서라도 먹어야 하는 밥

무엇보다 나눠 먹는 밥

1톤짜리 앵글 져다 공평하게 나눠 먹고
크레인 포클레인 지게차 기사도 불러
함께 비지땀 흘리며 먹는 밥

석양에 노을이 질 때면
아내와 아이도 모두 사이좋게 앉아 먹는
그 쇠밥
___「쇠밥」 전문

　이 사람 저 사람 불러다 공평히 나눠 먹는 삶, 도란도란 둘러앉아 맛있게 먹는 밥을 통해 시인은 그가 바라는 세상 모습을 확연하게 그려낸다. 누구도 혼내거나 비난하지 않는다. 이런 점에서 지식인의 시가 갖는 그릇된 것에 대한 풍자라기보다, 우리 민중의 판소리 가락에 묻어 나오는 해학과 익살에 가깝다. 지친 노동을 끝내고 귀가하는 힘든 시간에서도 아름다움을 발견하고, 노동 중의 휴식시간에서도 긍정적인 해학을 발견할 줄 아는 미덕이 여기 있으며,「꿀잠」이나「이총각던」,「철야」등에서 인간을 아름답게 그려내는 그의 건강함은 빛을 더한다.

전남 여천군 쌍봉면 주삼리 끝자락
남해화학 보수공사현장 가면 지금도
식판 가득 고봉으로 머슴밥 먹고

유류탱크 밑 그늘에 누워 선잠 든 사람 있으리

이삼십 분 눈 붙임이지만 그 맛
간밤 갈대밭 우그러뜨리던 그 짓보다 찰져
신문 쪼가리 석면 쪼가리
깔기도 전에 몰려들던 몽환

필사적으로 필사적으로
꿈자락 붙들고 늘어지다가도
소 혀처럼 따가운 햇볕이 날름 이마를 훑으면
비실비실 눈 감은 채로
남은 그늘 찾아 옮기던 순한 행렬
___「꿀잠」 전문

  시집의 표제작이기도 한 「꿀잠」은 일용노동자의 점심시간을 생생하
게 보여준다. 위 시는 일하고 밥 먹고 잠깐 눈 붙이는 노동자의 낮잠을
자연스럽게 쫓아가며, 그들의 고단한 삶의 일단을 평화스럽게 보여준
다. "남해화학 보수공사현장"에서 "머슴밥 먹고" 짧은 "이삼십 분"이지
만, "꿈자락을 붙들고 늘어지"고 싶은 꿀맛 같은 잠을 통해, 찰지고 따
사로운 노동자의 시간. "땡볕 공사장"의 노동을 "가까스로" 끝내고 "간
이 세면장 거울 앞"에서 시인은 "쇳가루 흙먼지 땀으로 버무려"진, "고운
청동빛" 알몸을 보면서 "까닭없이"(「저녁 불빛」) 고마워하며 하루의 허물
을 씻기도 한다. "창 너머 작업등도 수박등처럼 빨갛게 익어가는 아름

다운 시간"으로 자신의 노동을 갈무리하는 노동자의 저녁은 신성하게 조차 느껴진다. 작업장에서 "선잠 든" 노동자들의 모습을 통해, 반복되는 힘겨운 노동을 보여주지만, 그 지루한 노동의 끝에는 "아름다운" 저녁시간이 그를 기다리고 있겠다.(「저녁 불빛」)

"천장 있는 곳에서/ 일해보는 게 소원이던 시절"의 이야기인 「철야」라는 시에서는 천장 없는 곳에서 일하다 "칡넝쿨마냥 얽혀" 곤히 잠든 노동자들의 모습이 공구와 기계들의 모습과 중첩된다: 여기서 "얽히고 설켜" 고요한 전기선과 그라인더선, 절단기선, 알곤선(아르곤가스선), 용접홀다선(용접홀더선), 체인블록 등을 장황하게 나열한 이유는, 기계적 상상력이라기보다 장소(현장)에 대한 애정과 공구조차도 한몸되어 얽히고설켜 살아가는 노동자들에 대한 따스한 시선에서 비롯된 것으로 보인다. 기계처럼 잠든 철야의 풍경이 곤하면서도 따스하게 느껴지는 것은 바로 그런 연유겠다.

5

송경동의 첫 시집은 노동이라는 추상이 마스크를 벗고 근육과 힘줄과 표정을 드러낸 만물상이다. 선반 켜켜이 "꼬막처럼 닫힌 속살 열지 않던 짜디짠 벌교 가시내"를 쫓아다니는 소년과, 곤봉 든 체포조에게 "선한 얼굴로" 애걸하는 어린 조하이공과, "식판 가득 고봉으로 머슴밥 먹고" 선 채 꿀잠에 든 노가다의 "순한 행렬"이 숨은 그림처럼 구석구석 담겨 있다. 낡은 만물상 중심에는 첨단 자동화 시대에 맞지 않는 옷을 입고, 와이줄과 쇠살과 철골빔과 핸드드릴과 400볼트 홀다선과 불꽃 튀는 용접봉을 들고 서 있는 "미쟁이목수철근곰빵질통전기조적방통공 구리뗀죠닥트선반칠도배"가 있다. 이 "빌어먹을화상쪼다머저리푼수벅 수웬수개병쟁이귀머거리반팽이칠뜨기얼치기반푼이팔푼이" 들은 이곳에 서 주인공이 되어 놀며 마시며 멀리서, 그러나 확고하게 속삭이는 소리 를 듣는다. "아, 당신이 한 용접 참 튼실합디다" 이 한마디에는, 오늘 이 순간도 여전히 회복해야 할 것은 노동의 가치와 인간의 존엄성이요, 순 하고 선한 사람의 얼굴이라는 시인의 비원이 배어 있다.

> 기차보다 더 멀리 걷던 사내
> 기차보다 더 빨리 걷던 사내
> 베잠방이에 머릿수건 두르고
> 청청한 하늘 쩡쩡한 햇살 잡아두고
> 한 발짝 한 발짝 5cm 간격으로
> 파란 모 심던 사내
> ___「내가 새마을호를 타고 순천에서 서울까지 숨가쁘게 달리는 동안」 전문

세상이 휙 숨가쁘게 달리는 동안 누군가는 "베잠방이에 머릿수건 두 르고" "한 발짝 한 발짝" 파란 모를 심고 있었겠다. 이 시대 많은 지식인 과 시인이 환멸과 욕망이라는 전차를 타고 고독하게 달리는 동안, 농부 는 "쩡쩡한 햇살" 아래서 정확한 간격으로 대지를 일구고 있었다. 우리 가 공동체와 치열한 정신과 이성에 지쳐서 거대 담론과 골치 아픈 이데 올로기와 목적 의식성이라는 손님을 내리고, 다양성과 해체라는 손님을

태우고 질주하는 동안, "이 산 저 산 기슭에서 몰려와 작업라인이나", "판매라인 앞에 붙어선 아이들처럼", "일렬로 늘어선 손들이, 안간힘으로/ 강바닥을 후비며 앞으로" 나아가고 있었다. (「모래톱」)

지식인들과 먹고살 만한 사람들이 지난 연대의 거대 담론에 마침표를 찍는 순간, 모든 것은 감각과 새로움으로 환원되었고, 중요한 것은 내용이 아니라 이미지요, 기발함으로 대체되었다. 무반성적 감각의 수사학들이 도드라진 대척점엔 순수 서정주의와 선적 정신주의가 에워싸고 있었다. 욕망과 금욕 사이에 무엇이 있었는가? 양자 사이를 왔다갔다 하는 갈등과 의심과 불행한 의식이 있었다. 다른 길은 없었는가? 850만이 넘어가는 비정규직이 생존의 불안을 양식 삼아 살아가는 시대, 그들에게 읽혀지지 않는 시는 무슨 물건인가?

아주 오랫동안 송경동 시인은 구로노동자문학회에서 시를 쓰면서 노동운동가이자 문화활동가로 살아왔다. 80년대 말, 노동자문학회는 전국 수십 군데에서 지역 노동자문학회를 꾸려 지역의 노동자들과 함께 전국적인 연대 활동을 해왔다. 아직도 노동자문학이냐는 안타까운 시선과 우려 속에서, 여전히 노동자문학을 자신의 존재 기반이자 의식의 지반으로 삼아왔다. 노동자문학만이 참된 의미에서의 문학이라는 신념 때문이 아니라, 자신의 체험과 생활이 노동자의 정체성을 요구했기에, 노동자로서의 존재적 고민과 삶의 체험을 가장 소중한 문학의 질료로 삼고자 했다. 하지만 노동이 푸대접받고 고사해가는 정도에 비례하여, 노동자문학회는 쇠퇴일로를 거쳐 점차 폐업하게 되었다.

솔직하게 말하자면 그동안 노동자문학은 참된 리얼리즘의 실현도 미학적 상상력을 높이려는 노력에도 게을렀다. 아니 어쩌면 그럴 여유도 역량도 없었는지 모른다. 부분적으로 민중의 힘이 역사의 표면에 분출되어 솟구치는 정도에 비례하여 목소리를 높이고 자족하는 모습이었다. 노동운동의 성장 여하에 따라 작품의 질을 다르게 평가하기도 하고, 노동자의 생활 체험이야말로 상상적 수식을 가하지 않더라도 그 자체로 진실한 감동을 전해준다는 안이함도 있었다. 대안은 지향과 구호로써 제기될 뿐, 미학의 추구와 새로운 방법론을 창조하는 데 불철저했다.

이전의 것과 새로운 것이 튀어나오려 하는 어름에 송경동의 시가 놓여 있다. 송경동 시인은 '진정한 시인이란 시를 버릴 수도 있는 사람'이라 생각하는 사람이다. 그는 온몸으로 밀고 나가는 시가 아니면, 깨끗이 시를 버릴 수도 있어야 한다는 몸의 시학을 믿는 편이니까. "나 참, 시 안 쓰면 죽는답디까?" 이것이 송경동의 시가, 시가 되게 하는 힘이요, 또한 시가 안 되게 하는 흠이기도 하다. 과학과 문학의 문법이 다르다는 걸 인정한다면 문학은 반성적 사유 속에 끊임없이 자기를 밀어 넣어야 정직하다. 또한 과학과 예술의 사유와 형상화 과정이 근본적으로 다름을 받아들인다면, 이제는 투쟁이냐 문학이냐는 이분법에서 자유로워야 하겠다. 아니 양자를 동시에 바라볼 수 있는 그 어느 지점에 노동자 문학이 우화되는 탈피 혹은 변태가 있을지 모르겠다.

6

찍소리 내고 얻어터진 적 세 번 있다

코끝이 늘 토마토던 국민학교 담임이
깨스! 하곤 찍소리만 내봐라 하는 순간
나도 모르게 그만 찍!

두 번쨘 중3 시절 늦은 밤 자율학습 시간
학생과장 고스터가 찍소리도 내지 마 했을 때
슬리퍼 소리 사라지기 기다려 히히 찍!
어떤 개새끼가 찍소리 냈어
마룻장 무너지던 소리 온밤을 터졌다

세 번쨘 고3 시절
학력고사도 끝나 널널한데
하루는 게슈타포가 말 같잖은 말을 했다
예를 들면, 찍소리 내지 말고 공부해!와 같은 말
참을 수 없어 큰소리로 찌이익! 해버렸다
12년간 주눅든 어떤 것으로부터 설움과
해방감 나른히 몰려오던 한낮
나는 뒤돌아보지 않고 학교를 떠나고 말았다
그 뒤로 십여 년 더 지난 오늘
나는 곰곰이 생각해본다
자라오며 그 찍소리 몇 번이나 더 해보았나
똥 누다 말고 찌익! 해본다
누구도 이젠 나를 치지 않는데

마음에 찡하니 젖어오는 슬픔 한 줄기
___「쩍소리」전문

　위 시에서 보듯 형식에 있어 송경동 시인은 반복법과 점층법, 연쇄법
을 자주 사용하는데, 시의 핵심에 단번에 육박해 들어가는 힘을 준다.
적절하게 균형을 유지하는 경우에는 연쇄적으로 맞물려 이미지와 시상
을 명확하게 하는 효과를 낳는다. "쩍소리"는 그냥 터져 나온 음성이
다. 그 결과는 "개새끼"가 되거나, "온밤을 터"지거나 있던 곳에서 떠나
와야 했던 것. 다르게 보고 다르게 생각하고 다르게 말해야만 지금과
는 다른 세상을 창조할 수 있겠다. 갈아엎은 논자리에 물을 대고 모를
심듯, 새로운 시대의 창조 또한 자기를 갈아엎는 갱생을 동반할 것이
다. 무조건 이겨야 한다는 현실 논리를 정면으로 받아치는 시, 지는 쪽
에 운명을 거는 시, 그 운명을 끌어안고 뒹구는 것만이 불우와 죽음과
아픔을 넘어서는 길 아니겠는가.

　　나는 꽃과 함께 살지 않는다
　　향기 나는 주먹을 쥐고 내 가슴 콩콩 때릴 때는 언제고
　　어느 틈엔가 쌀쌀이 지고 마는
　　변덕쟁이 한 여인과 산다

　　꿍하며 살고 갸웃하면서 살고
　　가로저으면서 산다
　　그래그래 끄덕끄덕하면서

환하게 산다

___「나는 말과 함께 살지 않는다」 부분

이 시집 마지막 편에 해당하는 위 시는 힘겨운 시간들을 견디고 얻은 결의를 보여준다. "말과 함께 살지 않"겠다는 것은, "말"이란 그에게 권력이자 명령이고 폭력이었기 때문이다. "말"보다는 몸을 부리며 실천하는 삶만이 그에겐 아름답고 시가 되고 밥이 되고 우정과 친교가 되기에, 그는 "말과 함께 살지 않"고, "아무 말도 하지 않"(「그들은 아무 말도 하지 않았다」)는 사람들과 함께 "그 뜰"에 남아 있다. 내 옆에 인간들이 숨쉬는 "그 뜰"에 남아서 시적 공간인 현실과 끊임없이 사투하는 시인은 새로운 문법을 창조하고 있다. 부디 죽음을 딛고 부활한 이 언어들이 현대시의 죽음을 딛고 시인의 영혼을 해방하고 상처 입은 자들을 어루만지기를.

박영근

\

행려의 시, 결핍의 시,
흰 빛의 시

/

이거 참 낭팬 걸

그는 무슨 말을 하고 싶었던 걸까. 몇 주일 전 의논할 일이 있으니 꼭 만나자는 약속을 하고, 일주일 전 다시 전화를 걸어 확인까지 하다니. 가야해장국집 앞에서 그를 만난 순간 난 의논이 아니라, 무슨 말인가 남기려 한다는 걸 알아차렸습니다. 몹시도 작고 마른 그의 손엔 시집이 들려 있었어요. 황지우 시집 『어느 날 나는 흐린 주점에 앉아 있을 거다』.

―누가 내 시를 컴퓨터에 입력해주고 그걸로 편지를 주고받는 걸 가르쳐줬는데, 거 말이야, 인터넷이 말이야, 거 참 신기한 물건이더군. 사람들이 그렇게 살고 있었어. 컴퓨터가 대단하더라고.

해장국집에 들어가 우리는 해장국 두 그릇을 주문했어요. 반 시간쯤 걸렸을 겁니다. 박영근 시인은 아주 천천히 무슨 산해진미 음미하듯 해

130

장국을 떠먹었죠. 아니 어떻게든 먹으려고 노력하는 것 같았습니다.

—인하대 분수대 앞에 벤치가 있거든. 살아 있다는 게 그렇게 빛나 보여. 거기 앉아서 건강한 사람들 얼굴 쳐다보다 오는 게 요새 일과야. 맘대로 걸어 다닌다는 게 그렇게 부럽더라. 봄빛 아래로 학생들이 걷고 뛰고 하는 게. 땅을 밟고 봄빛을 받으며 그 튼튼한 다리로….

탁자 아래로 들어간 영근 형 바지 속에 뼈만 남은 다리가 비치는 것 같았습니다. 살집이 거의 빠져나간 허벅지 밖으로 헐렁한 옷이 옆으로 돌아가 있었어요. 식사를 마친 후 형은 커피 한잔 마시자 했어요. 커피가게 화단가에 앉아 몇 번쯤 사레 걸린 듯 콜록거리며 담배를 태웠습니다.

—커피 한 잔 타서 담배 피는 시간이 참 좋았는데… 기침이 나서 담배 하나도 다 못 태운다…. 시 못 쓴 지 1년이 다 되어가네. 그게 제일 힘들다. 시를 못 쓴다는 게. 시를 다시 쓸 수 있을까… 내가 다시 시를….

인천 부평 최병은 씨네 옆집에 10년 넘게 살 때, 버스로 20여 분 거리에 있는 부평역에서 몇 번인가 데이트했던 기억이 떠올랐어요. 그때마다 아주 정중하게 미리 약속을 잡곤 했는데 주로 대낮이었습니다. 손에는 시집 한두 권이 들려 있었고 헤어질 땐 그 시집들이 제 손에 들려지곤 했었죠.

—좋더라. 읽어봐라. 나는 요새 언어를 덜어내려고 노력 중이다. 언어와 언어 사이 빈 자리. 그 틈이 말을 하게 하고 싶어.

그런 날은 꼭 그가 돈을 냈습니다. 그에게 만 원은 보통 사람의 10만 원 이상이라는 걸 알고 있었지만 말릴 수 없었어요. 그리고 의열단원이 동지에게 도시락 폭탄을 준비했다는 듯 비장한 어조로 말했죠.

—나 술 끊었다… 나 진짜 술 안 마신다. 믿지 않는구나. 나 정말 술

안 마신 지 사흘째야. 금강경 읽어봤니? 그게 말이야 거 참 좋더라. 다 내려놓아라. 넌 이 말이 무슨 뜻인지 알어?

이어 설렁탕집이나 해장국집 등 국물이 많은 집에 데려가곤 했고 한 그릇을 다 비웠죠. 그곳은 형이 최근에 그의 하루치 영양, 한 끼 밥을 채워주는 집이었답니다. 전 나중에야 알았습니다. 혼자 사는 사람에게 제대로 된 한 끼 밥이 얼마나 고마운 중대사인가를. 그리고 또한 깨달았죠. 그런 텅 빈 위장이 버텨낼 수 있는 건 나물과 고기로 걸게 차린 밥상이 아니라, 단 한 그릇의 국밥이나 짬뽕 같은 것밖에 없다는 걸. 제 눈엔 엄동설한에 양말도 신지 않은 신발 속 언 발이 보이는데, 그는 문학사와 금강경을 논하고 있었죠. 헤어지면서 부평 지하시장에 가서 양말 몇 켤레 샀어요. 술을 안 마시니 말은 자주 끊겼고, 무슨 범어처럼 선문답 같은 말들이 띄엄띄엄 이어지다 이별합니다. 역시 형 말이 맞았습니다. 취중에 실컷 떠든, 휴지 없는 언어의 성찬보다, 뭉텅뭉텅 덜어낸 자리에 떠오른 떠듬떠듬한 언어들이 오래 각인되는군요.

그리고 며칠 후에 어김없이 새벽녘에 전화가 옵니다. 제 번호가 외우기 좋은 숫자라는 걸 깨닫고는 번호를 갈아치울 생각을 합니다. 몇 번 더 벨이 울립니다. 받지 않습니다. 서약을 깼다고 울 것임에 틀림없으므로. 또 미안하다, 내가 비굴했다, 내가 잘못했다, 울지도 모르니까요.

여럿이 어울려 밤에 본 형과 정오쯤 둘이서만 만나는 형의 모습은 지킬과 하이드 만큼이나 달랐어요. 전자는 다시는 그렇게 보고 싶지 않다는 느낌을 동반했고, 후자는 진흙탕과 연꽃 비슷한 걸 연상시켰죠. 한밤중 술에 취해 전화를 할까봐 작가회의 수첩을 찢어버렸다는 형은 자주 전화를 했습니다. 용건은 제게 있지 않았어요. 대체로 누구 전화번호를 묻는 것이었어요. 시간이 밤 1시를 넘겼을 때나 묻는 전화의 주인 사정을 알고 있을 때, 전 핑계를 대고 어물쩍 넘어가곤 했는데, 그럴 때마다 수화기 저쪽에서 중얼거리는 소리가 있었죠.

"이거 참 낭팬 걸."

불려 나올 누군가를 믿고 술을 마셨는데 전화를 해도 나오는 사람이 없을 때, 그는 지금 도시 한가운데서 이리를 만난 겁니다. 그중 상태가 좋을 땐 노래를 부르거나 노래를 청할 때이고, 청해놓고 형이 노래를 함께 부르는 때입니다. 듣고 싶은 노래는 하고 싶은 노래이기도 하니까요. 누가 옆에서 오랫동안 술과 밥을 사주고 시에 대한 이야기도 했다는 증거입니다. 꾸벅거리며 두어 시간쯤 그의 이야기를 듣던 새벽, 수화기로 약간의 욕지기에 버무린 울음소리가 들려오면 다 떠나고 혼자 남았다는 거죠.

술에 취했을 때야말로 가장 생기 있고 깨어 있는 아이러니를 그는 두 발로 걸을 수 있는 동안은 포기할 수 없었던 것 같습니다. 취생각몽(醉生覺夢). 그럴 때 철저하게 자기 자신이면서 동시에 타인이 되기도 한다는 것, 어떤 자에게 술은 구도이기도 한 겁니다. 구도와 주도는 가끔 동거하기 좋습니다. 인간이 저기까지 갈 수도 있구나, 싶을 만치 비릿한 진실들이 타인에게 건네지곤 하니까요. 자기만 알고 남에겐 감춰둔 언어들이 실타래처럼 나오는, 심장이 뇌에 가장 가까워지는 말, 목구멍과 심장이 틈이 없어지는 말. 그 말들은 가장 비천하고 고통스런 스스로에 대한 진술이어도 진실이기 때문에 심장으로 흘러들죠. 인간은 대체 어디까지 갈 수 있는가, 하는 자문은 존재의 증폭을 순간에 만들어낸 자 앞에서, 일시에 무장해제당한 자만이 할 수 있지 않을까요. 판단 정지.

다만 듣고 이해하고 들여다보는 일로 존재하는 순간.

— 내가 얼마나 정치적인 인간인 줄 알아? 나는 문학사를 염두에 두고 시를 써. 시간의 침식을 견딜 수 있는 시가 얼마나 될까.

벌써 10년 전 일이니까, 제 기억이 틀릴 수도 있어요. 죽은 자가 제일 좋은 사람이라는 건, 틀려도 항의하지 않고 잘못했어도 용서가 된다는 점입니다. 하긴 살아 있어도 틀릴 수 있죠. 이쪽이 전혀 기억하지 못하는 걸 상대가 말해서 당혹스러울 때도 많으니까요. 과연 정확히 기억한다 한들 누가 말할 수 있을까요. 내가 그를 정말로 알게 되었다고. 전 타인에 대한 생각의 90프로가 오해일 뿐이라는 것에 감사드립니다. 누구나 듣고 보고 생각하며 자신만의 세상을 살다 갈 수 있으니 얼마나 좋습니까. 그걸 외로움이나 절대고독이라고도 말하지만 그게 있기에 우리가 타자를 사랑할 수도 있는 것 아닙니까.

송림동 오거리 밴댕이집에서, 마포 컴컴한 지하창고에서, 가리봉오거리 닭장집에서, 논현동 해장국집 앞에서 "이거 낭팬 걸" 소리가 들려오네요. 호주머니를 뒤지며, 그가 혼잣말을 하고 있어요. 형은 지금 이리를 만난 듯 어려움에 처해 있습니다. 술과 대화를 할 친구와 먹을 것이 없다는 것과 시가 안 된다는 것. 제가 아는 문인 중에 가장 가난했던 영근 형은 이 현상계의 법에 익숙해지지도 그것을 넘거나 뚫지도 못했습니다. 돈이 없으면 살 수 없다는 것, 없으면 벌어야 한다는 것, 그런데 시와 술과 최소한의 음식 말고는 욕심이 없었다는 것, 그것이 그가 마흔 아홉에 서둘러 세상을 떠난 이유일지도 모릅니다.

하지만 전 그가 요절했다고 생각하지 않습니다. 그는 그의 몫을 다 했어요. 그는 그의 일을 다 마쳤습니다. 모든 걸 사고파는 세상에서 낭패에 빠진 망가지고 비통한 자들을 위한 시, 돌아갈 수 없는 시원의 시간대를 그리며 낭패에 빠진 그가 굶주린 채 시를 쓰를 있습니다. 노동문학의 지평을 넓히고 깊게 만들었다는 헛소리는 하지 않으렵니다. 그는 아픈 자와 슬프고 괴로운 자들이 눈에 밟히고 가슴에 밟혔던 것입니다. 자기 자신이므로. 저는 그처럼 타인의 아픔에 공감하고 제대로 위로하는 사람들은 몇 못 보았습니다.

"이 새끼야 얼마나 외로웠니? 난 안다 니가 얼마나 뼈저리게 외롭게 살아온지… 흑흑." 이리와 이리가 떼 지어 다니는 낭패(狼狽)의 거리에서 그가 울고 있습니다. 그는 우는데 저는 몇 자음 울다가 모음으로 웃습니다. 그런데 그는 누구였을까. 잎 다 떨구고 빙벽에 매달린 겨울나무처럼 살다 간 그는. "이거 참 낭팬 걸" 소리가 들리면 죽음이 지척으로 느껴집니다. 몇 마을 거리로 이사한 것처럼. 추문도 슬픔도 고통도 가난도 결핍도 사랑도 "이거 참 낭팬 걸" 앞에선 스러지네요. 그 다음 텅 빈 공간엔 흰 빛 가득한 웃음입니다.

> 믿어야 할 것은 바람과
> 우리가 끝까지 지켜보아야 할 침묵
> 그리고 그 속에서 타오르고 있는 불
> 이렇게 우리 헤어져서
> 너도 나도 없이 흩날리는
> 눈송이들 속에서
>
> 그래, 이제 詩는 그만두기로 하자

그 숱한 비유들이 그치고

흰 빛, 흰 빛만 남을 때까지

____「흰 빛」(『저 꽃이 불편하다』) 부분

삶이 '문장수업'이었다

除隊를 하고, 세월도 믿음도 무심히 멱살을 잡고 흔들던 스물다섯 계급
장을 떼고도 나는

갈 곳이 없었다. 바람 불면 허수아비 제 가슴을 치는 가을 저녁답, 어
머니 또 우시고

(……)

오줌을 갈기며 얼어붙은 아랫도리로

이름을 써갈기며 군대삼년몸으로때워나가자 개새끼처럼 웃던

날들 모집공고 위에도 눈발은 내려쳤다

내려앉고 싶었다 이력서도 구겨버리고 문득 공고판 아래 얼어붙는 어
머니

엉겅퀴 들판도 밀어버리고

등 뒤론 움켜쥔 손 마디마디 풀며 떠오르는 눈송이들

하얗게 쌓여가는 불빛들 내려앉고 싶었다

엎드려서 감출 수 있는 것은 눈물들 뿐일까 전봇대 같은 곳에 기대여
바라보면 어느새
　눈발 그친 곳에서도 불빛은 흐려지고,
　누이여
　흩어지고 어디로 또 떠나는 밤기차소리에도 부서지고
　___「취업 공고판 앞에서」(『취업 공고판 앞에서』) 부분

　1984년에 낸 첫 시집의 표제작이기도 한, 위 시는 박영근 시인이 어떤
처지에서 시를 썼고 어떤 상황과 사람들이 그에게 시를 쓰게 했는지 엿
보게 합니다. 시인이란 이름으로 시를 써 발표하기까지 그는 행려로, 바
람으로 살았습니다. 컨베이어벨트 앞에 앉아 몇 초에 나사못을 몇 개씩
박으며 작동시켜야 하는 기계처럼 튼튼한 육신도, 그를 감당할 정신세
계도 갖추지 못한 자가 선택할 수 있는 밥벌이는 이 산업화되고 변혁을
절박하게 요구하는 불의 시대에 별로 없었겠죠. "세월도 믿음도 무심히
멱살을 잡고 흔들던 스물다섯" 즈음, 그는 직접 노동하는 대신 "눈발 내
리"치는 취업공고판 앞에 서 있었고, 나사못을 박는 노동자들을 지켜보
았습니다. 군대에 이어 억압적이고 굴욕을 통과해야만 살아남을 수 있
는 조직의 거대한 그물 속에 파닥이는 생명들, 먹고살기 위해 그것을 감
당해야 하는 노동자들은 그 자신이자 동지이자 해방되기를 바라는 서
원의 대상이 되었겠습니다. 천상 시인이고 시인밖에 못되는 그에게 허위
요 죽음이었던 그 질서, 밖에서 새로운 세계를 꿈꾸었겠죠.

　영등포 뚝방촌 샛강의 더러운 물빛에

스무살을 썼었다
강 건너엔 플라타너스 나무들이 하루 종일 서서
공장 담벼락 위로 기름때 묻은 잎들을 피워올리고

더는, 어떻게, 엎드려볼 수도 없이, 낮은 것들이 모여
천막조각이나 폐타이어를 머리에 쓰고
한겨울 우두커니 얼어붙은 배추밭을 바라보았다

때로 어떤 시간은 아무것도 떠나보내지 않는다
그곳을 떠나서도 내 안에서
봄이면 어김없이 판자울타리 개굴창에 개나리꽃들 피어올랐고,
먼 데서 샛강물이 밤새 흘려보내던 뜨내기 같은 소식들

갱생원 패거리가 양재기에 막소주를 돌리고
기름불을 피우던 고무공장 빈터
외진 홰나무 가지 끝으로는
갓난애를 업은 달이 환하게 흘러갔다

아무도 몰랐지만 나 거기서 혼자 책을 읽었고
다 깨어져나간 벽돌조각 같은 철자들을 쌓아올리곤 했다
철거계고장에 몇 번이나 허기진 천장이 내려앉았고
그때마다 비틀거리던 말의 좁은 골목들

지금은 날이 흐리고, 나는 신정동에 와서

철골과 유리와 불빛의 도시를 본다

그리고 오래 내 마음이 지은 옛마을이 골목과 집들을 허물면서

한 구절, 한 구절 문장이 되어

제 몸을 떠나가는 것을,

어둑녘 내가 걸었던 샛강의 둑길과

칼산으로 가던 먼지 나는 신작로가

다시 만나

내 몸을 싣고 가는 것을

___「문장수업」(『저 꽃이 불편하다』) 전문

생의 어떤 장소와 사람이 맺어 빚어진 장면은 너무나 강렬하고 심중과 깊이 밀착되어 있어서 자신과 분리할 수 없습니다. "때로 어떤 시간은 아무것도 떠나보내지 않"지요. 만일 꽁무니에서 실을 빼내 자기를 어둠 속에 유폐한 거듭나기가 시를 설명하는 비유 중 하나가 될 수 있다면, 그 속에서 "한 구절, 한 구절 문장이 되어/ 제 몸을 떠나가는 것을" 지켜보는 게 시였을 겁니다. 내가 걸었던 모든 과거의 길이 현재에 "다시 만나/ 내 몸을 싣고 가는 것을" 지켜보는 합일과 번갯불 같은 순간의 기록 말입니다. 그것은 죽어도 사라지지 않는 뼛속에 박혀버린 것이겠지요.

공장 담벼락이 있는 영등포 뚝방촌과 판자울타리 개굴창에서 핀 개나리꽃처럼 그의 언어가 시가 되어가던 즈음, 그가 책을 읽고, 다 깨져나간 벽돌 조각 같은 철자들을 쌓아 올리던 시절, 어느 여름밤 처음 그를 보았습니다. 시를 쓰는 사람이라 했습니다. 시도 모르고 잠시 오디

오에 나사를 박는 일을 하던 스물두 살 노동자였던 제겐, 그 어두운 골방과 술과 어둠 속에서 비틀거리던 말과, 좁디좁은 골목들을 비추는 전봇대에 조각난 보름달만 남아 있습니다. 나중에 헤아려보니 그때 그는 이미 등단한 시인이었던 모양입니다. 그리고 2년 후 시집을 냈는데 저는 까마득히 다른 세상에 살아서 그조차도 모르고 다시 상봉하기까지 10년이나 걸렸죠.

그 후 노동자와 아웃사이더들에게 연민과 애상의 정서를 표현하던 시인은 1987년 마침내 노동자들의 '대열'에 합류했습니다. 그의 두 번째 시집 이름은 그래서 『대열』입니다. 풀빛판화시선 27번을 달고 나온 "이 시집에는 80년대 노동 현실의 거의 전 국면이 다 들어 있으며 그에 대한 우리 노동자들의 가장 일차원적이고 즉자적인 대응에서 가장 수준 높고 치열한 대응까지가 망라되어 있다. 그리고 이러한 내용이 오랜 단련 끝에 얻어진 민중적 정서와 형식과 가락 속에 자신만만하게 용해되어 있다"고 추천사에 써 있습니다. 그리고 6년 만인 1993년에 세 번째 시집 『김미순傳』이 나왔답니다. 후에 이 시집을 읽다 옴팡 시라는 게 이런 거구나, 싶은 시가 잡혔습니다. 칠흑같이 어두운 밤에 핀 박꽃이나 호박밭에 핀 하얀 엉덩이, 그건 시꺼먼 연기 자욱한 공장과 공장 사이 개똥밭에 구르던 개똥참외를 발견한 것 같은 해갈이자 생명감이었습니다.

해종일 손으로 쪽밭 갈아 대파를 뽑고

해거름 막걸리 한 주발로 마저 산그림자 훔쳐내고

이려어 이렷 소 몰던 옛 노래 흥얼흥얼 돌아오는데

잘 늙은 여편네 궁둥짝 같은 늦더위 호박 하나 길섶에 숨어 있네.
___「外村 朴서방」(『김미순傳』) 전문

노동자들 언저리에서 청춘을 다 보냈지만 그는 촌놈이었던 겁니다. 삶이 가파른 빙벽만큼이나 고독하고 아찔하고 춥고 외로웠을 때 그는 의식이나 이데올로기로부터 자유로운, 어떤 새로운 해방의 원초적 모습을 발견했는지 모르겠습니다. 일만 하고 살기에도 버거운데, 그즈음 공장 안에선 노조를 깨기 위한 전략 중 하나로 자본가의 사주에 의한 노노 싸움이 벌어지고 있었습니다. 가장 괴롭고 아픈 건, 한솥밥 먹는 사람들과의 대립이자 분열이자 불신일 겁니다. 적에 대한 증오가 아니라 내 옆에서 같이 일하던 사람들을 미워할 수밖에 없는 상황, 이것이 『김미순傳』의 동기가 되었을 겁니다.

저는 공단 프락치가 된 여성 노동자의 비극적인 운명을 담은 이 장시는 자꾸 피하고 싶었습니다. 읽다 말다 읽다 말다 하는 저 자신을 보며 노동자들을 조금 더 이해하게 되었습니다. 사람은 자기에게 너무 가까이 있는 것들은 멀리하려는 심리를 지니나 봅니다. 마치 노동자들이 노동자 글들을 더 멀리하고 대중적인 연애시나 고상한 에세이집을 사서 읽는 것처럼 말이죠. 지긋지긋하니까요. 싸움과 가난과 고통이 가득한 자신의 이야기를 책에서조차 들춰 본다는 일은. 그 비슷한 정서와 심리를 한참 후 박영근 시인에게서 다시 발견했습니다. 2002년에 나온 시집 『저 꽃이 불편하다』의 표제시에서.

굴욕 속에서 굴욕을 통과하는 시

모를 일이다 내 눈앞에 환하게 피어나는

저 꽃덩어리

바로 보지 못하고 고개 돌리는 거

불붙듯 피어나

속속잎까지 벌어지는 저것 앞에서 헐떡이다

몸뚱어리가 시체처럼 굳어지는 거

그거

밤새 술 마시며 너를 부르다

네가 오면 쌍소리에 발길질하는 거

비바람에 한꺼번에 떨어져 뒹구는 꽃떨기

그 빛바랜 입술에 침을 내뱉다

아무도 모르는 곳에서 내가 흐느끼는 거

내 끝내 혼자 살려는 이유

네 곁을 떠나지 못하는 이유

___「저 꽃이 불편하다」(『저 꽃이 불편하다』) 전문

아름다움을 바로 보지 못하고, 쌍소리와 발길질이나 해대는 이 자는
분명 못나고 뒤틀린 사람이겠습니다. "떠나지 못하"면서도 가까이 오면
몸이 굳어지고, 아무도 모르는 곳에서 흐느끼는 이 자는 대체 왜? 물론
사랑도 안온함도 행복도 다 떠나버린 고독이 남긴 상처와 그 상처 때문

에 발생한 이중적인 심사로 볼 수도 있지만, 저는 이 시에 담긴 90년대 후반의 사회적 의미가 담겨 있지 않을까 싶습니다. 그것은 서둘러 폐기 당한 80년대식 열망과 공동체적 변혁에 대한 비극적 인식이 한 축을 차지할 겁니다.

지금 그는 촌스러운 유물이 되어버린 과거에 속한 자신의 몸과 추억, 그것 앞에서 웃을 수 없습니다. 그러면서도 자기 몸통 반이 거기에 확 절어버린 그 이상이, 그 주저 모르던 알몸 같은 사랑이 부담스럽습니다. 여기 남루하고 버려진 텅 빈 공간에 피어 있는 저 환한 사랑이라는 이름의 꽃이. 그 이중적 감옥인 자리에서 그는 바라보고 있습니다. "길 위에서, 길을 잃으며// 저를 찾고 있는/ 망가진 사내 하나를". (「겨울비」, 『저 꽃이 불편하다』) 그리고 "거기 먼저 와/ 나를 보고 울음을 터트릴 것 같은,/ 저 눈 벌판도 덮지 못한/ 내가 끌고 온 길들"을. (「길」, 『저 꽃이 불편하다』) 그래, 그래서, 이제, 무엇이 남아 있나? 밥 한 끼의 비참함 앞에서. "진실을 말하는 거?/ 그래, 치욕이라고 말하는 거?"(「봄빛」, 『저 꽃이 불편하다』)

새 한 마리 흐린 하늘을 울고 있다

배고프게 흘러가는 공장 굴뚝 연기 몇 모금 훔치고 있다

아아, 가을비 치고 찬 서리 깔리면
한 마음 디딜 곳마저
차갑게 얼어붙으리

어서 날아가자, 절벽 같은 허공을 찢어

피 묻은 부리에 쟁쟁한 햇살 물고

우짖던 노래

꿈에 젖어 외롭게 하늘을 흐르다

노을 속 탄다, 새여

___「폐업」(『김미순傳』) 전문

  이 시는 폐업된 공장 노동자들 바깥에서의 기록이 아니라 이미 그 자신이 배고픈 새가 된 자리에서 그려진 이미지입니다. 마스크 쓴 화자가 아니라, 객관 세계와 황폐하고 울부짖는 자신의 상태가 일치한 거죠. 이때 그는 자신의 이야기를 하게 됩니다. 아니, 자신이 의미 있다고 생각한 세계의 질서 사이에 낀, 노동자 혹은 자신의 내면이 같이 직조된 스며듦 속에서. 자연이 배경으로만 존재하지 않고, 사회의 계급적 모습이 기름처럼 떠 있지 않습니다. 도수가 높으면 불을 지를 수도 있고, 물에 녹아 순해질 수도 있는 센 알콜처럼 액체성으로의 전화입니다. 설사 고독하고 배고프더라도 자신의 삶과 시와 사랑을 녹일 수 있는 젖은 시학으로의 이동입니다. 자기 집에서 자기 집으로 떠돌던, 먼 자기에게서 가까운 자기로의 귀환은 그 뒤로 휴지와 침묵을 동반하는 언어로 나타납니다.

배고픈 쥐들이 자주 비눗조각을 물어가곤 했다 꽃샘바람에

진눈깨비 올 때까지 늘 가스가 떠돌아다니던,

숨이 차오른 가스배출기를 삑삑 울기도 하던

부엌 하나 딸린 단칸방, 낡은 창틀에 매달려

속이 환히 비치는 플라스틱 주스통 속에서
애기 손바닥만 한 무가 노란 싹을 내밀던

그 방 용접불꽃에 먹혀 뜨거운 모래알이 구르는,
벌겋게 달아오른 쇳조각 같은 눈으로
문건을 읽었다 이 빠진 받침들과
시커멓게 뭉개진 활자들은 바로 세우고
읽고 나선 서둘러 아궁잇불에 태우던
한밤중, 어둠 속으로 피세일을 나갔다 달빛은
골목 어귀에 소식지 위에 날을 세우며 떨고
보안등 불빛에 쫓기며 한 바퀴, 또 한 바퀴…… 돌아와
새벽시장 봉지김치에 라면밥 말아먹던, 방

(……)

배고픈 참새들이 텃밭에 찾아와
배추시래기를 물고 한나절 농사를 짓고 날아가곤 하였다
몇번인가 이사를 할 때마다
그 비좁은 골목길은 리어카 한 대의 이사 보따리에도 땀을 흘렸다
지붕이 무거운 TV 안테나를 머리에 이고 바람에 삐걱거리고,
어떤 가난도 지우지 못하던 단칸방의 불빛들

대공분실 자술서 하얀 백지에 스쳐가던,

돌아와 꿈속에서 홀로 울던
방 천장의 누렇게 죽어가는 사방연속무늬 꽃들이
내 몸 위로 뚝뚝 떨어지고,
그 너머에서 날리던 흰 눈송이들

나는 천천히 그 방을 빠져나온다
돌아보면 환한 대낮인데
한 사내가
부엌 바닥에서 어린 파를 다듬다가
불쑥 솟구치는 눈물을 떨구고 있다
——「그 房」(『지금도 그 별은 눈뜨는가』) 부분

이 시를 읽다 아주 조금 울었습니다. 그의 방 냉장고에 있는 말라비
틀어진 갓김치 몇 조각과 젓갈이 보여서요. 그 방의 눅눅한 이불과 책과
어둠이 생각나서요. 책상 앞에 움푹 들어간 뒤를 배경으로 미완성 시들
이 펄럭이고 있습니다. 그나마 그를 살린 시가 이제는 그를 말라비틀어
지게 하고 있다는 생각이 들었지만, 그건 뭐랄까 구원 같기도 했습니다.
찬 바람에 계속 얼었다 녹았다를 반복하며 깡깡하게 삶의 근육을 키우
는 어떤 긴장과 대결 의지 같은 것을.

20세기가 얼마 남지 않은 여름이었습니다. 폭우가 쏟아지던 밤 인천
병방동으로 찾아온 날 포장마차에서 그는 "미안하다" 했습니다. "짤렸
다" 했습니다. 잘해보려고 했는데 아이들 수업을 "빵꾸 냈다" 했습니다.
돈벌이하겠다고 찾아간 학원은 제가 주선했던 곳입니다. 저는 "아니다"

했습니다. "괜찮다" 했습니다. 빗방울이 더 세게 내리쳤고 그의 말소리
는 들리지 않았죠. 그리고 몇 병쯤 더 마시다 시간이 갔고 그는 느닷없
이 제게 시를 쓰라 했습니다. 시 쓰는 거 안다, 숨겨놓은 시 좀 달라 했
습니다. 명령처럼 들렸습니다. (그리고 얼마 후 저는 시인이 되었습니다) 그리고
또 울었습니다. 그의 울음은 천둥소리에 먹혔습니다.

그즈음 그는 자주 울었습니다. 지하도 어둑한 계단에 동전 하나 걸
어차는 노숙자와 거렁뱅이를 보다가도, 지나가는 비구니 미소를 보다
가도 눈물을 보였습니다. "내 마음에/ 알 수도 없는 곳에서/ 눈물이 솟
는데// 내 안에도/ 나도 몰래/ 나를 키우고/ 나를 살리는 것 있다는데//
나 태어나기 전에도/ 죽은 후에도"(「눈물」, 『지금도 그 별은 눈뜨는가』) 절단기
에 잡아먹힌 헐렁한 친구의 팔소매를 끌고 술을 마시며 원직 복직을 외
치는 그의 쉰 목소리를 "희망이라고 불러도 좋은 것일까"(「희망에 대하여」,
『지금도 그 별은 눈뜨는가』) 자문하는 그는 희망을 놓아주는 것 같았습니다.

― 너 방하착(放下着)이 뭔지 아니? 다 내려놓으란 거다. 거렁뱅이 같
은 희망을 내려놔라.

비애를 넘어서는 곳에 온전한 생명, 깨어지기 이전의 전일한 존재가
숨 쉬고 있을 터인데, 그것이 이 세계의 관계와 사랑 속에선 얼마나 불가
능한 일인지. 얼마나 아프게 찢어져야 그 틈새로 그 온전한 생명이 들어
와 숨 쉴 수 있는지요.

― 어떤 의미에서 저는 진실을 도덕적으로 말하는 것이 중요한 것이
아니고, 자신의 진실이 그렇게 짓밟히고 훼손되고 우스갯거리가 되는 상
태, 그것 자체가 되고 싶은 욕망도 강합니다. 지금 진실이 이렇게 저렇
게 비틀려 있다, 혹은 훼손돼 있다, 그러므로 다른 세계가 와야 한다는

쪽보다는 차라리 그렇게 비틀려 있고 우스꽝스러운 것이 되고 있는, 그 자체가 되고 싶은 충동에 대해서 생각을 많이 하는 편입니다.

박영근 시인 말입니다. 이것은 명분이나 도덕주의 혹은 문학적 엄숙주의에서 빠져나오기 위한 시적 전략이라 했죠. 그래서 거렁뱅이와 노숙자와 반쯤 비친 광인을 바라보는 자로서가 아니라, 자신이 그 망가지고 부서진 자가 되어버린 거죠. 그런데 희한한 것은 그럴 때, 다시 말하면 내가 그리고자 하는 대상이 되어버렸을 때, 비로소 새로운 '너'가 탄생한다는 역설입니다. 그래서 여기서 바라보는 나에서 자기 내부로 가는 활로를 엽니다.

1
그 단칸방에도 몇번쯤 봄눈이 내렸을 것이다

모가지를 뚝 뚝 떨구어내는
낙숫물 소리

그리고 겨우내 수척해진 몸을 부르르 떠는 전봇대 몇 그루

2
모든 것은 지나가지 내 말들도 슬픔도 헛소리였을 뿐이야
저 고층 아파트를 보라구 E-MART가
당신이나 나를 연중무휴로 쎄일하고 있잖아
예전엔 TV 케이스 만드는 공장이 있던 자리예요

요즘 세상의 전위는 저런 걸 거야

다 바꾸어버리거든

이 망할 놈의 머리 가지곤 안돼요

생각하고 생각하고 생각하고, 똥을 싸다가 멀리 달아나버리지

차라리 머리는 없고 다리만 다섯 달렸다는 짐승이 나아요

상처라도 먹고 살 테니까

(그리고 그 다음은? 진실을 말하는 거?

그래, 치욕이라고 말하는 거?)

나는 천천히 아파트 사이를 걸어 놀이터를 지난다

맨발의 웬 여자가 때절은 겨울외투를 걸치고 철쭉꽃 떨기들을 보고 있다

담배를 푸푸거리며 혼잣말을 중얼거리고 있다

여자는 아이들이 떠드는 소리가 들릴까? 자동차 지나가는 소리도? 제

가 하는 말도? 제 모습이 보일까?

시간의 뒷모습이 드리우는 저 깊은 그늘을 지나

우리는 무엇을 보게 될까?

E-MART가 버린 철 지난 옷을 입고, 그 밖에서

3

내 안에서 너는

차진 맨흙을 주무르고 싶다고 말한다

아이를 빚겠다고
물과 바람과 햇빛만 있으면 무엇이든 할 수 있겠다고
살려달라고

자다가 문득 깨어나보면 얼굴에 번져 있는 눈물의 흔적 같은 것,
지나간 날들은 이미 없다
남은 날들조차 다만 길 위에서 웃으며 팔 수 있을 뿐

소리 한점 없이 전자동세탁기가 돌아간다
날마다 내뱉는, 부시게 표백된 生
안심이다

4
三月인데,
달력 속의 눈 밝은 누렁개 한 마리
밭둑에서 번지고 있는
봄빛을 보고 있다
____「봄빛」(『저 꽃이 불편하다』) 전문

　병영 같은 공장도, 컨베이어벨트에 실려 하루하루를 탕진하는 피로
하고 아픈 어린 노동자의 현실도, 몽둥이와 쇠파이프와 투쟁과 전쟁이
난무하는 이 세계도, 빠르게 지나쳐 가는 이 도시의 속도도, 죄다 감옥
이었고 감당키 어려운 고통이었겠습니다. 밥을 벌어먹는 일이 치욕인,

아니 물신화되고 계산에 의해 굴러가는 세상에서 사는 것 자체가 치욕인 삶을 바라보는 것. 철저하게 자기 내면의 치욕과 모멸을 견디는 것. 그것이 이제 그의 생존법이자 시의 전략이 되었습니다. 더 이상 내려갈 때가 없는 가진 것 없는 존재들과 노동자들, 주정뱅이 노숙자들이 나고 거울이었을 겁니다. 그것이 고통 속에서만 그가 생생하게 살아 있을 수 있고, 실감나게 존재감을 가질 수 있었던 그의 불행한 역설이 탄생합니다. 이제 그 부서짐의 자리가 박영근 거처가 되었습니다. 약자를 향한 부채의식도, 뭔가 해주고 싶다는 지향이 될 이유도 사라졌습니다. 이미 그 자리에 부서진 채로 당도했으니. 가난조차 팔아먹는 세상에 이미 너덜너덜해진 가난과 허기가 뼛속까지 들어와 있는데 어디를 찾아다닐 필요가 있겠습니까. 시의 거처로 이미 들어왔는데.

　"나에게는 현실이 없었다"고 말하는 그는 지금 어디를 보고 있는 것일까. "전철은 달리고/ 전철은 달리고// 바람이 부는지 한강물이 일렁인다/ 나는 지금 어디를 바라보고 있는 것일까". "죽은 사람들이 다시 살아나 며칠 동안 신물을 팔"고, "80년대와 90년대가 두서없이 찾아"오는데. (「나는 지금 어디를 바라보고 있는 것일까」, 『저 꽃이 불편하다』) 그는 생애 마지막에 무엇을 보았을까요. 그는 목욕탕에서 막 나온 발가벗은 어린아이와 혓바닥으로 핥아서 하얗게 빛나는 개밥그릇 이야기와 빛 가득한 마당에서 몽당 빗자루를 들고 있는 할머니 이야기를 몇 번인가 했습니다. 천상 촌놈인 그에게 아마도 그 장면은 가장 닿고 싶은 따스한 자리였겠습니다.

　　장지문 앞 댓돌 위에서 먹고무신 한 켤레가 누군가를 기다리고 있다

동지도 지났는데 시커먼 그을음뿐
흙부뚜막엔 불 땐 흔적 한점 없고
이제 가마솥에서는 물이 끓지 않는다

뒷산을 지키던 누렁개도 나뭇짐을 타고 피어나던 나팔꽃도 없다

산그림자는 자꾸만 내려와 어두운 곳으로 잔설을 치우고
나는 그 장지문을 열기가 두렵다

거기 먼저 와
나를 보고 울음을 터트릴 것 같은,
저 눈 벌판도 덮지 못한
내가 끌고 온 길들
——「길」(『저 꽃이 불편하다』) 전문

한 점 슬픔도 없이

  해맑은 구름이 타는 대낮, 지평선마저 사라진 초원에서, "사십몇년
묵은 나의 국적도 이름도" 잊어버린 채 "풀을 찾아 구름을 넘는 양떼를
따라" 길을 가는 사내가 보입니다. 그는 "풀 한포기 흔들지 못"하는 말
의 무력함과 무용성을 떠올리며 침묵으로 걸어 들어갑니다. "어디쯤에

서 길을 잃었는지", "헤매는 길이 어디쯤인지"도 따져 묻지 않은 채 들메
뚜기 튀어 오르는 그 순간 선명한 생명의 소리에 귀 기울이며, 가야 할
길도 잊고 옥죄던 마음의 고삐도 놓아버린 채 다만 방심(放心)으로, 방
심으로 난 길을 향해. 자꾸만 되돌아보려는 마음에 불을 지르고(茶毘)
돌아갈 곳을 찾던 헤매던 마음에 불을 지르고(茶毘), 그 마음이 "불꽃 한
점 없이 저를 사르고/ 까마득한 허공의 새들을 부"(「몽골 초원에서 3」)르는
초원으로 까무룩 멀어져가다 이윽고 흔적도 없이 사라집니다.

> 형체도 슬픔도 없다
> 때가 되면 산 것들은 바람 속으로 돌아간다
>
> 무심히
> 풀씨가 날아와 또 다른 꽃을 터트리는 그 첫자리
>
> 한낮의 초원이 뜨거운 숨을 들어올려
> 갓난 구름송이 하나 피워낸다
> ___「몽골 초원에서 4」(유고집 『별자리에 누워 흘러가다』) 부분

 이상도 하죠. 몇 해 전, 해외라고는 처음 나가본 몽골을 다녀와서 좋
아라 자랑하며 미완된 시를 읊어주던 그 목소리는 어디로 갔을까. 장엄
한 대지 앞에서 이제 "내가 지어 부를 노래는 없다"던 그는 "돌 하나의
순한 침묵으로 돌아"갔는가. (「몽골 초원에서」) "형체도 슬픔도 없"이 고단
한 몸의 짐 벗고 오래 허공 속을 떠돌다 "빗소리 푸른 줄기 속으로" 들어

갔는가. (「낡은 집」)

>사람이 지어내는 한점 슬픔도 없이
>이제 별이 돋아나리라
>모든 길들이 지워진
>캄캄 암흑에
>나 별자리에 누워 환히 흘러가리라
>____「몽골 초원에서 2」(『별자리에 누워 흘러가다』) 부분

한탄도 회한도 슬픔도 판단조차도 없이 다만 그를 이해하고자 합니다. 아픈 몸과 허물어진 집과 욕망의 감옥에서 온통 결핍뿐인 시간을 견디며 세상에 피워놓은 "절박했던 생존의 문장들"(「허공」)을. 겨울나무가 "뿌리마저 얼어붙는 폭설의 밤을 견디기 위하여/ 얼어터지지 않기 위하여/ 몸의 물길에 열리던/ 뜨거운 꽃들을 뱉어내고/ 잎들을 뱉어내고/ 욕망의 절정을 뱉어내"듯이 "그 필사적인 생존이 허공을 움켜쥐고 흔들"리듯이,(「겨울, 나무」) 절박한 언어들을 봅니다. "바위 절벽 속에 제 몸을 새기고 앉아/ 빙그레 웃"는 돌부처를.(「돌부처」) 아픔을 지나 절망의 어둔 터널도 지나 시간도 형체도 다 지우고, 다만 허공에 핏덩이 하나 낳고 사라진, 아프지만 환한 어둠을 얼핏 봅니다. 엄살도 과장도 비유와 허사조차 다 지우고 다만 간절한, 마른 뼈 같이, 형형한 외마디 언어만 남은.

한번을 살아, 떠나는 일이 저렇게 절박하다

154

구름 한 점의 허사(虛辭)도 없이 불탄 몸이
핏덩이 핏덩이를 낳고 숨겨간다
____「겨울 선두리에서 2」(『별자리에 누워 흘러가다』) 부분

절박함 속에서 허사도 없이 그는 시라는 핏덩이들을 낳았습니다. 그는 살아서 강변한 적이 있습니다. 문학이란 "아프면 아플수록, 절망하면 절망할수록 그 아픔과 절망에 의미를 부여하고 어둠을 노래하는 데 본연의 몫이 있다"고. 섣부르게 희망을 끌어오지 말라고. 현실을 냉정하게 통찰함으로써 과거를 전복하고 스스로 거듭나게 하라고. 일탈과 해체조차 몸으로 통과해 시의 몸이 되게 해야 한다고. 그런데 그 정직한 성찰이 절박하게 들릴까요. "저 탑이/ 왜 이리 간절할까" "저 탑이 왜 이리 나를 부를까" "형체도 없이 탑이 운다/ 금 간 돌 속에서/ 몇송이 연꽃이 운다".(「탑」) 불의 80년대와 해체의 90년대를 지나 그가 때로 분열과 자학으로, 때로는 위악과 냉소로 과거 희망과 변혁의 연대를 비난했다면, 그것은 반어와 역설의 화법일 겁니다. 첫 마음을 잃어버리고 세상에 핑계를 돌리는 자신의 실존적 삶과 동떨어진 죽은 언어와 형해화된 실천들에 대한 반성이었겠습니다. 언어 또한 감염됐다 느끼는, 피상적인 변혁에 대한 제스처에 대한 반감과 언어의 오염에 대한 심각한 자의식에서 나온 건지도.

제발 80년대니 90년대니, 그런
헛소리로 나를 불러내지 말아요
나는 지금 2000년내의 근사한 헛소리를 쓰고 있고

달콤한 똥을 싸고 있다구요

____「낡은 집」(『별자리에 누워 흘러가다』) 부분

  제가 아는 바, 그는 글쓰기에 있어서만은 내내 근본주의를 고집한 시
인이었습니다. 뼈마디까지 적나라해지도록 진정성을 획득하기를 포기
하지 않았죠. 시를 쓰는 내내 그리고 죽을 때까지 그는 몸의 언어를 신
뢰한 노동자이자, 노동자적 아픔을 육화해내려 고투한, 변혁과 꿈을 놓
지 않은(급진적 이론이 아니라 실존 자체가 절박하게 요구하였기에) 시인이었습니
다. 노동자들의 아픈 대열을 물기 어린 눈으로 바라보는 단독자이자,
결핍과 행려가 양식이자 집인 고용되지 못한 백수.

  하수도 속을 흘러가는
  물소리
  형체도 보이지 않는 밑바닥에서
  어두움을 벗고
  제 몸마저 벗고

  생의 어디쯤에서 나의 사랑도
  썩을 대로 썩어
  온갖 수사와 비유를 벗고
  저렇게 낮은 목소리로
  세상의 캄캄한 구멍을
  울릴 수 있을까

간절하게 나를 부를 수 있을까

___「물소리」(『별자리에 누워 흘러가다』) 부분

의문형으로 끝나는 이 시는 어쩌면 박영근 시인의 가장 내밀한 무의식적 지향을 보여주는지도 모르겠네요. 하수도의 물은 말 그대로 더럽고 낮은 곳을 흐릅니다. 물소리는 그 밑바닥에서 모든 것을 다 벗고, 세상의 캄캄한 구멍을 울리는 동시에, 간절하게 나를 부르는 소리가 됩니다. 저는 이 짧은 시 속에서 세상의 울림과 개체의 구원이 하나가 된 낮은 물소리를 듣습니다. 온갖 수사와 비유를 벗어던진 순연한 물의, 계몽도 가르침도 질타도 분노도 없이 낮은 목소리, 다만 존재의 알몸으로 구원을 빚어내는, 썩을 대로 썩어 이윽고 순결한 세계로 진입하는 역설적인 사랑의 소리를 듣습니다.

별일도 다 있지요. 생전과 달리 말쑥한 옷차림과 깔끔한 얼굴로 그가 들어섭니다. 빙그레 웃으며 커피 한잔 달라 합니다. 커피 물이 팔팔 끓는 그 짧은 시간, 옆에 앉아 중얼거리네요. 이야기 듣는 사이 고양이 한 마리가 훌쩍 경계를 뛰어넘어 어둠 속으로 사라집니다. 황천에는 주막도 없다는데, 목련꽃 툭툭 터지는 이 봄밤, 뉘와 더불어 노닐 것인고.

부 2

칠곡 할매들
\
시 안 쓰는
시인들
/
『콩이나 쪼매 심고 놀지머』에 부쳐
\

가끔 강연 가면 2015년 칠곡 사는 할매들 시를 모아 낸 시집,『시가 뭐고?』를 함께 읽곤 합니다. "논에 들에/ 할 일도 많은데/ 공부시간이라고/ 일도 놓고/ 헛둥지둥 왔는데/시를 쓰라 하네/시가 뭐고/나는 시금치씨/ 배추씨만 아는데"(소화자, 「시가 뭐고」). 학생 아줌마 군인 할 것 없이 즐거워합니다. 경상도 발음 때문에 '시'를 '씨'로 알아들어서 나온 농부다운 해학에 "할매가 귀엽다고 하면 실례가 될까요?" 하는 반응도 나오죠. '기분이 조타' '농가 먹어야지' '배아야지' 등, 사투리에 맞춤법까지 틀려 더 재밌답니다. '닥도 개도' 식구 수에 넣는 계산법까지. 많이도 배운 사람들이 칠십, 팔십 줄 넘어 한글 배워 겨우 몇 자 쓰신 시를 보고 좋아하는 이유가 뭘까요.

산업사회 이후 사람들은 "늘어나는 수단을 충족시키기 위해 강요되는 필요"에 중독되어 살아간다는 이반 일리치(Ivan Illich) 말이 생각납니다. 그 필요에는 사는 데 그다지 중요하지 않거니와, 사소한 의미를 가진 것들도 포함되겠죠. 필요는 곧 결핍이어서 각종 규제와 요법에서 자유롭지 못합니다. 가난함과 단순함과 무식(세속의 기준에서)에서 나온 육성이, 이 머리 좋고 가진 것 많은 사피엔스들의 마음을 움직이다니. 어쩌면 우린 할매들의 소박한 시들에서 필요를 좇느라 잃어버린 단순한 기쁨과 생활과 날것 그대로인 생물의 진동을 알게 모르게 느끼는 건지도 모르겠습니다.

어무이가 조타

　　80이 너머도
　　어무이가 조타
　　나이가 드러도
　　어무이가 보고시따
　　어무이 카고 부르마
　　아이고 오이야 오이야
　　이래 방가따
　　──이원순, 「어무이」 전문

　읽는 순간 즐겁고 속으로 읽어도 소리가 들립니다. '아이고 오이야 오이야' 소리가 굴러가며 절로 미소가 지어져요. 길지도 않고 깊은 뜻도 없고 언어적 기교가 뛰어난 것도 아닌데, 기분이 쫙 펴지고, 어릴 때부터 불러온 노래 구절처럼 입속에 찰싹 감깁니다. '가나다라 ㅏㅑㅓㅕㅗ/ 이 나이에 한글을 배운다/ 눈이 띠인다'(장혜자, 「공부」)

할매들 일생이 쑤욱 지나가면서 마음이 짠해집니다. 버스를 타도 장을 보러 가도 힘드셨겠다, 읽지 못하니 형상과 소리를 마음으로 새기면서 한세상 더듬더듬 걸어오셨겠지. 그렇게 살아오신 할매들 시는 밭에서 막 뽑은 열무로 양념 범벅하지 않고 담근 김치처럼 마음과 뜻이 지극히 담담하고 굳셉니다. 공자가 『시경』을 묶으면서 '시 삼백 수 사무사(思無邪)'다 한 것처럼 생각에 삿됨이나 사족이 없어요. 이미지고 상징이고 뭐고 하지만, 시는 『시경』 이후로 '시언지(詩言志)'를 본령으로 삼아왔습니다. 시란 뜻을 말하는 게 기본이라는 겁니다. 예쁘다고 꽃에 비료나 퇴비를 주는 농부가 없는 것처럼, 보이지 않는 뿌리에 스며들게 하는 '정신의 눈'이 아마 뜻이겠지요. 그 눈은 평생 엎드려 생명을 기르고 자식 키워내고 대상과 직접 눈 맞추며 산 나날의 삶에서 비롯되지 않았을까요.

봄이 오는 소리에 놀라
씨감자가 뿔이 났어요
밭에다 심었더니
새싹이 잘 자랏다
연보라색 꽃이
예쁘게 되었다
다 자랏다는 신호인 것 같다
토실토실한 감자가 얼마나 열렸을까

생각만 해도 마음이 흐뭇하다

    ___신위선, 「봄이 오는 소리」 전문

봄이 오는 소리에 놀라 '씨감자가 뽈이 났다'는 감각은 관찰과 상상력이 어우러져 빚어낸 생동감입니다. 주변 사물이 제 스스로 말하게 하기 위해선 알아들을 수 있는 귀와 바라볼 수 있는 눈이 전제되어야 하겠죠. 기다리고 준비하고 지켜보는 그런 눈과 귀 앞에서만 생명의 숨결과 형상이 저를 보여주고 말도 걸 테니까. 보이지 않는 정신 심층부에 자리 잡고 있는 그것을 일러 선인들은 영각(靈覺)이라 불렀겠습니다.

하늘의 길, 땅의 길, 사람의 길

끝날 기미가 보이지 않던 더위가 순식간에 사라지고 밤 새벽으로는 전기장판을 켜야 하나 싶습니다. 며칠 전만 해도 에어컨이 있는 마을회관에 베개와 책을 들고 피서를 다녔는데, 만물의 영장이라는 인간이 자연의 거대한 흐름 앞에서는 그야말로 아무것도 아닙니다. 밤새 번개 치고 천둥 울리면 강아지들은 마룻장 밑으로 들어가 납작 엎드립니다. 사람들도 이불 뒤집어쓰고 꼼짝 않죠. 그게 자연스럽습니다. 공포와는 좀 다른 경외감이겠지요. 손바닥만 한 텃밭 가꾸는 것도 농사라고, 때를 어기면 어김없이 탈이 납니다. 언젠가 감자랑 고구마 심는 때가 헷갈려서 귀농 15년 차 농부에게 물어봤는데, "때맞춰서" "남들 심을 때"라는 답이 돌아왔어요. 원하는 답은 아니었지만 생각할수록 맞다 싶습니다.

오늘은 장날이다 모종들이 많이도 나와 있다

그중에서 고추와 가지를 사와 마당 한쪽에

심어 물을 주니 처음부터 여기서 자란 듯 힘이 있고

건강함을 자랑한다 며칠이 지나니 꽃을 피우고

따가운 햇볕도 건디고 비도 맞으니 탐스런 고추가

열려 있네 가만히 보고 있자니 벌써 파랗게

열려있다 고추를 한 웅큼 따와

된장찌개도 끓이고 감자뽁음도

해 먹으니 맛이 좋다 작은 텃밭이지만

나에겐 행복을 준다.

____김순임, 「나의 텃밭」 전문

  위 시에는 사계의 변화와 생활 및 행동 감정 등이 다 담겨 있습니다. 모종을 사고 심고 열매를 거두어 맛있게 먹는 모습이 장날의 연장이자 축복입니다. 여기 아직 '때에 맞추면서도 부자유하지 않는 순리로서의 시간'이 존재합니다. 살아가기 위해서가 아니라 '살아남기 위해서 사회 시스템이 강제한 시간'이 여기엔 없죠. 옛날엔 어린이들도 외웠다는 『사자소학』에는 이런 글귀가 있더군요. "元亨利貞(원형이정) 天道之常(천도지상)' '仁義禮智(인의예지) 人性之綱(인성지강)". 봄엔 원기가 자라고(生), 여름에는 형통하게 활짝 피어나고(張), 가을엔 낫으로 알곡을 거두어 이롭게 하고(收), 겨울엔 종자로 갈무리하여 바르게 저장하는(藏) 게 하늘의 변함없는 떳떳한 도(道)라는 거겠죠. 내가 받아서 좋은 것 주고 싶고, 내가 당해서 싫은 것은 남에게 안 하고, 내게 닥친 상황을 인욕하며, 지혜롭게 사는 게 인간의 심성 가운데는 박혀 있어 우리가 어울려 살아가는 게 아닌가요.

순리 따라 봄엔 "고추도 십는다/ 감지도 십는다/ 콩도 십이다/ 상주도 십는다/ 숙각도 삽고/ 봄이 좋다/ 꽃도 피고/ 호랑나비 날고/ 봄이 좋다". (노배칠, 「봄이 좋다」) 여름이 오면 "더위에 땀방울 흘리고 일하고/ 지나고 보면 한때는 재미가 있어요/ 저녁이 데면 잠자고 아침 밥먹고/ 밭으로 일하로 가면 곡식들 무럭무럭 자라고/ 보기도 좋고 기분도 좋습니다". (박태순, 「여름」)

위 시들에서 보는 것처럼 한문은커녕 한글 까짓것 몰라도 농부는 상도(常道)를 따르죠. 자연스런 순환의 질서를 몸에 익히고 마음에 새기어 사람 도리 하고 삽니다. 흙이 언제 기분 나쁘다고 싹을 안 틔우던가. 해가 피곤하다고 언제 파업하던가. 늘 여여한 하늘과 땅을 믿으니 비가 안 와도 억수장마가 져도, 할 일 하며 기다립니다. 평화(平和)이자 조화(造化)죠. '화(和)'는 벼를 베서 입에 넣는다는 형상입니다. 두루 평등하게 나눠먹는다는 평화는 내가 우리 안에 포함된 상태입니다. 할매들 시에 '나'라는 1인칭이 거의 등장하지 않는 현상은 주목할 만합니다. 현대인에게 노이로제와 히스테리가 될 만치 과잉이 되어버린 '나' '내 몸' '내 것' '내 생각'은 우리를 고갈시키고 나와 남을 찢어놓았고, 지금도 시시각각 갈라놓고 있지 않습니까.

이반 일리치 말처럼, "희소하지 않은 것을 평화로이 누리는 민중의 평화는 어두운 그림자 속에 남겨진 채 조명을 받지 못"하는 오늘날이야말로 자연의 순환에 따른 복수형의 평화가 간절합니다. 이제 평화는 갈수록 더 많이 가지거나 더 많이 알거나 더 개발하거나 발달해야 가능한 것처럼 생각되죠. "좋고 나쁨의 방향감각이 없이 그저 무엇을 점점 더 펼치고 벌여놓"으면 놓을수록, 하늘 높이 콘크리트를 올리고 송전탑 솟아 올리면 올릴수록, 평화와 고요는 우리에게서 멀어지겠죠. 굽이치는 땅과 곡선으로 흐르는 물과 논과 밭과 고요를 누릴 어둠 같은, 전혀 값으로 환산되지 않는 흔한 것들이 조만간 인위적인 직선과 분할로 퇴출될지도 모르겠습니다.

이래 사는 게 좋다

> 으리 삼남매
> 어렵깨 샐미 고생도 해다
> 나는 없게 살아도 밥은 먹고 컸는데
> 동생 잘 못 봤다고
> 자다가도 뺨때기 맞았다
> 그래 컸다
> 나이 열 세 살에 먼지도 모르고
> 시집 보내주면 캤다
> ___이정수, 「으리 삼남매」 전문

이런 얘기할 때 할매들은 대개 웃으며 드라마 옮기듯 합니다. 부풀리지도 않고 억하심정도 없이 남의 말 전하듯 하죠. 일제강점기 때 태어나 굶다시피 먹고, 학교 같은 건 바라지도 못하고 근근이 견디는데, 아뿔

사, 호환 마마보다 무서운 전쟁까지 들이닥쳤죠. "저는 열두살 먹었습니다/ 피란을 갔습니다/ 가야산 개울애 가서 피란을 갓습니다/ 어머니가 밀을 볶아 가지고/ 디딜방에 빠사 가지고 갓습니다/미수가루를 태워 먹엇습니다". (이필선, 「육교사변」)

> 6·25사변에 내 인생 망했섰다
>
> 아버지 돌아가시고 온 식구들은 흩어졌다
>
> 어머니 혼자 딸 삼형제 다 가르치지 못했다
>
> 나는 못 배워서 농촌으로 시집왔다
>
> 아이 삼남매를 두었다
>
> 내 아이들은 농촌에 살지 않토록 해야지
>
> 하는 마음뿐이다
>
> 그래서 죽도록 일만했다
>
> ___최옥자, 「내 인생」 부분

살아남아 산업사회 희생양으로 도시를 떠받치고 값싼 노동력을 대주며 희생되는지도 모르고 견뎌냈지요. "죽도록 일만 했다"가 몇 십 년 인생의 축약이며, "내 아이들은 농촌에서 살지 않토록 해야지"가 소망이었겠습니다. "하도 일을 많이 해서/ 명지 고름같던 내 손이/ 뼈 마디마디마다/ 콩알처럼 툭툭 불거진" 빨래판 같은 손에게 미안해합니다. (이학연, 「나의 손」) 죽도록 일만 하면서 시부모님 병간호하고, 자식들 "고이고 이 길으서나 방방곳곳 다 보내고/ 늙고 늙은 이 방 안내/ 나 홀로 슬슬하"게 살아가는 독거노인이 되어, 대화라곤 할 수도 없고, 나랑 무관한 세상 이야기들만 잔뜩 보여주는 TV앞에서 "무정한 내 인생 마음대로 안 대드라"(정두이, 「자식부모」) 한탄이 새어나옵니다.

> 아직도 병철만하고
> 다리더 아퍼서 삼개월
> 있어도 낫지을 안하고
> 우야꼬
> 몸 나으면 산뽀가고 십다
> ___김생이, 「산뽀」

이제 산뽀가 문제가 아니라, 마늘을 심으려 해도 오래 쪼그리고 앉아 있기 힘듭니다. 무릎 꿇고 기도하듯 마늘을 꽂습니다. 손으로 다리를 밀거나 엉덩이로 밀어야 앞으로 나가기도 하죠. 그러니 어정쩡한 자세로 일합니다. 정 안 되면 서넛이 모여 택시 대절해 무릎주사를 맞고 와 다시 밭에 갑니다. 기운도 딸립니다. 땅 고르랴 울타리 치랴 모종 심으랴 약 치랴 무정한 몸이 안 따라주죠. "고추하니 휜들어/ 못하게다/ 약을 몬처여/ 전에는 잘했는데/ 이자 놀고십"습니다. (이분기, 「봄」)

농사도 예전만 못합니다. 생태계가 파괴되고 먹이사슬이 엉망이 되어, 먹을 것 없는 멧돼지와 고라니들이 갓 올라온 고춧잎이며 콩잎이며 순을 따 먹습니다. 심지어 근대잎도 먹고 꽃도 따 먹더군요. 이래저래 방어벽과 울타리만 늘어납니다. "저 못가에 쪼매 땅콩 시머노니/ 고나니 드르와서/ 다 드더먹고/ 대지도 와서/ 파 디비고/ 아무리 가라도/ 대지 안는다". (이정순, 「농사」) 하지만 그들도 지나치게 많이 따 먹지만 않으면 공생합니다. 저는 산으로 가고 나는 마을로 내려오는 좀 다르게 생긴 이웃이죠. "새벽 운동 가다가/ 쫑곧 올라오는/ 도랑이를 만났다/ 깜짝 놀라/ 도랑이는 산으로/ 나는 집으로 왔다". (김순식, 「도랑이」)

칠곡 할매들 이야기들이 제 이웃의 얼굴과 말과 겹칩니다. 날마다 보고, 함께 부침개도 해 먹고, 쑥개떡 물김치 찐 옥수수 들고 나오는 동네 어른들. 마당 담장 밖으로 웃는 소리가 들리면 궁금해서 얼굴을 쫑긋 내밀게 만드는, 바로 그 목소리의 주인공들을 보기 위해 밖으로 나가게 만드는 이웃이란 무엇인가. 가끔 흉도 보고, 티격태격 싸우기도 하면서, 이 모든 난처함과 이웃함의 어려움에도 "다 모디가 밥도묵고" "이래 사는게 좋다"는 두둑한 소신은 어디서 오나. 아래 시는 노동과 일상의 번잡한 세목이 모두 생략되어 있음에도 인간에게 귀한 것은 다 들어있습니다. 깊은 만족감과 겸손한 마음속으로 무지의 구름을 헤치고 신이 손을 뻗치는 것 같아요. 그 신은 지혜롭기 그지없어서 "내사 아모것도 모린다" 자각하는 자에게만 보이겠지요.

나는 눈도 어둡고
귀도 어둡다 내사 아무것도
몰라도 이래 사는게 좋다
다 모디가 밥도묵고
여그로 마실 나오는게 좋다
___김영순, 「이래 사는게 좋다」 전문

무엇이 인간에게 좋은 일인가 묻고 대안을 만들어가는 과정을 기록한 『굿 워크*Good work*』라는 책에서 슈마허(E. F. Schumacher)는 "무엇을 어떻게 생산하는가" 하는 문제는 삶에 엄청난 영향력을 끼친다고 말합니다. 당연하지만, "어디서 일하고, 어디서 살며, 누구를 만나"고 "어떻게 휴식하고, 어떻게 '재충전'하는가"는 인간 존재를 규정짓는 관건이겠어요. 우리는 무엇을 먹고 어떤 공기를 마시며 무엇을 보고 사는가. "그리하여 인간은 무엇을 생각하는가". 자유냐 의존이냐가 여기서 결정될 것 같습니다. 자유란 게 제법 어려운 개념 같지만 조금 오래 들여다보면 복잡할 것도 없어요. 남에게 의존하면 부자유합니다. 소비를 부추기는 물질과 상품이 눈앞에 넘쳐나면 부자유하죠. 지나치게 기계에 의존하면 부자유하고, 불필요한 정보나 지식을 필요 이상 알면 부자유합니다. 그 반대는 알짜배기 삶, 존재로서의 삶, 관계와 생각과 감정이 행위와 일치하는 삶이겠지요. 못 배웠고 일 구덩이에 빠져 살았으나 가난하고 몸도 성한 데 없지만, 하루에도 몇 번씩 터져 나오는 동네 할매들 웃음소리. "나온다 나온다" 떠오르는 달을 보고 웃고 동요를 부르고 춤도 추며 까르르 웃음을 나누는 역설이 여기서 탄생하는지 모르겠습니다.

인문학, 인간의 무늬

공부는 참 어려따
머리에 한개도 안드간다
그래도 공부할라고

아침에 고추바태 약치고
떠어 와다
커피타서 선생님한태 주니
기분이 조타
___신봉순, 「공부」 전문

　"살구를 땄다/ 비가 와서 상처가/ 많이" 난 살구, "아들이 가가라캐도
/ 안가"쳐 가는 살구를, "한글공부 배우는 학교에/ 가져 갔더니/ 마카다
맛있게"(이갑순, 「살구」) 먹으며, "웃고 지끼"며 "눈물나게" 이름을 씁니다.
"웃고 지끼고 첨에는/ 이르미 삐딱삐딱 도라가디/ 이제 내 이름이 참마
게 빈다/ 자꾸 쓰이 이름이 참매진다/ 내가 써도 글씨가 참하다/ 이름
도 퍼떡 쓰게꼬/ 요래 이쁜 내 이름을 / 누구한태 자랑해보꼬"(안윤선, 「글
씨가 참하다」) 생각하는가 하면, 다른 할매는 가족 이름도 써봅니다.

내 이름 김숙희
오세창 아들 이름이다
오현석은 우리 손자 이름이다
우리 먼느리 이름은 구영욱이다
공부하고 이를 쓰는게
제일 좋다
눈물나게 좋다
자꾸 써본다
___김숙희, 「이름」 전문

내게 소중한 사람들이 종이 한 장에 다 들어갔어요. 신기하고 눈물 나게 좋습니다. 이름은 쓰게 됐는데 '무씨'인지 '배추씨'인지 알 길 없는 씨(詩)를 쓰라 하니 골치가 다 아프네요. 시집 사는 이야기를 쓰란 건지 시집을 사라는 얘긴지 헷갈립니다. "공부하로 다니다가/ 하루 결석했는대/ 다음 숙제는 시를 써오라하니/ 시라하면/ 시집사란 이야긴가/ 뭐가 뭔지 몰서 쓸수가 없네요". (유지란, 「숙제」) "공부 하로오니 노래도 하고보니/ 머리가 아파서 시을 쓰라하니/ 머리가 아파서/ 정말 생각이 안난다/ 손자 밥도 미게야 하고/ 정말 골치 아푸다". (박옥순, 「골치」)

이제 이실직고합니다. "선생님 나는 슬거시 업내요/ 나는 숙제나 네 주세요/ 선생님 너무나 몰라스/ 차말 답답하네요". (채종연, 「선생님 나는 슬거시 업내요」) 그래도 노력해봅니다. 에라 모르겠다, 있었던 일을 써보자. "어너새 봄이 왔다/ 갱이로 밧철 갈고/ 감자도 심었다/ 또 생강도 심고/ 주마래 아들리 왔다/ 아들하고 며늘리하고 소자하고/ 들래 나가서 냉이 뗏고/ 쑥도 뗏더왔다/ 며늘리가 쑥국도 꺼리고/ 냉이를 문치고 밥을 맛식개 해서/ 잘 먹었다". (이수옥, 「봄」) "쑥 뜨더서 떡 해머그까/ 우아까 시퍼서 한 웅큼 뜨더사/ 쑥을 모아낫다/ 아들 저나가 와가지고/ 온다고 캐는데 언제 올란지는/ 모르게다". (박상순, 「쑥」) 어느 순간 할매 주변에 있는 모든 것이 시 같습니다. 발밑도 살펴보고 하늘도 우러러봅니다. 내 앞에 정경과 내 마음이 어느새 겹치네요. 짠! 즉자적인 상징과 정경교융(情景交融)이 탄생했습니다.

달팽이 달팽이 집을 짓는
달팽이 달팽이는 열쇄도

피로없고 자물쇄도 피로없네

___최재순, 「달팽이」 전문

스스로 그렇게 존재하는 자연 혹은 존재라는 실상은, 깊이도 넓이도
품도 헤아릴 수 없는 절대의 세계라서, 이렇다 저렇다 말할 수 없는 시
의 바깥에 존재하는지도 모르지만, 알 듯 말 듯한 구름을 헤치고 문득
비유 비슷한 언어 몇 점이 떨궈집니다. 스쳐 지나가는 부드러운 바람이
나, 구름이나, 뭔지도 모르겠는 날벌레나 애 터지게 기어가는 달팽이처
럼 '아무것도 아닌 것'으로 생각하던 사물들이 이름을 얻기 시작하네요.
"노고노곤 파란 하늘에 한/ 뭉게구룽이 둥실 떠다니는/ 것을 보니 나의
마웅이 궁게 구름/ 속으로 가고 십으나 너무나 멀고/ 얼어 갈 수가 업
서 나의 마듬이 설레요". (김두래, 「뭉게구를」) 잎과 꽃으로 세상에 얼굴을 드
러내는 할매들의 인문학은 이렇게 발전합니다. 이제 시란 게 별것도 아
니네요. 밖에 보이는 것만이 아니라, 보이지 않는 속을 더듬어 소망도
펼쳐봅니다. 부끄러운 것도 아픈 것도 바라는 것도 다 시가 된다니까.

나는 꿈이 있습니다
우리 아들 세명이 모두 아픕니다
선천적으로 아파서 나수지도 못하고
나술수만 있으면
우예라도 하지
우리 아들 모두 건강한게
내 꿈입니다

한가지 더 있습니다

공부를 모해

공부를 잘하고 싶은 것도 꿈입니다

___송일선, 「나의 꿈」 전문

　2012년부터 칠곡군에서 시행한 '인문학도시 조성사업'으로 탄생한 시들을 보면서 저는 몇 개 읍, 수십 마을 골짜기마다 울려 퍼지는 할매들 웃음소리와 공중에 펼쳐진 천의무봉이 살랑이는 소리를 듣습니다. 말과 몸짓이 바로 연극이 되는 창조를 경험하고, 입으로 공중에 뱉던 말들이 종이로 옮겨와 시가 되는 일들을 즐겁게 경험하는 일은 공부이자 놀이였겠습니다. 함께 강강술래를 하던 '공용'의 공간이 사라져버린 농촌 마을에서 사람과 사람을 연결해 마을이 곧 학교가 되고, '삶의 숨결이 살아 있는 공동체'가 되려면 노동만이 아니라, 소통을 위한 매개로서의 문화와 보따리를 풀어헤칠 도구와 마당이 필요하겠지요.

　할매들이 한글을 배워 묶은 첫 공동시집 『시가 뭐고?』 해설에서 평론가 고영직은 '사람의 줄무늬가 바로 인문(人紋)'이라 말합니다. 다시 말해 인문학(人文學)에서 말하는 "인문성이란 나(또는 마을)의 내부에 내장되어 있는 사람의 도리를 생각하는 마음 같은 것을 외화하는 일과 관련" 있다는 겁니다. 그렇다면 가르치고 주고 계몽하는 일에 초점이 갈 게 아니라 그들 안에 이미 존재하고 있는 가치를 찾아내야겠죠. 변두리 어법으로 내뱉는 "내는 아모것도 모리는데" 속엔 엄청난 스승들과 역사와 노하우와 이야깃거리가 숨어 있으며, 그들이 품고 산 가치와 역정(歷程)이야말로 인문이요, 그들이 살아 숨 쉬며 일구는 땅이 지리요, 그들이 먹고 나누고 꿈꾸고 만나며 생을 지속하는 이 모든 것이 문화일 테니까요.

진짜 시인들은 숨어 있었다

웃다가 눈물도 찔끔 나는 할매들의 시. 진짜 시인들은 숨어 있었어요. 웃고 울게 만들고 아프면 만져주고 기도해주다 덩달아 자기도 아파버리는 자가 시인 아니던가. 우리는 유자서만 문학으로 생각했지요. "세상 사람들은 고작 유자서(有字書)나 읽을 줄 알았지 무자서(無字書)를 읽을 줄은 모르며, 유현금(有絃琴)이나 뜯을 줄 알았지 무현금(無絃琴)은 뜯을 줄 모른다. 그 정신을 찾으려 하지 않고 껍데기만 쫓아다니는데 어찌 금서(琴書)의 참맛을 알 도리가 있겠는가?"『채근담』에 나오는 이 구절은 우리가 마지막으로 기댈 뿌리, 즉 근원과 원천에 대해 말하고 있었던 겁니다.

사회의 고령화 현상과 맞물려 농촌 노인들을 사회 빈곤층이나 복지제도의 수혜자로만 취급하곤 하는데, 이것은 이들이 얼마나 오랫동안 이 사회를 뒷받침하는 뿌리 역할을 해왔고, 여전히 하고 있는지에 대한 인식이 없기 때문이겠습니다. 호흡처럼 자연스러운 반복이 실패할 때 노동은 항상 무언가와 짝을 이루어 나타납니다. 노동은 희생이고, 노동은 고통이고, 노동은 핑계나 망각제나 정당화의 수단이 되곤 하죠. 더 나아가면 노동은 저주요, 어쩔 수 없이 하는 지루한 행위의 반복이 됩니다. 이 저주받은 노동으로부터 탈출할 수 있는 삶의 전향적 모색을 이 사회에서 철저히 소외되면서도 강인하고 소박하게 삶을 일궈온 소농들의 무자서에서 발견합니다.

> 20살에 시집 가지고 아 다섯을 낳고
> 삼십다섯에
> 혼자 돼 아 다섯 지대로
> 카워주지 못하고 공부도 올재 못시겄다
> 그래도 여짓것 살면서
> 남 해롭게 안 하고 평생 거짓말
> 한 번 안하고 살었다
> 남 도와주지는 못해도
> 평생 남 해롭게 하지는 않았다
> ___남영자, 「내 평생」 전문

'남 도와주지는 못해도' 하시지만 많이 도와주시고, '평생 남 해롭게 하지는 않'고 사셨겠습니다. '농가 먹을려고' 키웠으며, 지금도 애써 키운 작물들 이 집 저 집 열심히 보내주실 겁니다. '하눌님이 어떻게 생깄나?' 자연의 섭리를 하눌님으로 알고 늘 접속하며 '이렇게 생깄다' 생각했을 거구요. 하늘이 우리 안에 심어준 양심 따라 살아야 편하다는 걸 아셨기에, 좀 서운하거나 언짢아도 날마다 얼굴 보고 살기 때문에 받아들이며 풀고 사셨겠지요. 절기가 바뀌고 낮과 밤이 갈마드는 것을 보며, 잘 챙겨둔 씨앗 심고 키워서 벼를 베서 잘 나눠 먹었던 지극히 평범한 나날들이 탄생시킨 할매들 시는, 어떤 위계도 헤게모니도 탐내지 않는 생태와 생물의 벌판입니다. 이 소박한 구어적 진술들은 개굴개굴 우는 개구리나 찌찌찌 한사코 짝을 찾아 울어대는 밤벌레처럼 지극히 하찮고 자연스러워서 위대합니다.

　"도마도 심었서/ 동굴동굴 구술이/ 빨갓캐 익었다/ 손자오면 따라고/ 열엇는 것을/ 보고 있다"거나(이영분, 「도마도」), "모든 과일 나무에/ 맛있는 과일을 만들어주고/ 참외도 수정을 도와/ 아삭하고 달콤한 꿀참회를/ 만들어 준다/ 오월이면 아카씨아 꿀도 선물로 준다/ 참 고마운 꿀벌이다"며(이말순, 「우리집 꿀벌」) 좋은 걸 남에게 베풀려는 마음과 꿀벌에게조차 고마움 전하는 할매들 마음. "봄비가 오니까/ 비료를 뿌릿다/ 자두밭 나무 잎퍼리가/ 조타고 인사를 한다/ 봄비 덕에/ 쑥 니가 나를 기다릿나".(장숙자, 「봄비」) 이파리 하나에도 깃든 표정을 살펴보고 쑥에게도 인사하는 땅에 엎드린 마음을 읽습니다.

　지난 100년 사이에 우리는 현대문명이 낳은 중대한 위기에 봉착해 있습니다. 대자연과 연결이 끊어진 도시문명이, 인류에게서 신비롭게 작동하면서 살아 있는 자연과, 인류가 오랫동안 지켜온 전통적 지혜와 가치를 앗아갔기 때문이죠. 그 둘은 몇 만 년 동안 우리의 스승이었습니다. 그런데 농촌 할매들은 아직도 땅에 기대 삽니다. 그 땅심 때문에 할매들은 정신치료니 건강요법이니 하지 않아도 여전히 독립적이고, 기꺼이 주고, 나누는 자로 살 수 있는 게 아닐까요. 그 땅심에 기반한 지혜와 용기로 송전탑 앞에서 "전기톱이 반치나 기들어온 나무를 꺅 보듬고" 필사적으로 저항할 수 있었겠습니다. "사드 들어오면 길바닥에 드러누블끼다"며, '데모하기 딱 좋은 나이' 노래 씩씩하게 부르며 절뚝절뚝 행진하는지도 모르겠습니다.

땅을 기는 벌레의 눈

아침에
일어나 느티나무를 보면
기분이 좋습니다
가만히 보면
인물이 잘생긴 사람같습니다
나이 하루하루가
느티나무 그림자를 따라
즐겁게 돌아갑니다
___노선자, 「느티나무」 전문

　인디언들에겐 '나무를 베려 하면 나무에서 흐느끼는 소리가 들렸다'
합니다. 반드시 베어야 하는 경우엔 나무를 껴안고 용서를 구하거나,
왜 나무를 베야 하는지 설명하고, 베도 좋다는 승낙을 받았다죠. "깨가
잘났다"거나 느티나무를 "인물이 잘생긴 사람같"다고 말하는 것은 형
식적 표현 이상의 의미로 들립니다. 늘 한자리에 서 있으면서 어느 날 보
면 더 높이 올라가 더 넓은 그늘을 드리워주는 느티나무를 "가만히 보"
며 그 그림자 따라 돌아가는 하루는, 가지지 못한 자는 비참해 하며, 부
자들은 더 갖지 못해 안달인 세상에서 참 드문 친교이자 우정입니다. 자
연과의 소통이 지하에서 애써 캐내야 하는 금처럼 희귀해지는 시대에 거
의 멸종해버린 인디언들과 비슷한 마음들을 읽는 건 시대착오일까요.
　봄여름 피는 "목년꽃 개나리꽃/ 산수화꽃 동백꽃" 보며, "우리집에 꽃

들이 울건불건/ 만발이 피었어서 매우/ 깊부다 신기하다/ 행복하다 우리 꽃들님/ 사랑해요"(이순단, 「우리 집 마당꽃」), 말하며 어루만지고, 아침부터 지저귀는 새소리 들으며, "오늘은 저새가 나한태/ 무슨 소식을 전해 주려고 저렇게 지저될까/ 멀리 가 있는 아들 딸 소식을 전해 주러나"(전시옥, 「새소리」) 새와도 대화하며 하루를 맞이합니다.

어르신들 말대로 "날씨도 벌레도 사람도 갈수록 극성맞아지고" 있는 이즈음 할매 시들을 보며 빈집 시렁에 걸려 먼지 뒤집어쓴 종자마늘과 돼지파 망태와 주인 없는 집을 지키는 감나무와 담장 위로 목을 뺀 철지난 덩굴장미를 떠올립니다. 시골 마을 한가운데 사는 제겐 자연 친화니 생태니 하는 생각이나 목가적이거나 낭만적인 느낌이 별로 없습니다. 웃음과 짝 맞춰 찾아오는 저린 마음은, 온기와 훈김이 사라진 옛집에서 오래오래 앓아온 노인들의 노동과 병과 상처와 소외를 체감하기 때문인지도 모르겠어요. 그럼에도 콕 박혀 움직이지 못하는 저 말뚝 같은 생이 우리가 언젠가 돌아가야만 할 집으로만 보이는 역설을 어떻게 설명할 수 있을까요.

우리집 장미가
너뭄 에쁘개 피어서 내 마음 아파요
재우할버지 떠날고
내 마음 이야기을
날마다 장미꽃을 보고해요
살고 있어도 그치 업어요
내 마음 누가 아라요

혼자서 꿈속에서 잠이 들어요

바태 일을 하고 집으로 와도

방가우 사람도 업서요

사람 한버 가면 못오나

인생이 하번 마음 누구하태 이야기을 할까요

봄여름 장미꽃

여름 차자 오는대

나는 하루하루 지내고 있요

___이기연, 「세월」 전문

스펙타클한 영상과 이미지 과잉으로 범람하는 디지털 세상은 사람을 바꾸어버렸습니다. 우리는 담담하고 심심하고 반복되는 일상에 푹 젖질 못합니다. 잠시 잠깐 나무그늘에 들었다가도 누가 쫓아내기라도 한 듯 소요와 대형 사건을 향해 달려갑니다. 문명이 그렇게 만들어버렸어요. 아무것도 모른 채 밟고 지나가거나 자동차로 휙 스쳐 지나갈 뿐, 담백한 마음과 화려하게 전시되지 못하는 음지의 삶들은 환대받지 못합니다. 아프면 아픈 대로 쓸쓸하면 쓸쓸한 대로 살아 있는 자연과 교접하는 마음의 눈을, 인공적인 빌딩과 인공적인 상품에 둘러싸여 무얼 살까, 무얼 마련할까, 소비가 중심이 되어버린 생활 방식에 익숙해진 사람들이 흉내라도 낼 수 있을까요.

며칠 사이 풀 매고 밤 줍다 벌에 세 방이나 쏘였습니다. 엉덩이 다리 얼굴 할 것 없이 날것에 물려 긁고 다닙니다. 모기는 소리라도 내지, 이 '드론'이라는 날벌레는 소리도 없이 날아와 쏘는데 물리면 수포가 생기고 며칠 동안 몹시 가렵습니다. 호미질 하다 보면 흙 밖으로 순식간에 끌려나온 지렁이의 몸부림과 마주치죠. 보자마자 바로 흙을 덮습니다. 아마 0.1초밖에 안 걸리겠어요. 마주친 행위는 1초인데 심장은 1분 이상 거세게 뜁니다. 반 토막으로 나뒹구는 지렁이는 심장을 진정시키는 데 좀 오래 걸리죠.

땅 파며 가끔 하늘 보며 '필요한 것은 하늘을 나는 새의 눈(鳥瞰)이 아니라 땅을 기는 벌레의 눈(蟲瞰)'이라는 김종철 선생 말이 자주 생각납니다. 오다 마코토(小田實)의 발언을 인용하며 그는 "폭탄 세례를 맞은 지상의 광경은 조종사의 눈에는 화려한 불꽃놀이로 보이겠지만, 실상은 아비규환의 지옥일 수밖에 없죠. 그렇다면 우리가 양심적인 인간이고자 한다면, 필요한 것은 하늘을 나는 새의 눈(鳥瞰)이 아니라 땅을 기는 벌레의 눈(蟲瞰)"일 거라는 말씀이 흙에 새겨진 경전 같습니다. 양심이란 무엇일까. 양심이란 내가 받고 싶은 대로 남을 대접하는 인이오, 내가 당해서 싫은 것을 남에게 하지 않는 의로운 마음 아니겠는가. 25여 년간 땅과 농민을 옹호하는 『녹색평론』을 만들어온 김종철 선생은 어느 강연 뒤풀이 자리에서 "이 땅의 농업과 농민들을 위해!" 건배하더군요. 별말도 아닌데 울컥했습니다. 흙과 만물을 먹여 살리는 지상의 존재들과 가난한 농부들이 권력과 기업과 유전자조작과 생명복제의 실험실에 갇힌 과학자의 눈에 어떻게 비치고 있을까 상상해보려면, 지금 우리가 딛고 있는 땅과 이웃들의 주름진 얼굴을 지그시 바라보는 일로부터 시작해야겠습니다.

최후의 보루를 지켜라

싹이 제법 올라온 김장무가 자꾸 옆으로 쓰러지길래 흙을 북돋아주는데, 동네 어르신이 호두를 땁니다. 어르신 일은 바뀌지만 늘 무언가에 몰두해 있어요. 봄엔 감자 심을 밭에 엎드려 흙을 고르더니, 비 온다는 예보가 있던 전날엔 어둑한 밭에서 감자를 캐고, 어느 날엔 경운기를 고치는 데 두어 시간은 족히 걸리는 것 같습니다. 호두나무 아래는 분해해놓은 부속과 연장이 흩어져 있고, 어르신은 여기저기 만져보고 들여다보고 엔진도 돌려봅니다. 땀은 흐르는데 지루하거나 힘든 표정은 전혀 아닙니다.

손을 잃어버린 현대인에 대해 언급하면서 "손과 머리, 기술과 표현, 실기와 예술이 분리될 때 사고력과 표현력, 둘 다 손상된다"고 리처드 세넷(Richard Sennett)은 말하더군요. 손과의 협조를 통해 고도의 기술과 지혜를 쌓아간다는 관점에서 보면, 배움은 학식의 문제가 아니라 나날의 그의 노동 형태에서 비롯되겠습니다. 실제적인 일에 몰입하면서도 일을 수단으로만 보지 않는 어르신 모습은 아름답습니다. 남에게 의지하는 늙은이가 아니라 현역으로 즐거이 일하는 어르신이야말로 장인도 같고 시인도 같아요. '만들다'라는 뜻의 옛 어원 포이에인(poiein)에서 모태가 되어 시(poetry)란 말이 생겼답니다. 아닌 게 아니라 밭두렁 하나 올려도, 들깨 한 모 심어도, 가지런히 예쁘게 만드는 농부들의 미학은 단순한 효율성을 넘어섭니다.

나는 백수라요

묵고 노는 백수

아무거도 인하고 노는 백수

밭 쪼맨한데

콩이나 쪼매 심고

놀지며

그래도 좋다

———이분수, 「나는 백수라요」 전문

　노동할 수 없는 채 살아가야 하는 비극과, 인간적으로 살아갈 수 없게 만드는 노동을 해야 하는 희비극 사이에, 발이 묶여 있는 현대인에게 이 시는(의도하지 않았겠지만) 새로운 지평을 선사합니다. 이 시에는 노동과 비노동 구분이 없고, 고용과 은퇴의 개념도 없죠. 젊음이 끝나기도 전에 노인 취급을 받는 작금의 추세는 4차 산업혁명으로 그 속도가 점점 빨라지고 있습니다. 이 풍요한 지구에 만연된 빈곤은 여전히 삶의 질을 가장 강력하게 위협하는 현실이지만, 지구상에서는 아직도 수많은 사람들이 가난과 더불어 절제된 소유에 만족하며 살아갑니다. 절대빈곤이 아니라는 전제에서, 이런 반백수의 삶, 즉 창조적 실업이야말로 우리가 가야할 가장 '오래된 미래'일지도 모릅니다. 현대 사회가 겪고 있는 최악의 '도덕적 질병'인 가난에 대한 공포가 적어도 여기엔 없으니까요. 이미 고용의 절벽에 다다라 자본주의의 폐해가 골수까지 파고든 유럽에서 앙드레 고르(André Gorz)가 미래 삶의 모델로 제안한 '창조적 실업'이 우리 농촌 사회에서는 실험 중입니다. 낮에는 일하고 밤에는 어둠 속에서 쉬며, 봄 가을엔 좀 더 활동하고 여름 겨울은 휴식하면서, 뭔가를 창조하는 능력과 사회적 여건을 만들 수만 있다면, 이 순환성은 행복을 보장하지 못할지언정 적어도 인간을 피폐화시키지는 않겠지요.

우리집에 목년꽃 개나리꽃
산수화꽃 동백꽃이 모두
우리집에 꽃들이 울건불건
만발이 피었서 매우
깊부다 신기하다
행복하다 우리 꽃들님
사랑해요
___이순단, 「우리 집 마당꽃」 전문

어디 닭 우는 소리 개 짖는 소리 들려도 쫓아가 참견할 일이 없어요. 어디 좋은 데 있고 맛난 거 있다고 차 타고 멀리 갈 필요도 없고요. 이 소국과민(小國寡民)의 마당에는 할매를 '깊부'고 '신기하'고 '행복하'게 하고 '사랑한다' 말해줄 애인들이 그득하니까요. 눈만 뜨면 이웃들을 만납니다. 아니 마당만 나가도 만남이 자연스레 이뤄집니다. 저녁이면 바람 부는 길목에 모여 논두렁 바라보며, "고무래로 밀어놓은 것맨치 벼가 나란하다"거나 "가재 튀어나온 퉁방울 눈 맨치로 베가 잘 익었다" 하는 우스갯소리도 듣습니다. 여기에 알아듣지 못하는 관념어와 치욕과 억압을 안겨주는 명령어가 낄 틈이 없습니다. 어깨가 나란한 평평골처럼 평등한 언어입니다. 그러나 육체와 정신에 내장된 그 언어들은 조만간 바람 속에 흩어지고, 죽음과 함께 침묵 속으로 사라지겠지요. 귀 기

울여 듣고 기록하지 않으면 '한 채의 걸어 다니는 박물관'인 이 땅의 소
리 없는 말뚝들은 역사 저편으로 암전될 겁니다.

> 오늘도 하로생활 잘 지내개 합소서
> 가을도 가고 봄도 오고 여름이 왔습니다
> 가을이 오며 무른 익은 곡식 풍성합니다
> 봄철이라 돌아오며 나물깨기 잠 좃따내
> 점심밥을 싸지고 너와나아 두리 가자
> 순박이는 무지놋코 냉일로는 국거이여
> 아버지개 만이 놋코 옵빠개서 맞보인다
> ___김종선, 「하로생활」 전문

사랑과 자연과 친교가 어우러진 이 시는 기도문 같죠. 농부이자 장인
이자 시인인 농촌 할매 할배들의 삶은, 우리가 매달리고 튕겨야 할 마지
막 줄인지도 모릅니다. 악기 줄은 거의 다 끊기고 희미하게 들리는 청각
에 의지해 마지막 줄을 울려보고 있습니다. 변두리에서 변두리 어법으
로 읊조리는 할매들 삶은 값을 매기지 않고 우리가 맘대로 갖다 쓰는
대기는 아니겠는가. 어쩌면 우리는 산소가 사라지고야 그것 때문에 숨
을 쉬었다는 것을 알게 될지도 모르겠다는 예감과 함께, 한 현이 남았
을 뿐인 '희망'을 꺼내들고 그 작은 울림을 듣습니다.
'땅'의 라틴어 어원은 '휴무스(humus)', 즉 겸손이라네요. 밖으로 나와
타자와 연결하고 몸을 굽혀 대지에 엎드리는 것이야말로 공생의 첫걸
음, 이것은 '나'라는 권력에서 내려왔을 때 가능하겠죠. 우리가 밟고 다

니는 누추하고 흔하고 벗어버리고 싶고 도망가고 싶었던 붙박이 땅, 이 모심(母心)의 땅이 세계와 실존의 중심이 아닐까요. 관계조차도 독점하려드는 소유와 소비 욕망에 시달리는 과잉자기에서 떠나 있는 할매들의 중얼거림이나, 대화나 수수께끼 같은 이야기들이야말로, 우리가 지켜내야 할 야성의 숨소리이자 최후의 보루는 아니겠는가. 가르치려들 게 아니라 우리는 그들에게서 진심으로 배워야 했습니다.

권선희

\

고통과 죽음을 넘어서는
축제와 제의로서의
말

/

『꽃마차는 울며 간다』에 부쳐

\

갈기처럼 휘날리는 사자머리, 허스키한 목소리에서 나오는 입담과 포스가 장난이 아닙니다. 어디 '미화'라든가 '오아시스'라든가 하는 간판을 건 살롱 앞에 앉아 있으면 지나가던 취객이 돌아와 손가락 구부려 흥정이라도 붙여올 것 같습니다. 웬만한 마담보다 더 마담스러운가 하면 새색시처럼 수굿한 시인을 동네 사람들은 중대장 각시나 호연이 엄마라 부른답니다. 바닷물에 손 한 번 안 적시고도 게, 오징어 등 오만 해산물을 한 보따리씩 얻어먹으며 그 동네 '종팔씨'나 '못된놈' '흰돌이' '쫄쫄이' 등 개들과 친구가 되어 살고 있습니다.

"방울이 할머니댁 돌복숭아나무 새끼를 다닥다닥 달았다// "아고야, 이기 그래 좋다데요"// "올갠 마캐 쌍둥이다"// "무르팍에도 직빵이라카데에"// "내는 고븐 꽃 실컷 봤다. 열매는 니 해라"// 배뱃귀 잡순 할머니 말씀, 샛길로 날려도 직진이다". (「쨍」 전문) "자신들 말이 모두 다 시인 줄

188

도 모르는" 사람들과 함께, 고향보다 더 고향스러워진 구룡포에서 뜨거운 말과 살아있는 말을 건져 '시'라는 고기를 낚았습니다. 함께 놀며 먹고 마시기가 밑밥이라면, 남 눈에 잘 안 띄는 배려와 존중은 끊어지지 않는 낚시겠지요. 낚시 바늘은, 글쎄요, 동그랗게 잘도 구부러져 있어 물던 놈이 또 물기 마련이니 허리 딱 접어 절하는 자세가 아닐까 싶습니다. 잘난 사람이 더 잘나지려고 정신없이 내달려야 하는 대도시 사람들과 달리 진짜로 사람이 고픈 사람들 속에서 놀러오라면 언제든 갈 수 있는 백수로 17년째 살고 있다는 것, 그래서 사는 물이 중요한 거 아니겠습니까.

뜨거운 말, 살아 있는 말

영기가 면도칼로 손목 세 군데나 긋고
수술에서 깨어났을 때
큰형 팔뚝 움켜잡고 했다던 말
나 좀 살려줘,
형

둘째 영기가 이제는 맘 잡겠다고
오른쪽 새끼손가락 자르고
퇴원하던 날
두 손을 두 손에 가두고 했다던 엄마 말

니는 죽은 니 아부지와 내가 만든
고귀한 선물이다 이 상노무 새끼야
___「뜨거운 말」 전문

위 시에서 영기 씨가 무슨 사연으로 손목을 그었는지는 모릅니다만,
삶과 죽음 사이 저울추가 죽음으로 기울기 시작할 때야말로 진정 살려
고 몸부림치는 때라는 것을 보여줍니다. 간절히 살고 싶기 때문에 죽을
작정을 했겠지요. 죽음을 노려보면서 삶 쪽에서 손을 비비는 애원이자
신음인, 몸의 말인 몸부림. 한편 삶과 죽음의 경계에선 삶 쪽으로 기울
기를 발원하는 어미이자 부처이자 하느님의 말이 있습니다. 잘났든 못
났든 사고뭉치건 상관없이 존재 자체를, "상노무 새끼"를 "고귀한 선물"
로 만들어버리는 '뜨거운 말'이. 고통도 비극적 현실도 바람도 웃음이
되게 만드는, 그 살아 있는 말이 시인에겐 뜨거운 말이자 시 자체인지도
모르겠습니다.

아내는 떼로 몰려 온 우환 겨우 치르고 삼재가 들었다는 말 한 마디에
뱀띠 부적 똘똘 말아 끼운 단풍나무 목걸이 걸고 다니다 그만 잃어버리
고 말았는데요 다시 재앙의 복판에 선 듯 불안을 안고 살다 아무래도 안
되겠다며 떠난 밀양 어딘가 그 절

나 참, 대단한 큰스님이 써준 것도 아니고 십이지신마다 수십 개 수백
개씩 복제되어 걸린 불교용품점에 그걸 구하러 간 것이 한심하다가 '깊

고 간절한 마음은 닿지 못하는 곳이 없다네' 벽에 붙은 한 구절에서 그만
붉어지데요

눈발 뚫고 가는 그 길이 바로 부적입디다요
___「부적(符籍)」 전문

"깊고 간절한 마음"이면 "닿지 못하는 곳이 없다"는 게 부적이자 신
앙인 셈인데요, 그것이 흔하면 어떻고 싸구려 복제면 어떻습니까. "대단
한 큰스님이 써준 것"도 아니지만 우환과 재앙과 불안을 피해보려는 비
원과 "눈발 뚫고 가는 그 길", 곧 '그것'과 '그곳'을 향해 가는 행위 자체
가 부적이겠죠. 위 시에서도 보듯 권선희 시에는 단정 짓고 판단하는
'나'가 없습니다. 자의식의 과잉이라는 골방에 갇힌 현대시에 희귀한 현
상이죠. 나이되 '내가 아닌 나'로 살아간다는 것, 느낀다는 것, 본다는
것이야말로 기적 같은 일인지도.
　　권선희 시인은 자신에게 "크게 일어나는 일이 별로 없"어서 "남들 지
나가는 것, 보고 사는 것, 듣고 사는" 모두가 본인 서사라더군요. 구룡
포 살면서 그는 "사람 됐다" 합니다. 2대, 3대 걸쳐 보다 보니 이 사람이
그 집 자식 아닌가, 그 사람이 이 사람 할매 아닌가, 가계도 읽혀진답니
다. 그는 "고여 있는 물에 산다" 합니다. 고인 물은 쉬 썩고 맨날 그 나
물에 그 밥일 것 같지만 그는 달리 해석합니다. "답답한 게 아니고 재미
있어요. 한 이야기가 멈춰버리는 게 아니라, 감자알처럼 오종종 매달려
캐도 캐도 나오죠. 살다 금방 떠났으면 아무것도 모르고 지나갔을 텐
데, 감자알 하나로 묻혀서 섞여서 버무려져서 묻어" 간답니다. 이러니 억

세고 힘센 손들이 와서 과하게 흔들지만 않으면 고인 웅덩이도 나와 세상을 비추는 명경지수가 되겠지요.

눈물과 웃음을 버무린 말

　복숭아 값 좋아 잘만 하믄 빚 싹 다 갚겠다 캤드만 자식 놈 사고 쳐가 말아묵고, 집 나간 큰 년 돌아오이 마 셋째 년 나가삐고, 천 날 만 날 소새끼맨키로 일만 하던 마누라는 수술도 몬하고 죽아삤는데 뒷산 텃밭은 와 인자서 저래 값이 오리노 말이다

　　___「팔자」 전문

서술자의 감정적 개입이 전혀 없이 한 사내의 한탄조 구술로만 이어진 이 시는 삶이 알 수도 계획할 수도 없는 난센스임을 보여주죠. 아니 부조리 자체가 삶이자 팔자인지도. 한평생 소처럼 일만 하고 자식 뒤치다꺼리만 하다 병들어 죽은 마누라에 대한 연민은 '슬픔산'을 넘어서야 삐시시 나오는 '웃음산'입니다. 고통의 산을 넘어서기 위해, 살고 버티기 위한 생존형의 웃음과 말이 여기 있습니다. 아리스토텔레스의 『시학』에 나오는 웃음의 의미를 떠올리지 않더라도 이 부조리한 고해를 견뎌내기 위해 인간은 웃음을 발견했는지도 모르겠습니다. 삶이 바다라면, 웃음은 한바탕 올라가다 스러지는 흰 거품이자 파도인지도.

　손 없는 집, 첩 들였다

영감 하나에 큰댁 작은댁 함께 살았다

작은댁 새끼를 큰댁은 여섯이나 받았다

영감이 병들었다

큰댁은 젖도 안 뗀 막내까지 여섯을 업고 끌고 부산으로 가버렸다

작은댁은 자맥질하며 살았다

큰댁은 광주리장사로 새끼들 키웠다

막내가 장가들 때도 만나지 않았다

영감은 죽지 않고 누워 있다
___「누가 더 불쌍한가」 전문

　둘 다 불쌍해서 눈물이 나야 정상일 텐데 웃음이 나옵니다. 권선희 시인의 미덕은 이 못나거나 모자라거나 한때 찌그러졌거나 망가진 주변부의 삶을 존엄하게 호명하지만, 비극에서 엄숙을 떼어내 눈물과 웃음을 한 솥에 쪄낸단 겁니다. 물론 이 사람을 보라,며 치켜세우거나 훈계하지도 않습니다. 이 희비극에는 시집을 갔다고도 못 갔다고도 하고 아

들이 하나 있다고들 하지만, 말을 못해 사연을 알 길 없는, 물옷 벗고 "저녁마다 비파 청동검 품은 고리족처럼/ 방파제 끝에 큰 키로 서는" 복자 언니가 있습니다. (『복자 언니』) 이 희비극에는 "빨간 명찰 말년 병장 숙박계 날려 쓰"고 "싸나이 팔뚝에 머리 파묻"고 "헐거운 여인숙 그 방을 두고/ 머리채 질질 반장 손에 끌려간" 스무 살, "구룡포발 대구행 아성 여객 차장" 숙희도 있습니다. (『숙희 이야기』) "고작 열아홉 위로 군용트럭이 지나"간 "명자꽃 같은 누이"도 있어, "구만리 바다가 온통 누이 노래로 붉은 적/ 있었"(『다시, 구만리』)답니다. 그런 구만리 같은 사연들이 물질하고 식당에서 회를 뜨고, 공장 나가며 열심히 삽니다. "켜켜이 쌓인 사연을/ 하나씩 데려다 눕히고는" 자르고 덧대고, "펴고 쓰다듬고 어루만지며/ 살뜰하게 살다 해진 몸들 쓰다듬"으며 수선도 해가며. (『알뜰수선 그 너머』)

여기서부터 권선희 시인을 '받아쓰는 시인'이라 명명합니다. 받아쓰기는 상대의 말에 판단을 정지하고 듣는 행위로부터 시작하죠. 보고 싶은 대로 보고, 듣고 싶은 대로 듣는, 의도와 자기중심성을 벗어던진 지점에서 전환이 일어납니다. 말하는 상대는 곰곰이 생각하며 자신에게 일어난 사연과 사건과 의미를 다시 해석하기 시작합니다. 여기서 상호교환이 일어납니다. 합리성이라는 필터로 재단하거나, 내 이해관계에 의해 채색하지 않고 순수하게 보고 듣는 행위는 순수한 바침이 됩니다. 자신의 정신과 혼을 거기에 집어넣을 때, 그것은 자크 데리다(Jacques Derrida)가 언명한 신의 영역이자, 자연 그 자체로서의 증여가 되는지도 모르겠네요. 무로부터 유가 창조되는 자리인지도. 한 존재를, 세계를, 있는 그대로 보고 받아안는 순수 증여는 괴력을 발휘합니다. 그 힘이 너와 나를 가로질러 세계로 펼쳐질 때마다 현실세계에 뭔가가 탄생하거나 증식이 일어납니다. 그것의 두드러진 결과물이 우애이자 친교이자 특수하게는 시인지도 모르겠네요. 공동체 안에 함께하되 거리를 유지하는 낯선 관찰자, 거래와 이해관계가 소거된 시선 앞에서 새로운 의미를 획득한 언어가 바로 시가 아닐까 싶습니다.

화끈과 한탕 사이, 한바탕 바다가 있었다

　　눈송이처럼 터져 심해로 간 사람과
　　산란 향한 뱀장어 긴 유영과
　　검은 해류 지나는 푸른바다거북의 안부가
　　흘러들었다
　　금빛 복숭아 들고 돌아오는 저녁처럼
　　비로소 붉어진 나는
　　눈 감은 채 젖을 무는 바다
　　이마를 쓰다듬었다
　　＿＿「수장(水葬)」 부분

　바다에서 태어나 바닷속으로 수장되는 해로서는 매일 반복하는 일상이지만, 그날의 탄생과 죽음은 그날의 몫, 단 한 번밖에 없는 일대사건이자, "금빛 복숭아를 들고 돌아오"며 붉어진 마음이 되게 합니다. "눈 감은 채 젖을 무는 바다/ 이마를 쓰다듬"는 이 풍경 속에는, 삶과 죽음이 한통속이지만 매 순간 엄연히 구별되어 흘러가는 인간사의 모든 것을 담고 있습니다.

첫 시집 『구룡포로 간다』에는 유달리 수장된 사람들 이야기가 많습니다. 그들은 "떠오르지 않는다// 환장할 노릇이다// 부레도 없는 인간이 바다로 갔다는 것// 파도가 뒤통수를 쳤다는 것// 합동분양소는 텅텅 비었다는 것// 아득한 노릇이다". (「실종」 전문) "시퍼렇게 대들던 아들은/ 동네 골목도 밝히지 못하는 집어등 타고 떠나/ 돌아오는 길을 잃었다" 생각하는 노모는 몇 차례 권유와 독촉이 있었음에도, 행방불명 신고를 하면 정말로 죽는 것이 될까봐, 아들이 영영 돌아오는 길을 지울까봐, 미루고 또 미루다 둥그런 등허리로, 쥐며느리처럼 담벼락에 바짝 붙어서 읍사무소로 갑니다. (「쥐며느리를 닮았다」)

> 농익은 종기를 짜는 일도 쉽지 않아서
> 하나는 엎어지고
> 하나는 자빠지고
> 하나는 엎어지고 자빠진 것들 일으키다 넘어지기
>
> 반백이 넘도록 복날 하나 넘기 힘들어
> 진물 흥건한 세상에 털썩 주저앉기
> ___「종기 짜는 일도 쉽지 않아」 부분

이 시에는 "복날을 구실 삼아 둘러앉"아 "고래등 같은 세상" 향해 팔뚝질하는 어촌 주민들의 형상이 보입니다. "자리도 벌이도 놓쳐/ 용기마

저 잊은 우리가 할 수 있는 건" 되새김과 지랄이랍니다. 이처럼 어촌은
주변부화된 곳, 점차 제 몸 곳곳 "농익은 종기"처럼 아픈 곳입니다. "패
인 상처 곁에 쇠파이프 쌓여 있"고, "곪아터지는 소리 담마다 쏟아져" 나
오며, "낮술은 시비나 붙고/ 계집아이들 담보도 없이/ 자꾸 떠나는" 모
습이 어촌 현실이자, (「흉어기」) "작정하고 멱살"을 잡든 "어쨌든 파산은
막아야" 한다는 절박한 곳입니다. (「적조」)

바다라는 공간은 누구에게는 낭만과 아름다움의 대명사이자 휴양처
겠지만, 어부나 선원 입장에서 보면 널빤지 하나로 삶과 죽음이 나뉘는
곳입니다. 잠시 보다 떠나는 체험적 인식과 달리, 10년, 20년 붙어산다
는 것은 그 대상을 늘상 삶의 지반으로 하는 인식과 감각이 살아 있음
을 의미합니다. 일회성 체험과 지속적인 경험의 질은 여기서 달라집니다.
바다와 바닷가에 대한 깊은 경험은 「어떤 배려」에서 보듯, 세칭 뱃놈이
라거나 어부에 대한 애정과 연민과 존중을 낳았겠죠.

문학평론가 고봉준은 『구룡포에 간다』 해설에서 "한때 바다와 들판
은 인간 삶의 중요한 터전이었다. 인간이 거대한 자연의 한 부분에 불과
했던 그때, 삶은 지구와 더불어 순환하는 시간을 살았고, 자연은 인간
이 상상할 수 있는 최대한의 것이었다"고 말합니다. "'도시'와 '문명'의
이름으로 등장한 산업사회는 인간이 자연을 착취와 개발의 대상으로 인
식하게 만들었고, 그에 따라 인간과 인간, 인간과 자연의 관계는 화폐
에 매개되기 시작했다"고. "산업화 시대가 종언을 구하는 지금, 포스트
포드주의로 상징되는 전 지구적 자본화의 경향은 전통적인 삶의 방식을
한낱 오래된 미신으로 추락하게 만들었"습니다. 중심을 정하고 그 주변
에 방사선 모양으로 주변을 배치하는 게 문명의 속성인지도 모르겠습니

다. 하여, 갈수록 비대칭이 되어가는 현대라는 시대는 결핍과 불안과 죽음을 일상적으로 낳고 있습니다. 그 많고 많은 가장자리의 "삶을 계약 만기"로 만들어놓고 "땡 잡을 날" 기다리다 외곽부터 점차 스러지게 하는지도.

사내는 자고로 화끈해야 한다고
말끝마다 노래하던 사내
놀음판 개평 챙겨
가끔은 쫄깃한 슬픔도 시켜 먹었다
삶은 이미 계약 만기였으나
수천 번 구르다보면 분명코 땡 잡을 날 온다고
배짱 하나 꼬불치고 뻥치고 등치며
머릿기름 확실하게 발라 넘겼다
흰 운동화만큼은 눈부시게 빨아 신었다
긁으면 긁을수록 부풀어 오르는
가려운 저녁일수록
잃고 따는 법칙을 좆나게 읽었다

사내는 자고로 화끈해야 한다고
말끝마다 노래하던 사내
시원하게 그었다
생의 카드깡

용두산 너머 붉은 손목

화끈하게 탄다

___「노을」 전문

　이 불타는 노을엔 풍경이 주는 낭만과 구경거리로서의 자연이 없습니다. 처절한 고투로서의 삶일 뿐, 노을과 손목을 그은 사내가 여기서 동격입니다. 계산과 거래가 지배하는 로고스(logos)가 네모와 직선이라면, 생각이 멈출 정도로 강도 높게 일하고 취해 쓰러지는 파토스(pathos)의 동그라미와 곡선은 놀랍게도 도시와 어촌의 삶을 경계 짓는 것 같습니다. 격정과 무료 사이, 엄청난 강도의 '사투와 같은 노동'과 만선이 되었을 때의 한탕과, '아무것도 할 게 없음' 사이에 존재하는 삶의 방식은 연속과 불연속이 주기적으로 길항합니다. 하여, 한탕 도박이나 한바탕 열애와도 같은 화끈한 삶이 따라붙은 부꾸미라면, 부정기적인 수입과 비정규직보다 더한 불안한 생계는 주요 메뉴인 회고, 3차, 4차 산업혁명의 중심적 전략이 식탁 자체인 셈입니다. 한탕과 한바탕, 만성적 결핍과 불안 사이를 시계추처럼 오가는 이 모든 가장자리가 '삶'과 '살림'으로 복원되고 재생되어야 하는 절박한 이유가 여기 있는지 모르겠습니다. 단순히 전통 사회의 복원이 아니라, 밧줄을 끌어 '오래된 미신'을 '오래된 미래'로 들어 올리는 것, 이것이야말로 미래 세대를 위해 우리가 절박하게 해야 할 일인지도.

제의와 축제로서의 말과 놀이

구석 탁자 머구리 한 마리

막걸리 한 사발로 숨 고른

반쯤 벗어 내린 슈츠에서

뚝 뚝 바닷내 나는 오후가 떨어지고

마른멸치 똥 발라내는 문 밖에서

삼천리를 달리고 싶던 자전거는 기운다

일흔 생 만조로 차오르도록

장가 한 번 못가고

포구에 붙어사는 목숨이지만

바다만은 옳게 접수했노라 호기 부렸으니

궂은 날 물질도 겁낼 수 없다

까짓거 이판사판

촌 다방 가스나 하나 들러붙지 않는 몸이지만

실마리 아득한 바다

와락 안고 뒹굴다 나와도 살 만하다

    ——「충분한 슬픔」 전문

'머구리 성평전 씨'라는 부제가 달린 이 시가 첫 시집 『구룡포로 간다』
에 나오는 시와 겹칩니다. "그 다방 손님// 열에 일곱은 아내가// 열에
다섯은 아내와 이빨이// 열에 셋은 아내와 이빨과 손가락 없이// 비린내
나는 포구에 붙어// 퇴화를 꿈꾸는// 종점". (「종점다방」 전문) 한때 다방은

음악을 즐기던 휴식의 공간이자 새로운 문화들이 들고 나며 부딪치는 낭만과 만남의 장소였습니다. 이제 다방은 '종점'이자 '퇴화'를 의미합니다. 한탕 벌어서 놀러가는 환락도 쾌락도 쉼도 주지 못하는 이 공간은 소외와 외로움과 늙음과 낡음의 대명사가 되어 있습니다. 시인이 사는 어촌 현실이 그렇습니다. 그런데 활력과 꿈이 퇴화된 사람들이 살아가는 이 주변 공간을 치유와 놀이와 축제의 공간으로 만들어버리는 사건이 일순간 발생합니다. 고요하고 비밀스럽고 즐거운 저항이자 반격이라고나 할까요.

　　자작나무 모텔과 항구다방 사이 골목에 부영식당 있는데요 그 식당 명물 돌아앉은 골방이지요 사내들 지퍼 열며 드는 변소 앞이지만요 호마이카 접이상에 눅눅한 미주구리 한 접시, 얼음 서걱한 콩나물국, 늙은 호박 두툼하게 삐져 넣은 도루묵찌개 오르면요 들추는 겨드랑이마다 핀 하얀 소금꽃, 긁을수록 부풀어 오르는 슬픔도 말입니다 팽팽히 울대 세워 진한 농 한 배만 돌리면 다 엉기는

　　보일러 잘잘 끓는 겨울밤, 새큰한 신참이 빨간 보자기 펴고 물커피 뽀얀 김 팍팍 올리면요 낡은 꽃 만발한 벽에 기대 무능한 지느러미나 난무한 속설 젓가락질하던 사내들 죄다 무너지구요 불알 떨어진 시계만 아찔하게 익어가는
　　___「골방블루스」 전문

호화판은 아니지만 나름대로 멋을 낸, 푸짐하고 흥성하고 걸쭉한 음

식과 적당히 음탕한 색과 입담이 꽃을 피우는, 진한 농이 돌되 소란스럽지 않고, 골방이되 닫혀 있지 않은 세상은 얼마나 아늑한가. "호마이카 접이상" 하나에 모여든 입들이 이루는 원융회통(圓融會通)은 얼마나 화평한가. 치이고 배고프고 슬프고 외롭고 지쳐서 세상으로 한 걸음도 걸어 나갈 수 없을 때, 저 골방에 반나절 들었다 나오면 세상은 또 얼마쯤 살 만한 곳으로 변해 있을 것인가. 삶을 견딜 만하게 만들어주는 저 아궁이도 같고 동굴도 같고 사람의 품도 같은 골방은 대도시 산업사회 인간에게 얼마나 먼 당신인가. 다들 계절에 맞게 옷들을 챙겨 입었을 텐데 실오라기 하나 걸치지 않은 털 북슬북슬한 짐승들의 시간이 보입니다. 이것과 저것 사이, 막 하나 입히면 헛것이오, 막을 벗으면 진짜 얼굴이 나타나기 시작합니다.

이 골방에서 이루어지는 만남과 접촉이야말로 '날것의 순수 증여'가 아닐는지요. 상품과 거래와 계산의 영역에서는 맛볼 수 없는 유동하는 영혼들의 '순수교환'이 이 동그란 상을 둘레로 이 사람 저 사람 사이를 옮겨 다닙니다. 이러할 때 말과 웃음과 행위는 전체에게 주는 선물이 아닐는지요. 무상 증여이자 선물인 말은, 한숨과 눈물과 웃음을 음식처럼 까발리고 입에 넣어주고 서로에게 바치는 힘으로 개인과 세계를 증식시킵니다. 이 증식은 축적하는 게 아니라, 내 존재의 가장 내밀하고 소중한 것들을 옆에게 혹은 공중에 날려버리고 탕진해버릴 때 발생하죠.

물장화 고무장갑 냅다 던지고
고무줄바지 낡은 버선 돌돌 말아 처박고
꽃내 분내 관광 간다

굼실굼실 떡도 찌고

돼지머리 꾹꾹 눌러

정호반점 앞에서 새벽 버스 한 대

씨바씨바 출발이다

소주도 서너 박스 맥주도 서너 박스

행님아 아우야 고부라지며

자빠질 듯 자빠질 듯

흔들며 흔들리며

간다, 매화야 피든 동 말든 동

간다, 빗줄기야 치든 동 개든 동

죽은 영감 같은 강 따라

술 마시고 막춤 추며

씨바씨바 봄이 간다

    ——「씨바씨바」 전문

    늙음과 낡음과 쇄락을 단번에 뒤집는 이 반전은 지식인에겐 삶을 달리 바라보기 시작할 때 나타나지만, 일상이 고된 육체적 노동으로 이어지는 자에게는 다르게 행동할 때 발생합니다. 아니 삶의 등가물인 노동을 견디기 위해서라도 무게와 시간을 벗어던지는 놀이와 축제가 필요합니다. 온갖 규율과 역할과 자리를, "고무줄바지 낡은 버선 돌돌 말아 처박고" 놀러가야 합니다. 개인의 역사도 잊고 주변 경관도 상관없이 "술 마시고 막춤 추며" 가는 길이 해방의 길이자 축제의 길 아니겠습니까.

    놀고 웃으며 더불어 행복한 사람들은 그 누구도 착취하지 못합니다.

얻을 것도, 심지어 주려는 의지도 다 놓고, 덩실덩실 더불어 춤추는 상태는 과거의 전복이자 파괴입니다. 값을 잴 수 없는 존재 자체를 파괴할 때야말로 존재는 그 전에 축적된 것을 비우고 다시 생성되기 시작합니다. 관상용 인간을 사거나 고가 상품을 소비할 수 없는, 시간을 돈과 바꾼 가난한 사람들은 자기와 동격이자 동류인 사람 자체가 놀이의 대상이자 카타르시스의 매개자입니다. 놀이이자 축제이자 재생의 다리가 되어주는 제의야말로 신이 가난하고 노동에 지친 자들에게 준, 뺏길 수도 잃을 수도 없는 선물인지도 모르겠습니다.

사피엔스가 사피엔스에 던지는 질문

> 과메기 덕장 경비 덕수씨는
> 짤막한 다리에 긴 허리
> 딱 벌어진 어깨를 가진
> 나만 보면 겅중겅중 뛰는 눈 검은 사내다
>
> 얼큰이 감자탕집에서 회식한 날
> 돼지등뼈 싸들고 와서
> 덕수씨, 덕수씨, 부르면
> ___「덕수씨」(『구룡포로 간다』) 부분

여기까지 읽으면서도 덕수씨가 인간 사내가 아니라는 걸 전혀 눈치

채지 못했죠. 종점다방에 드나드는 사내들처럼 아내가 없거나 정신이 좀 없는 사내라고만 생각하는데, "꼬리 탈탈 치며 자빠졌다 일어날 때마다/ 쇠사슬 끌리는 소리"에서, 아이구야, 이 덕수씨가 사람이 아니었구나 싶습니다. 어쨌거나 그 사내는 "언 땅에 뼈다귀 쏟아주면/ 달빛 가득한 눈으로/ 뼈다귀 보고 나 보고 뼈다귀 보고 나 보고/ 꼬리만 더 세게 친다// 덕수씨 먹어 어여 먹어/ 그제야 뼈다귀 한 번 핥고 나 한 번 핥고/ 돼지등뼈와 덕수씨와 내가/ 삼각형으로 이어지는 밤/ 덕장 위로 달이 뾰족하다"로 끝나는 이 시가 파안대소를 안깁니다. 아니나 다를까, 이번 시집에서도 과부에게 서방 노릇하는 개가 등장하네요.

올해 스무 살이랑께
서방으로 새끼로 왔당께
살아도 너무 살아 죽은 만 못하네만
죽을 때를 못 붙잡아서 저 모냥잉께
타박 말랑께, 말랑께

한때는 덩실덩실 앞발 들고
짓이 나서 핥아대며 새끼처럼 굴었겠지요
엄한 놈 수작 떨면 물어뜯을 기세로
당당하게 서방 노릇도 하였겠지요
산 사람 덕분에 죽을 수 없는 개
털썩 누운 생이 저릿저릿합니다
____「목포집 덩실이」 부분

해병대 1사단에 두어 철 독서지도 다닌 인연으로, 권선희 시인 신세를 지면서, 저는 그 동네 개란 개의 이름은 다 듣고 그들의 역사까지 꿰게 되었죠. '소낙비' 빼곤 시인이 아마 가장 좋아할 듯싶은 '종팔씨'는 다리가 몹시 짧은데, 시인이 부르면 뒤뚱뒤뚱 언제나 달려오더군요. 그들은 "진짜로 서로 통"하는 사이랍니다. 같이 걷다 당사포와 병포리 사이, 마을 경계점에 오면 종팔씨는 시무룩해져서 꼬리랑 귀랑 다 내리고 털레털레 뒤돌아서 가는데, 참 이별도 이별도 그런 슬픈 이별이 없어 보입니다. 하 많은 개들을 쭉쭉 빨고 안고 대화하는 시인을 보면서, 개 근처에도 못가는 저는 멀찍이 떨어져 '후생이란 게 있다면 참 걱정이다. 저 많은 사내들에게 정 주고 마음 주고 고기 주고 뼈다귀 주고 저 많은 인연을 어찌할꼬' 혀를 차는데, 평상 밑에 묶여 있는 개가 알은체합니다. 이름이 '똘이'랍니다. 이 동네 서열 1위인데 너무 사납고 사람한테도 대들어 평상 밑에 묶였답니다. 생긴 것도 미간에 주름이 딱 져서 성질깨나 있게 생긴 그의 별명은 '더런놈'인데요, 그렇게 불러 더 더런 놈이 됐나 싶다네요. 새끼를 낳으면 다 에미 흔적은 없고 '더런놈'만 빼박아서 새끼들도 다 사납게 생겼다는데 오죽하면 동네 할머니들이 기르는 개가 암내 날 때가 되면 '더런놈' 못 만나게 하려고 묶어버렸을까요. 모래사장 갯메꽃 옆에서, 오징어 덕장 아래서, 암컷 만나 겅중겅중 뛰면서 타고난 개의 생을 맘껏 구가하던 그는 이제 연애도 못하고 점점 성질만 사나워지고 있다는데, 권선희 시인과 꼭 닮은 사람이 또 있네요.

　　고랫배 타고 반평생 싸돌았다마는
　　살라꼬 온 데로 설쳤다마는

금마가 을매나 자슥들로 물고 빨매 애끼는지
내는 안다

반들반들하니 시커먼 눔 만나믄 말이재
가슴이 벌컹벌컹 뛰는 기라
금마가 을매나 이쁜지 모르재?

내하고 금마하고 똑같이 울렁울렁
지칠 때꺼정 파도 타매 가는데 말이다
금마 옆구리에 몽실하니 새끼가 붙은 기라
우짜겠노 내는 사램이고 지는 괴기니
놓치지 않을라꼬 가기는 간다마는
맴이 억쑤로 씨는 기라

그래그래 가다보믄
새끼가 고마 처진다 아이가
그라믄 우짜는 줄 아나?
요래요래 지 한쪽 팔에 새끼로 얹아가꼬 간다
포 쏠라꼬 배는 달라붙재
새끼는 깩깩 울재
가슴팍에 피멍인들 앤 들겠나 말이다

어미 고래로 질질 끄잡고 온 날은

난리가 난데이
울 마눌 입은 째질 대로 째지고
온 동네 사람들 마카 모딘 판장은 그야말로 굿판이재

그라믄 모하겠노
술 한잔 묵고 든 집구석 온천지
새끼 델꼬 도망치던 금마 오락가락 하지럴
깩깩거리메 에미 찾을 새끼 오락가락 하지럴
내 그런 날으는 한숨도 몬잤데이

새끼 내삐리고 소식 읎는 둘째 놈
검둥고래만도 몬한 놈
고래 새끼만도 몬한 내 손주 놈이 가여버가꼬
잠든 볼때기만 조물락 조물락
날밤으로 씨꺼멓게 샜데이
——「사램이 고래만 같으믄」 전문

"반들반들하니 시커먼 눔 만나믄 말이재/ 가슴이 벌컹벌컹 뛰는 기라/ 금마가 을매나 이쁜지 모르재?"라니. 돈 벌라고 고래 잡는 사람 맞나요? '그렇게 이쁘고 가슴 벌렁벌렁하게 하는 놈을 왜 잡아?' 할지 모르지만, 심정과 먹고사는 세계는 저승과 이승처럼 다른 법이죠. 대장암 약으로 빙어를 날로 드시는 분께, "할아버지 나빠, 이 이쁜 걸 어떻게 먹을 수 있어?" 대들던 손자가 "니도 하나 먹어봐" 했더니, "할아버지 나빠, 이 맛있는 걸 여태 혼자서 먹었어?" 하며 후딱 먹어치웠다는 후배 아들 생각이 납니다. "한쪽 팔에 새끼로 얹아가꼬 간다/ 포 쏠라꼬 배는 달라붙재/ 새끼는 깩깩 울재/ 가슴팍에 피멍인들 앤 들겠나 말이다". 여기서 눈물이 찔끔 납니다. 고래 잡아 온 날 동네잔치가 벌어지는데, 이 어부는 술 한잔 드시고 "새끼 델꼬 도망치던 금마 오락가락"하고 "깩깩거리메 에미 찾을 새끼 오락가락"합니다. 이 대목에서 또 눈물 찔끔. 한숨도 못 자고, 지 애비 에미가 버리고 도망간 고래 새끼만도 못한 손주 놈 잠든 볼때기만 조물락조물락하는 이 대목에서 한숨.

최근에 "나흘 못 채운 만 19년"을 곁에서 살던 권선희 시인 강아지 '소낙비'가 죽은 모양입니다. "머리맡에서 하룻밤을 재우곤 아침 일찍 바닷가 기슭 곰솔 아래 묻었"답니다. "흰 돌 주워 무덤에 울타리를 쳤"답니다. "수선화 세 뿌리를 옮겨다 심"고 땅속으로 들여보내고 주문을 읊었답니다. "개가 죽었을 뿐이다/ 개가 죽었을 뿐이다"(「소낙비」) 강변하는 이 시인에게, "뇌가 없어도 사랑을 한다"는 해파리가 가벼이 보이겠습니까. "바닷물을 그냥 흡수하고 뱉으며 바다로" 살며, "말간 몸에서 발딱발딱 심장만" 뛴다는(「해파리는요」) 것만 봐도 두뇌와 양심지수는 비례하지도 않으며, 아이큐와 감정지수는 상관이 없는 모양입니다.

인공지능이 출현하고 기계를 넘어 사이보그가 인간의 일을 대신해가는 4차 산업혁명이 시작된 지금도 인간들은 옛것을 찾습니다. 휴가를 떠나도 바다나 산으로 가고, 거기서 하는 짓이라는 게 낚시나 수영이나 채취입니다. 노숙과 모닥불과 춤과 노래가 함께하는 것이야말로 수십만 년 사피엔스 유전자에 새겨진 무늬이자 갈망이자 원초적 욕망일까요. 20세기 예술운동은 "라스코(Lascaux)로 돌아가라"였습니다. 초기 인류가 그린 동굴벽화에는 사람보다 동물 그림이 더 많고 크고 실감나게 그려져 있지요. 어쩌면 예술과 우리 무의식은 호모사피엔스의 원초적 체험의 복원을 목표로 가동되는지도 모르겠습니다. 자본주의와 화폐 또한 무한증식과 축적의 논리로 움직인다는 점에서 무한의 절대를 지향합니다만, 예술의 존재 이유가 있다면, 이 무한이라는 것이 생명 그 자체의 무한성과 절대성의 무게를 무의식으로 표출한다는 점이 아닐까 싶습니다. 인공지능이 기사와 평론은 써도 시를 생산하지는 못한다는 것은 시가 이 중중무진(重重無盡)의 생명의 일체를 대등하게 대한다는 무한과 절대의 경계에 놓여 있어서가 아닐까요?

'사이'로의 귀환과 긍정의 힘

산전수전 다 지나온 말 한 마리
산전수전 다 지나온 노부부 싣고
하필이면 해맞이공원에서 꽃무덤 끈다

잘린 시야 측면은
가리개 너머 신(神)들은 무고한가

추진(推進)을 촉구(促求)하는 고삐
재갈을 자극하며 키스하는 모퉁이
절벽 아래 수심은 터무니없는데

채찍이 긋는 이 오후는

이승인가, 저승인가

＿「꽃마차는 울며 간다」 전문

10년 만에 시집을 묶는 시인은 "화가 많은 세월이었다" 합니다. 정치
현실이 만신창이가 된 것에 비례해 살기도 팍팍해지고, 세상은 갈수록
불화하고, 사람 사이에도 분이 넘쳐난 세월이었습니다. 우리가 탄 것은
꽃마차가 아니라 꽃무덤이었으니까요. 가슴속 불을 끄는 비법으로, 비
장과 엄숙과 계몽 대신, 웃음과 해학으로 타인과 자신을 어루만지던 시
인이 숨겨 놓은 패가 하나 있습니다. 그것은 '사이'와 '귀환'입니다.

그물과 그물 사이로

고통을 지나온 여자와

슬픔에게 걸어가는 고양이

고양이 뒤쫓는 개와

개를 쫓아내는 남자가 오가는 동안

노랗게 햇살 까고 모퉁이 휘어진다

우기와 땡볕 사이

군용담요처럼 깔린 바다로

척척 화투장만 던지던 사람들

난파된 선박 관절 조이고

스쿠류 타고 노는 아비로

돌아가는 길이다

가슴 쫙 편 수부와 수부 사이
서너 근 돼지고기 정도는 우습게 끊는
대목장 설 거기
포기와 망설임과 설렘은
한 항아리에 담겨 있다는 편지
당도하는 거. 기
___「가을, 구룡포」 전문

   줄과 그물과 인간과 개와 고양이와 햇살이 서로의 꼬리를 잡고 맞물려 돌아가며, 각자 자기 몸을 내어주는 순환의 고리가 보입니다. 이 동그란 사이클은 순수 증여와 교환으로 이루어진 세계의 풍어와 대목장을 약속합니다. 화투장 내던지고 "난파된 선박 관절 조이고" "스쿠류 타고 노는/ 아비로 돌아가" 노동과 삶이 곧 축제요, 놀이가 되는 길을 갑니다. "군용담요처럼 깔린 바다"를 중심으로 자기 본연이나 자신의 자리로 귀환합니다. 여기서 문명에 의해 밀려나고 조각나 분리된 바다와 포구는 '중심'이 아니라 '시원성'을 되찾고, "고통을 지나온 여자"도, "슬픔에게 걸어가는 고양이"도 고리를 잇는 동등한 원이 됩니다.
   이제 바다 자체가 한탕 놀며 건질 생의 화투판입니다. 그러나 여기서 수부는 잘나거나 못난, 혹은 비싸거나 싼 가격이 매겨진, 인격성이 제거된 상품으로부터 해방된 존재입니다. 대신 자신의 노동과 운명을 걸고 바다와 벌이는 승부사가 되어 있겠죠. 그곳, 바다야말로 "포기와 망설임과 설렘"이 "한 항아리에 담겨" 당도하는 자리입니다. 바다가 아니면 어떻습니까. 도시와 공장과 농촌과 광장과 골방, 이 모든 가장자리를 잇는 사람과 사람 사이가 기쁨과 우애와 친교로 순환하는 길이 되었으면 참 좋겠습니다.

이명희

\

모호성과 단순성의
공존으로서의 사랑

/

『아름다운 파편』에 부쳐

\

우리는 말로써 주로 소통하지만 또 말로 인해 오해하거나 곡해하기
도 한다. 로고스(logos)의 산물인 언어는 시인이 생각하는 "그저 있는 그
대로의" 사랑을 표현하기 힘들다. 진정한 사랑은 날것 그대로의 '경험'
과, 언어 질서에 의해 판단되거나, 판단에 필수적인 선택과 배제가 존재
하기 이전의 '아이 같은 마음'이 살아 꿈틀대는 지점이기 때문이다. 언어
의 정직성과 단순성이 정신의 세계에 대입될 때 구도의 내용과 만날지도
모른다. 양자가 형식상 대척점에 있지만 내용상 동일성을 가질 때, 우리
는 그 모순의 파격적 통합으로부터 진실을 맛보고 짜릿한 쾌감을 선사
받을 수도 있겠다.

무심의 언어, 꿈틀거리는 육체의 언어

　　1,400개의 상형문자로 이루어진
　　그림 같은 동파문자를 보면서 웃었다.
　　아이가 그린 것 같은 문자가 신기했다.
　　살아가는 일을 표현하는 데 저렇듯 자유롭다니.
　　아무런 수식도 없이 그저 있는 그대로의
　　생을 담아낼 수 있는 상형문자 1,400개는
　　삶은 이렇듯 꾸며지는 게 아니라고 말하고 있었다.
　　그냥 보여지는 대로 반응하고 표현할 수 있으면 된다고
　　벽에 그려진 문자는 살아서 꿈틀거리고 있었다.
　　해맑게 웃고 있었다.

　　그래 생에 꼭 한번 그런 연서를 쓰고 싶었다.
　　모든 것이 지나가고 모든 것이 떠난다 해도
　　더도 덜도 아닌 그것이 바로 사랑이라고
　　어떤 수사도 한낱 어울리지 않는 장신구에 지나지 않았음을
　　나를 떠난 또 다른 나에게 전하고 싶다.
　　＿＿「상형문자」(『아름다운 파편』) 전문

　한 소수민족 언어의 특성을 통해 삶과 사랑 그리고 시가 무엇인지 선명하게 보여주는 이 시는 수사와 과장과 만들어지는 모든 인위적인 것에 반대한다. 그저 "아이가 그린 것 같은", "그냥 보여지는 대로 반응하

고 표현"하였지만, 살아서 꿈틀거리는 글자는 시인에게 사랑은 결국 "어떤 수사도 한낱 어울리지 않는 장신구에 지나지 않았음을" 결국 "더도 덜도 아닌 그것이 바로 사랑"이었음을 깨닫게 한다.

> 마치 성교를 하듯 몸을 낮게 밀착시키는……
> 그 스님은 어쩌면 내 눈에 거슬려 이해되지
> 않는 만큼의 모습으로 좀 더 가까이 부처 앞으로
> 가고 있는 중인지 모른다
> 너무 멀어서 너무 가까운 이승의 몸짓으로
> 생의 떨림을 덜어내지 못하고 있는 것인지도 모른다
> 어쩌면 그런 연(然)한 모습을 사랑한 것인지도 모른다
> 부처는.
> 구도란 그런 것인지도 모른다는 생각이 나를 든든하게 한다
> ___「육화」 부분

시적 화자는 대웅전에 들어가 새벽 예불을 드리다 "엉덩이를 뒤로 쭈욱 뺐다가 엎드리"는 한 스님을 눈여겨본다. 너무나 육체적이라서 수상한 생각을 하게도 하지만, 그 본능적인 몸짓을 통해 부처에 다가가는 몸으로서의 정신을 다시 보는 계기가 된다. '然하여' 굳지 않은 채 생의 떨림을 지니고 있음은, "너무 멀어서 너무 가까운 이승의 몸짓"이라는 모순이 만든 필연적인 거리가 아닐까. 어쩌면 시 또한 경건하고 뼈만 남은 도가 아니라, 중생의 삶과 연결되고 밀착되어 있는, 어쩌면 성교와도 같은 자연스런 몸짓과 배치되지 않을 것이라는 자연성의 긍정이 여기서

태어난다. 구도라는 게 '도통한 듯'한 너무 먼 이데아의 세계가 아니라, 생의 떨림을 그대로 간직한 가장 자연스런 몸짓인 것처럼, 시 또한 그러하다고 말하는 것 같다. 승과 속의 일치에 다름 아닌 이런 삶의 태도와 언어가 자연스럽게 신뢰를 낳는 힘이 된다.

> 늘 뒤돌아보기만 하던,
> 아무도 알아들을 수 없는 소리를
> 내지른 나의 시간이 신문 속 성운같이
> 터져나오는 빛으로 다시 살아날 수 있을까
> 그 시간만이 가질 수 있는 빛을 담은
> ___「에스키모 성운」 부분

이명희 시인의 언어와 존재 형식과 꿈에 대한 상관관계, 혹은 종합적인 고백으로도 읽힌다. 시인에게는 이것 혹은 저것이 진실이다 또는 옳다고 주장하거나 증거할 자기 확신과 설득의 무기가 없으며, 애당초 그럴 마음도 없어 보인다. 존재와 대상과의 사이에 빚어진 어떤 순간의 편린들을 인위적으로 단순화하는 것은, 존재 자체의 모호성을 부정하여 존재 자체에 구멍을 뚫는 것이니까. 때로 자신에게 묻는 것처럼 더듬거리는 그의 언어는 세계의 모호성에 대한 시인의 정직한 반응이겠다. 또 다른 그의 시적 특성은 '유위(有爲)로 표현된 무위(無爲)의 마음'이다. 사람과 사물의 겉모습은 땅 위의 온갖 구멍과도 같이 가지각색이고, 그들의 말은 구멍에서 나는 소리처럼 똑같지 않다. 자연의 소리는 무심하나 사람의 말은 유심한 소리, 아무리 도통해도 인간은 거기서 그 완전히 자유롭기 힘들다. 하지만 시의 세계는 유위가 멈춘 자리에서 잉태되지 않는가.

망각과 기억 사이

이명희의 첫 시집에서 무게를 지닌 시편들은 대개 사랑의 감정 혹은 경험을 다뤘다. 사랑은 사랑이되 이제는 깨진 사랑, 하지만 지금도 사랑이 아닌 것은 아닌, 기억과 반추로서의 사랑. '파편'이 된 채 상처로, 때로는 기다림과 희망으로, 그리고 생에 대한 긍정과 깨달음으로 전이되기도 한다. 시인에게 사랑은 누군가 혹은 뭔가로 기울어지는 것→고이는 것→출렁이는 것의 과정으로, 일상의 균형을 깨는 것이다. 반대로 일상은 수평과 균형의 상태다. 하지만 균형 속의 수평에서는 절대로 물이 흐르지 않는다는 게 시인의 발견이다. 그렇다. 흐르는 모든 것에는 기울어짐이 있다.

"출렁거림이 봄날의 기운처럼 퍼득거리"(「열애─기울임」)는 사랑의 떨림이 있었다. 그것은 "어린 날 냇가에서 무연히/ 물장구치며 즐거워하기만" 한 것처럼 "앞날에 대한 흔들림은 없었"(「원초적 사랑」)던 아름다운 순간들이다. 아이들의 "여린 발목은 자라"고 그 발목은 "제가 서야 할 자리를 고집스럽게 차지하고/ 더 이상 변하지 않을, 꿈꾸지 않을 세상으로 잠겨 들어" 원초적 자리는 어느새 부패해 가고 말았겠다. 하지만 "경쾌하게 씹어서 갈라버린" "내 지나간 사랑"(「부패─지나간 사랑」) 뒤에 오는 것은 환멸이나 증오가 아니다. 바로 그것이 시인의 시를 독해하는 열쇠이자 우리에게 주는 전언이다.

> 흠칫 놀라 그새 잠잠해지는.
> 밑둥만 남은 무논을 그저 바라보는 일이다.
>
> 잘린 벼 밑둥 사이로 숨어버리는
> 번득한 못물의 흔들림을 가슴에 그대로 안는 일이다.
>
> 한때는 빼곡하게 채워져 넘쳤을,
> 황금빛 출렁임 스러져 다음 생을 기다리는
> 무논을 그저 안고 가는 일이다.
> ___「사랑은」 전문

짧지만 여운은 길다. 어조는 단정적이지만 마음은 '황금벌판'과 "밑둥만 남은 무논" 양자에게 열려 있다. 서로 대칭적이지만 대립적이지 않고, 한쪽을 위해 한쪽을 배제하는 선택이 아니라, 허허로운 벌판에서 다음 생을 기다리는 전적인 포용이자 순리에 대한 긍정이 사랑이라 말하는 것 같다. 그래서 사랑은 절대 변하지 않는 저 높은 곳에 존재하는 이데아가 아니라, 낡은 신발이라든가 목도리라든가 장갑처럼 내 몸과 한때 붙어 다니던 소중한 것들에 대한 의미화와 해석을 낳았겠다.

모든 것[物]은 관계의 산물이거나 관계를 기억시키는 매개다. 결국 인간의 문제는 관계의 문제인지도 모른다. 관계를 떨쳐버리는 순간 인간은 자유롭지만 그것은 몹시 어려운 일이자 불가능에 가깝다. 관계들의 연쇄로 말미암아 지금의 내가 있기 때문이겠다. 트로이전쟁에 나간 오디세우스가 이타카의 고향 집으로 되돌아오는 데는 20년이 걸렸다. 전쟁이 끝나고도 10년을 세상이라는 바닷속에서 표류하던 때, 그는 '망각'이라는 형벌에 직면했다. 사랑을 외면한 죄로 키르케의 섬에서 그의 부하 모두 돼지로 변해버렸다. 돼지의 몸과 인간의 정신이라는 기묘한 결합은 양자의 비동일성이라는 모순과 분열을 담고 있기 때문에 고통스럽다. 이 고통을 가장 증폭시킨 것은 사실 언어의 상실이었다. 나는 돼지가 아니라 인간이라고 말하고 싶지만 나오는 소리는 돼지의 분절음이었으니까.

어제 사랑이었으나, 오늘은 더 이상 사랑이 아닌 두 개가 공존하는 내적 분리의 고통에서 벗어나는 길은 있는가. 한 길은 어제의 사랑을 잊는 망각의 길이고, 다른 하나는 동일성이 존재하던 과거로 돌아가는, 구원과 해방의 순간을 기다리는 일이겠다. 그러나 그가 과거의 사랑을 기억하고 있지 않다면 구원은 구원이 아닐 것이므로, 기억을 유지해야만 구원의 첫 문을 열 수 있겠다. 하여 기억하는 것은 회복의 출발점이다. 상실의 상처를 지닌 자는 상처를 치유하려는 의지를 버리지 않으며, 그 꿈과 의지가 치유와 회복을 향해 나아가게 하는 원동력이 되겠다.

이명희 시인의 시 중 많은 부분이 망각하고자 하는 의지와 기억할 수밖에 없는 이중성이 공존하면서 길항하는 접점에서 탄생하는 듯 보인다. 「아름다운 파편」이 단적인 예다. "설거지를 하거나, 정리하다가/ 가끔 손에서 미끄러지는 그릇"의 산산이 부서져버린 파편을 샅샅이 치워버리고자 했으나 완전히 성공하지 못한다. 결국 살 속으로 파고든 유리조각을 꺼내며 빨갛게 피가 스민 자국을 시인은 바라보게 된다. 그런데 살갗을 파고드는 상처와 아픔은 추하다거나 지워버리고 싶은 회한으로 다가오지 않는다. 제목 그대로 '아름다운 파편'이다. 그 과거의 사랑이 "그저 서럽지 말고 아름다웠으면" "파편의 번뜩한 아름다움은 그냥 빛이었으면" 바란다.

설거지를 하거나, 정리하다가
가끔 손에서 미끄러지는 그릇
사는 동안 한번쯤
어딘가 이가 빠지거나 틈이 생기겠지
그리고 부서지기도 하겠지

손에서 스르륵 빠져나가 버릴 찰나의 아득함
휘익 머리 속이 돌고 그 순간이 사실이 아니었으면 하는
바람을 어느새 가지고 말았던 적이 있었다
원하거나 바라지 않아도
가버릴 것은 나를 떠날 준비라도 하고 있듯이
늘 불안하기만 했었다 그랬다
그렇게 줄을 당기던 긴장은 극으로 갔다가
투욱 끊어진다 차디찬 매끈함이
바닥으로 떨어져 산산이 부서진다

그릇에 단단하게 고여 있던
모든 기억은 순식간에 다 사라질 듯 흩어져버리고

황급하게 조각 조각을 서둘러 치워버린다 그리고
시간은 아무 일도 없듯이
그릇과 함께 있었던 기억도 점점 희미하게 사라지는데

어느 날 갑자기
살갗을 파고드는 조그만 조각이 있다
기억을 지울 때는 샅샅이 치우리라 마음먹었지만
구석에 숨어 있다가 살 속을 헤집고 들어오는 아픔
하지만 파편의 번뜩한 아름다움은 그냥 빛이었으면
세월이 무한히 흐른다해도 그저 서럽지 말고 아름다웠으면
살 속으로 파고든 유리조각을 꺼내니 빨갛게 피가 스민다.
파편!

       ——「아름다운 파편」 전문

    모든 것이 변한다는 것만 변하지 않는 진리, 하지만 사랑이 증오로 변한다는 건 거짓이거나 일부분만 진실이다. 진정한 사랑이라면 그럴 리가 없겠다. 오늘 사랑이 아니지만 분명 어제는 '바로 오늘의 사랑'으로 존재했던 것이 어찌 증오로만 채색될 수 있겠나. 시인은 "지지도 못하고 비틀거리며 서 있는" 아파트 단지 내 '과꽃'에서도, "맺을 수 없는 연으로 몇 겹의 생을 건너"와 한 몸으로 얼크러져 있는 '동백연리지'에서도, 잎과 꽃이 평생 만나지 못하는 '상사화'에서도, 굳어져버린 '만년필'에서도 지나가버린 사랑의 파편을 발견한다.

    그러다 결국 당신에게 가는 길은 없다는 걸 안다. "아무리 빙빙 돌아

도 당신이 있는 곳을 찾을 수가 없다./ 찾다가 지친 나는 종내 화가 나
고,/ 길 하나 찾아가지 못하는 자신에게 험한 소리를 퍼붓는다./ 그러
기를 반복하다가 생각해보니/ 당신에게로 가는 길이 애초에 없었구나
하는/ 쓸쓸함에 그냥 웃어본다.// 그래 당신에게로 가는 길은 어디에도
없었다./ 찾아갈 수 있다는 나의 착각이 있었을 뿐."(「당신에게로 가는 길은
없다」) 하지만 당신에게 가는 길이 없는 이유가 당신 탓은 아니다. "굳어
져 버린 만년필을 흔들"다, "종이에 남겨지는 흔적에 빛깔이 입혀지지
않"아, "마음자리가 그냥 절벽이다"가, "언제 시간은 바람을 따라 갔는
가" "님은 언제 소리도 없이 문턱을 넘어 그림자를 지웠는가" 한탄하듯,
지나온 시간을 빛으로 만드는 것은 나의 기억이자 의지였겠다. 상대와
세상을 부정하는 대신, 지금의 부재를 있게 한, 그 모든 사랑의 순간들
을 "나보다 내게 더 가까운 몸짓으로" "온통 나를 그려내"(「만년필」)는 사
랑이 바로 시인의 시편이었겠다.

모자란 생, 그 삶의 사랑을 위하여

너는 울고 있었어.
그래서 그토록 가느다란 넝쿨을
너를 지탱해주는 나뭇가지 사이사이로
늘어뜨리고 그 끝에 울음의 꽃을 피웠어. 울고 있었어.
제 몸을 온전히 세울 수 없어
엎드려 울다 지친 너는

그래 사는 데 근력이 생긴 거야.
생의 당겨짐으로 치켜든 너의 연한 가지는

내 펼쳐지지 않은 불구의
주홍 환한 손가락이었어.
___「능소화」 전문

제 혼자 힘만으론 설 수도, 꽃을 피울 수도 없는 불구의 능소화는 생을 향한 욕망과 "생의 당겨짐으로" 주홍꽃을 치켜든다. 울다 지친 슬픔을 '삶의 근력(筋力)'으로 바꿔낸 거죠. 악착같이 타자를 타고 기어 올라가야 하는 고통스러운 행위를 통해 슬픔이되 슬픔만은 아닌, 생의 근력이 삶에 꽃등을 달게 하는 원천으로 보인다. 약하고 버림받은 그늘 진 생에 대한 시인의 시선은, 아주 구체적이고 자신의 실존과 밀접히 관계되어 대상과 뗄 수 없을 정도로 깊이 삼투된다. 집중 속에서 사이키 조명 속에 선 중년의 3류 가수는 주체이자 대상이 된다. 몰입 속에서 몸을 제대로 움직이지 못하는 사막 속의 배우와 기포로 간신히 생명을 유지하는 수족관의 물고기가 나이면서 그들이기도 하다. '나의 너', '너의 나'는 냄새 나는 노숙자이기도 하고, 벗겨지고 상처 난 구두코이기도 하고….

앞 축이 여유로워 발가락이 노는 신발을 신고
누구나 일상적으로 걷는 계단을 딛어본다.
그때마다 꼭 내 발 크기만큼만 딛어버리고 만다.

발을 딛으면 여지없이 뒤축은

허방을 짚고 무게 중심이 뒤로 쏠리고 만다.

뒤뚱거리는 몸을 추스려 다시 딛어도

발은 계단을 깊숙이 딛지 못하고

뒤로 다시 기우뚱 흔들릴 태세다.

늘 그렇게 좀 모자라게 살았나보다.

오늘도 여지없이 내 뒤축에서 무너지는 세상이 있다.

                    __「커다란 신발」 부분

'발이 너무 작은' 시의 화자는 어쩌다 욕심을 내, 좀 크지만 마음에는 꼭 드는 신발을 신고 계단을 딛다 "뒤로 다시 기우뚱 흔들"린다. 그것은 내가 보지 못하는 뒤축에서 무너지는 세상을 깨닫게 한다. "어렸을 때 비 오는 날이면/ 뾰족하게 굽이 높은 신발을 끌고 골목으로 나서는 적이 있다./ 뒤뚱거리며 빗물 고인 웅덩이를/ 질꺽질꺽 딛으면 그저 즐거웠는데./ 그때는 채 딛어지지 않은 세상이/ 마냥 신기하기만 했었는데/ 이제는 뒤축이 닿지 않는 세상은 불완전하다".(「커다란 신발」) 내 앞에서 '무너지는 세상'과 '마냥 즐겁기만 했던' 과거를 대비시켜본다. 생에 대한 어린 호기심으로 넘쳤던 과거는 알맞게 조정되어야 미끄러지지 않을 균형과 절도의 자리로 바뀌었다. 하지만 흔들리지도 무너지지도 않는 세계는 정지의 시간이자 죽은 공간 아닐까.

이명희 시인에게 신발과 관련된 시가 유난히 많다. 신발은 신고 어디든 갈 수 있다는 점에서 자유를 의미하겠다. 하지만 옛날 노예들과 야만인으로 불리던 종족들은 신발을 신지 않았다는 점에서 땅의 존재이면서 그와 등가인 비천함 등도 상징한다. 하지만 시인에게 신발은 뭔가 안 맞는, 버려야 하는, 땅에서 제대로 걷지 못하고 넘어지는 불완전하고 불구의 상태가 덧붙여지는 것 같다. "계단을 한 네 개 정도 남겨두고 그만,/ 계단의 돌부리에 걸려 남은 계단을,/ 나락, 그래도 눈에 먼저 들어온 바닥은/ 낙엽과 흙의 바닥"을 본능적으로 포착한다. "돌부리에 걸린 몸이 허공으로 밀쳐지는 순간,/ 그 안락한 바닥을 보았다./ 아, 저기로 내가 안길 수 있는 거로구나," "나락이 보이면 그래도 우린 행복하다고 말할 수 있었다"고. (「나락이 보이면 그래도 안심이다」)

쉼표가 몹시 많은 이 시를 통해 시인은 통증조차 없는 고통과, 끝이 보이지 않는 바닥과, 어디에서 무엇이 다가올지 모른 채 하루하루를 살아가는 현대인의 두려움을 무의식적으로 드러낸다. 만질 수 있는 구체적 상처와 적어도 내가 떨어지는 바닥을 볼 수 있다면, 그 나락은 공포가 아니겠지. 신발과 관련된 또 하나의 시는 「사는 법」이다. 허옇게 벗겨진 구두코에 인주를 슬쩍 발라 상처를 지우려 하던 구두 수선 아저씨의 치유법에 반신반의했지만, 어느새 가죽의 색과 비슷해진 구두를 보며 "상처가 어떻게 덮여서 제 살과 다르지 않게 회복되는지를" 깨닫는다.

무언가 삐그덕거리고 뭔가가 부족하고, 어긋나 안 맞아 돌아가는 세상은, 우리를 자주 나락에 빠지게 하지만 동시에 내가 보지 않았던 뒤를 돌아보게 만든다. 이명희 시인은 그 모자라고 삐거덕거리며 가는 저마다의 생을 연민하고 긍정하는 자세로 바라본다. 창가에 놓인 몇 개의 화분이 "가만히 보니 그냥 풀 같지 않다"는 시안(詩眼)은 바쁘게 지나쳤으면 그냥 풀일 뿐이거나, 빼어난 놈과 눈에 띄는 놈만 보였겠지만, 시인은 얼굴을 씻겨주며 그를 가만히 들여다본다.

> 어떤 놈은 새 촉을 삐죽이 내밀기도 하고
> 한 놈은 막 날아가려는 듯
> 날개 같은 꽃을 피워선 턱을 한껏 치켜들고 자랑하는데
> 또 다른 놈은 이미 제멋대로 웃자라서
> 시선 하나 끌지 못한 채 침묵하고 있다
> 그래도 못난 놈이나 잘난 놈이나
> 살면서 만들어내는 자기만의 선이 있다
> 햇빛의 테두리를 쫓아
> 몸을 비트는 모습이 대견하다
> 꺾이거나 부러지지 않으려고
> 곱게 휘어지는
> 곡선의 꿈을 키워내는 꼿꼿한 식물성
> ___「난」 부분

숲속을 걷다 '왜 식물이 하나도 안 보이냐?'는 질문을 받곤 한다는 숲 해설사에게 들은 이야기가 생각난다. 그 질문 속엔 꽃이 피어 있는 나무나 풀만 식물이고, 꽃이 없거나 꽃이 지고 말라 있으면 식물이 아니라는 전제가 있겠다. 다년생 식물이어서 때가 되면 다시 꽃 필 준비를 하는 살아 있는 식물도 현재는 꽃을 달고 있지 않으니 그들의 눈엔 식물이 아닌 게 되지 않겠나. 서너 살짜리 아이들 얼굴을 찬찬히 살피듯, 주변 사물을 보는 따스한 시선은 있는 그대로 보는 마음, "못난 놈이나

잘난 놈이나/ 살면서 만들어내는 자기만의 선"을 바라보는 눈, 그것이 시의 눈이 아닐는지. 삶의 긍정과 소박한 욕망에 대한 수긍은 꿈으로 집을 짓는, 현실에서는 불가능하지만, 현실 원리를 넘어서는 비상을 선사한다. "창 밖에서 안을 넘보는 그림자가 위협"하여 "밤마다 두려움에 떨"고 있는 두 배우가 눈을 감고 "동화 속으로 걸어 들어"가는 장면은 상상만으로도 아름다워 보인다.

> 불온한 검은 나뭇가지를 모두 잘라내고
> 영원히 마르지 않고 사막 한가운데에 고여 있는
> 오아시스를 찾아가노라면
>
> 눈부시다.
> 두 배우의 꿈은
> 빛을 굴절한 하얀 나비가 되고,
> 흰 새가 되어 방안을 온통 화안하게 채운다.
> 꿈이 세상에 집을 지었다
> ____「꿈이 세상에 집을 지었다—영화 〈오아시스〉에 붙여」 부분

그렇다. "꿈이 세상에 집을 지었"다. 이 시는 실현이 불가능한 동화로의 퇴행을 주장하지 않는다. 불구의 손가락 같은, 능소화 같은 존재가 이승에서 이루고자 하는, 혹은 간절히 벗어나고자 하는 생의 아픈 단면을 움켜잡는, 잡을 수밖에 없는 어떤 불가해한 꿈, 그것 자체만으로도 삶은 아름다울 수 있다. 세상 밖에 집을 짓는 것이 아니라, 지상에

서의 '오아시스 찾아가기'다. 이 도정은 이 세상에서의, 몸만의 장애인일 뿐인 두 사람을 통해 만물이 실현하고자 하는 꿈에 대한 눈물겨운 긍정. 끝내 이루지 못한다 해도 그곳을 향해 가는 과정이 결국 꿈이 숨 쉬는 집 아닐까. 그 과정 속에서 희망은 나의 밖에 존재하는 관념의 옷을 벗고, "하얀 나비가 되고 흰 새가" 되었다. 꿈을 꾸고 그곳을 향해 움직이는 순간, 모든 사회적 약자들이 매 순간 배제되고 감금당하는 두려움과 절망 가득한 사막 같은 삶으로부터 해방되었다.

지금, 이곳에서 살아가기

거리에서, 사람에게서, 직장에서 원초적인 생의 두려움을 느끼며 살아가는 평범한 여성인 시인에게 두려움은 도처에 존재한다. 나를 도와주면서도 감시한 경찰이 두렵고, 복제된 듯 저 혼자 조율된 몸이 두렵다. 자동차 키를 꽂아둔 채 들어온 날, 찾아온 경찰관에게서 고마움보다 "아주 손쉽게 우리를 강제하는 무서운 힘"(「생의 두려움」)을 보고, 화장실에서 우연히 마주친 폭력 앞에서, 공포와 함께 사육되고 있음을 깨닫기도 한다. 그러면서 아이들이 당하지 않아서 다행이라는 생각까지 한다. 순간 부딪쳐 구르는 차 속에서 핸드브레이크를 잡으면서도 "삶이 내게 걸어준 자동제어장치"(「제어장치」)일 거라 받아들이는 시인은, 삶의 공포를 극복하며 그가 서 있는 곳에서 살아남아야만 하는 직장인이기도 하다.

반평생 한 직장을 다녀 어느덧 "잠이 깨는 아침마다 몸은 스스로 움직"여 "어디로 무엇을 하러 가야 하는지 잘 기억되어져 있"는 몸이 되어 있다. (「복제—출근하는 길」) "아프다가도 벌떡 일어나서/ 출근하고 일하고" "혼자서 소리 지르고, 화내다가 퇴근하는 일상/ 무너뜨릴 수 없는 일상"(「중독된 사랑」)처럼 잘 조율되어 있다. 살기 위해 매일 반복되는 일상에서 저도 모르게 반응하는 몸을 가진 직장인들의 비애는, 마라톤을 하다 쓰러진 동료의 삶을 그린 「마라톤」에도 잘 드러나 있다.

"달리지 말자, 그냥 천천히 걸어서 가자 마음먹어"도 "어느새 우리는 또 뛰고" 있다. "자신도 모르게 중독이 되어서 달리는,/ 달리면 황홀하게 온몸에 부숴지는 햇살과 바람에/ 조금만, 조금만 하면서 아득한 목표가 금방 다가올 듯/ 착각에 빠져서 스스로를 부리고 마는" 우리들 자화상이 보인다. 주어진 자리를 뺏기지 않기 위해, 무용지물이 되지 않기 위해, 명예퇴직과 권고사직과 해고의 칼날 앞에서, 정신없이 돌아가는 자본의 톱니바퀴에 끼여 조금만 더 조금만 더 하다 어느날 부고에 자신의 이름이 박히기도 한다. 기계의 부속품이 된 경쟁사회에서 내가 얼마나 힘든지도 모르고 견뎌야 하는 노동자들의 일상적인 비애는 「화분 속의 나무」에서도 발견된다.

눈이 많이 내린 날
버스를 타고 가며 풍경을 바라본다.
길가에 화분이 하나 놓여 있다.
화분 속에서 자라기에는 너무 큰 나무가
고무통 속에서 발가락을 꼼지락거리며 서 있다.
저 나무는 살아 있는 것인가

저렇게 큰 나무가 작은 고무통 속에서

제 뿌리를 썩히며 서 있다.

나무는 얼마 동안 가지에 푸른 잎을 매달 것인가

눈물이 나서 내려다보니 내 뿌리도

작고 붉은 고무통 속에서 꼼지락거리고 있다.

뿌리가 썩어가고 있는데도 아픔도 느끼지 못하고 서 있다,

먼 내일을 바라보며

　　「화분 속의 나무」 전문

　아파도 통증을 느끼지 못하는, 아니 아프지 않은 척 하거나, 아파도 그냥 견디는 삶은 이미 생명의 생리를 벗어나 있다. 뿌리의 일부분이 썩어들어 가면서도 오로지 삶을 견디는 일은 이미 죽은 삶. 삶이 죽음이라니. 그러나 이 시의 화자는 그들을 질타하지 못한다. 그냥 눈물이 나, 내려다보니 "내 뿌리도/ 작고 붉은 고무통 속에서 꼼지락거리고 있"다. 나도 그렇게 갇혀서 꼼지락거리고 있다는, 너나할 것 없이 힘겹게 견디는 우리 모두에 대한 반성적인 통찰이 열리는 지점이다. 단 한 번뿐인 삶을 내일에 홀려서 견뎌야 하는가, 그냥 앞만 보고 달려야 하겠는가. 조금만 더, 조금만 더, 하며 달리다 죽은 마라토너처럼.

　뿌리가 썩어가면서도 작은 통 속에서 견디는 우리는 죽음을 향해 열려 있는 존재다. 아니 죽음조차도 혼자의 힘으로 예비하거나 느끼지 못한 채, 어느 날 문득 제 형상을 잃고 "아래로 아래로 곤두박질치"는 "헬륨 가득 채운 풍선"(「안락사」)과 닮아 있다. 시의 화자는 제 스스로 죽음도 선택하지 못하는 풍선에 "침을 놓아버렸다. / 힘없이 툭 꺼지며 제 쪼

글쪼글한 낯빛을/ 가리지도 못한 채 말없이 기억을". 풍선은 제 안으로 사그러들었다. "더 이상 스스로 죽지도 못하는 생명의/ 불을 꺼버린 손길"이여. 당혹스러움이여. 최소한의 생존 조건을 위한 필요라 생각했던 욕망은, 레일 위를 달리자 이미 멈출 수 없게 되었다. 수많은 타자의 눈이 내게 심어놓은, 내 것이 아닌 욕망의 무한증식 시대에 시인은 묻는 것 같다.

스스로와 문답하듯 웅얼거리는 그의 작은 목소리는, 단정적이고 큰 목소리들이 넘쳐나 알아들을 수 없는 소음이 되어버린 시대에, 찾아보기 힘든 미덕으로 느껴진다. 옷을 입으며 만져지는 살집 속에서 "어느 욕망의 덩어리가/ 그렇게 두꺼운 옷이 되었는지"(「너무 두꺼운 옷」) 묻는 혼잣말은, 자기 성찰이자 우리 문명에 대한 근본적 질문이기도 하다. 들어왔으면 나가야 하고, 거두었으면 돌려주어야 하는 들숨과 날숨이 생명을 이어준다. 지금 우리는 들어온 것을 방출하길 꺼리거나, 억지로 움켜잡아 비대해진 욕망 때문에 비대해진 공룡과 같은 생명체가 된 지 오래다. 필요 이상으로 쌓아온 것을 밖으로 내보내는 구토와 배설 행위는 시인에게 독특한 사유를 불러일으킨다. 「화장실에서」와 「송구영신」은 넘치는 욕망과 바쁘게 앞을 달리는 구(舊)를 보내야만 신(新)을 맞아들일 수 있다고 말하는 것 같다. 그러니 지금 내 안에 울렁거리는 것을 다 게워내라고. 그리고 사람들 속으로 더 깊게 걸어 들어가라고.

가보지 못한 곳, 열지 않은 곳이 이렇게 많구나
살면서 수없이 만나고 헤어진 사람들 속도
저렇듯 여러 길이어서, 숨겨둔 구석구석을 품고 있어서

가보지 못한 곳이 많구나 생각하니 멀었지 싫었다.
마음을 다해 사랑한 사람들의 마음속도
지나지 못한 길과 가서 닿지 못한 그만의 장소가 있다는 것이
슬프기도 하고 한편으로는 마음이 편해지기도 했다.
아, 아직도 더 많이, 더 끝까지 가보아야 하는 거구나.
___「어느 날 회사에서」 부분

아름다운 사이

　여자라는 것, 재생 테이프가 돌듯 아침에 나갔다 저녁에 돌아오며 매일 똑같은 생활을 반복하며 산다는 것, 이것이 시인의 정체성을 보여주는 외적 조건이다. 또한 더 이상 "아이 가질 희망을 품어보지 못"하는 독신이라는 것도 그의 삶과 시적 세계를 구성하는 중요 요소다. 그는 비가 오는 날 달거리를 하는 몸에서 "확 끼쳐오는 생의 비린내를 맡"으며 "혼자 아이를 갖는 여자"다.

　　비가 조금씩 내리는데
　　아파트 주차장에 차를 세우다보니 비린내가 난다.
　　달거리를 하나 보다.
　　아이 가질 희망을 품어보지 못한 자궁인데도
　　비린내가 내 속을 뒤집어놓는다.
　　빗방울이 땅의 그림자를 채워가듯이 떨어지는데

나는 확 끼쳐오는 생의 비린내가 느껴진다.

언제, 어디 즈음에 내 비린 것을 토해낼 수 있을까?

그 비린 것을 바라보면서 웃을 수 있을까?

───「혼자 아이를 갖는 여자」 전문

시인의 몸은 자연의 일부로서, 비와 달거리와 우주에 냄새로 반응하는 감각을 지니고 있다. 시인은 혼자 아이를 갖는가 하면 환상통을 앓기도 한다. 현실적으로 불가능하다는 점에서 둘은 두 개의 환상과 기쁨과 통증은 닮아 있다. "어린 날 나를 품어주던 집"은 사라지고 "잡초가 무성하"지만, 그곳에선 "웃음소리가 여전히 배어 나올 듯하"지만, "바로 가지 못하는 마음" 아프다.(「환상통」) 눈앞에서 사라졌지만 어딘가에 존재하는 것, 그것들은 떨어져나간 팔처럼 없는 팔이 느끼는 고통이기도 하고, 아이와 엄마를 잇는 자기장처럼 아늑하기도 하다. 아늑하고 따스한 환상은 내 앞에 보이는, 실재하는, 여리고 작고 예쁜 것들을 만날 때 환상의 옷을 벗는다.

그런 시선은 "작은 돌을 젖꼭지마냥 물고 놓지 않는 아기의 모습으로" 간신히 사람의 발길을 피하고 있는 "호기심 많은 담쟁이 넝쿨"이기도 하고,(「어른들의 참견」) 부모가 다른 곳에 살고 있는 아이 둘이 잠자리를 찾아가는 풍경(「어느 주말 저녁 풍경」)에 머물기도 한다. 재활을 나가야 하는 "꽃같이 아름답"지만 "방바닥을 굴러야 몸을 움직일 수 있는" 장애 처녀들의 난장판이 된 아침식사(「스무 살 처녀들의 아침식사」) 자리에도 나타난다. 하지만 '불쌍하게'를 넘어서, 예쁘게 보이려는 욕망과, 아이를 낳고 싶은 욕망 모두를 아름답게 긍정하는 따스한 시선이 이 세계를 빛나게 한다.

여기저기 밥풀이 튀어서 그것을 치우는데도
반나절이 걸릴 듯싶은 그녀들은 울고 또 운다.
세상이 받아주지 않은 서글픔을 말하다가
그녀의 애인은 작별인사를 하고 복도를
기우뚱거리는 몸으로 온통 휘저으며 돌아갔다.
꽃같이 아름다운 처녀들은
자신과 같은 사람들을 돌보고 싶다고 했다.
이쁘게 화장도 하고 싶다고 분에 넘치는 지출도 했다.
지극히 정상인 아이를 낳아 기르고 싶다고 했다.
그런 그녀들의 아침식사는 눈물범벅이었지만
알 것 같다. 얼마 안 있음 예쁜 아기도 낳아 기르고
사랑하는 사람에게 찬 없이도 맛있는 밥을
능숙하게 지어줄 수 있으리라는 것을 알고 울었다.

우리 모두 그렇게
위태위태 줄 위를 걷듯이 겁없이 살아내고 있지 않은가.
___「스무 살 처녀들의 아침식사」 부분

차이가 존재하되 편견으로 도배하지 말 것, 이것이 관계 맺기와 관계
의 물마루인 사랑의 전제 아닐까. 그러나 관계라는 것, 그것도 가까운
관계일수록 불편함을 수반한다. "유리창을 닦는데/ 이쪽 면을 닦으면

저쪽 면의 얼룩이 보이고/ 다시 반대편으로 가 닦고 있노라면/ 또 다른 쪽의 얼룩이 눈에 띄고" 마는 게 관계의 또 다른 성격이다. (「관계」) 거리를 유지하는 관계는 소원하지만 불편하게 하지는 않고, 밀접한 관계는 가깝지만 때로 상처는 치명적이거나 불편을 감내하게 한다. 양자택일뿐인가.

봄이 가까운 날이다
사무실 창밖을 바라보면 작은 산이 둘 길게 누워 있다
그 둘은 저녁상 물리고 TV 보는 신혼부부처럼 한가롭다
달뜨는 마음은 둘을 언제나 하나로 만든다
은근히 부아가 난다. 혼자인 게
그러나 산은 늘 하나인 것이 아니었다
날이 맑으면 죽어도 떨어질 수 없다는 듯
꼭 끌어안아 하나 되어 있다가도
안개 내려앉거나 날이 조금이라도 흐리면
서로 등 떼고 어느새 떨어져 둘이다

그 모습에 웃음이 난다
필경 아무것도 아닐지 모르는 일로
팽 돌아서 냉전을 벌이는 사람들
그렇게 티격태격 싸우다가, 웃다가
봄을 기다리는 것이겠지
___「봄을 기다리는 산」 전문

아귀가 맞아서 수치적으로 잴 수 있어야 직성이 풀리는, 이성 중심의 세계관이 축적해온 것은 결국 야만이었다. 진실로 존재하는 것은 '사이'다. '나'라는 존재도 산봉우리도, 이 세계의 질서도 두 봉우리가 그러하듯, '사이'가 세상이며 역동적으로 움직이는 운동의 공간이다. 우리는 여전히 시비가 사라지지 않는 시끄러운 세상과, 폭폭하게 살아가는 사람들 속에서 늘 흔들리며 하루하루를 살아간다. 그런 세상에서 늘 뭐라 말할 듯 말 듯 웅얼거리는 그의 어투는 소리 없이 뒤치다꺼리 하면서도, 싫은 내색 않는 그의 착하고 여린 심성을 반영하고, 시에도 고스란히 드러난다. "맥주를 따르다보니/ 눈물처럼 한 줄 병목을 따라 흐르는,/ 미처 이편에 서지도 못하고/ 저편으로 담겨지지도 못한 편린들이 있다./ 어느 순간에 모든 것이 결정되었나/ 안에 담기지도 못하고, 그렇다고 밖으로/ 온전히 내뱉어지지 못한 기억"(「기억」) 속의, 어느 쪽으로도 담기지 못하는 사거리에 시인은 지금도 서 있는 것 같다.

　말과 언어는 세상을 바라보는 법과 생각하는 법을 가르쳐주므로, 자신과 세상을 바꾸는 힘이 있다. 생명이라는 말을 떠올릴 때 생명을 생각하지 않을 수 없고, 풀이라는 언어를 떠올릴 때 풀의 형상이 없을 수 없다. 그 역도 마찬가지. 그리고 그것을 문자화했을 때는 더욱 강력한 무기가 된다. 시인의 언어는 모두에 보인 '동파문자'처럼 추상적이지 않다. 아이들 그림 같다. 때로는 산문적으로 풀려버린 감도 없지 않고, 시적 언어의 정제가 조금은 더 요구되는 지점도 있지만, 더듬더듬 살아 꿈틀대는 장신구 없는 시를 쓰고자 하는 그의 소박하고 단순함이 갖는 힘이 좋다. 과거일지라도 언어로 진실하게 호명하는 한, 사랑은 지금 이 순간에 현현한다. 결국 언어는, 시는, 사랑이다. "내 안에서도 지난 시간이 울렁거린다. 우욱, 눈발처럼 기억이 흩어진다. 아, 다시". (「송구영신」)

이민숙

\

타인의 얼굴과 생명,
그 소소한 그물

/

이민숙의 시집 『동그라미, 기어이 동그랗다』는 "목숨을 한바탕 가위질 당하고 나서야 눈뜨게" 된 생의 비밀스런 노래이자, 죽음을 '밥' 삼아 추는 고요한 살풀이춤이다. 죽음에게 "너는 내 밥이다" 호명하고 가까이 끌어 앉히는 동안, 안 슬픈 척, 안 아픈 척 살았던 나조차 척척하게 적시며 세상을 척척 끌어안게 되고, 우물처럼 맑고 우물물 길어 나르던 어머니의 또아리와 토마토와 수박과 계란처럼 동그란 언어를 생산하게 되었다. 하여, 소소하고 비천한 것에 연루된 생명의 그물을 극단까지 경험한 시인에게서 우리는 근대라는 괴물이 마음속에서 빼앗아가 버린 원융무애한 세계를 발견할 것이다.

위 글은 이민숙 시인의 두 번째 시집, 『동그라미, 기어이 동그랗다』의 추천사 중 일부입니다. 이 시집에 실린 「동그라미」와 함께 「또아리」는 이 세상을 먹이고 살려내고 받쳐준 거대한 동그라미를 형상화하고 있습니다. 하지만 삼신할미가 내어준 목숨이 이고 다녔던 그 위대한 동그라미는 짚으로 빚은 또아리처럼, 서럽고 무겁고 내내 비천한 존재였습니다. 할머니와 어머니를 거쳐 그 딸인 나에게 이르도록.

짚이다 동그라미다 거칠고 단단하고 탱탱한 그것이 엄마의 머리 위로 올라간다 무엇이든지 어떻게든지 떠받들며 앙다물었을 거다 엄마의 새벽 또아리는 열세 식구 먹일 샘물 항아리를 뻐근히 올리고 아홉 번씩 여명을 열었다 아침 또아리엔 밭에서 따낸 고추, 호박, 갓 캔 감자, 양파, 당근을 올렸다 한낮 또아리엔 논에 내갈 새참을 받들고 종종걸음을 쳤으며, 해질녘 또아리엔 허기진 식구들의 저녁밥거리와 아직 돌아오지 않은 아버지의 구둣발소리가 묵직하고 어둡게 울려졌다 어느 밤 또아리엔 보릿대불로 한솥 끓여낸 팥죽과 동네방네 나눌 정을 들어올렸다

(……)

주춧돌처럼 붙박여 형형한 또아리! 그 동그라미에서 나는 살았다 가슴 한가운데에 우물을 판 또아리는 나를 헹구고, 그 우물에 내린 젖줄로 하늘까지 비춰주었다 차갑고 시린 나의 또아리, 걷는 길마다 새벽이 출렁거리고 희뿌연 비밀로 나를 열었다 몸 한바탕 떨어져나가 죽음 언저리에 갔던 때에도, 또아리제단에 바쳐졌던 나는 비척이며 화르르 살아남았다

낡은 마음자락에 꿰어진 비속 풀어헤치고 한 세상 후여후여 걸을 듯 또아리, 빛나는 듯 느리게 내 입에 꼬리를 물려주고 한들거린다
　　——「또아리」(『동그라미, 기어이 동그랗다』) 부분

240

「또아리」를 읽으며 저는 여러 겹으로 된 사람과 언어와 사물의 중층성을 상상하게 됩니다. 우리가 개체라고 부르는 한 사람 혹은 사물을 얼마나 독립적으로 규정할 수 있을까요. '나'라는 단독자의 형상이 아니라, 할머니와 어머니와 딸인 내게 이르기까지 모든 세포와 DNA와 삶의 내력이 서로 물리고 물려 거대한 역사가 되는 거 아닐까요. 머리 위에 얹을 만큼 작은 또아리라는 짚 속에는, 얼마나 많은 생명의 그물들이 숨 쉬고 있어, 죽음의 언저리에서도 "비척이며 화르르" 살아남을 수 있었을까요. 메주도 앉혀 묶고, 겨울 마늘도 덮어주고, 지붕도 얹고, 계란도 담고, 새끼 낳는 소에게도 깔아주던, 새끼를 꼬아 뭐든지 든든하고 안온하게 묶어둘 수 있는 그 짚 한 오라기에는 보이지 않는 삶과 죽음이 얼마나 많이 교호하고 있을까요. 지구 같기도 하고 씨앗이나 알의 형상이기도 한 그 동그란 또아리를 시인은 "제단"이라 말하고 있습니다.

'존재 너머로의' 초월—고통과 죽음

여기 죽음을 밥처럼 여기고, 아직은 내가 아닌 너로 존재하는 죽음을 "냉큼 베어 물었다" 말하는 사람이 있습니다. "똥도 못 만들고 질질 흘리고 있는" 무력한 육체를 "여명의 언덕에 홀로 세울 수 있는 비법을 가르쳐 주었다"고 말하는 시인이. "아픔과 괴로움과 고통 속에서 우리는 고독의 비극을 형성하는 결정적 요소를 가장 순수한 모습으로 다시 보게 된다"고 한 철학자이자 실천가인 레비나스(Emmanuel Lévinas) 말을 입증

하듯, 고통과 목전에 임박한 죽음을 통해, '존재 너머로의' 초월을 시도
한 용감한 시인이.

　　죽음, 너는 나의 밥이었다

　　그도 먹을 만했다

　　몇 술 못 먹을 만큼 작아진 밥통의 허기 사이로

　　너는 시도 때도 없이 들락거렸다

　　허기가 진해져 황혼의 개펄 같았을 때 냉큼,

　　나는 너를 베어 물었다

　　그 맛, 빛 뒤에 숨어서 오는 참 써늘한 바람

　　그냥 스쳐 지나가는 그런 바람 아닌

　　뼈 속 온기를 순식간에 훔쳐 달아나는 번개의 속도를 가진 얼음바람

　　그 차디찬 죽음의 밥을 먹는 날은

　　배고프지 않았다

　　아주 명징하게 죽음과 죽음 사이 나는 앉아있었다

　　순간의 매일

　　그대와 죽음에게로 끊임없이 왔다갔다 부딪쳤다

　　어쩐지 의지의 시간보다

　　죽음에게로 가고 싶을 때가 많았다 그 때마다

　　솔개가 허기를 달래기 위해 닭 한 마리를 낚아채듯 나도

　　죽음을 똑바로 보았다 그 다음,

　　꺼져버린 담뱃재 같은 것을 건져 밥 짓는 연습을 했다

　　그 밥을 먹고 나에게 힘이 생겼다 그때,라고 말하면 거짓말이다 그러나

때로는 밥 같은 그리움을 그려주는 죽음이 있다는 걸
알았다 생의 반대편에서 유령의 깃대를 흔드는 그것이
똥도 못 만들고 질질 흘리고 있는 내 육체를
여명의 언덕에 홀로 세울 수 있는 비법을 가르쳐 주었다고나 할까
___「죽음이라는 밥」(『동그라미, 기어이 동그랗다』) 전문

　죽음이 우리에게 경험될 수 있는 것인가. 누구도 살아서는 경험하지 않는 죽음을, 참다운 의미에서 인식할 수 있을 것인가. 끝내 내가 도달할 수 없는 타자성이자, 미래의 사건인 죽음을 현재 속으로 끌어들일 수 있기나 한가. 무엇을 통해서? 가까워진 죽음의 호소인 고통을 통해서. 우리는 타자를 진실로 경험할 수 있는가? 공감이나 감정이입 등의 요소로 환원된 내 인식이 아니라, 홀로 서 있는 내 밖의 존재로서. 경험을 뛰어넘는 차원, 말로 표현할 수 없는 현실, 존재를 뛰어넘는 사태는 어떻게 접근할 수 있는가?

　미래에 다가올 죽음을 보고 '현존재'는 자신의 주도권을 주장할 수 있다고 생각한 하이데거(Martin Heidegger)와 달리, 레비나스는 죽음은 절대로 알 수 없는 것이고 죽음은 어떠한 가능성도 불가능하게 만드는 사건이라 합니다. 주체의 주도권을 완전히 벗어나 있다는 점에서 고통과 다가오는 죽음은 시간과 타자를 닮았습니다. 그에게 '고통'과 '죽음'은 존재와 다른 것, 존재 저편에 있는 타자가, 존재의 옹벽에 틈을 내고 그 틈바구니 사이로 들어오는 순간을 포착하는 하나의 결정적인 계기입니다. 도덕적인 고통의 경우에는, 고통 받는 순간에도 존엄성을 유지하고 자신을 지킬 수 있는 자유가 있습니다. 그러나 신체적인 "고통 속에는 피

난처가 없다. 고통 속에 내 자신을 완전히 내맡기는 것만이 존재할 뿐."
레비나스 말대로 신체적인 고통에는 그 고통을 떠나, 자신에게 돌아올
수 있다는 가능성, 자신이 주도권을 가질 자유가 결여되어 있습니다.

> 지금, 허공에서 서설(瑞雪)은 내리고
> 벌판은 하얀 무도회장이다
> 닭 홰치는 소리 흰 새벽을 가로지른다
> 첫 발자국들이 쿡쿡 찍힌다
>
> 다섯 시간의 수술 끝, 세상에 나뒹굴어진 후
> 처음으로 새벽을 숨쉰다
> 밤도 낮도 어둠이었다
> 시도 때도 없이 눈물이 흐르고
> 살아온 날들을 반성해야 했다
> 맛있게 먹었던 밥맛
> 그대를 향한 사랑의 어법들도
> 고쳐 써야 했다
> 불혹을 훌쩍 넘긴 세월을 고칠 수 있단 말인가
> 반란의 세포들과 함께한 몸을
> 홀로 꿇어앉아 어루만질 뿐, 어떻게,
> ___「생명의 그물」(『나비 그리는 여자』) 부분

수술 자국을 아프게 긁다가 쓰다듬으며, 지난날의 어둠이자 그림자

이고 상처이자 그 속에 웅크린 시간들을 어루만지는 사람이 보입니다. 숨이 살아나자마자 나에게 했던 행위("맛있게 먹었던 밥맛")만이 아니라, 타자를 향한 나의 말조차도("그대를 향한 사랑의 어법들도") 고쳐 써야 하는 불연속의 나를 발견합니다. 하지만 불혹까지 살아온 반란의 세포들을 지니고 있는 연속적인 존재인 나는 "홀로 꿇어앉아 어루만질 뿐, 어떻게," 를 알지 못합니다.

그러나, 셀 수조차 없는 생명의 그물들이 생채기 난 시간들을 껴안고 출렁이기 시작했다. 바람은 온몸 구석구석 들숨과 날숨을 불어넣고, 입술 입술에 물을 축여주고, 상추와 된장과 포도는 새 피를 만들었다. 어둔 심연에 엎드렸던 나는 가까스로 일어나 그를 바라보았다. 그는 지금, 일백 일 동안 메아리 없는 골짜기에 빼앗겨버렸던 잠을 만나 겨우 가쁜 숨을 내쉬고 있다.
___「생명의 그물」(『나비 그리는 여자』) 부분

단절과 반성의 의지만 있을 뿐, '어떻게'를 모르는 화자에게 나타난 것은 "셀 수조차 없는 생명의 그물들이 생채기 난 시간들을 껴안고 출렁이"는 바람이자, 먹을 것이자 가쁜 숨입니다. "어둔 심연에 엎드렸던 나는 가까스로 일어나 그를 바라"볼 뿐, 죽음도 생명으로의 회귀도 내가 어찌할 도리가 없는 타자입니다. 죽음과 생명은 내가 이해할 수 없고, 내 손에 거머쥘 수 없으며, '나'라는 주체가 자율적으로 행할 수 있는 힘이 미치지 않는 곳이자, 어떤 계획도 세울 수 없는 저 너머입니다. 곧 도래할 수도 있었던 죽음은 내가 이제껏 살아왔던 현실적 관계와 절대적으로 다른 것과 관계함입니다.

그 "우주의 시간들이 들이닥친" 날로 어제와 오늘이 달라졌습니다. 이제 그는 어제와 오늘을 "나란히 섞어 뜨개질하는 법"을 배우고 있습니다. 그래서 "오늘의 배롱꽃과 어제의 석양"이 처음이고 "모든 시간이 처음"이 되고 있습니다. 모든 순간이 태초이자 마지막이라는 자각, 이것이 목전에서 어른대던 죽음이 시인에게 선물한 통찰입니다. 시간 의식이 변하자 공간에 대한 자각도 변합니다. 한 덩어리로 출렁거리는 우주가 됩니다. 단독자로서 겪어내던 죽음에의 고독이 오히려 깨지는 사건이 벌어진 거지요. 죽음을 타자성의 이해로 이어간 레비나스처럼, 시인은 죽음에 대한 의사 경험을 통해 삶에 육박해가고 있습니다. 비슷하고 한 덩어리로 출렁거리면서도 절대로 '나로 환원할 수 없는' 타자의 엄연함에서 비롯된 고독, 그 고독의 품에서만이 절대로 거머쥘 수 없고 끝내 동화할 수도 알 수도 없는, 사랑과 우애의 파동이 생길지도 모르겠습니다.

시인은 정전 속에서 "중심과 중심이" "테두리와 테두리가 모호하다" 합니다. "너와 내"가 한 덩어리가 된다 합니다. 너와 나 사이, 현재와 미래 사이에는 하나의 심연이 놓여 있습니다. 그 심연을 메울 능력이 우리에겐 없습니다. 전적으로 다른 타자만을 직면할 뿐, 현재가 된 순간 그것은 인식의 저편으로 사라지는 죽음은 내가 지배할 수 없는 미래와 관계하도록 길을 터줍니다. 타자 또한 마찬가지입니다. 절대의 형상으로 타자의 얼굴과 몸이 솟아오르는가 하면 믿을 수 없이 암전되기도 합니다. 그래서 사랑은 모호한 쪽에 가깝습니다. 사실 확연하게 구별되는 중심이 분명한 것들은 실재가 아닐 겁니다. "어둠을 등에 업고 하나씩/ 시제 없는 그림을 그"리는 그녀는, 섞여 모호한 생을 인정하고 순간순간 존재의 기미를 그대로 바라봅니다. "믿을 수 없는 배반처럼" 세상이 꺼진 순간 "어제와 오늘이 섞"여 때로 "그냥 한 덩어리가 되"는 너와 나, 그래서 "어둠이 때로는 빛보다 넓어 깊"을 수 있겠습니다. (『정전』, 『나비 그리는 여자』)

시간을 극복하는 우주적 에로스와 타자

오동통통 그녀들이,
바람 불면 날아갈듯 빼빼 마른 내 지천명이,
오매불망 가고 싶었던 아래꽃섬 하화도는,

아주 작은 배로 흔들리며 한 번도 가본 적 없는 그곳은, 어린 구절초가 땅 가까이 피어있다는 곳, 꽃이 낮게 피니 바람도 저 아래에서 불고, 깨꽃 무늬 어머니 치맛자락 속에는 세상에서 숨어든 깡마른 목소리, 하늘 향한 삿대질, 어질어질 거짓말, 구불텅한 사랑이 왜인지 저절로 절로 노래꽃이 된다는 곳, 멀리 듣는 소라의 어린 귀와 손톱만 한 고둥이 철없는 꼬마꽃게…… 앉은뱅이책상에 앉아 공부도 했었는지, 눈먼 선생님의 회초리학교도 없어져버렸다는 하화도 섬의 생명들은 낮아 낮아서 보이지 않고 물방울처럼 꽃처럼 젖어있다는 무릉도원

너도 너도 지금 건너가려 하는 저곳은, 연옥보다 더 깊어서 노 저어가면 갈수록 허위허위 파도가슴뼈 아래 희디흰 물방울 소리나 되어버릴지

도 모른다는 아래 아래로 아래꽃섬으로

　　——「하화도행」(『동그라미, 기어이 동그랗다』) 전문

"노래꽃이 된다는 곳", "꽃처럼 젖어있다는", "희디흰 물방울소리나 되어버릴지도 모른다는" 추측이나 전해들은 서술로 이루어진 「하화도행」은 경험 이전의 세계입니다. 그곳이 미지의 장소라는 걸 결정적으로 말해주는 단서는 "아주 작은 배로 흔들리며 한 번도 가본 적 없는 그곳은"이라는 구절에서 확인할 수 있습니다. 그러나 그 모르는 곳은 무릉도원으로 그려집니다. 이것은 엄연히 내가 알 수 없는, 내 밖에 존재하는 타자성의 장소입니다.

"죽음은 알려져 있지 않고 또 알 수도 없다. 죽음에는 나와 공유할 수 있는 공통의 존재 기반이 없다. 그것은 나와 교류할 수 있는 다른 자아가 아니다. 전적으로 다른 타자와의 관계는 하나의 신비이다. 타자 또한 마찬가지"라 말하는 레비나스식 사유를 좀 더 이어나가 봅시다. 그는 공감과 연민, 감정이입의 대상으로서 나의 또 다른 자아로 편입하거나 환원하는 소유 혹은 환원적인 타자 개념을 부정합니다. 이런 식의 상호 존재는 진정한 타자 개념을 제공하지 않을뿐더러, 집단성만을 표시해주기 때문입니다. 얼굴과 얼굴로 대면하는 타자, 나와 대화를 나눌 수 있는 인격적 타자, 즉 타인은 내게 대체 무엇일까요? 타자와의 가장 깊은 만남이라고 정의되는 사랑 속에서 우리는 과연 합일할 수 있을까요?

레비나스에 의하면 사랑 혹은 성행위는 합일과 혼용 또는 용해 관계가 아니라, 전적으로 다른 타자와의 만남이고, 나로 환원할 수 없는 타자의 타자성을 체험하는 장소입니다. 여기서 타인은 나의 부분이나 대상이 될 수 없을 뿐더러, "내가 거머쥘 수 없는 신비 속에 있"습니다. 죽음의 경우와 마찬가지로 타자에 대해서도 우리는 어떻게 손을 쓸 수가 없습니다. 다만 타자성의 사건, 나와 전혀 다른 '낯설음의 사건'을 경험할뿐입니다. 그래서 에로스가 상호 권력 관계에 편입할 수 없는 타자 관계를 해명하는 통로가 될 수도 있겠습니다.

한순간 그대를 만났을 뿐, 나의 깊은 곳에 파도 내렸다

날이면 날마다 출렁이는 건, 팔월의 절벽에 세운 그대 때문이다

청떠제비나비와 함께 보일락 말락, 노랑저고리 깃처럼 휘인 저 길에 들고 싶다

가슴 풀어헤칠 어설픔은 던지고, 도도한 잡년처럼 그냥
___「하화도행 3」(『동그라미, 기어이 동그랗다』) 전문

"도도한 잡년처럼 그냥"이라는 언술은 "나의 깊은 곳에 파도 내"린 그대를 있는 그대로 받아들인다는 겁니다. 파도와 절벽처럼, 내 힘으로 어떻게 할 수 없는 이름 모를 '어떤 것'과의 접촉을 수용하는 애무 행위와 비슷합니다. 한 존재가 한 존재를 만나 파도치는 행위, 그것은 '순수한, 내용 없는 미래'에 대한 기대이자 '손에 쥘 수 없는 것'에 대한 굶주림으로 충만해 있습니다. 그 굶주림은 공통의 용광로에서 함께 타면서 각자

를 유지합니다.

속속들이 젖어버린 가을 나무를 베어들고 오다니 먼저 와 기다리는 어둠이 뺨을 때린다 어제는 무슨 등걸을 태우다 쓰러졌나 한 소쿠리의 세월 속에는 타다 남은 몇 개의 변명들이 굴러다닌다 가만가만히 무릎을 꿇는다 함부로 쏟아버린 욕망을 주워 넣고 비린내 나는 언어와 밤새 쌓아올린 마른 덤불 같은 시간의 파지들과 덕지덕지 껴입은 갑옷을 벗어든다 맨살이 되어 내 안의 그대를 끄집어낸다 그대가 상처 입은 짐승처럼 떨고 있는 나를 핥는다 너덜거리는 내 혼의 누더기 향기로운 달빛이 된다 달빛 실은 바람의 씨가 아궁이 속으로 흘러간다 나마저 훔쳐 흘러간다 오래된 불덩어리 하나 달이 되어 떠오른다

____「아궁이 속에 뜨는 달」(『나비 그리는 여자』) 전문

아궁이 앞에 무릎 꿇기—아궁이 안에 '함부로 쏟아버린 욕망'을 주워 넣기—덕지덕지 껴입은 갑옷을 벗기—맨살이 되어 내 안의 그대를 끄집어내기. 여기까지가 나의 의지이자 행위입니다. 그에 이어 어찌할 수 없는 타자의 행위가 발생하고 나는 거기에 수동적으로 반응합니다. 이제 "그대가 상처 입은 짐승처럼 떨고 있는 나를 핥고"—"너덜거리는 내 혼의 누더기가 향기로운 달빛이 되고"—"달빛 실은 바람의 씨가 아궁이 속으로 흘러" 들어가자—"오래된 불덩어리 하나가 달이 되어" 떠오릅니다. 잘못 태운 한 소쿠리의 세월로 몸부림치던 내 생의 '고쳐 쓰기'는 이렇게 전복적으로, 연쇄적으로 그냥 이루어집니다.

불의 아궁이에 자신을 벗어던짐으로써 달을 피우는(?) 과정은, 하나

의 세계가 지나가고 또 다른 세계가 열리는 중요한 통과제의로 보입니다. 불 속에 몸을 벗어던짐으로써 새로운 몸으로 생생하게 살아나는 원시인의 주술처럼, 그 숱한 창조와 생성의 비밀이 드러나죠. 수난이나 고통, 일종의 타나토스(thanatos)인 '죽음과 한 몸되기'에 맞닥트리지 않고서 이루어지는 '다만 생각 고쳐먹기'는 사이비 관념이겠죠. '한계상황까지 밀려가지 않고서 재생은 없다ー죽음이 없으면 재생도 없다ー진실로 깨어 죽음을 온몸으로 체험하지 않고선 재생할 수 있는 어떠한 희망도 없다.' 이질적인 몸체의 겹쳐짐을 통해 다시 태어나려는 과정은 고대 연금술사들이 어둠 속 용광로 앞에서 찾고자 하던 '현자(賢者)의 돌'인지도 모르겠습니다.

이런 불길의 용광로 속에서라면 '그대'가 현실 속의 사랑이든 내 속의 인격인 아니무스(animus)를 의미하든 내 속에 감춰둔 연인이든 상관없어집니다. "나마저 훔쳐 흘러가는 오래된 불덩어리"가 따스한 달덩이가 되어 세상 위로 떠오르는 바에야. '나'도 사라지고 "나를 훔쳐간 그대"마저 사라지는 사랑의 불구덩이 속에서 새로운 생명이 태어납니다. 사랑 속에서 '나'는 내가 아니고, '그대'는 이인칭이 아니고, '나'는 우리이자, 존재의 총체로서의 세계니까요. 사랑 속에서 존재와 죽음은 무화됩니다. 그래서 마지막에 붙여진 "나마저 훔쳐 흘러간다"는 것은 미래에 죽을 수밖에 없는 '현존재'의 운명을 전복시키는 존재의 기적이자 신비로 가는 길이었겠습니다.

버려지지 않은 것들은 진실로 광휘를 보지 못합니다. 지옥으로 내려가라, 그 속에서 사랑이 태어난다! 그래서 생의 근원적인 존재 이유이자 자연스런 욕망의 자리에서 샘솟는 "사랑은/ 놓치는 곳에 드리워지는/

그림자"입니다. "모든 걸 놓치지 않는 사람은/ 사랑을 놓친다"는 도저한 역설. 돌아보면 내 밖에서 나를 구하느라 우리 생은 얼마나 피곤한가. 아무것도 놓치지 않으려 발버둥치다 놓쳐버린 순간들은 또 얼마나 많은가. (「사랑은」, 『나비 그리는 여자』)

신체, 삶에 대한 사랑과 향유

"부실해진 위(胃)로는 먹을 게 없고/ 먹어도 에너지로 바꾸기 어려워진" 시인에게 주식은 "가을 지난 홍시"였나 봅니다. "짜지도/ 맵지도/ 거칠지도 않은" 이것을 시인은 "부드러운 선물"이자, 내게 "하릴없이 입맞춤하고" 있는 "꿉팔라나무 아래서의 그분"이라 느낍니다. "목숨을 한바탕 가위질 당하고" "두려워지던 세상에/ 다시 한번 친해질 생각을 하게 된 것은/ 부드러움 덕분이"라고. "황홀하게 입술에 닿아/ 순간 사라져가면서 나의 육체가 되는" 그것은 위용도 빛남도 거셈도 아니었다고. 살고 싶게 한 건 바로 그 부드러움이었다고. (「홍시」, 『동그라미, 기어이 동그랗다』)

"자신에 대한 향유" 즉, 자기애는 마치 배고픈 사람이 자신의 배고픔만을 생각하듯, '각자 자신을 위해' 누리는 행복입니다. 향유는 '자신 안으로 물러남'이고 자신으로의 귀환입니다. 개체와 개체를 구별해주는 개별성의 원리는 아리스토텔레스처럼 질료가 다르다거나, 라이프니치처럼 다른 공간을 차지하고 있다는 사실에 있는 게 아니라, 각자가 누리는 향유와 행복에 있다는 게 레비나스 생각입니다. 그에게 있어 주체는 언제나 육화된 주체이며, "신체로서 거주할 때 비로소 존재"합니다.

"좋은 음식, 공기, 빛, 구경거리, 일, 생각, 잠, 이런 것들로 우리는 살고 있다. (……) 숨 쉬기 위해서 우리는 숨을 쉬고 먹고 마시기 위해 먹고 마신다. 거주하기 위해 주거를 마련하고 호기심을 만족시키기 위해서 공부하고 산책하기 위해서 산책을 한다. 이 모든 것들은 삶을 위한 것이 아니다. 이 모든 것들이 곧 삶이다."(레비나스, 『존재에서 존재자로』) 삶은 이처럼, 근심과 걱정, '존재해야 한다'에 있는 것이 아니라, 즐김과 누림, 곧 향유하는 데 있습니다. '~으로 삶을 산다'는 것은 이론과 지식이 있기에 앞서 즐김이요, 누림입니다. 이것을 레비나스는 '삶에 대한 사랑' 또는 '자기애'라 부르더군요.

그런 척 하며 살았다
안 슬픈 척,
안 아픈 척,
안 외로운 척,

배고픔만은 어쩔 수 없었다 금방 쓰러질 듯 허기가 몰려올 때면,
몸은 정직해서 마음보다 훨씬
그런 척 할 수 없었다 배고픈 대로 아픈 대로 허청거리는 대로

때로는 그것도 숨기고 싶어진다
동정의 눈길, 연민의 눈길
그러나, 어쩌면 저 눈길들 때문에 살아왔으리라
무게를 살짝 덜어주는 눈빛, 그것에 기대어

척, 어느 날 내 어깨에 놓이던 그대의 손!

척, 일생 내게 주려 발갛게 어둠을 익히는 저 나무의 홍시!

그릇에 척 척 밥이 고봉으로 담기던 어린 시간들 속의 어머니

척 하던 나를 척척하게 끌어안는다

척 하던 나 오늘, 그 심한 배고픔을 채웠나보다

척! 그대를 끌어안는다

노란 은행잎에 입을 맞춘다

　　＿「척」(『동그라미, 기어이 동그랗다』) 전문

 '척'하며 살았던 지난 시절과 지금의 시인에게 세계는 달라져 있습니다. 나는 세계와 타자에게 푹 담겨 물고기가 물에 잠기듯 "척척하게" 끌어안는 요소입니다. 고봉밥을 담아주던 어머니의 세계이자, 먹을거리를 내주는 대지의 세계입니다. 척하던 짓을 멈추고 물질과 요소인 자연의 세계에 안길 때, "다른 세계에 속했던 이질적인 힘은, 포만 가운데" 나의 힘이자 내 자신이 됩니다. 세계에 대한 의존성, 물과 공기와 음식에 대한 의존성에 의해 주체는 홀로 설 수 있습니다. 향유는 개체에게 자유를 주고 각자의 삶을 각자의 것으로 떠맡게 해줍니다. 먹을거리를 제공해준 대지의 품에서 시인은 이제 시를 끓입니다. 척하던 세계가 사라지자, 너무나 오래 분리되어 있던 육신과 정신이 섞여 뚝배기에서 끓습니다. "네 웅크린 등의 쓸쓸함도 한 줌 넣"고, "어설펐던 배반을 서너 바가지 퍼붓"고, "가소로운 운명의 구애"와 "우당탕탕 부조리도 한 칼로 썰어 넣"어, 삶을 요리합니다. (「뚝배기, 詩」(『동그라미, 기어이 동그랗다』)

생명의 그물, 그 한 덩어리의 세계와 놀다

"위를 삼분의 이쯤 떼어낸" 그에게 외양은 변함없어도 세상은 달라졌습니다. "세상은 커지고 나는 작아졌다/ (……) //작아져 느릿한 내 城 안에는/ 그리움이 흐르지 않고 가득 차 있"습니다. 내 성이 작아지고 느려지자, 타자를 안는 그리움이 "참 느린 것들의 뭉치라는 것"을 처음 깨달았습니다. 그리고 "그 小小한// 그리움의 입자들에게로 풍덩 빠지"(「城」, 『나비 그리는 여자』)며 아이처럼 그 작고 작은 것들을 가지고 놀게도 됩니다.

오토바이 한 대 온통 찌그러진 채 골목에 쓰러져 있다 누군가에게 험하게 쫓겼을까 다시는 땅, 구를 수 없을 것 같은 바퀴 허공을 보고 누워버렸다 그 폐허 속 가까스로 살아 있는 거울 거리의 휘둥그런 눈동자들이나 거리의 번쩍이는 속도들을 업고 부룩송아지 마냥 뛰어다녔을

아기 손바닥 닮은 거울 두 개

텅 빈 골목을 헤집으며 놀고 있다 아무 걱정 없다 천지는 뒤집히고 낮달은 내려다보고 그 조막손 하늘을 쥐었다 폈다 한다 넓고도 너른 허공이 반짝거리며 하하 장난질치고 있다
　　　「거울」(『나비 그리는 여자』) 전문

쓸모가 다해 버려진 것들은 과거의 유용성을 추억하는 한에서만 유의미한 존재가 아니라, 새로운 시선으로 재생된 고유한 생명체로 인식됩

니다. 생의 뒤안길에 버려진 소소한 것들에로 시인의 시선이 오래 머무는 것은 쓸모의 강곽한 세계에서 이탈했음을 보여주죠. 버려진 오토바이 속에서 "부룩송아지 마냥 뛰어다녔을 과거의 속도"를 보지만, 쓸모 많던 어제를 돌이키려는 회한의 눈길은 아닙니다. 땅에 고꾸라지고 나서야 아기 거울은 목적 없이 모든 사물을 비추고 조우하여 천지와 허공을 소요하며, 광활하고 자유자재한 들판에서 노닙니다. '나'라는 개념에 얽매어, 오로지 자기 한 몸을 위해 자기를 구하고, 공(功)과 이름을 구하느라 잊어버린 우주와 더불어 유희합니다. '억지 이타(利他)'와 '공명(功名) 의식'에서 자유롭지 않는 한 결코 자비와 보시가 자연스레 이루어지지 못하겠습니다. 진실로 가장 자기답게 놀지 않고서는 다른 생명과 더불어 즐거울 수 없겠습니다. 나를 버린다는 것은 '나라는 허울'을 버린다는 것, 고로 가장 나다운 것이 너에게로 이르게 하는 출발선이겠습니다.

생을 며칠 남기고, 입이 아니라 날개와 뒷다리를 비벼, 부딪친 만큼 소리가 나오는 귀뚜라미나 여치나 베짱이처럼, 이민숙 시인의 노래는 소소한 것에 치열하게 욕망하며 존재의 내적 꿈틀거림에 근접해 들어갑니다. "배꼽 속에 들었다가", "우주로 흩뿌려지는" 생의 긍정이자, (「가위」, 『나비 그리는 여자』) "내 안의 그대"에게 이르는 연금술적 사랑은 만법이 다 내 안에 있음을 수용하는 우주적 로고스입니다. "나무 사이를 헤엄치는 매미"와 "꽃술과 열애하는 꿀벌"(「작은 것을 위하여」, 『동그라미, 기어이 동그랗다』) 등의 세계가 모여 화엄을 이룹니다. 티끌 하나에도 벌레 한 마리에도 시방세계를 담은 그득한 우주가 펼쳐집니다. 몸이라는 성(城)을 통해, 그 소소하고도 비천한 것에 연루된 생명의 그물을 극단까지 경험한

시인의 눈에 세계는 존재하며 놀며 사랑하는 아모르파티(amor fati)의 장
이 되었습니다.

　　땅이 녹아 흐른다
　　그 땅을 갈아엎는 소, 쟁기질이 한창이다
　　무논에 쭈뼛쭈뼛 연초록 잡초도 갈아든다

　　소의 거친 숨결로 녹여낸 시간만큼 질컥거리며 부드러워지는 논흙 사
　이로 왜가리 떼 날아든다 논바닥에 수많은 날갯짓, 제 몸 다 갈아엎어진
　붉은 흙 속 왜가리들의 양식 버글거린다 지렁이 살 쪼아먹던 왜가리 떼,
　날개에 땅 수(繡) 놓여졌다 땅 박차고 일제히 날아오른다

　　나, 저렇듯 몸 갈아엎어
　　얼어붙은 목숨 녹여 한 끼 먹이 될 때
　　흰 날개 세상 초입에 들 수 있을까

　　양어깨가 싸하다
　　___「날개」(『나비 그리는 여자』) 전문

　　소가 먹이를 주기 위해 일부러 땅을 가는가. 논흙이 일부러 부드러워
져 왜가리 떼를 불러들이는가. 소도 흙도 왜가리도 제 할 바를 묵묵히 할
뿐입니다. 소가 한 걸음씩 걸음을 떼며 갈아엎은 땅 위로 날아든 왜가리
떼는 지렁이로 배를 불리고 "드디어 땅 박차고 일제히 날아" 오릅니다.

타자의 얼굴을 통해 존재를 넘어서는 윤리학으로

　개체성과 내재성의 확보는 인간의 기본을 이루는 생존과 자존을 지키게 만듭니다. 무엇을 통해서? 숨을 들이마시고 물을 마시고 공기와 햇빛 등을 즐김으로써, 인간은 자기에게로 돌아가고, 전체로부터 자기를 분리하여 내부성을 형성한다고 레비나스는 말합니다. 그다음은 거주와 노동을 통해 세계를 소유하고 지배함으로써 자기 자신을 무한히 확장하려는 욕망, 즉 '전체화에 대한 욕망'이 이어집니다. 여기까지는 기본적으로 이기주의적이므로 초월이 불가능하다고 봅니다. 만일 이타행을 할 수 있는 가능성이 내 자신 속에 있지 않다면 어떻게 삶의 태도를 바꾸어 타자를 나의 존재의 무게중심으로 삼을 수 있는가? 레비나스는 타자의 얼굴이 나타남으로 인해서 나에게 '형이상학적 욕망'이 창조되고 이 욕망으로 인해 인간은 이성적 존재가 된다고 말합니다. 타인의 얼굴과 접할 때, 그에게 귀 기울일 때, 윤리가 경제적 삶에 침입합니다. 정신적인 열림은 육신을 여는, 예컨대 입술을 비비고 숨을 불어 넣어주는 살과 피로서의 사건이 됩니다.

　　있다
　　보인다
　　어둠에 묻힌다.

　　그대, 붉은 꽃잎으로 나를 불렀던가 아니 불렀던가
　　아무도 보지 못하는 그대를 위하여

그대의 입술에 내 입술을 비벼야 한다.

(……)

이 세상에서는 빛나지 않아도 좋은 것.
    ——「밤, 그리고 배롱꽃」(『나비 그리는 여자』) 부분

    그렇다면 자신에 매여 있는 내재적인 존재가, 어떻게 타자의 고통과 슬픔에 열리는가? 고통처럼, 죽음처럼, 내 밖의 다른 것들은 어떤 수단을 통해서도 나에게 환원되지 않는 절대적 타자성인데 말입니다. 상처 입은 사람이 즉각적으로 할 수 있는 반응은, 크게 소리치거나 신음 소리를 내는 것입니다. 그것은 '타인의 즉각적인 행동을 호소'합니다. "한탄, 외침, 신음, 한숨이 있는 곳에 타자로부터의 도움에 대한 요청"이 있습니다. 그 근원적 요청에 응하는 몸짓은 타인의 고통과 고난에 자신을 노출시키는 타자의 윤리학을 탄생시킵니다. 내가 남아서 주는 것이 아니라, 그가 소리 지르고 울고 신음하므로 나는 그에게 갑니다. 이렇듯 고통과 신음과 한탄 속에서 타자와의 관계는 열립니다.

    슬픔의 뿌리를 첨 보았다 나의 원형탈모증 이야기에 가져온, 희고 둥근, 갈색도 언뜻 비치는 어머니의 손가락처럼 옹글진 그것 지금도 부엌 한켠에 다소곳이 놓여있다 벌써 달이거나 쪄서 먹었어야 했다 아니 그녀 생각에 아직 먹을 수 없다 때로 말로 하기엔 벅찬 형벌도 있다 태어나 지금까지 앉지도 못한 아들 녀석, 말도 웃음도 먹고 싸는 일도 제 힘으로 할

수 없는 그 녀석은 까맣게 탄 숯덩이, 그녀가 돌아갈 천상마저 태워버렸을까 내 심장은 기증도 못 할겨, 세포 사이를 휘젓는 그녀의 그 녀석 그 녀석을 키워온 그녀가 나눠준 마음의 뿌리들

　하수오를 먹지 못했다 그러나, 어디에선가 날아온 까마귀 검은 털처럼, 머리 뽑힌 정수리의 하얀 동그라미가 채워졌다 버릇처럼 나는 오늘도 그녀의 어그러진 심장에서 날아온 새의 깃털을 만진다 하수오 그녀, 텅 빈 정수리에 슬피 뿌리 내렸다

　——「슬픔의 뿌리」(『동그라미, 기어이 동그랗다』) 전문

　식물학적 상상력에 토대를 둔 위 시는 한 존재 속에 뿌리내린 슬픔을 형상화했습니다. 태어나 지금까지 앉지도 못한 아들을 둔 어미에게서 "돌아갈 천상마저 태워"버린 심장을 봅니다. 차마 그 어미가 준 하수오를 먹지 못했지만 "머리 뽑힌 정수리의 하얀 동그라미가 채워"지는 기적이 일어납니다. 그 고통스런 어미의 "어그러진 심장에서 날아온 새의 깃털"은 슬픔의 뿌리입니다. 나 혼자만의 고통이었다면 일어나지 않았을 것이므로, 타자의 얼굴은, 그 얼굴 안에 내장된 겹겹의 사연은 일대사건입니다. 깃발처럼 펄럭이며 말하고 외치며, 응답을 요청하는 즉각적인 행위입니다. 완전한 열림이 되기 위해서는 고통 받는 사람의 호소에 대한 반응, 요청에 대한 응답이 있어야 합니다. 맞는 사람, 고문받는 사람, 죽임당한 사람, 가진 것 없는 사람, 가난한 사람, 억압받는 사람 또는 이방인, 요컨대 고통받는 사람의 호소에 응답한다는 것은, 그를 위해 책임을 지고 그의 짐을 대신 들어준다는 것을 뜻합니다. 고통은 고

통 가운데서 인간 상호 간의 윤리적 전망을 열어줄 뿐만 아니라, 무의미
한 고통을 의미 있게 할 수 있습니다.

> 그래, 마음껏 나부껴라!
> 쪽빛 맑은 손짓은 말고
> 더럽고 냄새나는 절망으로 나부껴라
> 막힌 귀에는 들려줄 수 없어 가슴을 치는
> 만신의 피 토하는 해원굿 한 소절로 나부껴라
> 폭탄처럼 오열하는 소리에도 눈곱만큼 흔들리는 저 바윗덩이 같은 이
> 기심을 향하여
> 나부껴라 갈기갈기 나부껴라 깃발들아!
> 그렇게 찢어져라
> 거짓의 언어를 찢어라
> ──「세월호는 깃발이다」(『동그라미, 기어이 동그랗다』) 부분

완전한 열림 속에서 외침과 신음과 한탄의 얼굴은 만신의 언어로 터
져 나옵니다. 깃발은 언어가 깃들여 사는 집이므로 육신이자 정신입니
다. 막힌 귀에는 들려줄 수 없으니, "거짓의 언어를 찢기 위"해서라도 깃
발은 이 모든 거짓과 이원성을 넘어서 통째로 하나여야 합니다. 고통은
아무리 집단적이라 하더라도, 고통 자체로는 언제나 지극히 개인적이고
주관적이며 감성적인 영역에 있습니다.

존재 질서를 가능케 하는 요소들은 '존재와 다른 것'으로, '존재 사건
저쪽'에 있다는 것을 레비나스는 말합니다. '존재 사건 저쪽'이란, 존재

유지 노력과는 다른, 자유로운 빈 공간을 만들고자 하는 노력으로 볼 수 있습니다. 인류 역사를 볼 때 사람들이 괴로워한 것은 한 개인이나 집단이 경험한 무의미한 고통이 대부분이었습니다. 레비나스의 관심은 내가 받는 고통이 아니라, 타인이 받는 고통에 대해 내가 어떻게 해야 하는가에 있었습니다. (유대인 수용소에서 가족들이 비참하게 죽어간 그는 고아들과 가난한 아이들을 위한 학교를 세우고 오랫동안 그곳에서 교장으로 일했습니다) 고통의 물음에 대해 '나'라는 관심 축에서 '타인'으로 회전한 사람은, 이 모든 역사적 개인적 경험의 원념과 복수로부터 벗어나, 끝까지 고통과 씨름하는 사람은, 결코 그로 인해서 완전히 절망하지는 않겠습니다.

하늘의 궁륭처럼 또아리처럼 씨앗처럼, 우리가 나오고 우리가 다시 돌아갈 텅 빈 동그라미여, 삶이여, 시인이여, 오죽하면 시를 쓰겠는가. 아픈 세월을 그 아픈 몸뚱아리로. 아프니 시를, 아니 시시한 시라도 쓰는 것이다. 통증을 들여다보고 주물럭거리다 생과 사물과 사람살이의 미세한 기미까지 알아차리고 그와 함께 놀게 된다면, 시는 선물이자 은총이자 나와 타자를 동시에 치유하는 둥그런 눈물방울이 아니겠는가.

이섬
\
아줌마들의 시인공화국을
꿈꾸다
/
『향기나는 소리』에 부쳐
\

이 시집을 처음 읽었을 때, 그런저런 중년 아줌마의 안락하고 행복한 투정이나 감상적인 넋두리 아닌가 싶었습니다. 애 키우고 살림하며 매일 상처 받고 고민하고 허세도 부려보는 고만고만한 일상의 이야기들에, 가끔 여행 가고 취미로 음악 들으며, 일상 대신 눈에 보이는 대상을 통해 조금씩 바뀌가며 시심을 돋아보는 호사 취미 정도로 느꼈다는 게 맞을 겝니다. 2천만 원 고료 국민문학상 당선작이라는 선입견도 작용했으려니와, 표제 뒤에 실린 시인의 컬러사진에서 느껴진 편견 때문이었는지도 모릅니다.

그리고 이십 년 후, 그때 시인의 나이를 훌쩍 넘어가는 사이, 저는 이 평범한 세상살이 속에서 느끼는 날카로운 통증과 나날의 지루함을 이겨내는 깨어 있음을 동반한 진실들이 보이는 것 같습니다. 공감되는 대목도 많고, 우리 아줌마들이, 혹은 삶의 대부분이 이 시들이 보여주는 것처럼 자신과 생활을 반추하고 깊이 들여다볼 수 있다면 참 좋겠단 마음도 듭니다. 주관적 잣대를 뛰어넘는 순간 시는, 시를 낳는 삶은 얼마나 위대한 것인가. 삶의 진실을 맛과 걸쭉한 냄새와 소리와 솜털 보송보송한 촉감으로 느끼는, 이 자연스런 감각에 기초한 사유야말로 이 땅에 차고 넘쳐도 될 고귀한 덕목이 아니겠나 싶습니다.

살림과 감각의 확장으로서 여성시의 가능성

> 우묵한 오지뚝배기에 노랗게 삭은
> 토종 된장을 풀고 군데군데 잿빛 나는
> 멸치도 약간 애호박에 양파 두부 갈색
> 표고버섯 풋고추 붉은 고추 숭숭 썰어 넣고
> 보글보글 끓어오르다 노랑빛 주황빛 붉은빛 자줏빛
> 온통 끓어 넘치는
>
> 단풍
> ──「미시령」(『향기나는 소리』) 전문

누가 단풍을 푸성귀와 된장찌개나 청국장찌개로 묘사했던가. 세상의 반은 여자고 반은 남자지만, 시인 중 여성 시인은 열 명 중 하나인 세상에서, 어느 남성 시인이 목련의 개화를 "우유빛 융단 배냇저고리 속 지금 막 깨어난 눈"으로 보았는가. 제 선호도와 상관없이 이섬의 시들은 세상과 아주 좁은 통로를 통해 미세하게 다가오는 느낌을, 감각 중에서도 아주 섬세한 '냄새'와 '맛'을 통해 표현되기 시작합니다. 감각 중에서도 후각과 미각은 아주 본능적일 뿐만 아니라 각자의 생리와 밀착되어 있죠. 또한 본능적인 것에 비례하여 동물적으로 육체에 깊이 스며들며, 또한 그러기 때문에 쉬이 그 냄새와 맛에 길들여지고 쉬이 무뎌지기도 하죠. 그러한 속성을 가진 감각들을 매 사물에서 다른 냄새와 맛을 느끼며 살아간다는 것은, 그만큼 자신의 삶과 관계 맺는 것들에 밀착되어 있으며, 매 사물과 의사소통을 할 수 있는 '깨어 있는' 감성과 통찰력을 지니고 있다고 볼 수 있지 않을까요.

우유빛 융단 배냇저고리 속 지금 막 깨어난 눈
솜털 보송보송한 속살 감춘 채 밖을
엿보다 자꾸만 나오고 싶어 옹알이도 하다가
보채기도 하다가 까꿍하고 얼러주면
금세 배시시 잎 열고 문 열어 대 이을 손 하나 얻었는지
까르륵거리며 활짝 웃다가 고개 돌리고
새초롬해지며 눈물 뚝뚝 떨구는
목련
___「봄에게」 전문

누가 보아도 이 시는 솜털 보송보송한 속살의 아기 모습입니다. 만약 '목련'이라는 두 음절만 없다면 이 시는 화들짝 깨어나게 하거나 입가에 미소 짓게 하지는 못하겠죠. 보이는 너(세계)는 목련인데 나(주체)는

피어나는 꽃이네요. 이 시인은 목련을 아기이자, 봄으로 경험합니다. 바깥 사물은 하난데 우리는 모두 다르게 경험하죠. 그 다른 경험 때문에 이렇다 혹은 저렇다고 다투거나 설득하거나 강요도 하고요. 하지만 시가 우리에게 주는 보너스가 있다면, 내가 경험하는 세상을 남과 똑같이 볼 의무에서 면제해준다는 점입니다. 존재 차원에서 보더라도 그것은 진실입니다. 우리는 아무도 남과 똑같이 대상 세계를 경험할 수 없으며, 끝내 타자는 타자의 경험으로만 남으니까요.

시를 보다 말고, 슈마허(E. F. Schumacher)의 『당혹한 이들을 위한 안내서』라는 책을 찾아서 다시 읽습니다. 저는 책을 보다 곧잘 다른 책을 찾아 같이 읽곤 해요. 일종의 겹쳐 읽기죠. 겹쳐 읽으면 그 전에 이해가 안 됐던 부분이 훨씬 쉬워지고, 두 번째 텍스트에 의해 처음 보던 책이 깊고 풍요해집니다. 책 두 권이 서로 교감하며 대화하고 깊어져가는 걸 느끼죠. 이 두 번째 텍스트는 실천하는 지식인, 슈마허라는 경제학자가 말년에 청년들에게 강의한 글이 묶여진 책입니다. 그는 '실재'가 두 부분으로 나뉜다고 말합니다. 즉, 내가 있고, 너를 포함한 다른 모든 것, 즉 세계가 있으며, 내적 경험과 외적 모습으로부터 네 가지 결합이 나옵니다. 이것을 간단히 분류하면 다음과 같습니다.

1. 나-안 : 나 자신의 세계에서 무슨 일이 일어나고 있는가?
2. 세계(너)-안 : 다른 존재들의 세계에서 무슨 일이 일어나고 있는가?
3. 나-바깥 : 다른 존재들의 눈에 내가 어떻게 보이는가?
4. 세계(너)-바깥 : 나는 나를 둘러싼 세계에서 무엇을 보는가?

여기서 우리 모두가 실제 경험하고 알 수 있는 것은 1과 4뿐입니다. 우리는 타자가 무엇을 어떻게 경험하고 느끼는지(2)와, 내가 어떻게 보이고 경험되는지(3)는 끝내 알 수도 느낄 수도 없죠. 얼마나 오랫동안 나는, 우리는 '너'를 알고 있다고 확신하고 주장했던가 생각하면 부끄럽습니다. 타자가 느끼는 세상과 감각을 그대로 느낄 수 없다는 것, 근사치에만 이를 뿐, 끝내 네 흉중에 도달할 수 없다는 인식은 충격을 주었습니다. "나는 너를 절대로 제대로 알 수 없다"거나 "나는 모른다"는 자각이야말로 저를 깨어나게 했습니다. 그 모른다는 인식은 호기심과 탐구 정신을 주고, 더 나아가 만상에 엎드리게 하는 무지의 빛이었는지도 모릅니다. 사람과 사물과 세계에 대해 저는 이 겸손하고도 엄정한 분류법에 따라보기로 합니다. 일차적으로 이 시집에 한번 적용해보기로 하죠.

나 자신의 세계에서 무슨 일이 일어나고 있는가

"내 안에서 무슨 일이 일어나고 있는가? 무엇이 내게 기쁨을 주고, 무엇이 고통을 주는가? 무엇이 나를 강하게 하고, 무엇이 약하게 하는가? 어떤 때 내가 삶을 통제하고, 어떤 때 주변 상황과 삶이 나를 지배하는가?"

시 안에 나타난 '나의 세계'는 두 개의 색깔이 중첩된 컬러로 보입니다. 아니, 그렇게 경험하는 것 같습니다. 허무한가 하면 가득 차 있고, 가득 차 있는가 하면 그들이 나를 쑤시고 할퀴고 감당할 수 없게 하는,

이 이율배반적이고 이원적인 감정 결들은 어디에서 비롯된 것일까요.

> 아무래도 난
>
> 희망이 있음
>
> 소나무 말뚝에 팍 꼬꾸라져 주저앉을
>
> 절망도 있음
>
> 가슴 불두덩이 쓰리고 뜨거워질
>
> 눈물도 있음
>
> 망사 커튼 사이 엇비치는 겨울 햇살을 닮은
>
> 설레임 그것도 약간은 있음
>
> ___「4분의 4박자」 전문

　서시 「4분의 4박자」에서 보이듯 '나 자신의 세계' 안에는 희망과 절망, 그리고 눈물과 설레임이라는 상반되는 정서 및 감정, 양 축이 팽팽하게 줄다리기하고 있네요. 그러나 실은 "소나무 말뚝에 팍 꼬꾸라져 주저앉을 절망"과 "가슴 불두덩이 쓰리고 뜨거워질 눈물"이 주식이요, "망사 커튼 사이 엇비치는 겨울 햇살을 닮은/ 설레임"은 간식에 불과한 듯 보이기도 합니다. 이것은 제 느낌이자 생각입니다. 하지만 시인은 약간 있는 설레임 속에서 '아무래도 희망이 있다'고 역설적이고 반어적으로 말하는 듯합니다.

> 내 속은 텅 비어 있다
>
> (속 빈 여자인가 나는?)

비어 있는 속을 채워야 한다

(······)

창원군 오창면 큰집 별채 우사에서

반질반질 윤기나는 샛노란 털을 갖고서

유난히 큰 눈을 꿈벅거리며 사료건 볏짚이건

고구마줄기건 닥치는 대로 우적우적 씹어대는

두 살박이 황소 나도 그만큼 속이 비었나 보다

___「초록은 동색」 부분

이 시에서 '나'는, 속 빈 여자처럼 시금치나물이건 콩나물국이건 비인 속을 채우고 또 채우지만, 뒤엉킨 건지 뒤집힌 건지 속이 쓰립니다. 황소처럼 속이 비었는지 마구 먹어치우는 '나'의 공복감은 단지 육체적인 현상이기만 할까요. '감당할 수 없이' 마음을 건드리고 지나가는 통증의 또 다른 이름 아닐까요. 육체적으로는 허기나 공복감으로, 정신적으로는 허무감이나 절망감에 가까운 감정들을 불쑥 던지게 하는 정서적 요동은, 어쩌면 지속적으로 그를 억압하고 무가치하게 만드는 무언가에서 유래한 게 아닐까요. 공복감은 시집마저 찬물에 말아서 꼭꼭 씹어 먹게 만듭니다. 시에서 쫀득쫀득한 인절미 맛을 느끼고, 살캉살캉한 해파리냉채 맛을 느끼는가 하면, 푹 고아 뽀얗게 떠오르는 담백한 곰국 맛을 느끼는 거죠.(「피서」)

특히 시의 화자가 좋아하는 것은 주부들이 애용하는 물밥, 가족 없이 혼자 먹는 밥상입니다. 그런데 좋아서 먹는 게 아닌 것 같습니다. 그저 머리가 어지러워서, 뜨거운 가슴을 식히려 훌훌 넘기시던 어머니의 세월처럼, 씻어내지 못하고 앙금처럼 안고 살던 북녘 부모 형제, 고향 생각들, 그런 아픈 기억들을 씻어주는 영양분에 가깝습니다. 먹는 게 즐거움일 수 없을 때, 그때는 아픈 때이거나 생각이 딴 데 있을 때죠. 아픈 곳이 육체건 마음이건 물밥을 먹을 수 있다는 것은 최소한 남에게 자신을 의탁할 정도의 아픔은 아니되, 내 몸이 살기 위해 요구하는 것과 그것을 향유하는 것이 일치되지 못할 정도의 허허로운 상태겠죠. 그 허허로운 상태를 방치하지 않기 위해 일용하는 양식이 물밥이지만, 그 밥은 내 육신의 현기증으로부터 나를 구해줄 뿐만 아니라, 내 정신을 깨어나게 해줍니다. 시인은 소리조차 먹습니다. "소리의 무릎을 꺾고 팔을 꺾어" 그의 "살과 뼈를 먹"네요. "물을 빨아먹듯 소리를 사랑하는 그 무엇이 들어 있어" 그 "사랑하는 것은 모두 먹어버리는" 마음속에 비밀스런 칩이 고성능 흡입기처럼 빨아들이는 것 같습니다. 그것이 나를 감추는 길이라며 내숭을 떨 줄도 압니다. (「나를 감추며」)

물밥도 시집도 소리도 먹어치우는데 왜 배고프게 느껴질까요. 포만감 대신 왜 뱃속에 슬픔이 가득 차는 것처럼 여겨질까요. 밥하고 빨래하고 청소하고 애 키우는 등 잡다한 일상 노동을 자본주의사회에선 쳐주지 않습니다. 실체가 없는 그림자 노동에 불과한 살림하는 여자들의 삶과 시간에 대해, 고마워하지 않을 뿐만 아니라 대가도 지불하지 않죠. 어쩌면 그러한 일상적인 과정이 '나' '내 것'이라는 자의식을 불어넣는 데 열중인 사회 분위기 속에서 소외감을 증폭시키는지도 모르겠습니다. 그 박탈감과 고독이 자기관찰을 심화하고 세계를 새롭게 바라보게 했는지도. 먹어치우는 행위가 동물적인 비유라면, 올라서고자 하는 의지는 식물적 상상력으로 빚어집니다. 주체로 우뚝 서기보다 무언가를 타고 올라가는 의존적인 모습으로 드러나지만, 그들은 묘기와 생의 유희를 펼치며 내 생각의 받침대를 감아올립니다. (「나는 항상 오르려 한다」)

다른 존재들(너)의 내적 세계에서 무슨 일이 일어나고 있는가?

이 질문은 "나는 네가 어떻게 느끼고 있다고 보는가?"와 통합니다. 이 질문에 대한 답은 주관적이자 표피적일 수밖에 없죠. 나는 너의 내적 세계에 끝내 도달할 수 없기 때문입니다. 내 경험과 사고와 감정과 정신이라는 필터를 통해 다가오는 너의 세계를, 다 안다고 생각하는 순간 오해와 오류가 발생하죠. 하지만 우리는 세계 내에서, 혹은 내 자신의 세계 안에서 끊임없이 추리하고 상상하고 진단하며, 그 타자의 세계에 이르러 애씁니다. 타자를 타자의 자리에 그대로 놔둔 채, 내가 그 속으로 들어가는 길이 간혹 있긴 합니다. 대상에의 몰입과 공감과 판단중지의 순간이겠지요.

애간장 맛 보셨어요
비장과 간장 사이에서 나오는 아리고 쓰린 맛
눈물에다 왕소금 두 말을 섞어 달여논 맛
적삼 속 치맛말 그 안 가슴속을 갈퀴손으로 찢고 훑어논 맛

설 수 없어 앉고 앉을 수 없어 엎드려지는

진달래가 뚝뚝 떨어질 때 가버린
생후 삼 일 만의 어린 것을 안고 있는
음성댁의 절규
너와 나 하늘과 바람 그 속에서 흔적도 없이
쏙 빼내버리고 싶은
___「애간장이 타듯」 전문

위 시는 이 시인의 독특한 특징이라고 할 수 있는 맛과 냄새의 흔적으로 사물과 사람을 바라보는 특성이 두드러지기도 합니다.

시인은 생후 삼 일 만에 진달래처럼 뚝뚝 떨어져버린 어린 것을 안고 절규하는 음성댁에게서, '애간장이 타듯' 가슴속을 갈퀴손으로 찢고 흩어놓은 맛으로서 '간장맛'을 떠올립니다. 너의 슬픔을 헤아릴 수도 함께 느낄 수도 없지만, 자식을 잃은 음성댁(너 혹은 세계)의 속이 "물에다 왕소금 두 말을 섞어 달여논 맛"일 거라 상상할 수는 있죠. 세상 어느 곳에서도 흔적 없이 쏙 빼내버리고 싶은 "아리고 쓰린 맛"을 감촉합니다. 그 맛으로 타자의 세계가 감촉되는 순간, 자식을 낳고 기르고 그 생때같은 자식을 잃어본 어미가 아니라면 들어갈 수 없는 공감으로 이끌려갑니다. 타자의 슬픔이 나의 경험과 결합되어 빚어진 이 시는 여성시가 표현할 수 있는 극대치 가능성을 보여줍니다.

약간 돋워진 둥근 판에 아름답게 장식한 당좌(撞座)가
맞는 자리다 맞으면 좋은 부들부들 몸을 떨게 된다
둔탁한 파열음을 제거하기 위해 소리통을 만들어 세웠다

소리통을 거친 소리가 종 내부에서 소용돌이치면서 안에 머문다

　　머물렀던 소리가 방향음통에 떨어져 메아리를 이끌며 멀리멀리 퍼져

나간다

　　순음(脣音)이 되어 소리의 여운이 생긴다

　　소리의 맛이 난다

　　소리에도 맛이 있구나

　　참나무 질화로에서 뭉근하게 끓어오르는

　　된장뚝배기처럼 감칠맛 나게 귀에 착착 감기는 소리

　　상원사 종루(鐘樓)에서 나뭇공이로 두들겨 삭아져서

　　길게길게 여운이 지는 아릿하고 뭉클한 소리

　　소리에도 상추 쑥갓 아욱 등 철철이 나는 푸성귀처럼

　　쓴맛 단맛이 묻어 있구나

　　메주콩 삶는 솥에 푹 쪄낸 고구마처럼 뭉근한 맛

　　달콤한 맛이 있구나

　　귓가를 스치는

　　빗소리 바람소리 웃음소리 그들에게도

　　색깔이 있고 향기가 있구나

　　＿＿「향기나는 소리」 전문

　　이번엔 후각과 미각과 결합한 소리입니다. 시인은 푸성귀처럼 쓴맛
단맛으로 소리를 느끼는가 하면, 메주콩 삶는 솥에 푹 쪄낸 고구마처럼

뭉근하고 달콤한 맛을 느끼는 독특한 미감을 지녔네요. 된장뚝배기처럼 착착 귀에 감기는, 맛이 나는 소리를 내기 위해 소리는 얼마나 먼 길을 지나왔는가. 저의 내부에서 소용돌이치는 순간을 지나고, 소리통에 머무르는 시간과, 방향음통에 떨어진 시간들을 지나서야, 메아리를 이끌고 멀리멀리 퍼져나가 소리의 여운을 내는구나. 범종만이 아니라, 세상의 모든 사물들과 빗소리와 바람소리와 웃음소리에도, 그들 나름의 시간의 늪을 지나 각자의 맛깔나는 색깔이 생기고 향기가 생기는구나 싶습니다.

「의미와 배경」에서도 보이듯, 시인은 시간이 실어가는 무상함 속에서도 간이며 쓸개 다 빼주고도 찰랑대며 흘러가는 강물을 보며 "멈추어 있는 것은 이 세상에 아무 것도 없"다 합니다. "다리도 아프고 숨이 차 더 걸을 수 없는", 그래서 그 자리에 주저앉아 눈을 감고 싶은 고갯길의 삶에게 말을 건네고 있죠. 그때 전환이 일어납니다. 그저 '배경'이라 느껴지던 무심한 강물이 배경 이상의 의미를 갖게 되는 거죠. 지나쳐가는 도정에서 만나는 수많은 사물들이 배경이자 의미가 되는 거죠.

마음이야 갈 데까지 갔지
진흙 구덩이에 시궁창에 다 빠져 보았으니
(······)
도려내다가 파내다가 펑, 구멍을 내기도 했어
이제 내 뿌리는 성한 데가 없어
숭숭 구멍이 뚫려서
때도 없이 바람이 드나들 뿐이야

들숨과 날숨으로 폐활량을 조절하는 중이야
_「어찌 바닥에 떨어지는 것이 너뿐이랴」 부분

이 시의 화자는 살아가기의 허무함으로부터 벗어나지는 못하지만, 늘상 갇혀 지내지는 않습니다. 희망과 절망의 양 끝을 팽팽하게 맞잡고 줄다리기한다고나 할까요. 마음은 "진흙 구덩이며 시궁창에 다 빠져 보았"으나 자신의 살색이 보드랍다고 자랑도 해보죠. 진흙 구덩이 속의 이물질들을 "도려내다가 파내다가 펑 구멍을 내기도" 하고, "때도 없이 바람이 드나드는 성한 데 없는 뿌리를 지녔을망정 "들숨과 날숨으로 폐활량을 조절하고 있는 중"이라고 능청도 부려봅니다. 진흙 구덩이에서도 자신 안에 갇히지 않고 자신을 철저히 타자화했을 때 가능한 육성입니다. 어찌 바닥에 떨어지는 것이 너뿐이겠느냐고, 엄살떠는 자신을 나무라면서 절망적인 상태에 도달한 자신에게 위로 올라가게 하는 줄을 쥐어줍니다. 외적인 조건에 의해 나는 나락으로 떨어지기도 하고 상승하기도 하지만, 조건이 부여하는 상승과 하강에 굴복하지 않습니다. 다만 그것을 뿌리 뚫린 가슴으로 조절하는 것뿐. 어느 쪽으로 밀려가도 절망하거나 자만하지 않도록, 고통으로 뚫린 영혼의 숨통이 그것을 가능케 하는 게 아닐까요.

저는 시집 한 권을 읽는다는 게 하나의 우주를 펼쳐 보는 것과 같다고 생각합니다. 제 우주에 비친 그림만 경험하다 갈 뿐, 끝내 알 수 없는 타자의 세계를 갈피갈피 읽어보는 일이 다른 우주 하나를 엿보는 일이 아니라면 무엇이겠나요. 시의 이해는 한 세계의 이해이겠습니다. 거기에는 주제나 다루는 대상의 가치에 높낮이가 있지 않습니다. 형체와 소리와 냄새와 맛과 촉각으로 버무려진 지상의 터전처럼, 이 모든 오감과 의식과 무의식과 초의식을 넘나드는 언어의 향연을 통해, 우리는 나와 전혀 다른 우주인 타자의 세계를 먹고 마십니다. 그리하여 인류라는 대양의 한 방울 물에 불과한 우주의 펼침 속에서, 공통적이면서도 다르고 독특하면서도 보편적인 비밀의 방을 얼핏 맛보는 거 아닐까요.

나-바깥 : 다른 존재들의 눈에 내가 어떻게 보이는가?

경부고속도로변
흙의 단맛에 입맛을 다시며
볼때기에 포동포동 살이 오른 벼포기들이
출렁출렁 흔들의자를 타면서

"나 예뻐? 나 예뻐?"
___「어떤 미소」 전문

벼포기조차 사랑받기 원한다! 보이는 내 모습을 궁금해 하고 예쁘게 보이려는 것은 거의 본능에 가깝겠습니다. 이 짧은 시에서 보여주는 것은 누구나 예쁘게 보이길 바란다는 원초적 욕망입니다. 벼포기도 그럴지는 모르지만, 인간의 의식으론 그렇다고 보는 겁니다. '나는 네(세계) 눈에 어떻게 보이는가?'라는 질문은 의식하든 안 하든, 우리의 삶과 의식과 관계를 지배하는 주요 코드입니다. 하나의 존재인 나는 보는 타자에 따라 무한대의 모습으로 나타납니다. 나는 아는데 너는 모르는 내 모습도 있을 것이며, 너는 아는데 나는 모르는 요소도 있겠죠. 그래서 내가 생각하는 나에 대한 인식과, 타자가 보는 내 모습은 당연히 불일치할 수밖에 없습니다. 그럼에도 아름답게 보이고 사랑받기 원하는 것은 모든 생명에게 거의 본성에 가까운지도 모릅니다.

> 나를 굼뜨다고 몰아붙이지 마라
> 아무 생각 없이 큰 눈 끔벅거리며 씹어대기만
> 하는 줄 알겠지만
> 산 밑을 감아도는 푸른빛의 공기 그 살갗에
> 묻어 있는 젖은 기포들 그들의 아우성이
> 이 땅을 파릇하게 닦아내기도 하겠거니
> 누군가 내 귀밑에 달아준 생년월일과 일련번호가
> 움쩍 못 하게 나를 묶어두는 것이겠거니
> 이 생각 저 생각으로
> 눈꺼풀도 감아보다가 눈물도 찍어내다가
> ___「그래도 말해야 하는 이유」 부분

소의 입장에서 자신을 바라보며, 사람들의 시선과 처우에 항변하는 형식의 이 시는 세계(타인과 너)는 나를 어떻게 보고 있다고 느끼는가에 대해 심사숙고하게 합니다. 소의 입장에 섰지만, 이것은 자신을 세계가 어떻게 보고 있다고 느끼는지를 보여주죠. 다른 존재들의 눈에 내가 어떻게 보이는가? 자신에 대한 앎은, 나 자신의 내적 세계에 대한 앎과 함께, 다른 존재들이 알고 있는 나 자신에 대한 앎으로 이루어져 있습니다. 후자가 결여된 전자는 망상에 가까워지지만, 전자가 결여된 후자는 자유를 박탈당한 눈치와 루키즘(lookism)의 거울에 갇혀 허우적댈 가능성이 큽니다. "다른 존재들의 눈에 내가 어떻게 보이는가?"라는 지식의 제3영역은 어떠한 희망적인 연상도 섞이지 않은 완전히 분리된 객관적 관찰을 요구하지만, 그것을 뛰어넘어 주관화하는 지점에 시가 존재하는 것 같습니다.

이 시의 제목이 '그래도 말해야 하는 이유'라는 데에 주목해봅시다. 언어의 발생 이유와 효능에 대해 말한 유발 하라리(Yuval Harari)라는 이스라엘의 젊은 역사학도는 『사피엔스』라는 책에서 "인간의 언어가 진화한 것은 소문을 이야기하고 수다를 떨기 위해서"라더군요. 수다를 통해 "무리 내의 누가 누구를 미워하는지, 누가 누구와 잠자리를 같이하는지, 누가 정직하고 누가 속이는지를 아는 것이" 우리의 생존과 번식에 핵심적 역할을 한다는 겁니다. 특히 뒷담화와 소문은 대단히 영향력을 가진 언어인데 악의적인 능력을 가진 뒷담화는 "많은 숫자가 모여 협동을 하는 데 반드시 필요"한 요소라는 거죠. 결국 이 지점에서 허구를 만들어내는 능력도 탄생할 겁니다. 그것을 믿어버리는 데서 전설과 신화, 그리고 신과 종교와 이데올로기가 탄생하지요.

나는 뭐 속도 없이 항상 즐겁기만 한 줄 아세요
신나게 활개를 치고 씽씽 돌아치다가도
머지않아 쓸모가 없다고 쳐다보기도 싫고
내팽개쳐질 것을 생각하면 목이 메이고

이대로 팍 꺾이어 죽어버렸으면 좋겠다는

생각이 들 때도 있어요

세상살이가 소백산 그루터기의 산버찌 같더라니까요

달면 삼키고 쓰면 뱉어내고

너 아니면 못 살아 너는 내 거야 수선을 떨다가도

하루아침에 싹 외면해버리는

다용도실 구석이나 다락 한 켠에서 먼지와 땀으로

범벅이 된 채 숨죽이고 있어야 할 날들

연 나흘 빗속에서 능소화가 꽃봉오리를 터뜨렸어요
____「변주곡」 전문

　"쓸모가 없"어 "내팽개쳐질" 존재로 여겨지기에, "팍 꺾이어 죽어버렸
으면 좋겠"다고 생각하게 되는 화자에겐, 타자의 대접이 그대로 자기인
식에 절대적 영향력을 줍니다. 그러나 변주와 불연속은 늘 일어납니다.
외면받고 "다용도실 구석"에서 "숨죽이고 있어야 할 날들"의 연속 안에
서 분절이 일어나고 꽃이 피죠. 여기서 세계가 나를 어떻게 바라보고 대
하는지 절대적 상관관계에 있습니다. 여성은 태어날 때부터 환대받지
못하고, 아들보다 덜 중요한 딸이라서 대체로 투자도 덜하고, 더욱이
신체적으로나 사회적으로도 약자입니다. 남이 어떻게 보는가에 따라 내
운명과 삶이 달라지기 때문에, 타인의 시선에 민감할 수밖에 없습니다.
내가 어떻게 보이고 대접받는가에 따라 자의식이나 감정이 요동칠 가능
성이 남성보다 크다는 것은 주체보다 의존성에 가깝습니다. 이 문제는

내가 나를 둘러싼 세계에서 무엇을 보는가와도 깊은 상관이 있습니다. 하지만, 이 모든 불모성과 푸대접 속에서도, 자기 자신을 생성하며 긍정하고 변주하며, 자기를 새롭게 만들어갑니다. 이 모든 세계(너)의 눈, 무용지물의 잣대를 벗어나 "범벅이 된 채 숨죽이고 있어야 할 날들" 속에서 꽃을 피우는 눈물겨운 고투는 주체로서 홀로서기입니다. 홀로서기의 수단이자 매개 중 하나가 자기 발견과 응시와 창조로서의 언어일 수 있겠습니다.

세계(너)-바깥 : 나는 나를 둘러싼 세계에서 무엇을 보는가?

우리 대부분은 달이니 흙이니 뿌리니 하는 자연스런 존재들과 단절된 채 살아가고 있습니다. "텅 빈 운동장이나 골목의 구석구석을 곁눈질하며 훔쳐보"는 빛바랜 '서울의 달'같이 "공기와 물 한 방울 없는 곳에서 메말라가는" 세상에서. (『서울의 달』) 시인에게 세계(너)는 나와 분리되지 않습니다. "노크도 기척도 없이 투명 인간으로 쑥 들어와선/ 몸 안 뼈든 살이든 닥치는 대로 건드려보고" "조금만 만만해 보이면 자리 펴서 앉으려 드는" '너'는 내 속으로 들어온 세계입니다. 그것은 나를 감당할 수 없게 합니다. 내 몸 어딘가 숨어서 신음 소리를 내는가 하면, 나에게 눈을 흘기기도 하는(『감당할 수 없는 것들』) 세계(너)에 에워싸여 있습니다.

파도는 손에 손에 움직이는 칼날을 품고 있었다

준비 땡 신호를 보내면 행여 뒤질세라 정신없이

달려와선 그 거대한 돌판에다 뼈를 새기고

살을 붙인다 가파른 벼랑에서

좁은 통로에서 깨금발을 하며 곡예를 하듯 조각을

하고 있다 눈을 만들고 몸통을 다듬어 잘생긴

파도 하나 만들고 싶어서

채석강 바위 틈마다 살아있는 물살들

따라오라고 손짓도 하다가 먹살도 잡다가

울컥 치밀어 오르면

시퍼런 날도 세워보다가 금 하나씩 긋고

___「움직일 때마다 금 하나씩 긋고」 부분

　세계(파도)는 손에 "움직이는 칼날"을 품고, "행여 뒤질세라 정신없이
달"립니다. "좁은 통로에서 깨금발을 하며 곡예를 하듯" 움직입니다.
"잘생긴 파도 하나 만들고 싶어서"입니다. "먹살도 잡고" "울컥 치밀어
오르"기도 합니다. 여기서 파도는 바깥 세계이되, 나의 안에 들여놓은
의미의 세계이자, 나를 반영하는 세계입니다. 세계는 배경이고 나는 거
기에 의미를 부여하는 주체입니다. 나를 알고 의미화하기 위한 여정은
계속됩니다. "풀 한 포기 밭 한 뙈기 없는 주제"라는 전제에서 마음의 소
를 찾아다닙니다. 어쩌면 밖에서 찾는 게 아니라, 스스로 마음의 소를
끌고 다닌다는 게 정확할 듯싶습니다. 그러나 내 마음의 소에겐 비빌 언
덕이 없습니다. (「마음의 소를 끌고」)

강원도 명주군 물치리에 가면

집채만 한 파도가 살고 있다

평소에는 말수도 없고 점잖고 잔정도 많은데

다혈질이어서 심술이라도 날라치면 무섭게 뭍에다

머리를 치받는데 모래펄에 매어 있는 통통배나 저인망

어선은 초전 박살을 내놓고 해안 근간에 있는 적산가옥의 얼굴이나 머

리 등을 닥치는 대로 할퀴어놓는다

고약하고 무서운 성품이야 말할 수 없겠지만

그래도 그곳에서는 터줏대감이며 지방 유지인지라

해가 바뀌면 바뀐다고 달이 밝으면 밝다고 먼저 고하고

치성을 드리는데 받을 건 다 받아먹고 챙길 것 다 챙기면서도 여전히

못버리는 심술

두 얼굴의 뺑덕어미

그래도 오늘은 날 보더니 참으로 인자하고 유순한 얼굴을 하고 가까이

오라고 손짓을 하고 있다

___「그물을 쳐도 잡을 수 없어」 전문

"평소에는 말수도 없고 점잖고 잔정도 많은데/ 다혈질이어서 심술이
라도 날라치면 무섭게 뭍에다/ 머리를 치받"습니다. 소와 파도만이 아
니라, 나를 대하는 사람과 나도 두 얼굴을 가졌습니다. 가랑이가 찢어
집니다. "그물을 쳐도 잡을 수 없"는 파도와 고삐 없는 소는, 외부 세계
가 아니라 자신 속 세계였겠습니다. 이 집채만 한 파도는 자신 속에 살
고 있는 변덕스러운 마음의 파도, 즉 '내가 보는 세계'가 바로 '나'였겠

습니다. 1번 질문(나는 나를 어떻게 보는가)과 4번 질문(나는 세계를 어떻게 보는가)이 화답하고 이어지면서 뫼비우스의 띠처럼 하나였습니다.

거듭남의 미학

아궁이가에 앉아 눕지도 않게 넘치지도 않게
밤새 저으면서 엿을 달여본 적이 있다
맹물처럼 뿌옇던 엿기름물
처음엔 제 몸만 사리고 거들떠보지도 않더니
한참 젓다 보면 서로서로 손을 잡고 어깨동무를 하고
얼굴을 비비고 뒤엉켜가는 것이 참으로
신기했다 부딪치고 감싸고 어깨 겨누는 우리네
살아가는 모습이랄까
그러면서도 젓다가 조금만 한눈을 팔면 바닥에
늘어붙거나 훌쩍 넘쳐버리는 것이 꼭 물가에
내놓은 세 살박이 어린애 같아
밤새도록 나는 젓고 저들은 뒤엉켜 허리 꺾기
삼단 지치기 샅바 싸움도 하며 희희낙락도 하며
뒤엉켜 가더니
새벽녘 잘 고아진 조청 한 자배기 그 속에서
어른어른 엇비치는 게 있었다
___「엿을 고아본 적이 있다」 전문

조금만 한눈을 팔면 바닥에 눌어붙거나 훌쩍 넘쳐버리는 엿물처럼, 사람살이 또한 마찬가지입니다. 밤새도록 젓다 보면 저희끼리 희희낙락 "샅바 싸움도 하며" 뒤엉켜 가다 "새벽녘 잘 고아진 조청"처럼, 인생에서도 그러한 인고의 늪을 지난 때라야, "어른어른 엇비치는 게 있"습니다. "눌지도 않게 넘치지도 않게 밤새" 고아 새벽녘이면 맛있는 엿이 되듯이, 시인 자신도 가을이 되어 단맛이 난답니다. 가슴에서 내장까지 단맛 나는 생수가 출렁거릴 때가 있으니, 그때 자신을 먹어치우라고 말합니다. 마음속이 썰렁하거나 생각이 막혀 있는 자들에게, 여름의 햇빛과 가을의 바람을 먹고 단단히 여물고 익은 과육이라든가 배추 무우 따위를 먹듯, 알칼리성 자양분이 들어 있는 자신의 육질을 뼈도 줄기도 남기지 말고 다 먹으라 말합니다. 인생의 가을이 되어서야 자신의 속살을 먹으라는 것은, 설레임과 뜨거움이 작열하던 시절을 다 보내고야 자신의 속살이라 이름할 만한 생육질이 되었다는 자각이자 열매의 자부심이겠습니다. (「가을엔 제맛이 나요」)

　그 자각은 세계 속에 감춰진 아름다움을 발견하는 일입니다. 아름다움을 발견하기 위해서는 내가 먼저 그 눈이 되지 않으면 안 됩니다. 석양에 걸려 있는 무지개에게서 손과 발과 머리카락이 움직이는가. 어떤 숨어 있는 물방울이 그렇게 아름답게 거듭났는가. 꺾이고 부러지고 굴절된 물방울의 아픔에 자신의 내면 속 보이지 않는 물방울이 화답합니다. 그 물방울은 너무나 여린 손놀림을 할 뿐이어서, 무지개로 거듭나지 못하고 있음을 깨닫죠. 그것은 현재의 나를 넘어서는 또 다른 나의 갈망이어서, 길 찾기는 계속됩니다. 비록 자기 안의 침을 찾아 나서는 극히 개인적이고 내면적인 자아의 회복일지라도. (「아름다움에 대하여」)

'거듭나기'는 나와 내가 바라보는 세계가 달라지는 변곡점이겠습니다. 달라지려면 세계 속에서 나를 보고 내 속에서 세계와 교호하면서 양자를 성찰해야겠습니다. 썩어지지도 않을 만큼, 물이 흐르고 흐르는 그의 긴 여행은 아픔과 부대낌과 상처투성이었습니다. 그 물(세계)의 속을 보지 못한 채, 겉모습 따라 앉기도 하고 뒤척이기도 하며, 삶의 길을 보았다고 착각하곤 했다는 반성이 출현하기도 합니다. 물속에 비치는 하늘과 나무, 바람(세계)이 바로 물(나)였다는, 그래서 "내 몸속에 있는 물줄기들 다 끌어 모아/ 햇빛에 말리기도 합니다.(『슈가성』) 물의 윤회를 통해, 텅 빈 것을 향해 나아가는 모든 형상 있는 것들의 운명과, 지금 형상 없는 것들의 과거와 이것들이 공존하는 모습을 통해 내가 어디로 가야 할지 알게 되었습니다.

맨 처음엔 얼룩빼기가 아니었어요
살구나무나 신풍나무 가지 껍질을 벗겨
무늬를 내어 물구유에 세워놓자
희한하게도 새끼 밴 녀석들이 얼룩나무를
바라보고 물을 마시는 대로
얼룩빼기 새끼를 낳더래요
눈과 눈끼리 마음과 마음끼리 서로가 서로를
바라보면 잘 뻗은 길이 생기나 봐요
같이 생겨서 마음대로 통하고 왕래할 수 있게 되거든요
나를 얽어매고 가두는 것까지 바라보기로 했어요
그래서 내 안에다 지하 광구처럼 많은 길을 내놓겠어요

아무 때나 저들의 마음과 마음이 왕래할 수 있게 말이에요
저들의 속마음이 내게로 기울어질 수만 있다면
___「거듭남의 미학」 전문

　"나를 얽어매고 가두는 것까지 바라보"고, "내 안에다 지하 광구처럼
많은 길을 내놓겠"다는 시인. "서로가 서로를/ 바라보면 잘 뻗은 길이
생"겨, "마음대로 통하고 왕래할 수 있"다는 시인, 단절과 허무가 시인
의 귀착지인 것처럼 보였지만 실은 안팎의 통합과 재생과 부활이었습니
다. 끝없이 오르려 한 이유나, 가랑이를 양쪽에서 잡아당기는 마음결의
갈등도, 실은 "속마음이 내게로 기울어"졌으면 하는 욕망에서 비롯된 일
이었겠네요. 깨달았다고 해서 일직선으로 가는 건 아니겠지만, 이제 그
길만은 분명해졌으니, 그냥 가다보면 대나무가 마디를 맺고 꽃을 피우
듯 그렇게 거듭나겠습니다.

부 ⋯⋯⋯⋯⋯ 3

정희성
\
죽은 시인의 사회에서
모두 시인 되기
/

시는 어디에서 오는가

너도밤나무가 있는가 하면 나도밤나무도 있다

그런가 하면 바람꽃은 종류가 많아서 너도바람꽃 나도바람꽃 변산바람꽃 남방바람꽃 태백바람꽃 만주바람꽃 바이칼바람꽃뿐만 아니라 매화바람꽃 국화바람꽃 들바람꽃 숲바람꽃 회리바람꽃 가래바람꽃 쌍둥이바람꽃 외대바람꽃 세바람꽃 꿩의바람꽃 홀아비바람꽃 등 종류도 많은데 이들은 하나같이 꽃이 아름답다

어떤 이는 세상에 시인이 나무보담도 흔하다며 너도 시를 쓰느냐고 묻는다 그러나 시인이 많은 게 무슨 죄인가 전 국민이 시인이면 어떻단 말인가 그들은 밥을 굶으면서도 아름다움을 찾아 나선 사람들이다 우리나라가 아름다운 것은 시인이 정치꾼보다 많기 때문 아닌가

___「우리나라가 아름다운 것은」(『그리운 나무』) 전문

이런 게 시라면 나도 시를 쓰겠다, 자신감을 갖게 하는 시입니다. 20종 가까이 되는 바람꽃을 열거했는데 시가 됐으니까요. 시가 무릇 이래야 한다고 생각합니다. 쉽고 이해가 잘되는 시, 웃음도 나오고 편견도 깨는 시, 두루 만물과 사물은 평등하다는 마음이 생기는 시, 사람으로 사는 게 버겁고 힘들어도 아, 그래도 세상 참 아름답고 살만 하구나, 공감하게 하는 시, 이런 시가 좋은 시가 아닐 수 있을까요. 전 이 시를 읽으면서 모든 사람이 시인일 수 있는 세상을 꿈꿉니다. 펜과 종이, 그리고 시를 받아 적을 마음만 있으면 되니 얼마나 좋습니까. 누구 말대로 시와 도서관과 미싱과 자전거야말로 가장 생태적인 이기(利器)일 수도 있겠습니다.

어쩌면 이미 모두 시인일 수 있는데, 시는 이래야 한다 저래야 한다는 불필요한 기준 혹은 규정들이 시를 소수의 전유물로 만든 게 아닌가요. 시 짓기가 필수였던 과거제도도 오래전 없어진 마당에 등단이 무슨 필요가 있을까요. 조선 후기에 서민들이 말하듯 노래하던 사설시조가 있었지 않습니까. 저잣거리와 장터에서 사람들이 주고받던 사랑과 애환과 삶이 왜 시로부터 분리되었을까요. 그 숱한 '무명씨들'이 왜 독자와 시인으로 나뉘어야 합니까. 조만간 우리 삶의 중심에 자리 잡게 될 AI(인공지능)가 유일하게 못하는 게 시 쓰는 거랍니다. 그러니 시인이란 직함은 경쟁자가 없습니다. 그러니 미래 유망 직종이라 해도 무리가 없겠습니다. "밥을 굶으면서도 아름다움을 찾아 나"설 수 있다면 말이죠. 돈과 물질이 주인이 되어버린 지 오랜 이 시대에, 시인들만 가난한 것도 아니지 않습니까? 그렇다면 시인이란 뭐 하는 사람일까요? 정희성 시인에 의하면 그리워하는 사람입니다. 다르게 말하면 평생 짝사랑하는 자입니다.

> 그대에게 가닿고 싶네
> 그리움 없이는 시도 없느니
> 시인아, 더는 말고 한평생
> 그리움에게나 가 살아라
> ___「시인」(『그리운 나무』) 전문

　"그대, 알알이 고운 시 이삭 물고 와/ 잠결에 떨구고 가는 새벽/ 푸드
덕/ 새 소리에 놀란 나뭇잎/ 이슬을 털고/ 빛무리에 싸여 눈뜬/ 내 이마
서늘하다"(「시가 오는 새벽」, 『詩를 찾아서』)는 이 시는 어떻게 시가 시인에게
찾아오는지 보여줍니다. 시인은 일부러 시를 짓지 않습니다. '그대'가
'알알이' '물고' 와 떨구고 가니까요. 이 짧은 시에 등장하는 캐릭터가 제
법 많습니다. 그대가 있고 새와 나뭇잎과 이슬이 있고 빛무리와 내가 있
습니다. 이 모든 존재가 연속으로 작용하고 인연을 맺으면서 최종적으
로 내 이마에다 부리고 가니 혼자 시를 썼다 말할 수 있을까요.
　언젠가 정희성 시인이 양복 윗도리 속주머니에선가 시를 꺼내 보여준
적이 있습니다. 발표하지 않은 시 한두 편 주머니에 들어 있으면 배부
르고 부자가 된 듯하다 했습니다. 시를 담은 호주머니에서 심장박동
소리를 들으며 꿈틀꿈틀 움직이는 시가 갓 세상에 나오려는 아기처럼
느껴졌습니다. "발표 안 된 시 두 편만/ 가슴에 품고 있어도 나는 부자
다/ 부자로 살고 싶어서/ 발표도 안한다"(「차라리 시를 가슴에 묻는다」, 『詩
를 찾아서』)는 시가 시인에게 대체 뭘까요. 시가 뭐길래 이 바쁘고 정신없

는 세상에 가슴속에 품고 그리워하고 사랑한단 말입니까. 그게 밥이 됩니까. 권력이 됩니까. 돈이 됩니까. 혹시 묻는다면 다음 시를 읽어드리겠습니다.

> 전깃줄 위에 새들이 앉아 있다
> 어린아이가 그걸 보고서
> 금세 눈물이 그렁그렁해지더니만
> "내려와아, 위험해애"
> ___「교감」(『그리운 나무』) 전문

새들이 전깃줄에서 떨어져 죽었다는 소식을 들은 적 없지만, 이 아이에게는 새들이 떨어져 다칠까봐 그렁그렁 눈물이 맺힐 정도로 염려하면서 새에게 말을 겁니다. 그 아이를 보기 전에 없던 마음이 새로 생겨났습니다. 보고 나니 시인에게도 그렇게 보입니다. 시를 낳는 마음이 뭐냐 묻는다면 위 시처럼 '교감'이 아니겠는지요. 짠, 하고 교감하는 순간 우리는 깨어납니다. 깨어나는 순간 나라는 작은 감방을 벗어나 진정으로 타자와 접속됩니다. 서로 돌고 돌며 합체를 기다리는 쌍둥이별처럼 우주의 춤사위가 됩니다. 그 춤의 이름은 행복과 평화이자 영원한 운동입니다. 돈 좀 없어도, 뭐 좀 곤란하고 어디에 치이고 아파도, 이 순간은 빛 속에 동거합니다. 그래서 사랑입니다. 이러한 시적 순간과 시가 그래서 시인에게 끝나지 않는 그리움이겠습니다.

시를 왜 읽고 쓰는가

우리는 시를 왜 읽을까요. 인류의 일원이기에. 바닷속 물방울 중 하나이기에. 인류라는 심해 속에는 엄청난 생명과 시와 미와 낭만과 사랑이 들어 있기에. 그리고 사랑은 삶의 목적이고, 모든 개개인은 하나의 시이자, 생성되어가는 사랑과 열정의 진행형이기에. 생각하는 법을 배우는 게 시이고, 말과 언어는 세상을 바꿔놓을 수 있기 때문에. 이 견해는 영화 〈죽은 시인의 사회〉에서 키팅 선생님이 수업 시간에 '시의 이해'를 공부하던 중 학생들에게 한 말입니다.

아버지는 내가 법관이 되기를 원하셨고
가난으로 평생을 찌드신 어머니는
아들이 돈을 잘 벌기를 바라셨다
그러나 어쩌다 시에 눈이 뜨고
애들에게 국어를 가르치는 선생이 되어
나는 부모의 뜻과는 먼 길을 걸어왔다
나이 사십에도 궁티를 못 벗은 나를
살 붙이고 살아온 당신마저 비웃지만
서러운 것은 가난만이 아니다
우리들의 시대는 없는 사람이 없는 대로
맘 편하게 살도록 가만두지 않는다
세상 사는 일에 길들지 않은
나에게는 그것이 그렇게도 노엽다

내 사람아, 울지 말고 고개 들어 하늘을 보아라

평생에 죄나 짓지 않고 살면 좋으련만

그렇게 살기가 죽기보다 어렵구나

어쩌랴, 바람이 딴 데서 불어와도

마음 단단히 먹고

한치도 얼굴을 돌리지 말아야지

＿「길」(『한 그리움이 다른 그리움에게』) 전문

　시인은 "어쩌다 시에 눈이 뜨고/ 애들에게 국어를 가르치는 선생이 되어" "부모의 뜻과는 먼 길을 걸어왔"습니다. 그러나 이 시대는 "없는 사람이 없는 대로/ 맘 편하게 살도록 가만두지 않"습니다. 그것이 시인에겐 가장 노엽고 서럽습니다. "내 사람아, 울지 말고 고개 들어 하늘을 보아라" 말하는 것은 타인에 대한 위로요, "바람이 딴 데서 불어와도/ 마음 단단히 먹고/ 한치도 얼굴을 돌리지 말아야지"는 내 자신의 다짐입니다.

　〈죽은 시인의 사회〉에 나오는 명문 고등학교에서는 법관이나 의사 혹은 금융전문가 등이 장래 희망으로 대접받더군요. 우리랑 다르지 않습니다. 학교와 세계는 직업의 수단이 되는 쓸모 있는 것을 중시하지만, 무용(無用)한 시는 그 자체로 목적입니다. 시조차 '시의 이해'라는 이름으로 낱낱이 분석하는 점수 따기의 수단이 되어버린 교육 구조 속에서 학생들은 '캡틴'이라 불리는 스승을 통해 언어와 말의 맛을 알게 되죠. 키팅 선생의 시에 대한 사랑과 열정은 인간 자체를 긍정하는 철학과 맞닿아 있습니다. 각자 자신만의 시를 써가는 '존재로서의 시학'입니다. 한 사람 한 사람이 걸어 다니고 웃고 놀며 공부하고 싸우고 사랑하며 완성해가는 시의 몇 구절입니다. 웃음도 눈물도 공 차며 지르는 고함도 저마다 고유하고 다른, 각자의 시 나무에 맺힌 이파리이자 꽃이자 그 위에 맺힌 이슬방울이니까요.

> 강원도 평창군 미탄면 청옥산 기슭
> 덜렁 집 한채 짓고 살러 들어간 제자를 찾아갔다
> 거기서 만들고 거기서 키웠다는
> 다섯살 배기 딸 민지
> 민지가 아침 일찍 눈 비비고 일어나
> 저보다 큰 물뿌리개를 나한테 들리고
> 질경이 나싱개 토끼풀 억새……
> 이런 풀들에게 물을 주며
> 잘 잤니, 인사를 하는 것이었다
> 그게 뭔데 거기다 물을 주니?
> 꽃이야. 하고 민지가 대답했다
> 그건 잡초야, 라고 말하려던 내 입이 다물어졌다
> 내 말은 때가 묻어
> 천지와 귀신을 감동시키지 못하는데
> 꽃이야, 하는 그 애의 말 한마디가
> 풀잎의 풋풋한 잠을 흔들어 깨우는 것이었다
> ___「민지의 꽃」(『詩를 찾아서』) 전문

시인은 다섯 살배기 민지에게 언어를 다시 배웁니다. 시인에겐 "잡초"

로 보이는, "꽃"에게 물을 주며 말을 거는 어린아이에게요. 내가 안다고 확신한 무언가가 깨지는 순간 우리는 놀라거나 침묵에 초대됩니다. 내 입을 다물게 한 것은 그 아이의 말이 "천지와 귀신을 감동시"켰다 느껴졌기 때문입니다. 고정관념과 영역 구별 이전에 존재하는 생명 그 자체로서의 세계에 초대되지 못하는 것은, "때가 묻"은 오감과 생각과 감정과 말 때문이겠죠. 이름 명(名) 이전에 존재하는 날것 그대로의 생명을 받아들이고 바라볼 수 있게 하는 건, 그러니까 존재를 조각내는 분별 이전으로 귀환하는 일이자, '지금 네 앞의 현재를 살라'는 당부였겠습니다.

"나는 자유롭게 살기 위해 숲속에 왔다. 삶의 정수를 빨아들이기 위해 사려 깊게 살고 싶다. 삶이 아닌 것을 모두 떨쳐버리고 삶이 다했을 때 삶에 대해 후회하지 말라." 이 글은 〈죽은 시인의 사회〉에서 학생들이 동굴에서 읽는 선언문입니다. 하버드대를 나왔으나 도시의 전문직 자리를 거부하고 자연인으로 살다 간 헨리 데이빗 소로우(Henry David Thoreau)의 시라네요. 학생들은 〈죽은 시인의 사회〉라는 클럽을 만들어 동굴 속에서 맘에 드는 시를 낭송하고 자작시도 읽습니다. 한 명이 시를 읽으면 따라 하다 차츰 악기를 두드리며 리듬을 맞추기도 합니다. "그때 난 어둠 속에 나타난 콩고를 보았네. 황금의 통로가 숲속을 가로지르네." 별 내용도 아닌데 점점 따라 하는 숫자가 늘어나더니, 서로 호흡을 맞춰 합창하다 춤추며 동굴을 나와 학교로 돌아갑니다.

시는 닫힌 것을 열어젖히게 하는 하나의 문인지 모릅니다. 세상에는 열고 닫을 수 있는 수없는 문이 있지만, 노래와 시와 사랑처럼 마음을 움직이고 통하게 하고 삶의 환희로 고양시키고 합심시키는 문은 드물죠. 시는 학생들에게 어둠 속에서 황금의 통로를 보이게 하여 결국 그 어둠을 떨쳐 일어서게 합니다. 이러할 때 시는 신명(神明)의 문이었겠습니다.

시를 찾아가는 여정

말이 곧 절이라는 뜻일까

말씀으로 절을 짓는다는 뜻일까

지금까지 시를 써오면서 시가 무엇인지

시로써 무엇을 이룰지

깊이 생각해볼 틈도 없이

헤매어 여기까지 왔다

경기도 양주군 회암사엔

절 없이 절터만 남아 있고

강원도 어성전 명주사에는

절은 있어도 시는 보이지 않았다

한여름 뜨락에 발돋움한 상사화

꽃대궁만 있고 잎은 보이지 않았다

한줄기에 나서도

잎이 꽃을 만나지 못하고

꽃이 잎을 만나지 못한다는 상사화

아마도 시는 닿을 수 없는 그리움인 게라고

보고 싶어도 볼 수 없는 마음인 게라고

끝없이 저잣거리 걷고 있을 우바이

그 고운 사람을 생각했다
___「詩를 찾아서」(『詩를 찾아서』) 전문

과학과 달리, 예술은 일차적으로 감성과 감각의 일치에서 벌어지는 일대 사건인 것 같습니다. 모든 시가 윤리적이진 않고 그럴 의무도 없지만, 어떤 시는 어떤 도덕보다 강력할 수 있습니다. 그것은 일종의 명상처럼, 화두처럼 집중된 일점에서 발생하기 때문입니다. 그것이 시적 순간이겠죠. 그 순간이 시의 순산을 보장하지는 않지만, 시적인 것이야말로 저 아래 꿈틀거리는 무의식에서부터 솟아나 생각과 에고(ego)의 벽을 넘어 초의식에까지 관통하는 순간의 빛을 선사합니다. 또한 나에 국한되었던 좁은 의식은 빅뱅처럼 터져 우주 밖으로 한없이 퍼져나가는 원심력 속으로 빨려 들어갑니다.

그런데 언어는 그 흩어지는 순간을 다시 모으는 구심력으로 이루어지는 것 같습니다. 그것은 일종의 몽상 상태와 비슷할 겁니다. 이미 흩어져 별개로 존재하는 전혀 다른 장소와 시간들에 존재하던 파편 및 조각들이 지금 여기에서 원래 하나였던 듯이 모아지니까요. 그것이 모아지는 극대치의 구심력은 겨자씨 한 알만치 응축된 핵이겠습니다. 빅뱅과 하나의 씨앗, 그러니 이 넓은 우주에 흩어져 있는 조각들이 '하나'로 만나는 합일의 순간들이 의도와 기획으로 이뤄질 수 있을까요.

시인은 "말이 곧 절이라는 뜻일까" "말씀으로 절을 짓는다는 뜻일까" 질문합니다. 시를 찾아 헤매는 그에게 "절은 있어도 시는 보이지 않"습니다. 그런데 엉뚱하게도 시 대신 꽃과 잎이 평생 만나지 못하는 상사화를 발견합니다. 상사화처럼 시를 찾는 일은 "닿을 수 없는 그리움인 게라고/ 보고 싶어도 볼 수 없는 마음"인지 모른다 생각합니다. 그러므로 시를 찾는 일은 끝내 만나지 못할지라도, 현재 있는 잎 속에서 꽃을 그리워하고, 꽃 속에 아직 없는 잎을 기다리는 건지도 모릅니다. 그러므로 시는 텅 빈 절을 품은 채 저잣거리를 한없이 걷는 우바이, "보고 싶어도 볼 수 없는" 그 고운 사람을 생각하는 일인지요.

세상의 모든 이룸이, 내가 기림과 아낌을 받고 대접받고자 하는 것이라면, 시는 참 묘하기도 합니다. 상대가 몰라도, 주지 않아도, 내가 생각하고 그리워하는 만큼 시의 알알로 되돌아오니까요. 그렇다면 시란 아낌없이 사랑하는 일에서 비롯되는 건지도 모르겠습니다. 시업(詩業)은 결국 시업(施業)이겠습니다. 사랑이 곧 말이 되고 말이 곧 사랑이 되는 시는 가장 능동적인 사랑의 상태이자 은총으로 주어지는지도 모르겠습니다. 내가 사랑하는 것만이 누구도 빼앗을 수 없는 내 것이므로.

황금과 쇠와 못과 총의 시대에 시란

30대 젊은 시인은 "종합청사 너머로 해가 기울면/ 조선총독부 그늘에 잠긴/ 옛 궁성의 우울한 담 밑에는/ 워키토키로 주고받는 몇 마디 암호와/ 군가와 호루라기와 발자국소리"(「어두운 지하도 입구에 서서」, 『저문 강에 삽을 씻고』)를 듣습니다. 시인은 "마주치는 모든 눈동자 속에서/ 공포에 질린 피의자를 만난다/ 신경을 감춘 건물과/ 담 밑에서 만난 사람들이 웬일로/ 말없이 눈시울을 붉히고/ 등 뒤에서 번득이는 보안등/ 불빛이 이룬 가장 깊은 그늘을"(「길을 걸으며」, 『저문 강에 삽을 씻고』) 걷습니다.

정희성 시인은 1945년 해방되던 해에 태어났죠. 아마 아무것도 모른 채 한국전쟁을 겪었으며, 사춘기 시절 4·19를 겪었겠죠. "사월에, 내 친구는 사살당했다"는 기억과 죽은 지 십여 년이 되었는데 "국민학교 시절 / 그가 책 읽던 소리"가 난다에서 짐작해볼 수 있듯, 그가 암유하는 현실은 시인이 시만 쓰면서 살아갈 수 없는 세상이었겠지요. "아름다운 말도 가락도 다 잊어"버린 채 얼굴이 없는 시대와 급기야 시인의 말이 죽어가는 시대 한가운데를 통과해 왔습니다. 쇠와 석탄과 망치의 시대였겠습니다. 그런 현실 속에서 첫 시집 『답청(踏靑)』처럼 전통적인 서정시의 세계를 지켜나가기는 어려웠겠지요.

죽음이 넘쳐났던 시대를 시인은 "뼈가 배반한 살, 살이 배반한 뼈"라 표현하고 있습니다. 불편한 잠, 꿈에조차 "압핀이 꽂혀 있"(「불망기」, 『답청(踏靑)』)는 위압적이고 폭력이 난무했던 원체험이 시인의 현실이자 우리 역사였겠습니다. 어린 시인을 죽이는 동시에 시인이 죽어버린 사회입니다. 한 시대가 가슴에 꽂혀버렸다는 것, 비극적인 역사가 어린 영혼을 가로질러 통과했다는 것, 그럼에도 그 고통스런 체험을 잊지 못하고, 기억하겠다는 것, 화인 찍힌 채 죽음의 조국을 부르는 행위, 그것은 밀실과 광장이 이어지고 창자와 거죽이 이어지는 인간 선언입니다. 타자의 고통을 잊지 않고 그 슬픔을 자신의 육체와 영혼에 고스란히 간직하는 것 말고, 인간이 인간다울 수 있는 이유가 뭐가 더 있을지 잘 모르겠습니다.

〈죽은 시인의 사회〉에서 자유롭고 민감하고 이상을 추구하면서도 친구와 책과 문학과 연극을 사랑하는 어린 시인 '닐'은 결국 자살하고 맙니다. 일종의 사회적 타살이죠. 쓸모 있는 직업을 위해 가장 하고 싶은 것을 포기하게 만드는 것은 닐에게 이미 삶이 아니니까요. 그 과정에서 끝까지 저항하는 학생은 심문받고 쫓겨나고, 인생 선장인 키팅 선생마저 누명을 쓰고 해직됩니다. 그때 기적이 일어납니다. 집단에서 가장 적응 못하고 어눌하고 소심하고 여린 학생이 책상 위에 섭니다. 학생들이 하나둘 따라 일어납니다. 고압적인 교장이 아무리 제지해도 아이들은 계속 일어납니다. 책상 위에 올라선다는 것은 '세상을 다르게 보기 위해서'입니다. 언어와 함께 발의된 행동은 시인의 싹을 자르고 살아 있는 감성과 양심을 죽이는 세상에 대한 저항입니다.

영화에서는 학생들의 최초의 저항을 지켜보며 키팅 선생님이 떠나는 모습이 마지막 장면이었지만, 정희성의 '죽은 시인의 사회'에서의 저항은 이어집니다. 그것은 쇠와 망치와 총 등 금속의 세상에서 사회적 약자와 억압받는 민중에게로 이동입니다. 책상 위에 서자, 이 대지에서 유배당하고 삭제당한 사람들이 보입니다. "갔다 오마 하고 언제나처럼/ 한 마디 무뚝뚝한 말을 남긴 채/ 그이는 가서 돌아오지 않고/ 몇 푼 안 되는 보상금이 되어/ 탄광에서 죽어 온 남편의/ 피 묻은 작업복"(「석탄」, 『저문 강에 삽을 씻고』) 같은 사람들 말입니다.

광부는 대지 속에 깊게 감춰진 불의 흔적을 캐는 자죠. 프로메테우스가 가져다주었다는 불은 지식이자 자연을 개조하는 노동의 세계이자, 대지의 불이 파헤쳐지고 파헤치는 자도 죽임을 당합니다. "죽음에 삶의 가장 깊은 곳에/ 석탄은 묻어 있다"에서 보듯, 석탄에 묻은 피의 색은 죽음의 표식입니다. 석탄과 못과 바위와 쇠와 망치 등의 완강한 고체의 세계를 녹일 수 있는 것은 더 이상 물이 아니었던 거죠. 얼음을 녹이기 위해서 불이 필요하듯, 쇠를 다듬기 위해선 불이 필요한 세계, 하나가 하나에 부딪치며 불꽃이 튀기는 세계니까요.

쇠를 친다

이 망치로 못을 치고 바위를 치고

밤새도록 불에 달군 쇠를 친다

실한 팔뚝 하나로 땀투성이 온몸으로

이 세상 아리고 쓰린 담금질 받으며

우그러진 쇠를 치던 용철이

망치 하나 손에 들면 신이 나서

문고리 돌쩌귀 연탄집게 칼 낫

온갖 잡것 다 만들던 요술쟁이

고향서 올라온 봉제공장 분이년을

생각하면 오금이 저리다던 용철이

떡을 치고 싶으면 용두질치며

어서 돈벌어 결혼하겠다던 용철이

밀린 월급 달라고 주인 멱살 잡고

울분 터뜨려 제 손 찍던 용철이

펄펄 끓는 쇳물에 팔을 먹힌 용철이

송두리째 먹히고 떠나버린 용철이

용철이 생각을 하며 쇠를 친다

___「쇠를 치면서」(『저문 강에 삽을 씻고』) 부분

혼자 대장간에 남은 나는 "추운 만주벌에서 죽었다는 아버지를 생각
하며/ 밤새도록 불에 달군 쇠를" 칩니다. "떡을 칠 놈의 세상, 골백번 생
각해도/ 이 망치로 이 팔뚝으로 내려칠 것은/ 쇠가 아니라" 빌어먹을 놈

의 세상이라며 밤새 쇠를 칩니다. 수평적인 연대와 연민은 슬픔을 넘어 노여움으로 바뀝니다. "어디 일자리가 없느냐고/ 찾아온 김씨를 붙들고/ 바둑을 두"다 혼자 "돌을 던"지기도 합니다. "산다는 것이 이처럼/ 나를 노엽게" 하므로. "괜시리 괜시리 노여워"(「김씨」)지는 이 딱딱한 고체의 시대에, 모든 시가 다 저항시가 될 수는 없지만, 적어도 자유를 향한 저항이 빠진 시도 시일 수 있겠는지 묻게 됩니다.

우리는 왜 물처럼 살 수 없었는가

음양오행에 의하면 금생수(金生水)입니다. 금이 땅속에서 물을 낳는다는 뜻이겠죠. 믿어지지 않지만, 그 딱딱한 쇳덩어리나 바위가 물을 생(生)합니다. 평론가 하재영이 일찍이 말했듯, 정희성 시에 가장 빈번히 등장하는 원소는 물입니다만, 액체성의 상상력과 표현은 의식적 세계를 주장하기 위한 도구로서만 작동하지 않습니다. 물이라는 존재 앞에서 시인의 감각과 감성이 일치하는 혼융의 경험을 보여주죠.

"내가 이 비에 젖고서/ 또 무엇에 젖으려는가/ 천지엔 어둠도 많더라 물이여/ 씻고 씻어서 무엇을 남기려느냐/ 죽음은 죽음으로 흐르게 두고/ 물만이 물로서 흐르는구나"(「제망령가(祭亡靈歌)」, 『저문 강에 삽을 씻고』) 하고 시인이 부르는 진혼가는 넋과 혼이 스며듦으로서의 물이자 재생을 바라는 간절한 희구입니다. 비에 젖은 후에도 천지가 어둠뿐일 때, 죽음은 죽음 밖으로 나오지 않습니다. 딱딱해진 죽음을 물렁물렁한 삶으로 바꾸는 것, 삶과 좀체 만나지 않는 평행선인 죽음을 흘려보내는 것은 물입니다.

흐르는 것이 물뿐이랴

우리가 저와 같아서

강변에 나가 삽을 씻으며

거기 슬픔도 퍼다 버린다

일이 끝나 저물어

스스로 깊어가는 강을 보며

쭈그려 앉아 담배나 피우고

나는 돌아갈 뿐이다

삽자루에 맡긴 한 생애가

이렇게 저물고, 저물어서

샛강바닥 썩은 물에

달이 뜨는구나

우리가 저와 같아서

흐르는 물에 삽을 씻고

먹을 것 없는 사람들의 마을로

다시 어두워 돌아가야 한다

___「저문 강에 삽을 씻고」(『저문 강에 삽을 씻고』) 전문

이 시를 처음 읽었을 때 전 스물한 살, 연애를 하고 미래를 설계할 나
이였습니다. 그러나 그 시절은 제게 잿빛이자 어둔 터널의 시간이었죠.
터널 양옆에 개나리 진달래가 환하게 피어 있어 더더욱 현실이 실감나지
않는 돌의 시간대에, 묘지 옆에 누워 이 시를 읽다 누워 "강변에 나가 삽
을 씻으며" "거기 슬픔도 퍼다 버린다"를 패러디하고 놀았어요. 하늘에

구름만큼이나 퍼다 버릴 형상은 차고 넘쳤지요. '거기 답답함도 퍼다 버린다' '거기 아픔도… 증오도 퍼다 버린다'…. 하지만 전 그 시절 이 시를 잘못 읽었습니다. 제가 알고 있는 것만 봤고, 제가 보고 싶은 것만 봤습니다. 모든 해석은 재해석이자 왜곡이자 변형입니다. 전 그때 딱딱하고 강팍한 고체였고, 고체를 태우려는 불의 광휘가 너무 앞섰죠. 자연과 역사와 사람이 하나의 풍경에 녹아 흐르며 고통과 슬픔 속에서도 한 몸으로 출렁거리는 어울림을 저는 이해하지 못했습니다. "죽음 속에서 죽음을 넘어서 살게 하는 물"을 발견하지 못했듯이. 시인에게 물은, 하나의 꿈이자 윤리적 가치였습니다. 후에 보니 가스똥 바슐라르(Gaston Bachelard)라는 사람이 물질적 상상력에 관한 시론 『물과 꿈』에서 이렇게 말하더군요.

"감성적인 것과 감각적인 것의 일치는 하나의 윤리적 가치를 지탱시키기에 이른다. 많은 길을 통해서, 물의 명상과 경험은 우리를 하나의 이상에로 이끌어간다. 우리는 원초적인 여러 물질들에 의한 수업을 낮게 평가해서는 안 된다. (……) 우리가 꿈꿀 때, 참으로 몽상 속에 빠져들 때, 우리는 어떤 원소의 식물적이며 소생적인 생명에 맺어 있는 것이다. (……) 죽음 속에서 죽음을 넘어서 사람을 살게 하는 물을 다시 발견하는 것이다."

그리움과 기다림, 어두움과 빛은 하나였다

1991년에 나온 세 번째 시집 『한 그리움이 다른 그리움에게』는 그리움과 기다림과 세상 모든 것에 대해 연민하는 마음이 주조를 이룹니다.

"그리움은 이다지도/ 시퍼렇게 멍든 풀잎으로/ 너와 나의 가슴속에 수런대는구나",(『우리들의 그리움은』) "그리움 가는 길에 발돋움하고/ 누구를 향한 마음에/ 이렇게 몸부림쳐 붉은 꽃일까"(『붉은 꽃』) 등에서 보듯, 어둠과 고통이 지배하는 현실에서 환희와 설렘으로 승화한다는 일은 '그날'과 '그곳'에 대한 '그리움'과 '기다림'으로 이어집니다.

어느 날 당신과 내가

날과 씨로 만나서

하나의 꿈을 엮을 수만 있다면

우리들의 꿈이 만나

한 폭의 비단이 된다면

나는 기다리리, 추운 길목에서

오랜 침묵과 외로움 끝에

한 슬픔이 다른 슬픔에게 손을 주고

한 그리움이 다른 그리움의

그윽한 눈을 들여다볼 때

어느 겨울인들

우리들의 사랑을 춥게 하리

외롭고 긴 기다림 끝에

어느 날 당신과 내가 만나

하나의 꿈을 엮을 수만 있다면

___「한 그리움이 다른 그리움에게」(『한 그리움이 다른 그리움에게』) 전문

"추운 길목에서" 기다리며, "오랜 침묵과 외로움"을 견디는 일이 이 시의 사랑법입니다. 그러나 "한 슬픔이 다른 슬픔에게 손을 주고" "한 그리움이 다른 그리움의/ 그윽한 눈을 들여다"보는 순간만큼은 해방입니다. 미래형을 현재로 끌어오는 그리움의 승화가 탄생하는 지점입니다. 그 어느 과거 시점도 아니고, 미래 도달한 어느 시점이나 공간도 아닌, 지금 여기에로 그리움을 태우는 일, 그것이 시를 생성하는 비밀이겠네요. "새로운 화해를/ 새로운 탄생을 준비하는 씨앗처럼/ 얼음 속에 갇혀 있는 불"의 광휘를 기다리는(「불꽃」) 일이겠습니다.

그러나 그곳에 이르는 과정이 수단이자 어둠뿐이지 않습니다. 그 길은 "그리움 가는 길 어디메쯤 /더러는 피어 있는/ 진달래도 있"(「그리움 가는 길 어디메쯤」)으니까요. 그렇다면 '이 세상'과 '저 세상 어드메 사이'에는 무엇이 있을까요. 블랙홀이자 탄생지로도 보이는 이상한 '구멍'입니다. '양각'과 '음각', '탄생'과 '죽음', '이 세상'과 '저 세상'은 '기다림'과 '그리움'이라는 보이지 않는 원환으로 연결되어 있습니다.

바닷가에 서서
수평선을 보느니
물새 몇 마리 끼룩대며 날아간
어두운 하늘 저 끝에
붉은 해가 솟는다
이상도 해라
해가 해로 보이지 않고
구멍으로 보이느니

저 세상 어드메서
새들은 찬란한 빛무리가 되어
이승으로 돌아오는 것일까
___「새 그리고 햇빛」(『한 그리움이 다른 그리움에게』) 전문

　수평선 이쪽과 저쪽 사이에 '물새'와 '해'가 있습니다. 이 세상의 한계이자, 사유의 제한선이 끝나는 수평선 저쪽은 살아서 닿을 수 없는 저승이자 망자의 세계입니다. 솟아나는 해처럼 수직으로 솟구치지 않는 한 갈 수 없는 그곳이 바로, 망자가 돌아오는 구멍처럼 시인에겐 보입니다. 구멍이 이리 밝다니. 그 구멍에서 "찬란한 빛무리가 되어/ 이승으로 돌아오"다니. "어두운 하늘 저 끝에" 있는 거대한 부활의 공간인 구멍이자 빛은 얼마나 무한하고 새로운 세계인가. 그렇다면 수평선 이쪽, 어둠 속에서 마주 잡은 우리들의 그리움 또한 얼마나 찬란할 것인가.

에로티시즘 시학으로 저항하기

오십 평생 살아오는 동안
삼십년이 넘게 군사독재 속에 지내오면서
너무나 많은 사람들을 증오하다보니
사람 꼴도 말이 아니고
이제는 내 자신도 미워져서
무엇보다 그것이 괴로워 견딜 수 없다고

신부님 앞에 가서 고백했더니
신부님이 집에 가서 주기도문 열번을 외우라고 했다

그래서 나는 어린애 같은 마음이 되어
그냥 그대로 했다
___「첫 고백」(『詩를 찾아서』) 전문

청년 시절 읽은 '억압받는 자들을 위한 교육'이라는 부제가 달린 『페다고지』(파울루 프레이리)란 책이 떠오릅니다. 민중은 독재자와 싸우면서 그들의 언어와 습성과 방식을 자기도 모르는 사이 내면화한다 했습니다. 저항해도, 굴욕을 견뎌도 이미 사람 꼴이 아니긴 마찬가집니다. 이게 아닌데, 이게 아닌데, 하면서 미움과 투쟁 속에서 놓쳐버린 사랑과 무심의 언어들을 어떻게 찾을 수 있을까요. 내 자신이 내가 적대하는 그들과 닮아가는 것이야말로 슬픔입니다. 적을 미워하는 것도 괴로운데 그런 적들이 이미 내 안에 들어와 있다니요. 더욱이 "저항은 영원히 우리들의 몫인 줄 알았는데/ 이제는 가진 자들이 저항을 하", "우리 같은 얼간이들은 저항마저 빼앗"(「세상이 달라졌다」, 『詩를 찾아서』)긴 달라진 세상에서 시인이 빼어든 마지막 무기는 무엇일까요.

첫째, 「첫 고백」「민지의 꽃」「교감」처럼 어린애 같은 마음이 되고자 하는 것입니다. 둘째, 해학과 웃음의 발견입니다. 셋째는 분리와 이별한 에로티시즘으로 흐르는 시학입니다. 아가페적 사랑도 사회적 약자에 대한 연민도 발가벗은 에로스도 용광로 하나에 다 들어갑니다.

이제 내 시에 쓰인

봄이니 겨울이니 하는 말로

시대 상황을 연상치 마라

내 이미 세월을 잊은 지 오래

세상은 망해가는데

나는 사랑을 시작했네

저 산에도 봄이 오려는지

아아, 수런대는 소리

　　──「봄소식」(『詩를 찾아서』) 전문

　"세상은 망해가는데/ 나는 사랑을 시작했네" 앞에서 눈시울이 젖습니다. 2001년에 나온 『詩를 찾아서』에 실린 많은 시들은 여전히 그가 물의 시인임을 보여줍니다. 그러나 얼음이 녹기를 기다리거나 우울하고 무거워지는 물이 아니라, 얼음 위에 불을 피워 흐르게 하려는 물이 아니라, 때로 광폭하게 넘쳐흘러 나에게 흐르는 물입니다. 그래서 죽음과 닮아 있지만, 그 죽음이 나를 흔들어 깨우는, 지금 이 순간 만물을 약동시키고 나를 달려나가게 하는 환희작약한 '몸으로서의 물'입니다.

　날 기울고 소소리바람 불어 구름 엉키며

　천둥 번개 비바람 몰아쳐 천지를 휩쓸어오는데

　앞산 키 큰 미루나무 숲이 환호작약

　미친 듯 몸 뒤채며 雲雨의 정 나누고 있다

나도 벌거벗고 벼락 맞으러 달려나가고 싶다

___「소나기」(『詩를 찾아서』) 전문

"죽음과 친숙해지려면 죽음과 방탕을 결합시키는 일보다 나은 방법이 없다"고 사드(Marquis de Sade)는 말했습니다. 정신병자 취급 받던 사드를 옹호하고 좋아했던 바타유(Georges Bataille)의, "일반적으로 철학의 오류는 생명을 멀리할 때 비롯된다"는 생각은 시에도 해당될 겁니다. 시에 실패라는 말을 붙일 수 있다면, 생명을 멀리할 때 비롯된다… 잠시 생각해봅니다. 존재와 존재 사이에 심연이 있습니다. 나는 너를 모르고 너는 나를 모릅니다. 나는 나만 체험하고 너는 너만 체험합니다. 그것은 죽음과도 같은 어둠이죠. 이 심연을 메꿔 하나의 연속체로서의 생명으로 만들어주는 것은 사랑의 순간입니다. 여기 있는 내가 죽고 저 강 건너에 있는 네가 죽습니다. 그리고 그 순간에 한 몸으로서의 새로운 세계가 태어납니다.

나와 너는 분리되어 있고 내가 너와 막혀 있는 폐쇄적 상태를 우리는 정상적인 상태라 부르죠. 그러니 "발가벗고 벼락 맞으러 달려나가고 싶다"는 것은 비정상적인 상태, 죽음 속으로 뛰어드는 겁니다. 발가벗음은 존재의 피막을 벗어던진 상태, 즉 확고하고 견고하던 개체가 절대 나일 수 없는 타자와 융합되는 뒤흔들리고 어지럽혀진 상태입니다. 이것은 가벼운 죽음과 맞먹는 극단적 파멸로서의 경험이자, 죽음까지 인정하는 삶이자, 세상의 모든 계산과 이목을 벗어던진 상태죠. 원치 않아도 죽음이야말로 그 모든 걸 벗어던진 상태일 거라 예상되는 것처럼, 그것은 수평선 너머의 세계로, 구멍처럼 눈이 먼 상태일 겁니다.

사랑아 나는 눈이 멀었다

멀어서

비로소 그대가 보인다

그러나 사랑아

나는 죄를 짓고 싶다

바람 몰래 꽃잎 만나고 오듯

참 맑은 시냇물에 봄비 설레듯

——「사랑」(『詩를 찾아서』) 전문

눈이 멀어서 "비로소 그대가 보인다"는 역설을 이해하기 위해서 우리
는 이 시 제목을 눈여겨봐야 합니다. '사랑'입니다. 그것도 "나는 죄를
짓고 싶다"에서 유추해볼 수 있듯, 무슨 인류를 위한 사랑이나 아가페
적 사랑도 아니고, 바람과 꽃잎, 봄비와 시냇물이 살짝 만나는 육체적
열정입니다. 개인적인 제한이 불가능한 충만함이 터져 나오는, 이 눈멀
고 무한한 사랑의 상태는 세상사 모든 복잡한 논리와 계산을 간단하게
넘어서버리는 의외의 단순성과 순일성과 근본으로 회귀합니다. 그래서
사랑 안에 존재하는 사람은 체제와 국가가 착취하거나 지배할 수 없습
니다. 이미 체제에서 망명해 나와 너의 민주공화국을 건설했으니까요.

시 「애월(涯月)」(『詩를 찾아서』)에서 시인은 "물 미는 소리"와 "물 써는 소
리"를 듣듯이 봅니다. 만날 수 없고 만질 수 없는 머나먼 그대지만, 바
다를 출렁이게 하는 것은 달의 그리움이자 열정입니다. 여기 이곳 인간
에겐 영겁에 가까운 거리이지만, 서로 섞여 영원히 흔들고 바다를 출렁
이게 하는 것은, 이 모든 그리움과 사랑이 벌이는 한바탕 춤이자 노래이

며, 자연의 오르가슴입니다. 이 덧없는 세상에서 시와 사랑이 어떻게 불멸과 영원성에 이르게 하는가를 일러주는 조르주 바타유의 『에로티즘』 서문 끝부분으로 대신하겠습니다.

"시는 상이한 에로티즘의 형태가 마침내 이르는 같은 곳, 즉 상이한 사물들이 뒤섞이는, 불명료한 곳으로 우리를 인도한다. 그리하여 시는 우리를 영원성에 이르게 하고, 시는 우리를 죽음에 이르게 한다. 그리고 죽음을 통하여 연속성에 도달케 한다. 시는 영원이다. 태양과 함께 바다는 떠나가고."

시인본색, 닿을 수 없는 사랑과 시의 운명

누가 듣기 좋은 말 한답시고 저런 학 같은 시인하고 살면 사는 게 다 시가 아니겠냐고 이 말 듣고 속이 불편해진 마누라가 그 자리에서 내색은 못하고 집에 돌아와 혼자 구시렁거리는데 학 좋아하네 지가 살아봤냐고 학은 무슨 학, 닭이다 닭, 닭 중에도 오골계(烏骨鷄)!

___「시인 본색」(『돌아다보면 문득』) 전문

2008년에 나온 시집 『돌아다보면 문득』에는 재미난 시가 참 많습니다. 드디어 시인의 본색을 밝혔다 할까요. 누가 종일 비통하고 분노한 채 저항만 하고 살겠습니까. 봉우리가 높으면 골도 깊듯, 어쩌면 자유를 향한 저항의 이면은 웃음이자 그리움이자 사랑이겠습니다. 저항시의 달인이자 사랑시의 대가였던 하이네(Heinrich Heine)가 그랬듯이 또 김소

월이 그랬듯이. 절멸이라 생각한 곳에서 움트는 새 생명의 기약과 웃음, 그리고 생의 긍정이야말로 시와 삶의 고명이자 양념 아니겠나요.

> 주일날 새우젓 사러 광천에 갔다가
> 미사 끝나고 신부님한테 인사를 하니
> 신부님이 먼저 알고, 예까지 젓 사러 왔냐고
> 우리 성당 자매님들 젓 좀 팔아주라고
> 우리가 기뻐 대답하기를, 그러마고
> 어느 자매님 젓이 제일 맛있냐고
> 신부님이 뒤통수를 긁으며
> 글쎄 내가 자매님들 젓을 다 먹어봤겠느냐고
> 우리가 공연히 얼굴을 붉히며
> 그도 그렇겠노라고
> ___「새우젓 사러 광천에 가서」(『돌아다보면 문득』) 전문

상대를 웃게 하는 일이야말로 억만금을 줘도 못 살 보시 아니겠나요. 천의무봉과 해학의 잔치는 「맞수」 「내가 아는 선배는」 「양말 깁는 어머니」 「태백산행」 등에도 이어집니다. 시가 나오는 정황이 생생하고 입말이 살아 있는 이 시들은 감상과 기교를 뛰어넘는 동심과 무위심을 일상 속에서 살 그려주고 있습니다. 언젠가부터 무거운 카메라를 메고 다니며 앵글을 통해 사물을 깊이 들여다보던 정희성 시인은 나무껍질이나 딱딱한 바위에 있는 주름진 문양들에 빠졌다더군요. 얼핏 보면 비슷비슷하지만 자세히 보면 전혀 다른 줄과 무늬와 다채로운 색들로 꾸불텅

314

꾸불텅 이어져 있다는군요. '있는 그대로'라는 게 가능하다면 꾸밈없이 보는 파인더의 눈이 아마도 시인의 마음일지 모르겠습니다.

> 그 별은 아무에게나 보이는 것은 아니다
> 그 별은 어둠 속에서 조용히
> 자기를 들여다볼 줄 아는 사람의 눈에나 모습을 드러낸다
> ___「희망」(『돌아다보면 문득』) 전문

피사체를 지긋이 그리고 정성스럽게 들여다보는 시인은 사실, 밖의 사물만 보지 않았겠습니다. 타자를 깊이 있게 바라보는 사람은 이미 "자기를 들여다볼 줄 아는 사람"임에 틀림없습니다. "어둠 속에서 조용히" 들여다보는 사람에게 오는 선물이 어쩌면 희망인지도. 깊이 들여다볼 때 렌즈 속 대상은 '내 모습은 당신이 보는 바로 그대로입니다' 속삭일지도 모릅니다. 양이 아니라 질의 문제가 되는 대상의 포착은 깊이 들여다보기입니다. 지금 이 순간, 내 앞 대상에게서, 그를 그이게 만들어온 과거와 동시에 미래의 희망, 즉 이 순간에 씨앗으로 등장하거나 현현한 영원성으로서의 '별'을 바라보는 것인지도. 사진이 어둠 속에서 포커스가 되는 대상을 한순간에 붙잡아두듯, 그 배경이 되는 것은 늘 어둠일 수밖에 없는 이유겠습니다. 들여다보다 들여다보다 모든 사랑이 표절임을 알면서도 사랑한다 말합니다.

> 나무는 그리워하는 나무에게로 갈 수 없어
> 애틋한 그 마음 가지로 벋어

멀리서 사모하는 나무를 가리키는 기라

사랑하는 나무에게로 갈 수 없어

나무는 저리도 속절없이 꽃이 피고

벌 나비 불러 그 맘 대신 전하는 기라

아아, 나무는 그리운 나무가 있어 바람이 불고

바람 불어 그 향기 실어 날려 보내는 기라

———「그리운 나무」(『그리운 나무』) 전문

   형상과 말을 지운다 해도 다시 언어로 집을 지을 수밖에 없는 게 시
인의 본색이겠지요. 인간이 만든 세계가 닿지 못해서 더 절실한, 그리움
을 꽃과 향기와 바람결이 말하게 하는 게 시의 길이겠습니다. "사랑해//
때늦게 싹이 튼 이 말이/ 어쩌면/ 그대로 나도 모를/ 다른 세상에선 꽃
을 피울까 몰라/ 아픈 꽃을 피울까 몰라".(「그대 귓가에 닿지 못한 한마디 말」,
『詩를 찾아서』) 주저하고 희망하고 혼잣말하면서, 모든 사랑이 표절임을
알면서도 사랑한다 말하고 마는 것이 있겠습니다. "시궁창에도 버림받
은 하늘에도/ 쓰러진 너를 일으켜서/ 나는 숨을 쉬고 싶"은 것이 한평생
시의 길을 걸어오게 한 힘인지도. 역사와 시와 사랑이 하나가 되는 순간
까지, "내가 그 이름을 부르기 전에도/ 그 이름을 부른 뒤에도/ 그 이름
을 잘못 불러도 변함없는 너를"(「너를 부르마」, 『저문 강에 삽을 씻고』) 부르며
가는 길이, 바로 사람의 길이자 사랑의 길인지도.

이정록

\

눈에 넣어도 아프지 않을
목록들이 전부 시였다

/

처음 읽은 이정록 시인 시집이 『풋사과의 주름살』이었습니다. '아니 풋사과에 주름살이라니'. 제목부터 심상치 않은데, "어물전 귀퉁이/ 못생긴 과일로 塔을 쌓는 노파"와, 낙과임에 분명한 풋사과가 하나로 겹쳐지는 절묘한 지경에 놀라고, "뱀 껍질이 풀잎을 쓰다듬듯,/ 얼마나 보듬었는지 풋사과의 얼굴이 빛난다"거나 "더 닳아서는 안 될 은이빨과/ 국수 토막 같은 잇몸" 등, 영락없이 정확하고 적절한 비유와 묘사에 놀라고, 눈썰미만은 아닌 듯 보이는 섬세한 관찰에 탄복했어요. 더불어 초등학교만 나와도 알아먹을 수 있는 일상어로만 이루어진 단어 선택에 반갑고, 못생긴 과일을 부러 고르는 착한 마음씨 하며, "주름살이란 것/ 內部로 가는 길이구나/ 鳶 살처럼, 內面을 버팅겨주는 힘줄이구나" 등등의 속뜻을 발견하는 감각적인 혜안에 감탄했죠. 내가 막 시를 쓰기 시작할 때, 습작에 도움이 되라고 권해줘서 읽었기 때문에 느낌이 남달

랐을지도 모릅니다. 20대 초반까지를 제하면 시집이라고 사서 읽은 게
아마 열 번째 손가락 안에 들었을 테고, 비교 대상도 별로 없었으니까.
어찌됐든 독자로서 읽은 『풋사과의 주름살』은 미학적이고도 기억에 오
래 남는 시집이 되었어요.

참 좋은 텍스트, 독자로서 본 이정록의 시

출근 전까지 그는 하숙방에 구겨져 있네
빚 보증에 집 날리고 늘그막에 이혼까지 당한
그의 꽁초는 이빨 자국이 깊네, 질벅질벅
침에 젖은 꽁초의 모가지마다 엄지의 힘이 비틀려 있네

그가 허리를 접고 있는 곳, 어디나 꽁초 수북한 재떨이가 되네
그의 목젖을 지나 복잡한 골짜구니를 훑고 나온 연기들,
퍼내도 퍼내도 고이는 속앓이를 한 움큼씩 끌고 나와
환풍구 날개에다 토막을 쳐버리는 연기들, 재떨이에는
홀로 불씨 살라 끝장까지 가보는 꽁초도 있네

생살 에린 골짜구니에 술잔을 건네며, 나 목이 막히네
하지만 꽁초처럼 젖지도 못하는 나, 이빨자국은커녕
재떨이로도 작을 뿐이네

이불도 펴지 않고 쉬 뭉개지는 그에게

홀로 불써 살라 끝장까지 가보는 꽁초도 있더라

나 말 잇지 못하네, 파란 숨결로

천장까지 오르더라 하고

___「장대리의 꽁초」(『풋사과의 주름살』) 전문

　궁상도 지지리 궁상을 어쩌면 이렇게 잘 표현했을까. 참 비참도 한 인생을 담배 하나를 매개로 살리는 묘사의 구체성은 물론, 양념을 어떻게 버무렸길래 이 비극적 대상 앞에서 웃음이 터져 나오게 하는지. 생활 속 구체성에서 나오는 살아 있는 비유나 묘사의 적절성이 단지 재능의 문제가 아니라 '있는 그대로 보기'에서 나오는지도 모르겠어요. 누구는 있는 그대로 '바로 보는 자'를 바보라 하지만, "홀로 불써 살라 끝장까지 가보는 꽁초도 있더라/ 나 말 잇지 못하네"에서 보듯, 쉽게 위로하거나 아는 척하지 않고, 자의식과 자기 판단을 극도로 자제하고 축소하는 겸허 때문에 가능할지도 모른다 생각했습니다. 그렇다면 시에서 보여지는 태도와 자세는 시인의 성정과 기질, 혹은 편향과 그림자까지도 어찌할 수 없이 보여주게 되는 내면의 거울 아닐까.

　내 棺으로 쓰일 나무가

　어딘가에서 크고 있다

　한 그루 한 그루

　뿌리를 지키는 일이

얼마나 아름다운 산을 이루는가

하늘의 품은 하도 넓어서
나뭇잎 간혹 새처럼 치솟는다

밑가지를 버리고 순을 틔우는 나무
껍질에 딱딱한 벌레를 감싸며 그늘을 내려놓는
나무는 내가 해야 할 모든 것을 경험한다

목숨을 걸어야 내 할 수 있는 일
나는 누구의 따뜻한 棺이 될 수 있을까

나를 집으로 삼을 벌레들아
여기 나이테만 촘촘한 괴목이 있다

내 棺으로 쓰일 나무 한 그루
어딘가에서 하늘을 보고 있다
____「나무 한 그루」(『벌레의 집은 아늑하다』) 전문

　이 시가 저는 참 좋았어요. 나무 한 그루에서 미래 내 관(棺)을 보며,
삶과 죽음이 한통속인 시공간 감각이 놀라웠고, 내 몸 밖에서 "내가 해
야 할 모든 것을 경험"하며, 몸 밖이 몸 안이 되는 정신의 눈이 좋았죠.
"나를 집으로 삼을 벌레들"과 그를 품고 있는 나무와 그것들이 이룬 산

이 모두 내 '몸 밖의 몸'이라니. 누군가에게 집이 되어주고 따뜻한 관이 된다는 것은 "목숨을 걸어야 내 할 수 있는 일", 중중무진 인연의 고리 속에서 생과 사의 차별 없이, 새와 하늘과 산과 나무와 벌레들이 서로 기대며 자유롭고 아늑하게 공존하는 그 '벌레의 눈'이 시의 눈 아닌가 생각했죠.

처음 접한 이정록의 시집 『풋사과의 주름살』에는 여자 이야기가 많이 나왔는데, 그땐 내가 축복은 언감생심, 여성에게 부과되는 난처함과 곤란함이 생득적이고 구조적으로까지 불행 속으로 처박히는 일 아닌가, 실감하던 중이었기 때문에 더 쏙쏙 들어왔겠어요. "하이힐 똑딱똑딱 보험을 파는 女子" "계단이 높아, 산동네의 출구이자 입구인 행운슈퍼에서 하루 두 번 신을 바꿔 신는 女子"(「신을 바꿔 신는 女子」)를 보고 한숨이 길어지는가 하면, 담배 밭에서 일하는 노인네 이야기가 그려진 "꽃과 순이 잘린 몸이란/ 온통 毒으로 부푸는 것이네"로 끝나는 「담배꽃을 집는 女子」에서 냉철함에 물기가 묻어나는 독특한 시안을 보았죠.

두어 평 남짓한 아리랑종묘사
푸짐한 그가 맞춤으로 앉아 있다

(쭉정이는 한 톨도 읎어유)
몸집으로 가을을 보여준다
신문지 조각에 씨앗을 접는,
저 두꺼비 손을 거쳐 열무가 되고
육쪽 마늘이 터지며 김치가 버무려진다

(속 안 썩이는 자식 있나유
그래두 그놈들 죄다 새끼 낳구
낭중엔 눈물이 뭔지도 알더래니께유)

그의 품을 지나
들판이 열리고 겨울이 풀림을
근방 비둘기며 꿩이 다 안다

(가찹게 가만 들여다보면
때깔이며 모냥이 같은 게 하나도 읎지유
그러구 흠 읎는 씨앗 읎구유
그런디 이놈들, 씨앗 틔우고
한 가지 맴으로 골똘해지면
원하는 색깔루다 기차게 남실거리지유

말 더 안 혀두, 알지유)
___「씨앗 파는 女子」(『풋사과의 주름살』) 전문

하느님은 여자 속에 두꺼비 같은 손에다, 고생이라는 씨앗과, 푸짐한
웃음과 낙관을 덤으로 심어주셨구나. 씨앗 파는 여자는 결국 씨앗을
품고 있는 여자 아닌가. 완전해서 품는 게 아니라, 흠 없는 존재는 없으
므로, 흠은 존재 그 자체이므로, 흠이 없으면 이 세상에 올 수 없으므로,

흠 속에서 골똘히 싹 틔우고 제 색깔 피워내는 것을 믿으므로, 그는 온전하게 씨를 품어 기를 수 있겠지요. 그러고 보니 제가 여성적이라 느낀 이정록의 시는, 생득적인 성만을 의미하는 게 아니라, 흠집이자 껍질이자 독이자 씨눈의 미학에 기반한 감정이입이군요.

흠집과 껍질의 시학, 여성의 눈으로 본 이정록 시

마을이 가까울수록
나무는 흠집이 많다.

내 몸이 너무 성하다.
___「서시」(『벌레의 집은 아늑하다』) 전문

한탄과 반성과 통찰이 묘하게 어우러져 있는 이 짧은 시에서 오는 울림은, 성한 내 몸이 얻어먹고 착취하고 사는 인간 문명 자체로 확대됩니다. 그의 시에서 벌레와 집이 하나고, 제비꽃과 여인숙이 하나고, 나무 껍질과 흠집이 넘나듭니다. 이 원융과 통일의 관계는 사물과 명칭과 존재 자체가 내적으로 이어져 있음을 보는, 시의 눈이자, 씨눈, 늘 열려 있었으나 우리가 미처 보지 못한 만상을 '유기체로서의 몸'으로 바라보는 눈입니다. 관찰자의 시선에 의해서 파동이 되기도 하고 입자가 되기도 하는 빛 속에서, 만상은 영토를 하나씩 차지하고 유기적인 관계를 맺으며, 자기 고유의 빛을 발합니다. 인간의 착취에 의해 흠집투성이가 된 대상화된 존재들에게, 20세기에 나온 최고 사상은 생태성과 대지성과 모성성이 통합된 페미니즘이 아닐까요. 대지이자 식물적인 씨눈의 세계는 네 번째 시집인 『제비꽃 여인숙』에서 더 폭넓게 드러나는데, 그 여성주의라는 게 남녀의 이분법과 분리주의에 근거한 단순한 권리 옹호가 아닙니다.

낮고 긴 골짜기
그 끄트머리에 장곡사가 있다
작년에는 살림살이가 늘어 종각을 짓고
은방울꽃 한 송이 매달았다
그런데 너무 서두른 나머지
기둥이며 서까래가 모두 금이 가버렸다
나무들이 바다 건너 제 떠나온 물줄기 쪽으로
돌아누울 때마다, 종소리가 불현듯
철갑(七甲)의 가슴을 때리기도 한다
하지만 우리 나라의 말씀들이
얼마나 깊고 선하신가
그 홈마다 집 한 채씩을 들이시고
생나무들의 여수(旅愁) 위에
거미들이며 작은 곤충들을 들여앉히시니
나무 관세음보살일 따름이다
맘씨 좋은 고목일수록, 제 스스로
껍질 가득 홈집을 두는구나

산마루에 올라 칠갑산 줄기들의

터진 솔기마다 깃들여 있는 마을들,

그 아름다운 꽃봉오리들을 굽어본다

그럼, 내가 기어오른 이곳이

꽃대였단 말이 아닌가

새순인 양 구석구석 봉분도 품고 있는

굵은 꽃대공이였단 말이 아닌가

___「흉집」(『제비꽃 여인숙』) 전문

우리가 오른 산이 꽃대고, 굵은 꽃대궁이었다니. 오랜 후에야 발견했
지만, 이정록은 '살림'과 '살아 있음'을 제대로 볼 줄 아는 생명주의이자,
태생적 생태주의라는 점에서 관념적으로 생명사상을 부르짖는 주의주의
와 달랐습니다. "주걱은/ 생을 마친 나무의 혀다/ 나무라면, 나도/ 주
걱으로 마무리되고 싶다"(「주걱」) 하는가 하면, "둥둥 큰북으로 갔으면
좋을 내 소가죽 가방에는 천년을 되새김질해도 막창을 건너가기 어려운
풀밭이 있다"(「소가죽가방」)고도 합니다. "밥이란 밥 다 퍼주고, 이제 구멍
이 나서 불길까지 솟구치는 솥단지가 있다"며 어물전, 싸전 골목골목
좌판을 펼치고 있는 엉덩이들을 보면서 "저 자리들을 모두 수컷들로 바
꿔놓고 싶다"(「저 수컷을 매우 쳐라」)는 지경까지 이르죠.

이미 오래전 『풋사과의 주름살』 뒤표지에서 그는 썼습니다. "산길을
벗어나 숲그늘에 앉는다./ 발끝에, 한 살도 안 된 어린 참나무/ 가을
햇살을 오물거리고 있다// 한 번도 겨울을 나지 않은 어린 것이/ 무슨
그리움 그리 사무칠까,/ 살갗에 툭툭 금이 가 있다.// 죄다 썩어주마!/

어린 참나무 밑동, 상수리 하나/ 땅바닥 가까이로 주둥이가 열려 있다. // 상수리의 입이 썩으며/ 산 하나가 부풀어오른다. // 네가 내 실마리다."고. 웃음과 해학에 눈이 멀어 보지 못했습니다. 그는 발밑에 그 작은 상수리에게서도 입을 보는 시인이고, "껍질은 오히려 나를 살리는 씨눈의 곳간"이며, "껍질을 벗긴 갈대는 마디를 꺾는다"며 껍질을 투과해 핵을 보는 눈을 지니고 있었던 겁니다. 하여, "껍질을 깎아낸 감자는 독이 오르지 않"는다는 단순한 사실에서 출발하지만, "당신이 독이 오르는 이유도 다 씨눈이 싱싱하기 때문이"라며, 세상의 부조리와 인간사의 많은 질곡을 용인할 수 있었겠지요. (『껍질의 힘』, 『버드나무 껍질에 세들고 싶다』)

하여 껍질과 씨눈과 제비꽃과 의자 등 그의 모든 시에서 노래하는 것들은 값이 별로 안 나가는 것들입니다. 누구는 그의 시집에 나온 모든 물건을 합쳐도 50만 원도 안 나갈 거라 했다는데, 사실 그렇습니다. 많이 쳐줘야 백만 원 남짓 되겠습니다. 하다못해 버드나무 껍질에까지, 세를 주어도 모자랄 판에 세 들고 싶다니, 참 시심 하나는 그지없이 가난하고 욕심이 없습니다. 작고 하찮고 아프고 소외되고 볼품없는 것들에 마음이 가고, 마음이 가서 들여다보다 보니, 그 마음이 삼라만상에 생명과 물기와 빛을 부여하게 만들었겠죠.

우리 동네에는
바다까지 이어지는 도마가 있었다.
얼음 도마는 피를 마시지 않았다.
얼어붙은 피 거품이 썰매에 으깨어졌다.

버들강아지는 자꾸 뭐라고 쓰고 싶어서
흔들흔들 핏물을 찍어 올렸다.
얼음 도마 밑에는 물고기들이 겨울을 나고 있었다.
___「얼음 도마」(『제비꽃 여인숙』) 부분

겨울에 동네 어른들이 언 냇물 위에서 돼지를 잡는 풍경을 묘사한 이
시에서, 어린 나이에 "바다까지 이어지는 도마"를 상상했던 천상 시인일
수밖에 없는 그는 어느 대상이든 단순한 객관화를 피합니다. 또한 생각
의 늪에서가 아니라, 대상들 속에 숨어 있는 이야기를 삽입함으로써 의
미와 해석을 천하의 것으로 회귀시킵니다. '나'라는 강고한 주체의 입장
으로 환원시키지 않고, 자연과 미물과 식물과 물고기들의 눈이 된 채 독
자들에게 나타납니다. 그들이 시를 읽을 수 없다 하더라도, 그러한 시
선은 이미 호모사피엔스를 넘어 천하 모든 중생의 것으로 회향하지 않
을까요.

쇠는 무슨 힘으로
제 안에 고여 있던 녹물을 몸 밖으로 밀어낼 수 있을까

어떤 기도로 나무는
제 속의 껍질을 꺼내어 비바람에 벌세울 수가 있을까

하늘은 또
얼마큼의 오체 투지로

아침저녁 멍든 피를 뽑아 제 몸에 문지를 수가 있을까
약속인 듯 붕대인 듯, 구름을 뽑아올려
그 위에 제 상처를 팽개칠 수 있을까

얼마나 굴러왔기에 땅덩어리는
펄펄 끓는 가슴속에서 사람을 꺼내어
제 자신을 짓이기도록 할까

그런데 나는 왜
한 번도 나를 뒤집을 수가 없을까
　　　『버드나무 껍질에 세들고 싶다』 뒤표지 글 부분

　　두 번째 시집 『버드나무 껍질에 세들고 싶다』의 자서 격인 뒤표지 글
에는 '생각하는 갈대로서의 인간'에 대한 성찰이 자연적이고 모성적으로
드러납니다. "내 안의 녹물/ 내 안의 껍질/ 내 안의 어혈/ 내 안의 사람"
은 버드나무 껍질과 대조되는가 하면, "나는 하늘이 아니고, 나는 나무
가 아니라서/ 나는 땅이 아니고, 나는 쇠가 아니라서"는 "나는 녹물이
라서/ 나는 껍질이라서/ 나는 썩은 피라서"와 대조됩니다. 나와 인간이
라는 존재가 자연의 부산물임을 인정하는 바로 그 지점에서 반전이 일
어납니다. 마지막 문장, "아, 나는 사람도 아니라서"라는 탄성은, 만약
우리가 진짜 사람이라면, 동시에 나무와 하늘이자 땅이고 쇠와도 통할
수 있음을 의미하겠지요.
　　그의 많은 시에서 자연과 품어 안는 모성과 견디는 여성성이 드러나

지만, 실감과 재미와 감동을 주는 이유는 자연 예찬과 관념적인 생명시들과 구분되기 때문이겠습니다. 아마도 열매보다 무거운 꽃을 보는 눈과, 삶의 이야기를 실감나게 담아내는 힘에서 오는 게 아닌가 싶습니다. 자식 낳느라 하얗게 실금이 간 어머니 아랫배를 보며, "마른 들녘을 적셔 나가는 은빛 강/ 깊고 아늑한 중심으로 도도히 흘러드는 눈부신 강"(「강」, 『제비꽃 여인숙』)을 상상하는 시인은 문태준 시인 말마따나 "시의 몸체를 오래도록 군불에 데운 온돌 위에 두고 있지만 시의 머리(정신)는 언제나 차가운 윗목에 두고 있"어서가 아닐까요. 그것이 우리가 살아내고 복원해 할 생명을 품고 자라게 하는 대지와 여성의 자리이자, 상생과 우애와 친교의 원천인지도 모르겠습니다.

공명(共鳴)과 어울림, 시인으로서 본 이정록

> 돌부처는
> 눈 한 번 감았다 뜨면 모래무덤이 된다
> 눈 깜짝할 사이도 없다
>
> 그대여
> 모든 게 순간이었다고 말하지 마라
> 달은 윙크 한 번 하는데 한 달이나 걸린다
> ___「더딘 사랑」(『의자』) 전문

『풋사과의 주름살』을 읽은 후, 10년 후에야 만난 이정록 시인은 '정말' 웃기는 사람이었습니다. 참 시인 되기 잘했다 생각하는 때가 인생에 몇 번쯤은 있는데, 시를 쓰고 읽지 않았다면 "달은 윙크 한 번 하는데 한 달이나 걸린다"는 것을 어떻게 알았겠으며, 반대로 빠르다는 것이 어떤 것인지, 세상에 이렇게 다양하고 재밌고 비극인가 하면 희극이고, 그래서 웃음과 울음이 버무려진 게 인생이라는 것을 어찌 이리 짠하게 들여다볼 수 있었겠습니까. 자의식이 운전하는 지적 판단과 호불호의 정서적 필터 없이, 순전히 맛깔난 입말과 한 인생이 살아온 서사만으로도 시가 되고 위로와 웃음이 되고, 그 웃음 끝에 매달린 눈물이 보시이자 약이 된다는 것을. 그를 만난 지 10여 년, 동서고금의 시 중, 가장 많이 기억하는 것이 이정록 시인 시입니다. 외운다는 게 아니라 그냥 서사와 이미지가 죽 떠오른다는 겁니다. 기억이 잘되는 이유는 일단 웃기는 것과 관련이 있겠습니다. 그것이 어떤 의미였는지는 웃다가 나중에 천천히 알게 되니, 선 웃음이요, 후 깨달음입니다.

신랑이라고 거드는 게 아녀 그 양반 빠른 거야 근동 사람들이 다 알았지 면내에서 오토바이도 그중 먼저 샀고 달리기를 잘해서 군수한테 송아지도 탔으니까 죽는 거까지 남보다 앞선 게 섭섭하지만 어쩔 거여 박복한 팔자 탓이지

읍내 양지다방에서 맞선 보던 날 나는 사카린도 안 넣었는데 그 뜨건 커피를 단숨에 털어 넣더라니까 그러더니 오토바이에 시동부터 걸더라고 번갯불에 도롱이 말릴 양반이었지 겨우 이름 석자 물어 본 게 단데 말

이여 그래서 저 남자가 날 퇴짜 놓는구나 생각하고 있는데 어서 타라는
거여 망설이고 있으니까 번쩍 안아서 태우더라고 뱃살이며 가슴이 출렁
출렁하데 처녓적에도 내가 좀 푸짐했거든 월산 뒷덜미로 몰고 가더니 밀
밭에다 오토바이를 팽개치더라고 자갈길에 젖가슴이 치근대니까 피가 쏠
렸던가 봐 치마가 홀러덩 뒤집혀 얼굴을 덮더라고 그 순간 이게 이녁의
운명이구나 싶었지 부끄러워서 두 눈을 꼭 감고 있었는데 정말 빠르더라
고 외마디 비명 한번에 끝장이 났다니까 꽃무늬 치마를 입은 게 다행이
었지 풀물 핏물 찍어내며 훌쩍거리고 있으니까 먼 산에다 대고 그러는 거
여 시집가려고 나온 거 아녔냐고 눈물 닦고 훔쳐보니까 불한당 같은 불
곰 한 마리가 밀 이삭만 씹고 있더라니까 내 인생을 통째로 넘어뜨린 그
어마어마한 역사가 한순간에 끝장나다니 하늘이 밀밭처럼 노랗더라니까
내 매무새가 꼭 누룩에 빠진 흰 쌀밥 같았지

　　얼마나 빨랐던지 그때까지도 오토바이 뒷바퀴가 하늘을 향해 따그르
르 돌아가고 있더라니까 죽을 때까지 그 버릇 못 고치고 갔어 덕분에 그
양반 바람 한번 안 피웠어 가정용도 안되는 걸 어디 가서 상업적으로 써
먹겠어 정말 날랜 양반이었지
　　　「참 빨랐지 그 양반」(『정말』) 전문

이 시는 설명이 필요 없습니다. 죽은 남편 이야기를 능청스레 하는 이
아낙의 구술을 따라가며, 궁금해하고 박장대소하다 보면 시가 끝나 있
고, 그 빠른 양반이 실물처럼 앞에 나타나 있습니다. 실제 만나 본 이정
록 시인도 참 빨랐습니다. 10년 전 제가 시집을 낼 때 그 출판사 편집위

원이던 그가 보낸 노란 봉투가 추석 연휴 지나자마자 도착했습니다. 뜯어보니 제 초고에 빨간 펜이 엄청나게 그어져 있었고, 어떤 것은 제목을, 어떤 연은 아예 시를 일부 써보기도 한 대목도 있었습니다. 추석 연휴에 장남이 여기저기 다니느라 바쁠 텐데, 추석 전에 받은 원고를 추석 연휴에 어떻게 그렇게 빨리 보고 세세하게 체크할 시간이 있었을까 탄복했습니다. 남의 시도 그렇게 열심히 들여다보니 자기 시는 말해 무엇하겠습니까.

그는 일단 열심히 쓰는 시인입니다. 써도 써도 다음 쓸 게 또 남았는지, "다음 매듭으로 가기 위해서 문을 닫아야 한다" 말하기도 합니다. 앞방도 재밌었는데 매듭짓고 다시 올린 다음 방도 재밌고 새롭습니다. 대나무같이 올라간다는 생각이 듭니다. 불연속의 매듭을 짓고, 죽죽 곧게 올라가는 대나무처럼 매듭 속에서 전환이 일어나는 것 같습니다. 그런데도 태작이 없습니다. 모차르트 초기작이 죽기 전 작품보다 못하다는 생각이 전혀 들지 않는 것처럼, 처음 작품이나 최근 작품이나 공들인 흔적이 역력하고 새롭습니다. 그렇게 무지막지하게 일하면서 쓰고도 바쁘단 말 안 하고 누구 탓 안 합니다. 남들처럼 밥벌이하고 선생 노릇, 아들 구실, 아버지 역할 다 합니다. 게다가 아직 평교사이면서 홍성에 있는 〈만해학교〉 교장 노릇도 열심히 합니다. 삶이 역할의 연속이라면 그는 그 역할을 하는 중 잠시 이 시간과 공간을 떠나 다른 세계로 들어가는 '구멍'으로 잠시 사라졌다 오는 게 아닐까도 싶습니다. 그것이 시의 웜홀(wormhole)이 아닐까요.

한식날, 무덤 위

쥐구멍에 꽃다발을 꽂는다
亡者가 딱히 쥐띠여서가 아니라
무덤 안으로 들어간 저 숨길에
꽃밥 한 그릇 바치는 것이다
식성대로 부침개부터 자셨나
입가를 훔친 잔디가 번들번들하다
틀니는 어디다 두고 잇몸만 내보일까
뒤따라온 망자의 아내가
쥐구멍에 술잔을 따른다
빈속이 어지간히 쓰리겠다
잔솔들이 침을 세워 손사래 친다
쥐구멍에 꽃 꽂는 놈이 어딨냐
그래도 새끼들이 술 갖고 올 줄 알고
입을 동그랗게 벌리고 있구나
목메겠다 저 꽃다발이나 뽑아드려라
무덤 안에서 뭔 소리 들려요
그랴 니 불알 많이 컸다고 그런다
살아서는 마을 이장밖에 못 하더니
죽어 벼슬혔구나 무덤이 꼭
어사화 꽂아놓은 항아리 같구나
아예 술병을 쥐구멍에 박아놓는다
간만에 술로 목욕한께 시원하것다
돌아앉아 먼 산 바라보는 눈빛이

어둠 속에다 사금파리를 끼워 넣는다

___「꽃벼슬」(『의자』) 전문

　이 시에서 모든 사물은 공명하고 어울리면서 자기 역할을 합니다. 어느 대상 하나 배제되거나 소외당하지 않습니다. 죽음이 삶을 우습게 보지 않고, 삶 또한 죽음을 멀리하지 않습니다. 공존이자 공생이자 상생입니다. 무덤 위 쥐구멍이 망자의 입이자, 삶 너머와 대화하는 채널이 됩니다. 무덤이라는 형상이나 관념이 사실 웃길 일보다는 엄숙과 근엄으로 가기 쉬운데, 이정록 시인에게 오면, 이곳과 저곳이 만나는 장소이자 산 자와 죽은 자가 웃고 즐기는 자리가 됩니다. 쥐구멍을 꽃병 삼고 술로 목욕하게 하는 그는 어떤 공간이든 아름답게 바꿀 줄 아는 시인입니다. 그래서 그와 함께하는 시간 또한 흥성하고 즐겁습니다.

　시를 떠나 인간 이정록 시인과 있으면 좋은 점은 일단 깨끗한 식탁에서 술을 마실 수 있습니다. 그가 늦게 올 땐 이미 어질러진 식탁을 싹 치우고 닦고 처음 식탁으로 만들어놓고 마십니다. 누군가가 늦게 오면 마찬가지로 노래하느라 정신이 없을 때를 제외하고는, 새로 온 손님들을 위해 먹던 식탁을 치우고 아주 새 상으로 만듭니다. 둘째로 좋은 점은 재밌습니다. 쉴 새 없이 웃음을 유발하는 이야깃거리가 너스레와 능청으로 이어져 연예인을 따로 부를 필요가 없습니다. 셋째, 유성기가 없어도 남인수와 고복수를 불러온 듯 옛 노래에 취할 수 있습니다. 넷째, 그는 누구 흉 안 보고 싸우지 않고 말에 날카로운 가시도 없습니다. 아마도 시인의 두뇌가 너무 빨라서 지난 일에 얽힌 서운함이나 미운 것들은 이미 다 잊어버렸는지 모릅니다. 아마도 난 체하지 않고 잰 체하지 않는 겸손함과 어린애 같은 마음이야말로 동시도 시 이상으로 잘 쓰는 이유가 아닐까 생각합니다.

이정록 시인은 제가 읽는 동안 더 쓰고 더 앞으로 나가 있기 때문에 마르지 않은 독서거리요, 무궁무진한 공부거리요, 아주 좋은 텍스트입니다. 그에게 "시와 삶의 거리가 18.44미터", 그 거리는 투수판에서 홈플레이트까지의 거리랍니다. 18.44미터가 "너와 나, 사랑과 이별, 탄생과 죽음의 거리"인 만큼, 그가 틔우는 시의 씨눈은 삶의 정면을 응시하듯 팽팽합니다. 언어의 유희에 과도하게 몰입하거나, 시 쓰는 사람도 못 알아먹는 난해한 시, 지나친 훈계조에 엄숙주의가 무겁게 눌러, 진행형으로 자라고 있는 미세한 씨눈을 못 보게 만드는 주의주의가 조금 과해지는 시단에서, 사람에 근거하고 생물의 펄떡거림이 생성되는 삶의 현장에서 쏘아 올린 그의 시가 참 귀하다 생각됩니다. 병풍 두께 2.5센티처럼 삶과 죽음 사이, 머리와 가슴 사이가 맞닿아 있는 그만 같으면 세상이 훨씬 더 유쾌하고 즐거울 것 같습니다.

이 글을 쓰는 지금, '이정록 시인이 보내는 청춘응원가' 『까짓것』이 도착했습니다. 까짓것, 하나 더 추가해야겠네요. 지칠 때도 됐는데, 그 많은 책들을 낼 때마다 지인들에게 보내준다는 점 또한 그의 품성과 부지런함을 증명합니다. 글 쓰느라 매진하고, 책이 되어 나오기까지 신경 쓸 일이 이만저만이 아닐 텐데, 그림까지 그리고 "버선코에 햇살이 모여요" 붓글씨까지 써서 보내준다는 것은 웬만한 사람이면 엄두를 못 낼 일, '과잉창작장애'가 조금 있거나 시를 써주는 우렁각시나 보살을 숨겨놓고 있지 않다면 가능한 일일까요. 그 우렁각시가 바로 그의 어머니 아니겠는지요.

엄니의 남자, 남자의 엄니

여섯 살에, 4년 6개월짜리가 동네의 잔 주먹을 피해, 초등학교에 들어갔으나 더 많은 떼 주먹이 기다리고 있었답니다. 꼴찌에 외톨이인 여섯 살짜리에게 아이들은 가방에 잔돌을 넣곤 했는데, 어머니가 그 잔돌을 모아 추녀 밑에 깔며, "큰애 덕분에 큰비가 와도 마당이 파이지 않겠네" 하셨답니다. 그때, 거참, 어머니 같은 사람이 되고 싶었다니, (『까짓것』 작가 소개) 그는 참 행복한 시인입니다. 그가 조기 입학하는 바람에 홍동댁이었던 그의 어머니는 '신동댁'이 되었답니다.

> 티브이 잘 나오라고
> 지붕에 삐딱하니 세워 논 접시 있지 않냐?
> 그것 좀 눕혀 놓으면 안 되냐?
> 빗물이라도 담고 있으면
> 새들 목도 축이고 좀 좋으냐?
> 그리고 누나가 봐준 에어컨 말이다.
> 여름 내내 잘금잘금 새던데
> 어디다가 물을 보태줘야 하는지 모르겠다.
> 뭐가 그리 슬퍼서 울어쌓는다니?
> 남의 집 것도 그런다니?
> ___「어머니학교 12 - 물」 (『어머니학교』) 전문

어머니학교 맞습니다. 좋은 시만 지속적으로 읽어도 인생 공부, 자연

공부, 사회 공부 다 될 거 같다 생각할 때가 있는데요, 위 시를 보십시오. 이 어머니 마음속엔 새도 물도 티브이 접시도 에어컨 등 기계 혹은 도구까지도 양심과 경우와 염치와 동격이자 등가입니다. 세계는 비대칭적인데 이 마음은 대칭을 지향하는 씨앗, 즉 진성에 가깝습니다. 이 동체대비의 마음 밭과 말밭이 이정록 시인에게 시의 밥상을 차려주는 우렁각시였군요. 자, 어머니 말씀 좀 더 들어보시죠.

짐보따리 놓고 탄 어머께 버스기사가 다음부터는 짐부터 실으라 하자 "그러니께 나부터 타는 겨. / 나만 한 짐짝이/ 어디 또 있간디?" 응수하며, "영구차 끌 듯이/ 고분고분하게 몰아. / 한 사람이 한 사람이/ 다 고분이니께."(「어머니학교 6 - 짐」, 『어머니학교』) 농을 하십니다. "추석 맞아/ 장발에 파마하고 고향에 내려갔더니,/ 너는 농사도 안 짓는 애가/ 왜 검불은 이고 댕기냐? 하"십니다. 몇 달 후, "머리 깎고 다시 찾았더니,/ 나라 경제가 어렵다 하드만, 그새/ 농사채 다 팔아먹었냐? 하"시니 도저히 게임이 되질 않습니다.(「엄니의 화법」, 『정말』) 세상에서 가장 웃기는 시, 기네스북에 올라갈 시는 모두 시인의 어머니가 공중에 말로 쓴 시이고, 이정록 시인은 그것을 받아쓴 게 아닌가 싶습니다.

엄니와 밤늦게 뽕짝을 듣는다
얼마나 감돌았는지 끊일 듯 에일 듯 신파연명조다
마른 젖 보채듯 엄니 일으켜 블루스라는 걸 춘다
허리께에 닿는 삼베 뭉치 머리칼, 선산에 짜다 만 수의라도 있는가
엄니의 궁둥이와 산도가 선산 쪽으로 쏠린다
이태 전만 해도 젖가슴이 착 붙어서

이게 모자(母子)다 싶었는데 가오리연만한 허공이 생긴다

어색할 땐 호통이 제일이라, 아버지한테 배운 대로 헛기침 놓는다

"엄니, 저한티 남자를 느껴유? 워째 자꾸 엉치를 뺀대유?"

"미친놈, 남정네는 무슨? 허리가 꼬부라져서 그런 겨"

자개농 쪽으로 팔베개 당겼다 놓았다 썰물 키질 소리

"가상키는 허다만, 큰애 니가 암만 힘써도

아버지 자리는 어림도 읗어야"

신파연명조로 온통 풀벌레 운다

____「엄니의 남자」(『정말』) 전문

　능을 치려면 이 정도는 되어야죠. 엄니의 남자가 되려면 암, 이 정도
는 되어야겠습니다. 말이 필요 없습니다. 이 남자, 참 행복한 시인입니
다. 이 대목에서 질투하는 사람도 많겠습니다. 그는 "몽당연필처럼/ 발
로 쓰고 머리로는 지운다"(「시인」, 『눈에 넣어도 아프지 않은 것들의 목록』) 했습
니다. 그것이 어머니의 마음이었겠습니다. "한 사람의 손아귀/ 그 작은
어둠을 적실 때까지./ 검게 탄 마음의 뼈가 말문을 열 때까지", 흑심(黑
心)과 흙심과 어둠을 품고 살아온 여성이자, 농부이자, 어머니로서의 삶
이었겠습니다. 그리하여 "뼈로 세운 사리탑"에서 나온 말은, 가슴이 손
발을 배신하지 않고, 머리가 가슴을 밀어내지 않는 몽당연필의 말씀이
겠습니다.

　　병원에 갈 채비를 하며

　　어머니께서

한 소식 던지신다

허리가 아프니까
세상이 다 의자로 보여야
꽃도 열매도, 그게 다
의자에 앉아 있는 것이여

주말엔
아버지 산소 좀 다녀와라
그래도 큰애 네가
아버지한테는 좋은 의자 아녔냐

이따가 침 맞고 와서는
참외밭에 지푸라기도 깔고
호박에 똬리도 받쳐야겠다
그것들도 식군데 의자를 내줘야지

싸우지 말고 살아라
결혼하고 애 낳고 사는 게 별거냐
그늘 좋고 풍경 좋은 데다가
의자 몇 개 내놓는 거여
___「의자」(『의자』) 전문

그냥 튀어나온 말이지만, 무심코 던진 말씀이 뭐라 말할 수 없는 감동이자 깨달음으로 육박해오는 것은 통 큰 생각에 있지 않을까요. "세상이 다 의자로 보"이는 허리가 아픈 어머니의 마음은 한없이 새끼를 칩니다. 아들이 "아버지한테는 좋은 의자였"고, 참외와 호박에게도 의자가 필요할 게고, 사는 게 서로 의자가 되어주는 것이라는 베풂과 연민과 공생의 우주적 마음씨입니다. 이 지극한 인정은 이정록 시에 자주 등장하는 주름살이자, 아픔을 통과한 흠집에서 흘러나온 감로수라서, 인생과 마을과 밭고랑과 세계를 적시며 낭창낭창 흘러갑니다. 저는 이 순환적이고 공평하게 흐르는 시의 마음결을 모심의 시학이라 부르고 싶습니다. 사랑받고 대접받으려는 마음보다 모시는 마음, "참외밭에 지푸라기도 깔고/ 호박에 똬리도 받쳐야겠다"는 동병상련과 네 의자가 되어주고 싶다는 마음이 바로 모심(母心) 아니겠나요. 내가 아파보니 너 아픈 걸 알겠구나, 내가 아프니 너도 아프겠구나, 네가 아프니 나도 아프구나….

눈에 넣어도 아프지 않은 것들 때문에 사는 인생

"시인이 되겠다고 작심하고 맘을 먹은 지 3년, 대학교 2학년이 되도록 시집이라고는 『한용운의 명시』 한 권뿐이었다"던 이정록 시인이 아홉 번째 시집을 냈습니다. 제목은 『눈에 넣어도 아프지 않은 것들의 목록』입니다. 어머니와 함께 쓴 『어머니학교』(2012)와 아버지를 반추하는 『아버지학교』(2013) 연작 이후 3년 만입니다. 이 시집 후기에 시인은 물론 인간 이정록이 보입니다. "동물만이 아니라 식물의 최선이 떠올랐습니다. / 빗방울의 최선이 떠올랐습니다. / 땅속 어둠의 최선이 떠올랐습니다. // 최선을 다한 헐떡거림과 / 최선을 다한 자신의 꼭짓점을 최선을 다해 핥고 있는 수사자의 빨간 혀가 떠올랐습니다." 식물처럼 동물처럼 땅속 광물질 속의 어둠처럼, 최선을 다해 헐떡거리며 달려왔겠습니다. 그 헐떡거림 사이 잠시 멈춘 기도의 시간과 눈물이 시였는지도.

　　사람의 몸이 성전인 까닭은
　　기도의 시간을 남겨두었기 때문이다.
　　눈물 젖은 두 손을 맞잡기 때문이다.
　　몸의 남쪽은 손바닥이다.

　　울음소리가 없다.
　　송아지도 어미 소도 눈물 짜지 않는다.
　　붉은 눈망울만이 몸의 서쪽이다.
　　___「몸의 서쪽」(『눈에 넣어도 아프지 않은 것들의 목록』) 부분

　여기 "죽은 어미 옆에 송아지가 누워 있"고, "송아지는 죽어 석양을 보고 있"고, "어미 혓바닥은 엉덩이 쪽을 가리키고 있"습니다. "암소의 자궁이 쩍 벌어져 있다"에서 유추해볼 수 있듯 송아지를 낳다 목숨을 잃었고, 겨우 어미 자궁을 나온 송아지도 이어 죽지 않았을까 하는 것. 그런데 이 시를 자꾸 다시 보게 되는 것은 몸의 방향 때문입니다. 생식기 쪽이 몸의 동쪽이고, 서쪽은 죽음이자 울음이 없는 서쪽이고, 그 사이 남과 북이 있는데, 북쪽은 등짝, "아기가 업힌 곳이고" 남쪽은 "눈물 젖

은 손을 맞잡"은 손바닥입니다. 동에서 태어나 서로 기우는 사이, 울음 멈추게 할 젖의 북쪽이 있고, 맞잡은 손의 남쪽이 있습니다. 일출과 일몰 사이, 탄생의 울음과 울음 없는 죽음 사이에 기도가 있고, 기도하는 몸이 있다는 이 시는 아무래도 제게는 『눈에 넣어도 아프지 않은 것들의 목록』으로 가는 나침반으로 읽힙니다.

『눈에 넣어도 아프지 않은 것들의 목록』에서도 확인됩니다만, 이정록 시인에겐 감자, 배추흰나비, 낙타, 하다못해 사막의 모래알조차 인생 못지않게 소중합니다. 하찮게 보이지만, 순환과 낳음과 살림의 무한 연쇄 반복의 고리 속으로 들어가는 서로 간의 인연 속에서, 모든 존재는 각자가 파란만장일 겁니다. "느티나무는 그늘을 낳고 백일홍나무는 햇살을 낳는다.// 느티나무는 마을로 가고 백일홍나무는 무덤으로 간다.// 느티나무에서 백일홍나무까지 파란만장, 나비가 난다."(「생」, 『눈에 넣어도 아프지 않은 것들의 목록』) 삶과 소멸 사이, 존재와 존재 사이를 건너가는 프시케의 나비, 영혼이자 육체인 생들이 우주의 놀이를 반복하며, 팔랑팔랑 가볍고 거룩하게 어딘가를 향해 나아가고 있습니다. 눈 한 번 깜짝할 동안에 영겁의 시간에 접속하는 것처럼, 영겁의 시간이 찰나에 즉하고 통하고 공존하면서 파란만장으로 흘러갑니다.

눈에 넣어도
아프지 않은 것들 때문에, 산다

자주감자가 첫 꽃잎을 열고
처음으로 배추흰나비의 날갯소리를 들을 때처럼

어두운 뿌리에 눈물 같은 첫 감자알이 맺힐 때처럼

싱그럽고 반갑고 사랑스럽고 달콤하고 눈물겹고 흐뭇하고 뿌듯하고 근
사하고 짜릿하고 감격스럽고 황홀하고 벅차다

눈에 넣어도
아프지 않은 것들 때문에, 운다

목마른 낙타가
낙타가시나무뿔로 제 혀와 입천장과 목구멍을 찔러서
자신에게 피를 바치듯
그러면서도 눈망울은 더 맑아져
사막의 모래알이 알알이 별처럼 닦이듯

눈망울에 길이 생겨나
발맘발맘, 눈에 밟히는 것들 때문에
섭섭하고 서글프고 얄밉고 답답하고 못마땅하고 어이없고 야속하고 처
량하고 북받치고 원망스럽고 애끓고 두렵다

눈망울에 날개가 돋아나
망망 가슴, 구름에 젖는 것들 때문에
____「눈에 넣어도 아프지 않은 것들의 목록」(『눈에 넣어도 아프지 않은 것들의 목
  록』) 전문

"눈에 넣어도 아프지 않은 것들 때문에" 살고, "눈에 넣어도 아프지 않은 것들 때문에, 운다"는 역설입니다. 눈에 작은 티끌만 들어가도 펄쩍펄쩍 뛰고 난리나는데 눈에 넣어도 아프지 않은 것들 때문에 살다니요. 어쩌면 생 자체가 아프다는 반어기도 하겠지요. "사랑은 울컥이란 짐승의 둥우리"(「울컥이라는 짐승」, 『의자』)라고 말할 수 있는 것은, 시인이 웃음 뒤에 곡절 많은 사연을 견뎌내며, 안간힘 쓰며 식은땀 흘리며 살아왔기 때문이겠지요. 그래서 이 시집은 자신보다 아픈 사람들과, 이 시대 낙타처럼 자기를 찔러 사막을 건너가는 사람들에게 보내는 헌사가 아닐까 합니다.

아들아, 저 백만 평 예당저수지 얼음판 좀 봐라. 참 판판하지? 근데 말이다. 저 용갈이* 얼음장을 쩍 갈라서 뒤집어보면, 술지게미에 취한 황소가 삐뚤빼뚤 갈아엎은 비탈밭처럼 우둘투둘하니 곡절이 많다. 그게 사내 가슴이란 거다. 울뚝불뚝한 게 나쁜 것이 아녀. 물고기 입장에서 보면, 그 틈새로 시원한 공기가 출렁대니까 숨쉬기 수월하고 물결가락 좋고, 겨우내 얼마나 든든하겠냐? 애비가 부르르 성질부리는 거, 그게 다 엄나나 니들 숨 쉬라고 그러는 겨. 장작불도 불길 한번 솟구칠 때마다 몸이 터지지. 쩌렁쩌렁 소리 한번 질러봐라. 너도 백만 평 사내 아니냐?

* 용갈이 : 용이 밭을 간 것과 같다는 뜻으로 두꺼운 얼음판이 갈라져 생긴 금.
___「아버지학교 1-사내 가슴」(『아버지학교』) 전문

겉은 판판하지만 뒤집어보면 비탈밭처럼 "곡절이 많"은 인생에서 "쩌

렁쩌렁 소리 한번 질러봐라. 너도 백만 평 사내 아니냐?" 하신 아버지 말씀 듣고 기운을 내야겠습니다. 사내 가슴만이겠습니까. 오늘 이 시대, "술지게미에 취한 황소가 삐뚤빼뚤 갈아엎은 비탈밭처럼 우둘투둘한 곡절"과, 흠과 모자람과 상처를 숨 쉬는 구멍으로 삼아버린 음성이, 지금 이 순간 깊은 숨을 쉬게 해줍니다. 세상 태어나기 참 잘했습니다. 삶이여, 상처여, 시여, 참 고맙습니다.

이시영
\
과거의 거울에
비추어보아
/

비바람 속에서 까치집 하나가 필사적으로 매달리고 있다

안에는 따스한 생명들이 가득하다

___「십이월」(『은빛 호각』) 전문

    접질린 발목이나 시린 팔목에 치자를 우려내어 그 샛노란 물로 찜질을 해본 적이 있는가. 저 안, 얼얼하게 아파오는 통증 부위 가까운 데서 따스한 기운이 스멀스멀 상처 부위로 다가가는 느낌이 들지 않습니까. 이시영 시인의 시를 읽을 때 저는 자주 이런 느낌입니다. '신신파스'를 바른 듯 시원하면서도 아픈 그것을 '따스한 아픔'이라고 부를 수 있을까요.

눈은 연기로 가득 차 있고 귀는 소란스런 물로 가득 찬 세상에서

"지금 부숴버릴까"

"안돼, 오늘밤은 자게 하고 내일 아침에……"

"안돼, 오늘밤은 오늘밤은이 벌써 며칠째야? 소장이 알면……"

"그래도 안돼……"

두런두런 인부들 목소리 꿈결처럼 섞이어 들려오는

루핑집 안 단칸 벽에 기대어 그 여자

작은 발이 삐져나온 어린것들을

불빛인 듯 덮어주고는

가만히 일어나 앉아

칠흑처럼 깜깜한 밖을 내다본다.

    ___「공사장 끝에」(『바람 속으로』) 전문

    철거를 해야 하는 공사장 인부들의 대화 몇 마디와 철거민 여자 행동 두 컷으로 구성된 「공사장 끝에」는 시가 이런 것이구나, 이렇게 쉽고 아무것도 아닐 수 있구나 싶습니다. "칠흑처럼 깜깜한 밖"으로 불빛처럼 수심과 시름을 내거는 듯한 이 시에서 시인의 얼굴은 숨고 대상만 돋을새김 되어 있습니다. 시인이 가장 비추고 싶은 스포트라이트가 아마도 시인의 선택이겠고, 그것을 시선이라 부를 수 있다면, 이 시는 더할 나위 없는 겸손한 시선을 보여주는 시로 느껴집니다. 흑백 구도를 넘어서, 고통당하는 자리에 은은하게 불빛을 들이대며 철거 직전의 루핑집의 풍경과 그를 허물어야 하는 공사장 인부들의 내적 심경을 소곤소곤 말하는 이 시에서 과거의 공동체적 방식으로 탈현대적 시대를 견디며 사라져가고 있는 사람들이 읽힙니다.

아주 예전에 사당동 철거민 마을을 찾아간 적이 있는데요, 언덕을 올라가자 냄새가 진동했습니다. 포클레인과 중장비를 몰고 올라오는 철거 용역들을 향해 그들은 소대변을 넣은 '도라무통'을 굴리며 필사적으로 철거를 막았답니다. '한마디로 전쟁터'라 했습니다. '6·25보다 징하다' 했습니다. 이 넓은 천지에 '하꼬방' 같은 서너 평 집 하나, 그곳에서 나가 일하고 돌아오고 자고 다시 나가는 그 집들은 재개발이라는 이름으로 이 지상에서 영원히 철거되었습니다.

> 오늘 아침 또 한식구가 집을 비우고 떠났는데
> 마당을 깨끗이 쓸어놓고 갔다
> 대빗자루 자국 선명한 그 위로
> 오늘은 어떤 햇살도 내리지 말거라
> ___「철거」(『은빛 호각』) 전문

더 이상 할 말이 끊겨버린 자리를 삼매(三昧)라 부르더군요. 종교에서는 신의 자리라거나, '참나' 혹은 본성의 자리라고도 하고요. 그런 게 뭔지 잘 모르지만, 이 시는 그런 자리를 떠올리게 합니다. 온갖 사연과 욕설과 싸움과 협상과 욕심이 난무하는 철거 현장에서 쫓겨나는 마당에 "대빗자루 자국 선명"하게 쓸고 간 자국이라니요. 이 대빗자루 선명한 자리에서 인간의 품위이자 존엄성을 봅니다.

불과 15년 전 청계천 개발로 철거당한 사람들의 인터뷰를 담은 『마지막 공간』이라는 작업을 이끌었던 김순천 작가는 정서적인 진보에 대해 "인간 속으로 깊게 들어가 그들의 누추, 그들의 죽음, 그들의 결핍, 그들의 잔인함, 파괴된 정신, 악다구니, 그들이 세상을 견뎌온 힘, 그들만이 가지고 있는 삶의 품위를 몸에 깊게 새기고 함께 나누는" 것이다 말했습니다. 그리고 그 과정에서 작가들이 본 것은 '부재와 결핍, 그리고 인간의 품위'였다고 덧붙입니다.

만여 명의 경찰과 철거 용역이 동원되던 청계천은 복원되었지만, 그곳에서 커피를 팔고 붕어빵을 팔고 청바지 하청 받아 만들던, '판사의 판결문도 이해하지 못하던' 사람들의 삶은 복원되지 않았죠. 곱창 골목 같은 황학동과 세운상가, 방산지하상가, 동대문시장 곳곳마다 주름진 겹겹의 공간 속에서 일궈온 사람들의 삶은 무시되거나 철거되어야 할 콘크리트와 근대의 유산으로 치부되었습니다. 골목 대신 대형 마트인 마리오네트가 서고, 청계천은 깨끗한 물이 흐르고 물고기가 유유히 노닐게 되었습니다만, 보다 세련된 방식으로 삶을 소비하는 장소가 되었을 뿐, 실제로 그곳에 살던 사람들의 목소리는 사라졌습니다.

경찰은 그들을 적으로 생각하였다. 2009년 1월 20일 오전 5시 30분, 한강로 일대 5차선 도로의 교통이 전면 통제되었다. 경찰 병력 20개 중대 1600명과 서울지방경찰청 소속 대테러 담당 경찰특공대 49명, 그리고 살수차 4대가 배치되었다. 경찰은 처음부터 철거민을 사람으로 생각하지 않았다. 한강로2가 재개발지역의 철거 예정 5층 상가 건물 옥상에 컨테이너 박스 등으로 망루를 설치하고 농성중인 세입자 철거민 50여 명도 경찰을 사람으로 생각하지 않았다. 대신 최후의 자위책으로 화염병과 염산병 그리고 시너 60여 통을 옥상에 확보했다. 6시 5분, 경찰이 건물 1층으로 진입을 시도하자 곧바로 화염병이 투척되었다. 6시 10분, 살수차가 건물 옥상을 향해 거센 물대포를 쏘았다. 경찰은 물에 빠진 생쥐처럼 흠뻑 젖은 시민을 중요 범죄자나 테러범으로 생각하는 듯했다. 6시 45분, 경찰특공대원 13명이 기중기로 끌어올려진 컨테이너를 타고 옥상에 투입되었다. 이때 컨테이너가 망루에 거세게 부딪쳤고 철거민들이 던진 화염병이 물대포를 갈랐다. 7시 10분, 망루에서 첫 화재가 발생했다. 7시 20분, 특공대원 10명이 추가로 옥상에 투입되었다. 7시 26분, 특공대원들이 망루 1단에 진입하자 농성자들이 위층으로 올라가 격렬히 저항했고 이때 내부에서 벌건 불길이 새어나오기 시작했으며 큰 폭발음과 함께 망루 전체가 화염에 휩싸였다. 물대포로 인해 옥상 바닥엔 발목까지 빠질 정도로 물이 흥건했고 그 위를 가벼운 시너가 떠다니고 있었다. 불길 속에서 뛰쳐나온 농성자 3, 4명이 연기를 피해 옥상 난간에 매달려 살려달라고 외쳤으나 아무도 그들을 돌아보지 않았다. 그들은 결국 매트리스도 없는 차가운 길바닥 위로 떨어졌다. 이날의 투입작전은 경찰 한 명을 포함, 여섯 구의 숯처럼 까맣게 탄 시신을 망루 안에 남긴 채 끝났으나 애초에 경찰은 철거민을 사람으로 생각하지 않았으며 철거민 또한 그들을 전혀 자신의 경찰로 여기지 않았다.

    ——「경찰은 그들을 사람으로 보지 않았다」(『경찰은 그들을 사람으로 보지 않았다』) 전문

자본의 위력과 개발 앞에서 다수의 평화는 사라지고 있습니다. '화평(和平)'은 하늘의 위계 내에서 매끄럽고 평온한 조화를 나타내는 반면,

인도어의 '산티'는 본래 개인적이고 광대무변하고 위계가 없는 깨달음을 의미한답니다. 평화는 '나'를 '우리 안'에 포함시킨다고 이반 일리치는 말했죠. 쫓겨났거나, 쫓겨나지 않기 위해 투쟁을 선택한 자들은 '우리 안'에 포함되지 않은 경계 너머로 축출되어야 할 적군인 셈이죠. 그렇다면 이것은 아군과 적군이 대치하는 전쟁입니다. 행복과 필요라는 이름으로, 평화는 갈수록 개발이나 발달, 발전, 진보 등과 연계되어 해석됩니다. 이것들은 "좋고 나쁨의 방향 감각이 없이 그저 무엇을 점점 더 펼치고 벌여놓는" 것입니다.

돈과 건물과 이미지가 주인인 시대에 진짜 사람 얼굴은 숨습니다. 전쟁에 참여하는 군인처럼 얼굴과 머리에 투구를 쓰고 심장은 철갑으로 가리죠. 명령에 따라 움직이는 국민인 경찰은 "사람으로 보지 않"고 희생자인 국민들은 "전혀 자신의 경찰로 여기기 않"는 전쟁에 참다운 공적 권력과 인간의 품위는 없습니다. 이 시는 사람의 얼굴이 사라진 시대의 참상을 단적으로 보여줍니다. 건조한 문체로 용산 참사를 보여주는 이 시는 국가가 무엇이고 관료와 경찰은 누구 편인가를 물음과 동시에, 사람으로 제대로 살기가 얼마나 힘든가를 단적으로 보여줍니다.

> 주 예수 크라이스트가 이 세상에 오신 날
> 한 사내가 진도빌딩 17층 꼭대기에 매달려
> 물걸레로 유리창을 북북 닦고 있는데
> 지상에 그를 팽팽히 묶고 있는 밧줄을
> 행인들이 무심히 툭툭 치며 지난다
> ___「이 세계」(『은빛 호각』) 전문

그리고 이 세계는 이제 루핑도 천막도 슬라브도 양철도 아닌 콘크리트와 철골 더미로 바뀌었습니다. 십자가 위에서 죽음을 마주하는 지저스 크라이스트처럼, 한없이 높고 높은 건물에 올라가 생을 건 밧줄을 탄 자들은 이미 이 지상에서 쫓겨난 자들입니다. 누군가 목숨 걸고 올라간 밧줄을 무심히 툭툭 치고 지나가는 이 세계는 얼마나 위태롭고 무신경한가. 그러니 잡혀온 꼬막이라도 입 꼭 다물고 바다를 토해낼밖에.

> 꼬막들이 반찬가게에 와서까지 입을 꼬옥 다물고
> 푸른 바다를 토해내고 있다
> ＿「바다의 시위」(『은빛 호각』) 전문

시, 사라져가는 사람 냄새와 얼굴을 기록하는 일

반내골로 물 맞으러 갔다가 보았다. 우리 어머니들의 육덕이 얼마나 좋은지를. 까마득한 벼랑에서 곧추선 성난 물줄기들이 쏟아져내리는데 그 아래 새하얀 젖가슴과 그리메 같은 엉덩이를 환히 드러낸 어머니들이 "어 씨언타! 어 씨언타!"를 연발하며 등줄기로 거대한 물좆 같은 벼락을 맞는데 하늘벼랑의 어딘가에선 정말로 "우히히! 우히히!" 하는 말 울음소리 같기도 한 사내들의 웃음소리가 끊이지 않고 들려왔다. 그러거나 말거나 어머니들은 국솥 걸고 밥 끓이며 자연 속에서 아무런 부끄럼도 없이 하루를 잘 놀다가 왔는데 이튿날 아침 일어나보니 아프던 내 다리도 멀쩡해졌을 뿐만 아니라 밭일을 나가는 어머니들의 다리는 더욱 가뿐하여 대지를 핑핑 날아다녔다.

    ___「물맞이」(『은빛 호각』) 전문

정말 생명력이 넘치지 않습니까? 벼랑에서 떨어지는 물줄기와 그 아래 새하얀 젖가슴과 그리메 같은 엉덩이를 환히 드러낸 어머니들 목욕이 그 어느 유럽의 화가가 그린 목욕 장면보다 아름답지 않습니까? 이게 어느 호랑이 담배 물던 시절 이야기냐고요? 불과 50년 전 이야기입니다. 저희 어릴 땐 지나가는 거지도 엿장수도 방물장수도 식사 때면 마루에 앉아 밥상을 받았습니다. "등줄기로 거대한 물좆 같은 벼락을 맞"으며 "어 씨언타! 어 씨언타!" 웃는 육덕 좋은 여신들 목소리와 "우히히! 우히히!" 말 울음소리 같은 남신들의 웃음소리가 들리는 것만 같습니다. 가난했어도, 못 배웠어도, 고생스러웠어도 함께 일하고 목욕하고 웃던 농촌 공동체가 살아 있던 세계가 있었습니다.

용산 역전 늦은 밤거리
내 팔을 끌다 화들짝 손을 놓고 사라진 여인
운동회 때마다 동네 대항 릴레이에서 늘 일등을 하여 밥솥을 타던
정님이 누나가 아닐는지 몰라
이마의 흉터를 가린 긴 머리, 날랜 발
학교도 못 다녔으면서
운동회 때만 되면 나보다 더 좋아라 좋아라
머슴 만득이 지게에서 점심을 빼앗아 이고 달려오던 누나
수수밭을 매다가도 새를 보다가도 나만 보면

흙 묻은 손으로 달려와 청색 책보를
단단히 동여매 주던 소녀
콩깍지를 털어 주며 맛있니 맛있니
하늘을 보고 웃던 하이얀 목
아버지도 없고 어머니도 없지만
슬프지 않다고 잡았던 메뚜기를 날리며 말했다
어느 해 봄엔 높은 산으로 나물 캐러 갔다가
산뱀에 허벅지를 물려 이웃 처녀들에게 업혀와서도
머리맡으로 내 손을 찾아 산다래를 쥐여주더니
왜 가버렸는지 몰라
목화를 따고 물레를 잣고
여름밤이 오면 하얀 무릎 위에
정성껏 삼을 삼더니
동지섣달 긴긴밤 베틀에 고개 숙여
달그당잘그당 무명을 잘도 짜더니
왜 바람처럼 가버렸는지 몰라
빈 정지문 열면 서글서글한 눈망울로
이내 달려나올 것만 같더니
한번 가 왜 다시 오지 않았는지 몰라
식모 산다는 소문도 들렸고
방직공장에 취직했다는 말도 들렸고
영등포 색싯집에서 누나를 보았다는 사람도 있었지만
어머니는 끝내 대답이 없었다

용산 역전 밤 열한 시 반

통금에 쫓기던 내 팔 붙잡다

날랜 발, 밤거리로 사라진 여인

___「정님이」(『만월』) 전문

　이 시를 처음 읽었을 때 기분이 지금도 생각납니다. 아프고도 슬프고도 아름답다! 한 인간의 서사가 이렇게 아프고 슬프면서도 아름답게 타인의 가슴에 들어올 수 있다니! 어떤 시는 정말 위대합니다. 이 시의 어린 화자와 연결된 정님이와의 모든 사연들에는 구체성이 담겨 있습니다. 베틀이나 물레나 목화나 산다래가 이들의 관계를 이어주고 있죠. 심지어 메뚜기나 뱀조차. 그런 관계에 속해 있던 공동체에 속한 자들이 뿔뿔이 흩어져 방직공장이나 하다못해 몸이라도 파는 색싯집으로 팔려 갔겠습니다. 폭포 아래서 물맞이를 하던 그 육덕 좋고 하얗고 신명난 젖가슴과 엉덩이들이. 농촌이 근대화되고(아니 파괴되고) 도시에 값싼 노동력을 대주는 처지로 전락했을 때 정님이와 후꾸도 같은 사람들은 도시에 나가 루핑집을 짓거나 천막을 치고 살면서 날품팔이가 되었습니다. 그들은 펜대와 도장을 쥔 머리들에게 살과 뼈와 근육과 손발을 대주었습니다.

장사나 잘 되는지 몰라

흑석동 종점 주택은행 담을 낀 좌판에는 시푸른 사과들

어린애를 업고 넘나간 사람처럼 물끄러미

모자를 쓰고 서 있는 사내

어릴 적 우리 집서 글 배우며 꼴머슴 살던

후꾸도가 아닐는지 몰라

천자문을 더듬거린다고

아버지에게 야단 맞은 날은

내 손목을 가만히 쥐고 쇠죽솥 가로 가

천자보다 좋은 숯불에 참새를 구워주며

멀뚱멀뚱 착한 눈을 들어

소처럼 손등으로 웃던 소년

못줄을 잘못 잡았다고

보리밭에 송아지를 떼어놓고 왔다고

남의 집 제삿밤에 단자를 갔다고

사랑이 시끄럽게 꾸중을 들은 식전아침에도

말없이 낫을 갈고 풀숲을 헤쳐

꼴망태 위에 가득 이슬 젖은 게들을 걷어와

슬그머니 정지문에 들이밀며 웃던 손

만벌매기가 끝나면

동네 일꾼들이 올린 새들이를 타고 앉아

상머슴 뒤에서 함박 웃던 큰 입

새경을 타면 고무신을 사 신고

읍내 장터로 써커스를 한판 보러가겠다고 하더니

갑자기 서울서 온 형이

사년 동안 모아둔 새경을 다 팔아갔다고 하며

그믐날 확독에서 떡을 치던 어깨엔

힘이 빠져 있었다

그날 밤 어머니가 꾸려준 옷보따리를 들고

주춤주춤 뒤돌아보며 보름을 쇠고

꼭 오겠다고 집을 떠난 후꾸도는

정이월이 가고 삼짇날이 가도 오지 않았다

장사가 잘 되는지 몰라

천자문은 다 외웠는지 몰라

칭얼대는 네댓살짜리 계집애를 업고

하염없이 좌판을 내려다보며 서 있는 사내

그리움에 언뜻 다가서려고 하면

나를 아는지 모르는지 모자를 눌러쓰고

이내 좌판에 달라붙어

사과를 뒤적이는 사내

　　「후꾸도」(『만월』) 전문

　세상이 별 볼일 없게 보는 사람을, 있는 그대로 존귀하게 그려놓은 시
는 사람을 살리고 기억을 살리고 잊거나 잃어버린 사랑을 되살립니다.
강의할 때 이 시를 같이 읽으면, 거의 모두가 자신이 만난 비슷한 사람
들 이야기를 합니다. 그리고 그럴 때 그들의 표정은 한결같이 환하고 관
대하고 겸손하며 그리움이 묻어 있죠. 이 잘 웃고 순박하고 근면한 사
내 혹은 여인이 좌판에 달라붙어, 사과를 팔고 냉이와 파를 팔고 시간
과 몸을 팔고 있습니다.
　"종종 지구상에서 지워져버린 주체에 대해, 그 흔적이 짓밟혀버렸거나

바람에 날아가 버린 사람들에 대해 기술합니다. 농민과 유목민, 마을문화와 가정생활, 여성과 아이를 다루는 역사학자에게는 고찰할 수 있는 흔적이 거의 남아 있지 않습니다. 이들은 짐작을 바탕으로 과거를 재구성해야 하고, 속담과 수수께끼와 노래에 담긴 암시에 주의를 기울여야 합니다."(이반 일리치, 『과거의 거울에 비추어』)

이반 일리치는 강자의 흥망성쇠를 주로 기록한, 거의 전쟁사가 되어버린 역사 서술 대신, 일상의 세밀한 세속사가 진정으로 기록되기를 바란다고 말합니다. 강자가 되어보지 못한 관점에서 역사를 기록하는 자들 또한 노예와 농민, 소수자, 소외 계층의 저항과 폭동, 반란의 역사를 주로 기술합니다. 더 근래에 와서는 프롤레타리아의 계급투쟁이나 성차별에 맞서는 여성의 싸움을 기록하고 있습니다. 하지만 이 새로운 역사도 전쟁과 투쟁에 초점을 맞추는 경향이 있으며, "약자가 자신을 지켜내기 위해 상대와 충돌하는 모습을 통해 약자를 그리는 것"일 뿐, 저항의 이야기를 나열하면서 과거의 평화에 대해서는 넌지시 서술할 뿐입니다. 「정님이」나 「후꾸도」나 「일만이 형」 같은 시를 읽게 되면, 이 모든 인류사에서 민중이란 구제와 구원의 대상이 아닐뿐더러, 교화하거나 계몽하거나 부추겨, 무슨 무슨 전선에 동원할 대상이 전혀 아님을 다시금 확인하게 됩니다. 비슷한 처지에 있는 서로의 목에 총칼을 겨누는 전쟁에 끌어들이거나, 이래라저래라 간섭하거나 억울하게 끌고 가거나, 억지로 배제하지만 않으면 민중은 이미 해방이자 적선이자 나눔입니다. 그냥 그들이 있는 자리에 그냥 내버려두기만 해도 그들은 이미 평화이고 사랑입니다.

서울역 앞에 아직 대우빌딩이 없을 때 일만이 형 용만이형은 양동여관
에 터를 잡고 이불장사를 하고 일만이는 재수를 했다. 양동여관이 어떤
곳이냐면 밤이면 아가씨들이 몰래 몸장사를 하고 낮이면 전국에서 모여
든 도부꾼들이 붕어 같은 눈들을 뜨고 깜빡깜빡 잠드는 곳이었다. 그 좁
은 복도에 옥상에 다우다 이불들을 산처럼 쌓아놓고 일만이 형은 사람좋
은 미소를 흘리며 선들바람처럼 이리 왔다 저리 갔다 했는데 신기한 것
은 자정이 넘으면 어제의 이불들이 모두 사라지고 새 이불들이 또 복도
를 가득 채운다는 것이었다. 당시의 서울역에서 완행열차 타기는 하늘의
별따기처럼 어려웠는데 공안들이 개찰구에서 장대를 들고 경계 밖으로
밀려난 사람들을 후려치던 시절이었다. 그리고 막상 개찰을 했다 하면 총
알처럼 뛰쳐나가 구름다리로 계단으로 마구 몰려가던 사람들. 나는 일만
이 형의 도부꾼들이 건장하기는 했지만 그 많은 짐들을 지고 어떻게 열
차를 타는지가 궁금해서 하루는 그들 중의 하나에게 물어보았더니 어깨
를 으쓱거리면서 말했다. "바람처럼, 비호처럼 탄다"고. 하여튼 일만이
형의 다우다 이불장사는 들녘의 선들바람처럼 대풍이었다. 좀 과장해서
말한다면 이 나라 농촌의 모든 무명 솜이불이 그 당시 일만이 형의 다우
다 이불로 교체되었다고 할 만하다. 그러나 일만이의 재수 생활은 영 말
이 아니었다. 그럴 때면 나를 불러 후암동 좋은 식당에 데려가 함께 맛있
는 음식을 사주면서 지극한 정성으로 동생을 위로하던 일만이 형의 그 선
량하던 웃음을 잊을 수가 없다.

　　「일만이 형」(『은빛 호각』) 전문

이 시는 읽다 몇 번 웃게 됩니다. 웃어야 정상입니다. 시대 배경은 아

마도 무명 솜이불이 다우다 이불로 바뀌던 1960년대 후반이나 1970년 전반쯤 되는 것 같습니다. 전국에서 모여든 도부꾼들과 이불장사와 색시들과 공안과 완행열차를 타는 비호같고 힘센 장사꾼들이 등장하는 이 시는 작은 소설로 읽힙니다. 이렇게 시는 경제적입니다. 미싱과 자전거와 도서관이 근대가 발명한 가장 생태적인 물건이라고 하는데 저는 이 시를 보면서 '시'도 그중 하나로 추가하고 싶습니다. 그 소란스럽고 정신없고 바쁘게 살면서도 풀 죽은 동생과 동생의 친구를 위해, 맛있는 음식을 사주며 지극정성으로 동생을 위로하는, 통 크고 넉넉하고 삶에 열심인 형들의 선량한 웃음은 지금은 우리가 잃어버린 풍경들입니다. 호롱불 켜진 호야네 집에서 말의 "반지르르한 등을 쓰다듬"는 아이들과 "선량한 눈을 내리깔고 이따금씩 고개를 주억거리"는 식구로서의 말과, 흙벽 속에서 아이들에게 말을 거는 담뱃대 소리가 모여 이루어지는 풍경은 이제 과거의 얼굴입니다.

이렇게 비 내리는 밤이면 호롱불 켜진 호야네 말집이 생각난다. 다가가 반지르르한 등을 쓰다듬으면 그 선량한 눈을 내리깔고 이따금씩 고개를 주억거리던 검은 말과 "얘들아 우리 호야네 말 좀 그만 만져라!" 하며 흙벽으로 난 방문을 열고 막써래기 담뱃대를 댓돌 위에 탁탁 털던 턱수염이 좋던 호야네 아버지도 생각난다. 날이 밝으면 호야네 말은 그 아버지와 함께 장작짐을 가득 싣고 시내로 가야 한다. 아스팔트 위에 바지런한 발굽 소리를 따각따각 찍으며.

＿＿「호야네 말」(『호야네 말』) 전문

빼앗긴 공용, 들판과 고요

아 거기 연구원 맞죠? 불안하고 초조해서요. 아침에 일어나면 두피가 부풀어오르고 손과 발바닥이 딱딱하게 갈라지고 겁이 나서 밤운전도 못 하겠어요. 아 네. 지하철5호선을 타고 네, 김포공항 방면요. 화곡역 지나 우장산역에서 내려 3번 출구로 나오세요. 오른쪽에 케이에프씨가 보일 겁니다. 네, 네. 거기서 마을버스…… 장사를 해서 먹고 사는데 도무지 자신이 없고 꼭 굶어죽을 것만 같아요. 어떻게 하면 마음이 안정될까요? 아니지요. 곧장 가지 마시고 발산초등학교 지나 현대슈퍼 앞에서 내리셔 야죠. 아니 그쪽으로 더 가면 면허시험장이고, 그렇죠, 가던 방향으로 다 시 돌아와야죠. 삼년 전에 뇌진탕으로 쓰러졌걸랑요. 병원에서 주는 약 을 먹고 나았었는데 이십분마다 한번씩 화장실에 가야 합니다. 막상 가 면 오줌 한방울 나오지 않고 변비는 또 말도 못하게 심해요. 네, 거기 오 른쪽으로 테니스코트가 보일 겁니다. 그 코트를 끼고 직진하시면 보라색 가건물, 네 네. 선생님, 어떻게 하면 웃을 수 있나요? 환하게 웃는 얼굴 이 저는 세상에서 제일 부러워요. 어떻게 하면 웃을 수 있지요? 아니, 너 무 지나쳐버렸습니다. 다시 내려오세요. 아 거기 연구원 맞죠? 불안하고 초조해서요. 밤에 도무지 잠을 이룰 수가 없거든요.

__「소음에 관하여」(『은빛 호각』) 전문

제목 그대로 소음에 관한 시입니다. 이 시의 화자는 "장사를 해서 먹 고 사는데" "굶어죽을 것만 같"고 불안하고 초조하고 이십 분 만에 화 장실에 갈 정도로 변비에 시달리며, 웃지 못하고 잠도 못 잡니다. 그래서 연구원의 전문가에게 아마도 전화상담을 하는 동시에, 누군가에게 집에 오는 길을 안내하는 것 같습니다. 그런데 잘못된 길을 수정하면서 길 안내를 해야 하므로 말과 노고와 함께 고통이 더 증폭되는 역설적인 상황이 발생합니다. 병증을 호소하고 고쳐보려는 시도가 소음에 의해 집중되지 못할 뿐 아니라, 도대체 연구원은 누구고 길을 가르쳐주어야 할 대상은 누군지도 불확실한 채, 이중의 목소리가 계속 이 시를 이끌어가고 있습니다. 저런 전화를 하루 몇 번만 더 해도 그 소음에 먹혀버릴 것만 같은 순전히 일방적인 이쪽 말로만 계속되는 이 시를 읽으면서 현대 문명이 처한 난처한 조건을 돌아보게 됩니다.

오스트리아에서 태어나 수없이 많은 나라를 오가며 지구인으로 살았던 이반 일리치의 강연록 『과거의 거울에 비추어』에는 현대의 상식과 진보에 대한 깊은 통찰이 담겨 있습니다. 그는 어릴 때 전쟁을 피해 할아버지가 사는 크로아티아의 브라츠섬에 가서 산 적이 있는데, 그 섬은 5백 년 동안 수많은 지배자가 오고 갔고 총독의 관복과 언어는 여러 차례 바뀌었지만 일상에는 거의 변화가 없었죠. 똑같은 올리브 나무 서까래로 집 지붕을 받치고 지붕 위에 얹은 똑같은 석판으로 빗물을 모아 살았습니다. 할아버지와 이웃들은 바깥소식을 한 달에 두 번 접했어요. 바깥소식은 돛단배를 타고 5일 걸려 들어왔고 증기선은 사흘간 뱃길을 타고 들어왔다고 해요. 한길에서 멀리 떨어진 곳에서는 역사가 알아차리지 못하게 느릿느릿 흘러간다고 그는 말하더군요. 환경은 대부분 공용에 속했으므로, "사람들은 자신이 지은 집에서 살았고, 가축이 밟고 다니는 길거리를 따라 움직였으며, 물을 자율적으로 확보하여 쓰고 버렸고, 큰소리로 말하고 싶을 때는 목청을 돋우면 되었다"고 해요. 1926

년에 처음 확성기가 섬에 도착했는데, 그 날부터 삶이 달라졌대요. 그 전에 모두 똑같이 고만고만한 목소리로 말을 했는데, "그날부터는 누가 마이크를 잡느냐에 따라 누구의 목소리가 확성되는지" 결정되기 시작했다는군요.

"정적(靜寂)은 이제 공용에 포함되지 않게 됐다. 확성기들이 서로 차지하려고 경쟁을 벌이는 자원으로 바뀐" 것이죠. "확성기를 이용할 수 없으면 그 사람은 입막음을 당하는" 것입니다. 공간이라는 공용이 교통이 동력화되면서 파괴된 것처럼, 말이라는 공용 역시 현대적 통신수단이 잠식해 들어오면서 쉽사리 파괴된다고. 그는 말합니다. "남아 있는 공용을 방어하라"고.

가로수들이 촉촉이 비에 젖는다
지우산을 쓰고 옛날처럼 길을 건너는 한 노인이 있었다
적막하다
___「사이」(『사이』) 전문

나뭇잎들이 포도 위에 다소곳이 내린다
저 잎새 그늘을 따라 가겠다는 사람이 옛날에 있었다
___「무늬」(『무늬』) 전문

두 시에 공통적으로 걸려 있는 '옛날'이라는 단어가 이 시 주인공들의 성격과 나와의 관계를 결정적으로 보여줍니다. 지우산을 쓰고 옛날처럼 길을 건너는 한 노인이 적막해 보이고 노인과 나 사이에도 적막이 있습니다. 잎새 그늘이 땅에 새긴 무늬를 "따라가는 사람이 옛날에 있었다"는 것은 지금은 그런 사람이 거의 없다는 거죠. 시인은 대부분의 소음 속에서도 옛날의 적막과 고요와 느림과 촉촉한 젖음으로 들어가 있습니다.

예전에 한 인간의 얼굴 속에 깃든 침묵의 힘은 아주 컸다. 인간의 얼굴 앞에서 벌어지는 모든 사건은 그 침묵에 흡수되어버렸다. 그 때문에 세계는 언제나 사용되지 않은 채로, 소모되지 않은 채로 있었다. (……) 오늘날 인간은 너무도 많은 사물들에 부딪치고 그리하여 너무도 큰 숫자의 형상들이 인간의 영혼 속으로 밀려들어온다. (……) 너무도 많은 숫자들로 서로 밀고 당기기 때문에 형상들은 인간의 영혼을 교란시키고 그리하여 인간의 영혼을 소진시킨다.

『침묵의 세계』에서 막스 피카르트(Max picard)가 한 성찰입니다. 예전과 오늘날 인간의 차이는 형상을 취하느냐 침묵을 지닐 수 있느냐의 문제입니다. 이제 침묵과 사이가 없는 인간의 얼굴과 행동 혹은 말은 끝없이 소모되는 소음과 같이 되어버렸습니다. 기계를 통하고 다수를 상대하며 넘쳐나는 정보 속에서, 내 속의 어두운 천연림은 백일하에 드러나고, 의식은 사방팔방으로 실종되면서 자의식만 강화됩니다. 자의식의 과잉 속에는 고통조차도 소비하고자 하는 인간의 욕망이 숨어 있으며, 언어와 자연 또한 소비되는 찰나의 소모품으로 전락하고 있습니다. 잎새 그늘을 지그시 바라보는 순간의 고요는 세상의 소음과 속도와 내 안의 여러 목소리들에 잠식되었습니다. 막스 피카르트라면 연구원에게 상담하는 저 화자에게 뭐라 조언을 해줄까요?

"사랑만이 침묵에게 자리를 내어준다. 사랑만이 침묵을 먹여 살린다. 사랑이 아닌 모든 현상과 관계들은 침묵의 무늬를 갉아먹고 뜯어먹고 산다. 당신 안에 텅 비어 있는 순간을 느끼지 못하면 대상의 세계에 먹혀버린다. 모두가 대상이 되어버린 세계에서는 그 대상들을 소유하려 발버둥치는 잡음만이 판을 친다. 그것이 바로 죽음이자 질병이다. 모든 말이 침묵인 순간을 증가시켜라. 그것은 소유의 반대편 강에 있는 오직 사랑 속에서만이 할 수 있는 일이다."

먹고살기도 힘든데, 배부른 소리 그만하라고 할지도 모릅니다. 전화통 붙들고 정보 찾고 열심히 설명해도 먹고살기 힘든데 그딴 헛소리 집어치우라 할지도. 그러나 시니까 보여줄 수 있습니다. 고통과 참다운 치유에 대해 시로서 말할 수 있습니다. "이 가게에서는 말이자 사랑이자 진심이자 침묵인 언어를 팝니다. 긴 노래, 짧은 시는 옛날 무늬를 당신에게 돌려드립니다." 다음 시를 보십시오. 말없이, 이것이 삶이다, 증언하는 침묵 속의 말을.

영하 18도의 아침, 동태장수 아저씨가 좁다란 홍천식당 앞에 타이탄을 바짝 붙여놓고 눈알이 꽝꽝 얼어붙은 동해산(産) 동태를 내려치는데 아저씨의 팔뚝에서 도마에서 쉿쉿 뜨거운 파란 불꽃이 인다.

___「어느 삶」(『은빛 호각』) 전문

다르게 살기, 다르게 꿈꾸기

양지다방에서 내려다보면 구례읍 로터리의 교통순경은 늘 그 사람이었다. 푸른색 상의에 남색 바지, 가슴과 등에 X자로 흘러내리는 흰색 벨트를 매고 챙이 짧은 경찰모에 어깨에 잎사귀 견장을 붙인 그가 원통형의 교통 지휘대에 올라서서 멋진 수신호와 함께 다람쥐처럼 은빛 호각을 불어제끼면 구례읍으로 들어오는 모든 차들은 일단 멈춤을 했다가 그의 손길이 머무는 곳으로 움직였다. 하루에 대여섯 차례씩 들락거리는 광주발 부산행 시외버스나 순천발 남원행 완행버스가 전부이긴 했으나 아침 햇살을 등에 받으며 로터리를 지나 읍내 중학교로 등교할 때마다 우리는 고동색 경찰서 정문을 배경으로 들려오는 그의 간단없는 호각소리에 깜짝깜짝 놀라며 걸음을 빨리 하곤 하였으니, 키가 작달막하고 박정희처럼 뒤꼭지가 툭 튀어나온 그가 거기 서 있다는 것만으로도 장날의 우마차꾼들이나 지게꾼들에겐 큰 위협이었을 것이다. 하루는 어느 나무꾼이 마른 장작짐을 지고 북문 쪽으로 길을 건너다 호각소리에 혼비백산하는 것을 보았고 송아지를 달고 나온 농부의 착한 소가 놀라서 아스팔트 위에 푸른 똥을 싸는 것을 보았다. 그러거나 말거나 그는 모든 질주하는 것들의 안내자이자 길의 활달한 통제사. 로터리의 한쪽은 군청과 병원이고 다른 쪽은 학교였는데 어쩌다 하교길에 교통 지휘대에 선 그가 안 보이면 읍내 거리가 일시에 통제기능을 잃고 비틀거리는 것처럼 보였다. 20년 뒤 정년퇴직할 때까지 그는 그렇게 오랫동안 구례읍의 푸른 근대의 상징이자 뒤꼭지가 툭 튀어나온 권력의 작은 집행자. 그의 호각소리가 등뒤에서 들리지 않는 날이면 사나운 개들도 무

척 심심해하였다.

   ___「푸른 제복」(『은빛 호각』) 전문

   춤과 노래를 멈췄을 때 우리는 산업사회로 진입한 것입니다. 단순한 오락이자 엔터테인먼트가 아니라, 옛날 사람들은 자신들의 법과 규율을 만드는 신화를 스스로의 몸에 걸치고 살았습니다. 우리의 근대화는 푸른 제복으로 상징되는 군사독재와 샴쌍둥이입니다. 은빛 호각을 불며 시골 읍내의 질서를 잡으면서 동시에 위협이 되었던 한 경찰에 대한 이 시는 생동감 있고 재밌게 묘사되어서 그것이 풍자라는 걸 잊게 됩니다. 풍자와 해학이 만나서 단순히 미워할 수도 거부할 수도 그렇다고 받아들이기도 어렵게 만듭니다. 비판이든 옹호든 단순 판단을 정지하게 하는 힘, 그것이 좋은 시의 미덕이기도 합니다. 우리는 판단을 미루고 그저 이 로터리의 한 길에서 벌어지는 농부와 소와 사람과 개가 어우러져 한바탕 연극도 같고 쇼도 같은 이 절창을 웃으며 바라보게 되죠. 그러나 그릇된 정치의 광기와 폭압으로 빚어진 학살과 죽음 앞에서는 "결코 웃을 수가 없"습니다.

   32년 만에 열린 재심 선고공판에서 무죄가 선고되었다는 소식을 들은 '인혁당 재건위 사건'의 김용원 도예종 서도원 송상진 여정남 우홍선 이수병 하재완 씨들은 무덤 속에서 벌떡 일어났다가 다시 누웠다. 그러나 그들의 뼈는 결코 웃을 수가 없었다. 누가 그들에게 젊은 육신의 옷을 입혀줄 수 있단 말인가.

   ___「젊은 그들」(『우리의 죽은 자들을 위해』) 전문

독재와 부정부패의 긴긴 시간 동안 농촌은 파괴되고 공동체와 노래와 춤도 사라졌습니다. 그 사이 수많은 죽음이 있었습니다. 정치적으로 사건화된 뼈아픈 죽음은 현대사에 기록됩니다. 그러나 누구도 책임지지 않는, 과로해서 죽고 아파서 죽고 가난해서 죽고 일하다 죽고 힘들어서 스스로 목숨을 끊은 민초들의 죽음은 누구에게 책임을 물을까요.

"신들은 지쳤고 독수리도 지쳤으며 상처도 지쳐서 저절로 아물었다." 카프카(Franz Kafka)가 「프로메테우스」에서 한 말입니다. 프로메테우스가 준 불로 우주까지 오가는 마당에 우리는 2천 년 전 노예보다 더 혹사당하고 삽니다. 지하방에 살면서도 알바를 하루 세 탕이나 뛰고, 일흔이 넘어서도 퀵퀵, 서비스를 다니는 우리 사회에서 약자들은 가혹하게 내몰리고 있습니다. 살기 위해 편입되어야 하는 네모난 시스템에 갇혀 '살아남아야만 해' '난 할 수 있어' 스스로 세뇌시키며, 알아서 스스로를 착취합니다. 어쩌면 지금 사회에서 우리들이 봉착한 문제는 이 자본주의가 망하고, 약한 생명체들이 멸종되고 뒤이어 호모사피엔스가 대거 사라지고, 지구 셔터가 닫혀버리기 전에는 해법이 없어 보입니다.

어디 남태평양에 아직 발견되지 않은 섬은 없을까. 국경도 없고 경계도 없고 그리하여 군대나 경찰은 더욱 없는. 낮에는 바다에 뛰어들어 솟구치는 물고기를 잡고 야자수 아래 통통한 아랫배를 드러내고 낮잠을 자며 이웃 섬에서 닭이 울어도 개의치 않고 제국의 상선들이 다가와도 꿈쩍하지 않을 거야. 그 대신 밤이면 주먹만 한 별들이 떠서 참치들이 흰 배를 뒤집으며 뛰는 고독한 수평선을 오래 비춰줄 거야. 아, 그런 '나라' 없는 나라가 있다면!

___「'나라' 없는 나라」(『호야네 말』) 전문

　광화문에 촛불이 100일 넘게 켜지는 동안 우리는 이전보다 나라에 대해 열 배 스무 배는 더 생각했을 겁니다. 정치와 일상이 포개져버렸다고나 할까요. "이게 나라냐?"는 질문은 이제 우리가 절박하게 다른 꿈을 꾸어야 하는 문 앞에 서 있다는 의식적 무의식적 한탄이겠습니다. "국경도 없고 경계도 없고 그리하여 군대나 경찰은 더욱 없는" "아, 그런 '나라' 없는 나라가 있다면". 그런 나라가 없으니 판을 바꾸려면 이 디스토피아의 세계에서 유토피아를 꿈꾸는 수밖에 없습니다. 얼굴 보고 얘기하고 "제국의 상선들이 다가와도 꿈쩍도 않"으며, "고독한 수평선을 오래 비춰"주는 별들을 바라보고, 한없는 지평선을 걷거나 바라보는 일이 일상인 나라, 내가 만지는 물건이 내 몸의 연장으로 여겨지는 나라, 고독과 친교가 모순 없이 공존하는 나라. 지옥도에서 이러한 몽상을 하며 백수 시인들은 개인공화국을 선포하고 나라가 해주지 못하는 짓을 나 혼자라도 합니다. 누가 돈을 주는 것도 아닌데 인류의 새로운 지도를 그리고, 억울한 죽음을 아파하고 대가 없이 눈물을 흘립니다.

　　겨울나무의 찬 가지 위로 올해의 가장
　　매서운 눈보라가 휩쓸고 지나가자
　　땅속의 앞 못 보는 애벌레들이 제일 먼저 알고
　　발그레한 하품을 한다
　　___「신생(新生)」(『조용한 푸른 하늘』) 전문

봄이 오는 소리에 "땅속의 앞 못 보는 애벌레들이 제일 먼저 알고/ 발그레한 하품을" 합니다. 그 앞 못 보는, 작은 벌레들이 땅속 지도를 바꿉니다. 위대한 것은 다 은미하고 미미한 존재들의 행위에서 시작됩니다. 그 작은 기미를 알아차리고 반응하는 것이야말로 생명이자 시의 원천이겠습니다. "깊은 산 골짜기에 막 얼어붙은 폭포의 숨결/ 내년 봄이 올 때까지 거기 있어라/ 다른 입김이 와서 그대를 녹여줄 때까지"(「노래」, 『무늬』) 견디며, 얼어붙은 그대를 녹여줄 입김을 함께 기다리는 것이 시인의 노래인지도.

안상학

\

처음인 양 재생되는
오래된 사랑

/

『그 사람은 돌아오고 나는 거기 없었네』에 부쳐

\

1

짧은 시만 쓰고 살기엔 장딴지 허벅지가 지극히 튼튼하고, 지그시 앉아 꽃만 바라보고 있기엔 다리가 너무 긴 남자가 쪼그리고 앉아 작은 꽃을 바라보고 있다. 왜? "쪼그리고 앉아야만 볼 수 있는 꽃의 얼굴과/ 아주 오래 아득해야만 볼 수 있는 나무의 얼굴"이 거기에 있기에. (「얼굴」)

그만하고 가자고

그만 가자고

내 마음 달래고 이끌며

여기까지 왔나 했는데

문득

그 꽃을 생각하니

아직도 그 앞에 쪼그리고 앉은

내가 보이네

___「늦가을」전문

　시와 자신의 얼굴을 겹쳐 살기 30년, 지천명에 들어선 지금도 "그 꽃" 앞에 엎드려 공부 중인 남자가 있다. 하도 오래 들여다보니 시선만 교환해도 애무하는 경지고, 심지어 꽃이 그의 자화상도 그려준다. 육체라기엔 너무 여리고 덧없으며, 정신이라기엔 너무 욕심 없고 무력한 이 작은 꽃이 말없이 내 앞에 피어 있다는 것은 기적이자 신비다(내가 알기에 꽃은 1억 1400만 년 전 이 행성에 최초로 얼굴을 나타냈다).

　지금 이 꽃이 과거에 피어 있던 그 꽃이어서, 수없이 바라보며 맨 처음인 양 접속하기. 과거에 나와 한 몸이었던 그 꽃을 현재에 불러내어 나 혼자만이라도 지난 향기를 사랑하기, 현존하는 고요한 대상을 통해 아름다웠던 한순간을 재생해내기, 하여 더 이상 이별과 분리가 없는 순간에 이르기. 온몸으로 꽃인 내 앞의 꽃을 바라보는 동안은 나도 온맘으로 꽃이다. 꽃 앞에 선다는 것은 과잉이다 못해 짐이 되어버린 지나친 물량과 속도가 강제하는 이 피로한 문명의 질주에서 뛰어내려버리는 순간이다. 존재를 지탱해주지만 자주 중력에 사로잡혀 짐이 되어버리기도 하는 육체로부터, 없음과 소멸로 가뿐하게 이동해버리는 꽃은 아름다움의 성소이자 찰나의 빛이죠.

　바람 몰아치는 거리에서 처음 접선하던 날, 검고 긴 바바리 하나가

펄럭이며 내 앞에서 멈췄다. 비밀 조직의 2, 3인자 정도 되어 보였다. 잠시 후 불빛 아래 그의 준수한 옆모습이 드러났다. 어디 먼 데를 바라보는 시선과 구수한 경상도 사투리를 듣자니 어디 컴컴한 카바레에서 '누부야'들께 스텝을 가르치던 전생이 있지 않았나 싶었다. 시로는 한참 선배뻘이지만(습작 시절 나는 그의 『중앙일보』 등단작을 학습교재로 읽었다), 6개월 차이로 한 살 위가 된 육체 연령 때문에 그는 날 누나라 부른다. 0.5초 후에 "6개월"을 이어 붙이는가 하면, "누나… 거기 눈 와? 누나 여긴 눈 안 와", 아꼈다 눈 오는 날만 그 호칭을 쓰지만, 가끔 존경할 만한 태도를 잠시 보이기라도 하면 누부야로 승격된다.

안상학 시인은 내가 아는 사람 중에 가장 나긋하고 부드럽게 경상도 사투리를 구사할 뿐만 아니라, 웃음소리조차 안동스러운 리듬을 지녔다. 그를 보면 인간이 무얼 못하고 무얼 안 할 것인가 싶어진다. 글씨는 수준급이어서 '안동 숙맥전'을 열기도 했고, 낚시한 어물로 회를 먹다 느닷없이 초고추장으로 갯바위와 '와리바시(나무젓가락)' 껍데기에 유려한 글그림도 새겼지요. 제법 봐줄 만했다. 언제 일하고 언제 술 마시고 그 많은 시를 어찌 다 외웠는지 좋아하는 시도 줄줄이 다 왼다. 남의 시낭송 흉내도 잘 낸다. 눈 감고 들으면 죽은 백석이 살아왔나 싶기도 하고, 아직 살아 있는 박남준 시인이 왔나 싶어진다. 운전 솜씨도 수준급이다. 다리 하나는 운전대 옆에 모셔두고, 발 하나로 꽃 이름 일러주며 남근바위의 구구절절한 역사를 설명하며 달리는 수준이다.

그가 어느 날 꽉 갑자기 죽어버리기 전에 꼭 배워둬야 할 것 중 하나가 탬버린이다. 한 손에 하나씩 들고 유연하게 돌리는 손목과 앞뒤로 스텝을 밟으며 엉덩이와 옆구리를 동시에 쳐대는 탬버린 공연을 따라하다 허리 삘 뻔했다. 그는 12간지 헤아려 사주도 잘 본다. 혀 깨물고 죽을지언정 동지 이름은 절대로 불지 않는 송곳 같은 신금(辛金) 성격을 지녔다거나, 사방에서 파도치는 외로운 섬이라거나, 일 년에 물 몇 모금 먹고 천천히 자라는 바위 위 소나무라거나, 풀이를 해주면 오호라, 그래서 그렇군, 일제히 허벅지를 침과 동시에 쨍 소주잔을 부딪치게 된다. 바바리가 잘 어울리는 것처럼 양복도 잘 어울리지만 평생 잠바때기나 걸치고 남의 일 거들고 받들며 산다. 하긴 그게 시인이다. 하여간 못하는 것도 없고 안 하는 것도 없으니, 꽃 어쩌고저쩌고하는 짧디짧은 시만 쓰고 살기엔 너무 아깝지 않은가.

2

오래전에 나는 썼다.

　안상학 시의 서정은 대체로 '오래된' 것에 뿌리를 두고 있다. "그나 나나 너무 오래 서 있어서 이젠/ 그 무언가를 잊어버린 듯" 사랑도 나이를 먹었다.(「오래된 사랑」, 『오래된 엽서』) 하지만 "아직도 어깨를 걸고 싶어 하는 사랑과 함께" 나를 부르는 존재다.(「오래된 엽서」, 『오래된 엽서』) 오래된 것은 오늘의 것일 수 없으며, 오늘은 오래될 수 없다는 점에서 둘은 명백히 모순된다. 그러나 지나간 무언가를 잊거나 폐기할 수 없으며, 오래된 그 어떤 것이 소멸하지 않고 다른 존재로 변하기를 한사코 거부하는 한, 그것은 과거가 아니다. 더욱이 '오래된 것'이 단지 지나간 것에 대한 낭

만적인 향수로서가 아니라 오늘 내 몸과 정신의 어떤 영역과 끊임없이 교
통하고 교환될 때 오늘로서 환생한다.

그가 내온 시집 제목만 보아도 한결같이 오래되고 낡은 것들뿐이다.
『안동소주』와 『오래된 엽서』가 그렇고, 『아배 생각』만 해도 아배는 이
미 땅속 뿌리로 숨으신 지 오래다. 오래되다 못해 현상계에서 이미 사라
진 것들조차 살려내 되씹고 쓰다듬는 시인. 시선이 곧 사랑이라면, 전생
을 넘나드는 붉은 바위나 천년을 오가는 제비원 미륵불, 강 이쪽과 저
쪽 사이 아득해진 거리를 둔 고산정(孤山亭)이나 고탑처럼 변함없이 한
자리를 지키는 돌부처들이 안상학 시인이 사랑하는 것들 아닌가. 『오래
된 엽서』 이후 10년, 『아배 생각』 이후 6년, 딱 그만치 육신이 늙어가는
동안도 여전히 '그 사람 하나 기다'리는 붉은 마음을 본다.

> 그때 나는 그 사람을 기다렸어야 했네
> 노루가 고개를 넘어갈 때 잠시 돌아보듯
> 꼭 그만큼이라도 거기 서서 기다렸어야 했네
> 그때가 밤이었다면 새벽을 기다렸어야 했네
> 그 시절이 겨울이었다면 봄을 기다렸어야 했네
> 연어를 기다리는 곰처럼
> 낙엽이 다 지길 기다려 둥지를 트는 까치처럼
> 그 사람이 돌아오기를 기다렸어야 했네
>
> 해가 진다고 서쪽 벌판 너머로 달려가지 말았어야 했네

새벽이 멀다고 동쪽 강을 건너가지 말았어야 했네

밤을 기다려 향기를 머금는 연꽃처럼

봄을 기다려 자리를 펴는 민들레처럼

그때 그곳에서 뿌리내린 듯 기다렸어야 했네

어둠 속을 쏘다니지 말았어야 했네

그 사람을 찾아 눈 내리는 들판을

헤매 다니지 말았어야 했네

그 사람이 아침처럼 왔을 때 나는 거기 없었네

그 사람이 봄처럼 돌아왔을 때 나는 거기 없었네

아무리 급해도 내일로 갈 수 없고

아무리 미련이 남아도 어제로 돌아갈 수 없네

시간이 가고 오는 것은 내가 할 수 있는 게 아니었네

계절이 오고 가는 것은 내가 할 수 있는 게 아니었네

그때 나는 거기 서서 그 사람을 기다렸어야 했네

그 사람은 돌아오고 나는 거기 없었네
___「그 사람은 돌아오고 나는 거기 없었네」 전문

  끝없이 돌아다니며 찾아 헤매는 자를 고기로 치자면 행어(行魚)라 부른다고 벗의 소설에서 배웠다. 반대로 누군가의 손아귀에 붙들리기 전까진 그 어디도 갈 수 없는 따개비라든가 홍합, 물결 따라 흔들리고 숨쉬며 죽음의 손길이 닿는 순간까지 생명의 길이를 늘려가는 미역이라든가 파래라든가 나무와 꽃들의 운명은 행어와 다를 것이다. 인간은 뿌리 내리기를 간구하면서도 감옥에 묶이길 바라지는 않아서 흡합이면서 동시에 멸치일 수밖에 없지 않은가.

아름다운 꽃을 꺾어 내 소유로 만들기를 거부하는 자는 마음속에선 품고 현실 속에선 이별할 수밖에 없겠다. 다르고 다른 존재의 운명을 다 받아들이면서, 어긋나버린 인연에 대한 통절한 회한 덕에 이 아린 사랑 시는 완성되지 않았겠는가. 마음은 각자의 것이라서 이별과 상실과 죽음조차도 어쩌지 못하는, 한 존재가 안고 가는 사랑과 통증의 그램 수를 누가 잴 수 있으랴. 그러니 전생과 후생을 넘나드는 시인의 축지법을 탓해서는 안 되겠다.

3

내가 본 웃음 중 가장 유연하게 굴러가는 통쾌하고 특이한 웃음소리를 지닌 안현미 시인은 안상학 시인을 '상하기'라 부른다. 이번 시집 원고를 10여 차례 읽다 보니 과연 늘 공부만 하는 상학이가 아니라, 늘 다치고 상처 받는 '상하기'가 맞는 것 같다. 하얀 김이 줄지어 나오는 밥통이 아무리 의자처럼 보여도 아이들은 그곳에 앉지 않는다. 모든 시인이 다 그렇지는 않지만, 좀 살 만할 즈음이면 난로를 가까이해서 천천히 정강이를 익혀 "저온 화상"을 입는다거나 "최고 속도의 잠"으로 가로수에 차를 부딪쳐 죽음 근처까지 다녀오든지 하여서라도, 고통을 제 몸에 초대하는 이상한 자들도 이 행성에는 제법 있다. 제 감각에 상처를 내어 뼈만 남은 정신으로 침잠하려 드는 의식을 육체와 기어코 접속시키고야 만다.

> 따뜻한 너를 너무 오래 가까이해서
> 천천히 익어버린 정강이의 상처를 어루만지면서
> 나는 내 마음에도 무엇을 오래 가까이해서 생긴 상처들이
> 여러 군데 있는 것을 알았다
> (……)
>
> (……)
> 따뜻하기만 했던 상처의 주인들도 모셔다가
> 중재를 시켜주고도 싶다는 생각이 든다
> 전기난로를 아주 가까이는 마주하지 않으면서
> 뜨뜻미지근하게 쳐다보기만은 하면서
> 그럴 수 있다면 그럴 수만 있다면 하면서 손을 쬔다
> ＿「저온 화상」 부분

밧줄이든 끈이든 너무 세게 잡으면 아프다. 아무리 여리고 부드럽고 따스한 것일지라도 오래 잡고 있으면 역시 흔적이 남는다. 고통은 대상과의 접촉에서 생긴다. 상처를 통과하고 나면 흉터가 남는다. 상처가 견뎌야 할 고통뿐으로 느껴지는 한 대상을 진지하게 꽉 잡을 수 없다. 대상과의 접촉이 상처뿐으로 남는 자는 내 몸과 마음에 찍힌 흉터 즉 꽃을 오래 바라볼 수 없다.

시인은 제 몸에 핀 꽃을 가지고 노는 자다. 시를 쓰는 몸과 시로 흘러 들어가는 말은 어떻게 완성되는가. 소신공양을 연습하여 고통과 하나됨으로써? 쉴 새 없이 화끈거리는 내 몸을 통해 타자의 고통에 접속됨으로써? 더 진하게 아픈 곳으로 흘러가는 세포막의 삼투압을 통해 '나'라고 불리는 막이 점점 희미해지고 '나'라는 영역이 넓어지다, 추상이었던 세계의 거대한 육체를 마침내 대등한 육과 육으로 끌어안게 되는가. 아무리 사랑해도 내 옆, 내 앞의 대상은 끝내 타자일 뿐이지만 주관의 통증을 통해 한 찰나, 타자들과 서로 넘나들겠다. 그 찰나가 영원이랑 구별되지 않겠다.

역시 공짜는 없다. 겪을 만큼 다 겪고 나야 깨달음도 올 것이다. 후회와 회한과 절치부심을 몸으로 겪어내야 용서와 중재로까지 나아갈 거 아닌가. 이를 갈고 눈을 부릅뜨기엔 안상학 시인은 너무 유정하다. 이 모든 흔적들을 다 모시고 껴안고 다른 세계로 넘어가는 시인은, 이제 "나는 눈 어두운 내 사람의/ 일정한 보폭을 가진 눈만이라도 좋다/ 적절한 마음을 가진 눈만이라도 좋다"(「맹도견」)고 고백한다. 적절한 마음과 적당한 거리를 유지한 채 그의 눈이 되는 것만으로 만족하는 경지에 도달했음을 의미할까. 그러한 지경까지 이르게 한 건 외로움이었을까 상처였을까? 저온 화상으로 검보랏빛이 된 털이 부숭부숭한 왼 다리를 보여준 지 얼마나 됐다고, 그는 일 년도 채 못 채워 오른편 다리를 들어 올렸다. 부위는 작지만 저온 화상 자리가 검붉었다. 치사량에는 못 미치는 상처내기를 반복하면서 아직 그는 살아 있다. 그렇다면 자기를 상하게 하는 자는 남도 '상하게' 할까요? 아니면 세상의 아픔을 대신 짊어질까? 총량 일정의 법칙이 맞는다면 내가 아파서 누군가의 아픔이 적어도 몇 그램은 줄어들어야 하지 않는가.

권정생 선생은 평소 자신의 몸 상태를
멀쩡한 사람이 쌀 석 섬 지고 있는 것 같다 했다

개구리 짐 받듯 살면서도
북녘에서 전쟁터에서 아프리카에서
굶주리는 아이들 짐 덜어주려 했다 그리했다

짐 진 사람 형상인 어질 仁
대웅보전 지고 있는 불영사 거북이
짐 진 자 불러 모은 예수

세상에는 짐을 대신 져주며 살았던 사람들이 있다
그들의 삶은 하나같이 홀가분했다
___「쌀 석 섬」 전문

안상학 시인에 의하면 "세상에는 칼을 밖으로 휘두르는 사람들과 안
으로 들이대는 사람들이 있다". 두 부류가 싸우면서 살아가는 공간이
이 지구별이란다. 하지만 "밖으로 휘두르는 칼끝을 돌려 자신에게 향하
는 사람들"도 있고 "안으로 들이대던 칼을 뽑아 밖으로 휘두르는 사람
들" 즉 별종들이 있기 때문에 지구가 아직 망하지 않고 있단다. 하지만
그가 가장 옹호하는 자는 "바로, 보이지 않게, 없는 듯 있는 듯 살아가

는 부류의 사람들"이다. 맨손인 이들, 그냥 두면 자신의 가슴에 비수가 있는지도 모르고 죽을 때까지 그렇게 살았을 사람들이 학살당한다. 그리고 떨쳐 일어서 평화를 가장한 평화의 칼에 죽는다. 동감한다. "칼날로 푼 밥 앞에 입을 벌리고 있는" 작금의 세상에서 칼 대신 누구나 숟가락 하나 정도는 사수하는 세상이 되기를. (「평화라는 이름의 칼」) 그러니 선부른 화해와 용서 대신 "날카로운 어금니를 기르고/ 매서운 발톱을 세우는 것이 훨씬 평화에 가"까울지 모르겠다. (「팔레스타인 1,300인」)

가난하고 아픈 자, 삶 속에 죽음이 파고들고 사랑 속에 이별이 겹쳐지는 이 지상적 제약을 넘어, 전혀 다른 두 삶이 하나로 문득 합쳐져 시의 말로 흘러내리게 하라. 이왕 우리 앞에 앉아 있는 불화와 고통을 골똘히, 지치지 말고, 한결같이 바라보라. 지금 여기를 벗어나 그 어디에 구원과 은총이 있을 것인가. 지리멸렬한 삶, 평화와 제도와 선의와 진보라는 이름으로 학살을 진행하는 현실 뒤에, 속에, 밑에, 뿌리 속에 눈부신 빛이 숨어 있음을 믿고, 쪼그리고 앉아 그의 얼굴이 나타날 때까지 한정 없이 바라보는 자에게, 이 고통과 절망의 시간은 고통을 통해 고통을 넘어서는 환생의 순간이 아니겠는가.

4

안상학 시인은 발밑과 허공을 동시에 바라보는 자다. 뿌리와 허공을 잇는 것은 발바닥이다. 머리 대신 바람 아래 오래 걸어온 부르튼 발을, 말하는 입 대신 듣는 귀를 옹호하는 자는 세상의 뿌리를 공경하는 자다. 나무와 꽃과 풀은 "내 발밑"만큼은 잊지 않겠다는 듯, 모두 발밑만 보고 있네요. 발밑은 "신성불가침 구역"이자 적어도 "두 발 아래 학살까지도 책임질 줄 아는 단독자"(「발밑이라는 곳」)다. "발밑을 잠시 버리고서야 사랑을 나"눌 수 있는 모순을 감당하는 자다.

> 아배 어매가 이 세상에 나를 낼 적에
> 텃밭의 봉숭아
> 꽃밭의 잡초로 내지는 않았겠지만
> 내 뿌리는 아직 허공이다 끝내
> 허공에다 뿌리내린 거라 생각한다
> ＿「뿌리」 부분

  뿌리는 낮고 낮은 것 중 가장 깊은 어둠, 허공은 잡을 수도 도달할 수도 없는 아주 오래 아득한 곳, 뿌리 밑에 존재하는 어둠은 내가 만질 수 없는 저 세상의 빛, 이 세상의 모든 허공은 저 세상의 길이다. 저 머나먼 "하늘도 바닥이 있다". "하늘 바닥에 닿을수록 팽팽하게 넘어가는 오르가슴"이 있다. 빨래를 널기 위해 세워놓은 바지랑대가 허공을 바닥으로 삼고 "일점 결속으로도 충분히/ 하늘을 바닥으로 깔 자격이 있는/ 꼿꼿하고 팽팽한 사랑"(「바지랑대」)을 완성하고 있다. 존재의 뿌리를 허공에 둔 사랑은 통이 크다. 일점 결속만으로도 강하다. 그러니 그 큰 사랑이 백년 안에 완성될 리 있겠는가. 허공은 없는 것, 피안, 본질, 아직 당도하지 않은 미래의 불꽃 아닌가.

심장이 아프면 발바닥 혈을 누른다
꾹꾹 누르면 심장인 듯 통증이 인다

지압을 하면서 나는 중국의 어느
한쪽 팔이 없는 발레리나와
한쪽 다리가 없는 무용수가
짝이 되어 한 몸인 듯 추던 춤을 떠올린다
심장이 아파도 같이 아플 발이 없는 사내
발이 있어도 같이 주무를 손이 없는 계집
서로의 손과 발이 되어 통점을 어루만지는
둘이서만 출 수 있는 그 춤을 떠올린다

나는 오늘 지압을 하면서
심장이 아프면 같이 아파주는 발이 서러워
혈을 누르는 손도 함께 서러워
혼자서도 기가 막힌 독거를 되새긴다
심장이 아프면 심장혈도 아픈 한 몸의 동거를 곱씹어본다

심장을 주무를 수 없어서 심장혈을 대신 꾹꾹 누르다가
나는 어느 결에 자꾸 마음이 아파와
발바닥 어딘가에서 같이 아파할지도 모를 마음의 혈을 짐작해본다.
____「지압」전문

시인의 동거자는 날개가 하나뿐이어서 혼자서는 날지도 못하는 비익조, 어디 마실 갈 수도 없는 고들빼기꽃, 호랑지빠귀 울음, 노래 그치고 열반한 귀뚜라미, 그늘 고추, 겨울 물, 눈, 바람, 천 갈래 만 갈래 내리는 우수, 독한 담배, 소주, 라면… 가난과 독신을 몹시 좋아하는 건 허기와 추위, 이들은 동시에 찾아온다. 그런 밤이면 자기 살을 '애인의 것인 양 감싸기도 하고 감싸여도' 볼 게다. (「내 한 손이 내 한 손을」) 평생 노래 부르다 죽은 귀뚜라미의 사체를 유심히 보다 "유난히 부은 허벅지. 손이라도 올릴 수 있다면 밤새 주물러주고 싶"어지기도 할 게다. (「가을밤」) 외로움은 힘이 세다. 스스로를 애무하고 위무하는 경지에 이르게 한다. 기껏 얇은 피부 거죽 하나 차이로 엄연한 타자가 된 대상에 자기도 모르게 흘러들게 한다. 체온을 나누고 싶다는 것만으로도 하나됨의 사건이 벌어지게 하는 외로움의 위력을 지녔다. 한 호흡 깊은 숨 들이쉬다 보면 살 만할 게고, 그러면 다시 걷고 그 길은 세상으로 이어지리라.

5

이 시집에는 이상한 사람들이 대거 출연한다. 앙숙인가 하면 친구고, 숙맥인가 하면 현자에 가까운 서로 다른 사람들이 모여 관계를 이룬다. 이 다른 것들의 마주침으로 마당은 흥겨워지고 밭은 활기를 띠며 세계는 풍요로워진다. 보신탕을 좋아해 "마당에 뛰어노는 강아지 보고/ 햐, 얘 참 맛있겠다 무심코" 말한 친구 딸과 "감기약으로도 도통 먹으려 들지 않는" 시인의 딸처럼 사람들은 다 다르고 이상하다. (「감기약」) 그렇게 다른 그 딸들은 전라도 말로 '아삼륙'이다. 그 딸들의 아비들 또한 아삼륙이다. 하난 짧은 시를, 하난 긴 소설을 쓰고, 하난 바다가 먼 내륙 골짝에, 하난 바다로 가로막힌 섬에 산다. 글만 쓰기엔 아까울 만치 떡대들이 좋고 순박한 촌놈에다 손님을 지극히 대접한다는 것 빼고는 공통점이 없지만, 이 딸들의 애비들은 지음의 벗이다. 호박 넝쿨처럼 필요할 때 잠시 손을 잡아주면서 각자 언덕으로 두둑으로 고추밭으로 제 갈 길 가야 길이다. 손을 잡아주면서도 '꼭 잡은 손 가린 잎들의 시치미처럼 은밀하고 넉넉해야' 진짜 벗이겠다. (「호박에게 손을 준다는 것」)

> 권정생 선생은
> 어매로 눈뜬 삶 어매로 눈감았다
> 젖을 찾을 수 있을 때도 어매를 불렀고
> 젖을 찾을 수 없을 때도 어매를 불렀다
> 젖내를 찾아
> 처음 허공을 젓던 조막손, 마지막 늙은 손
> ___「어매」 부분

내가 알기로 안상학 시인은 돌아가신 권정생 선생 양아들이다. '아배 생각'으로 시집이 나왔으니 아배만 두 분이다. 뿐만 아니라 어매도 3.5인 정도 되는 걸로 안다. 어매는 젖이자 자애이자 구원. "젖을 물릴 수 있어서 기쁜 사랑 慈/ 젖을 물릴 수 없어서 슬픈 사랑 悲", 그렇다면 기쁨과 슬픔의 두 얼굴을 가진 것이 사랑인지 모르겠다. (「어매」) 어매는 배고플 때 먹을 것, 라면이자 순두부이자 '난'이기도 하겠다. 처음이자 마지막으로 부른 어매, 그립고도 아픈 것이겠다. 어릴 적 어매 잃고 다 커서 누이를 잃은 통한의 세상에서 시인에게 죽음은 더 이상 자비로울 필요가 없는 육신의 종말이자 이별이자 울음이자 웃음이기도 하겠다. 최선을 다해 사라지는 것, 점점 놓다가, 점점 작아지다가 완전히 사라지는 것, 최선을 다하는 동안은 사랑도 죽음도 어매의 품속으로 받아들여지겠다.

허나 세상의 모든 아배와 어매들은 살아 있는 동안 "아빠가 어떻게 해볼게" "장담을 하면서도 마음속엔/ 세상에게 수시로 꼬리를 내"린다.(「아버지의 꼬리」) 얼음 무지개를 가슴 깊이 품고 "땅속으로 숨어든 무지개"(「겨울 무지개」)를 기다리는 게 어미 아비만이겠는가. 줄 수 있어서 기쁘고 해 줄 수 없어서 슬픈 것, 제대로 된 관계라면 다 그렇지 않겠는가. 하지만 슬픔과 기쁨이라는 양팔을 가진 모순을 사는 동안은 앙숙이 되기도 한다. 어느 신부님은 어려서 배가 고파 손바닥만 한 땅이라도 있으면 채소를 키우고, 어느 작가는 어려서 아파 아무리 풀이 우북해도 뽑지 않고 다 약으로 쓰는 앙숙이었지만 평생 친구다. 그들의 친구인 농민운동가는 아내의 꽃밭을 갈아엎어 텃밭을 만들고 그의 아내는 남편이 집을 나가면 텃밭 갈아엎어 꽃밭을 만든다.(「앙숙」) 아무리 추워도 꽃나무는 때지 않았다는 여인네처럼 꽃의 마음과 측은지심을 지키려는 사람의 마음을 함께 사는 동안 동시에 지닐 수 있을까요.(「거문도 동백나무」)

해와 달이 서로의 빛으로 눈이 먼 이 길을 뒤뚱이며 간다
어느 날은 달의 뒤편에 자리를 펴고 앉아 지구 같은 것이나 생각하며
어느 날은 태양의 뒤편에 전을 펴고 누워

딸내미와 나같이나 불쌍한 어느 여인을 생각하며

(……)

이상하리만치 사랑하는 것들과 가까이 살 수 없는 이번 생에서 나는 가끔 꿈에서나 이런 소풍을 다녀오곤 하는데 오늘도 그랬으니 한동안은 쓸쓸하지나 않은 듯 툴툴 털고 살아갈 수 있을 것이다

___「소풍」부분

"이상하게도 사랑하는 것들과 살 수 없는" 이 지상적 제약은 죽기 전엔 끝나지 않을 것 같다. 그렇다면 시인에게 시란 치열하게 겪었던 사랑의 빛을 반복해서 돌리는 닳지 않는 필름 같은 것인가. 이미 지나간 것, 잡을 수 없는 것, 아름다웠던 것들을 다시 불러와 교접하는 영원한 반복 회귀인가. 우리를 묶어두는 닻이자 날개를 달아주는 돛인 "사랑하는 것들"은 어느 모서리 하나 닳아 없어지지 않는다. 하여 이 생이 허공에 뿌리를 둔 신기루임을 알고서 사랑하는 자의 삶은 즐거운 소풍이겠다. 위장엔 술을 담고 허파엔 잎담배를 넣고 때로 달빛 때로 햇빛만이어도 좋을 게다.

하여 독야청청하는 낙락장송이 아니라 장딴지 굵게 용트림하는 소나무 숲에 한 점으로 어울릴 일이다. 학들이 날아와 둥지를 틀고 알을 품어서 군데군데 솔잎이 빠지고 하얗게 말라가기도 하는 붉은 소나무가 될 일이다. 그러니 남들 꽃 피울 때 같이 피고, 저 홀로라도 꽃 피우며, 벌 나비와 더불어 울며 한바탕 춤도 출 일이다. "때가 되면 푸르름을 여미고 꽃으로 돌아갈 일이다". "안으로 차오르는 사랑"으로 "꽃처

럼 마음 내며 살 일이다". (「병산서원 복례문 배롱나무」)

6

깊이도 재고 가는 곳도 알았으니 이제 "사뿐 뛰어내리기만 하면 된
다"는 「벼랑의 나무」에서 "지구에 물을 대는" 「이상한 女子」로 끝나는
시집, 『그 사람은 돌아오고 나는 거기 없었네』는 흰 빛을 배경으로 한
붉은 마음의 기록이다. 무엇을 평하거나 비판하는 능력이 떨어지는 사
람이, 벗의 발문을 쓰기 위해 이전 시집까지 꼼꼼히 읽었다. 그가 밟은
발의 흔적을 다만 오래 들여다보았다. 지그시 들여다보면 알게 되고 깊
이 알면 좋아하게 된다. 한 존재 속에 꽃으로 피어 있는 앓음을 알면 그
것이 아름다움임을 알게 된다.

짐승스러운 것과 인간적인 것, 야생의 날것과 인위적인 것, 옳은 것과
그른 것 이 모든 이분법을 지나 안상학 시인은 진실로 시를 사랑하는
자라고 나는 생각한다. 그가 이 생에서 우연히 마주친 사람, 사물, 장
소, 이념 이 모든 것이 시로 온전하게 빚어지기를 꿈꾸고, 시 때문에 울
고 시 때문에 웃는 천상 시인이다. 이 모든 것이자 아무것도 아닌 자다.
"시 쓰는 아들 두고 싶지 않다던 아버지/ 시 쓰는 사위 보고 싶지 않다
던 애인의 아버지"(「구색」)에게 구박받으며 시 쓰기 30년, 이 무용한 시를
붙들고 있는 자여, 시로 흐느끼고 시로 웃는 자여, 그대 영원히 철들지
마라. 어릴 때 할매가 해준 난도 잊지 말고, 난을 닮은 여자도 잊지 마
시라. 날이면 새롭고 밤마다 업그레이드하느라 정신없는 이 소란한 시

388

대에 푸근한 마음으로 기대고 쉴 수 있는 붉은 소나무 하나는 있어야 하지 않겠는가.

지상의 거의 모든 기념비들은 실패를 감추고 치장한 것들뿐이니, 내내 불화하고 끝내는 실패하고 종내는 죽음으로 가나니, 뿌리로부터 밀어 올려지는 어둠과 희망 없음을 벗 삼아 가시라. 잠깐 명멸하던 빛의 기억으로 어둠을 비추며 가라. 오래된 것을 넘어 이생에서 전생, 후생까지 다리를 놓는 자여, 스스로 자기를 일으켜 세워 자력갱생하며 가시라. 탬버린 두들기며 앞으로도 뒷걸음질로도 가라. '순전히 남자라는 이유' 하나만으로 '걸어서 저 하늘까지' 가라. 설움과 비애와 절망을 바지랑대 삼아 허공의 한 점 빛이 될 때까지.

도종환
\
다시
길 위에서
/
『부드러운 직선』에 부쳐
\

나무들이 눈을 맞고 있다. 몸 가려줄 옷도 없이 겨울 내내 한자리에 서 있던 각질투성이 가지에서 씨눈을 만들며 서 있다. 오가는 바람 고스란히 맞으며 잎을 피워 그늘을 주고, 언젠가 온몸을 내주어 장작이 되고 책걸상이 될는지도 모른다. 나무, 아미타불, 그는 믿는 도끼에 발등 찍힌다는 속담도 모른다.

도종환 시인의 시집 『부드러운 직선』에는 안과 밖을 성찰하고, 고뇌하지만 희망을 버리지 않는 곧은 나무의 부드러움과 욕심 없는 꽃들의 향기로 가득하다. "풀 죽은 깃발"인 줄 알면서 그 깃발을 들고 가는, "더운 가슴이 식고 박수소리 또한 작아져" 가는 길을 걷게 하는 첫사랑 같은, 설렘과 비원의 나무들로 우거져 있다. (『겨울 금강』) '희망'에 대한 갈망과 설렘을 땅에 붙박은 나무와 그런 나무들이 이룬 숲이다. 우리가 살아온 지난 연대와 현재와의 다리를 놓고, 그 사이 어딘가 우리가 가야 할 전망 하나쯤 발견되지 않을까 믿으며 이 숲을 다시 더듬는다. 그 기대는 오래전부터 존재했고, 빛나던 기대가 좌우로부터 서둘러 청산 당하던 90년대에도 존재했던 '희망의 전언'이 아닐까 생각하며. 너와 나 사이, 네 것과 내 것 사이를 가로막는 눈에 보이지 않는 바리케이드가 막아서는 단절과 분리의 시대에 시인이 발견한 우리들의 숲에서 잠시 호흡을 고르고 다시 세상 밖으로 나갈 힘을 얻기 위해.

말 없는 성현들의 숲

이 시집에는 수없이 많은 나무가 등장한다. 개별 이름을 지우고 나무가 무엇이냐고 묻는다면 생명 자체이자, 지구 자체이자, 우주 자체가 아닌가, 말하고 싶다. 흙과 대기와 태양의 열기가 오묘하게 작용해 어느 날 하나의 생명체가 지상 위로 올라온다. 눈에 보이거나 영향력을 미치는 흙이나 광물질에, 보이지 않는 생명력이란 게 더해져 생명체가 된 식물은 인간이 그렇게도 갈구하는 신의 속성을 다 지니고 있는 것 같다.

온갖 나무와 풀들로 이루어진 숲에는 "낮은 곳에 있더라도/ 굵게 자라는" 복숭아나무가 있고,(「복숭아나무」) 부족하지만 "필요로 하는 이 있으면 기꺼이 팔 한짝을/ 잘라 줄 마음 자세"로 사는 가죽나무가 있다.(「가죽나무」) "소리 없이 꽃잎 시들어가는 걸 알면서/ 온몸 다해 다시 꽃을 피워내며/ 아무도 모르게 거듭나는" 목백일홍 나무가 있고,(「목백일홍」) 한겨울 피었다 따스한 봄날에 저는 지면서 뒤쫓아오는 온갖 새순과 꽃봉오리로 "오래오래 이 세상이 환해지기를 바랄 뿐인" 동백꽃이 있다. (『지는 동백꽃 보며』) 그런 나무들이 모여 숲을 이룬다. "산 발치에 있는 나무와/ 산 정상에 있는 나무가 함께 모여" 이루어진 숲은 오랫동안 사람들이 그런 세상을 만들지 못해 더욱 아름답다.

숲에는 "짐승 발톱에 챌까봐 제 잎으로 가려주고/ 추위에 얼어죽을까봐 가지 꺾어 덮어주는/ 나무가 있는가 하면 봄날이 가기 무섭게/ 그 나무 친친 감아 오르며 까불대는/ 칡넝쿨 다래넝쿨도 있다" "벼락을 대신 맞고 죽어간 나무가 있고/ 그 앞에 어린순을 내미는 나무가 함께 있다/ 그 나무들 모여 숲을 이룬다/ 낙락장송 혼자 이루는 숲은 없다/ 첫서리 내리면 잎을 버리고 몸 사리는 나무와/ 한겨울 내내 푸른 빛을 잃지 않은 나무가/ 함께 모여 숲을 이룬다/ 작은 산 하나를 만든다". (『숲』)

시인이 보여주는 이 숲속에서 나는 '말 없는 성인들'을 본다. 너와 내가 분별되지 않는 거대한 하나 속의 세계다. 칡넝쿨로 태어난 나무에게 너 왜 하필이면 칡넝쿨이냐, 시비 걸거나 탓하지 않고 내치지도 않는다. 낙락장송을 경애하고 까불대는 칡넝쿨을 베어버리려는 거세 심리도 여기엔 없다. 다만 "퍼붓는 빗발을 끝까지 다 맞고", "밤새 제 눈물로 제 몸을 씻고/ 해 뜨는 쪽으로 고개를 드는 사람처럼/ 슬픔 속에 고요"하다. "바람과 눈보라를 안고 서" "고통으로 제 살에 다가오는 것들을/ 아름답게 바꿀 줄" 안다. (『나무』)

시란 무엇보다 먼저 현실 한복판에 서 있으면서 동시에 그를 넘어서서 질문하는 존재 인식의 한 방법이라 들었다. 그렇다면 시에서의 비유는 낱말을 결합하는 방법이 아니라 현실을 인식하는 수단일 수 있겠다. 비유 속에서 사물은 그림 조각처럼 다른 사물들과 관계하고 그 속에서 비로소 의미를 획득한다. 마음속에서 한 사물을 다른 사물과 결합시킬 때 우리는 이것까지가 나이고 저기까지가 너라고 규정한 경계와 사물의 덧없는 테두리를 깨뜨리고 나오는 새롭고 힘찬 관계를 느끼게 된다. 그러나 그 찰나는 막연한 꿈이 아니라 그가 딛고 있는 현실 속이자 자신 안에서 진실하게 경험하는 실제다. 각 사물들과 인간과 생명체들이 깃들어 있는 시간과 장소에서 의미를 찾아내어 생 그 자체를 바라보게 하고 진정 삶이 무언가를 바라보게 만드는 가장 경제적인 장르가 시가 아닐까. 그런 점에서 시인이 비유하는 사물과 매개는 의식적이든 무의식적이든 그의 가치관과 애증의 방향은 물론 그의 꿈을 반영한다.

도종환 시인에게 가장 밀착되어 있는 비유 대상이자 객관적 상관물은 이 시집에서 '나무'다. 나무를 통해 소통하고 배우며 자각과 공동의 이상 혹은 깨달음의 문을 열고 있다. 나아가 나무들이 모여 이룬 숲 같은 세상에서 살고 싶은 소망이다. 아니 그런 세상을 바라는 게 욕심이라면, 그런 세상을 만들기 위해 꿈꾸는 사람들 속에서라도 그런 나무들의 숲을 만들고 싶은 게 아닐까. 시인에게 '나무'라는 상관물은 시인의 생리에 근원적으로 밀착되어 있음은 물론, 그의 정신을 드러내는 데 적합해 보인다. 그것은 세상이 사라진 것 같은 황량한 벌판에서도 다시 봄이 오면 꽃이 피고 잎이 나는 '농장의 법칙'에 대한 자연스런 믿음과 이해에 뿌리내리고 있다. 그래서 쉽게 등 돌리며 쉽게 잊고 돌아서는 인위와 세태를 아파하면서, 떨어져간 꽃과 다시 피어날 꽃을 잊지 말자고 조심스레 제안하고 싶었는지도 모른다.

길은 곧 내가 되었다

가지 않을 수 있는 고난의 길은 없었다
몇몇 길은 거쳐오지 않았어야 했고
또 어떤 길은 정말 발 디디고 싶지 않았지만
돌이켜보면 그 모든 길을 지나 지금
여기까지 온 것이다

(……)

그 길이 내 앞에 운명처럼 파여 있는 길이라면
더욱 가슴 아리고 그것이 내 발길이 데려온 것이라면
발등을 찍고 싶을 때 있지만
　　　「가지 않을 수 없던 길」 부분

　여기 풀 죽은 깃발인 줄 알면서 버리지 못하고 그 깃발 들고 가는 바보 같은 사람이 있다. 죽을 때까지 완성될 수 없는 사랑은 '길'과 '희망'으로 표현된다. 길은 흐르는 강물의 이미지로 드러나고, 희망은 땅에 붙박인 나무와 그런 나무들이 이룬 숲으로 우거진다. 물은 영원히 흐르므로 멈출 수 없다. 나무는 아무리 아름다운 꽃을 피워도 다시 꽃을 피우려면 그 꽃을 버려야 하므로 아름다움을 영원히 붙잡으려 해서는 안 된다. 물처럼 흐르고, 꽃처럼 스스로 버리고, 나무처럼 견딤으로써 시인은 길을 걸을 수 있었겠다. 운명이든 선택이든 내가 걸어온 길을 부정할 수 없다. 길은 곧 내가 된 게다. 역사란 완성될 수 없을뿐더러, 언감생심 완성을 바라지도 않으니, 길을 벗 삼아 노래하는 영원한 나그네의 길을 사는 수밖에.

그 길 위에서 눈시울 젖을 때 많으면서도 "오늘 또 가지 않을 수 없던 길"을 시인은 걷는다. "내 앞에 있던 모든 길들이 나를 지나" "나를 이루고 있"으니, 길을 버리는 것은 나를 버리는 일이다. 그래서 오늘 가지 않을 수 '없는' 길이 아니라, 오늘 또 가지 않을 수 '없던' 길이 되었다. 오늘 걸어가는 길은 과거 내가 지나쳐온 모든 길의 총체이기 때문. 그 길은 "나같이 허약한 사람도 쫓기며 끌려가며" 있는 힘을 다해 싸워야 했던 길이었으니까.(「이른 봄」)

그러다 어쩌다 보니 선배가 되고 책임을 져야 하는 자리로 밀려갔겠다. 그런데 아무리 싸워도 길이 보이지 않는다. 그래서 "내놓으라고 길을 내놓으라고" "독하디독한 말들로 내 등을 찌르"는 후배 앞에서 시인은 아무 말도 할 수가 없다. 자신도 실은 통곡하고 싶은 날 많았을 법한데 엉엉 우는 후배 앞에서 눈물조차 흘릴 수 없다. 길은 어디에 있는 것이 아니고 "살아 있는 동안 우리가 던지는 모든 발자국이/ 사실은 길 찾기 그것인데", 후배는 그의 말을 들으려 하지 않는다. 시인은 "안타까운 나의 나머지 희망을 주섬주섬 챙겨 돌아오며/ 나도 내 그림자가 끌고 오는/ 풀 죽은 깃발 때문에 마음 아팠다"고 고백한다. 하지만 한 시대가 어깨에 부려놓은 무거움을 알지만, 그래서, 가벼워져야 한다는 데 동의할 수 없다. "무너진 것은/ 무너진 것이라 말하기로" 하자, 하지만 "단 한 발짝이라도 반 발짝이라도" 가겠다 한다.(「길」)

하지만 그 길은 이미 "그 더운 가슴이 식고 박수소리 또한 작아져"

가는 길이었다. 떠나면서 걱정해주기도 하고 비아냥거리는 사람도 많은 길이다. 이룬 것 하나 없이 고단하고 아픈 길 걷기를 포기하고 말자 싶은 어느 겨울날, 그는 강으로 간다. 도는 길마다 빙판인 산을 끼고 길을 걷다, 막상 떠난다는 생각을 했을 때 눈물이 쏟아진다. "부정하고 부정해도 끝내 부정할 수 없는/ 우리의 마음 하나 아주 여리고/ 아주 작던 그래서 많이도 고통스러웠던/ 지금까지 나를 끌고 온 그런 것 하나를/ 역시 버릴 수 없어서 아팠다". 눈물 속에서 강물 소리를 듣는다. "작은 시냇물까지 다 데리고 나와 동행해주었던" 강물은 그에게 "유장해야 한다고 오래오래 깊이깊이/ 가야 한다고 내가 흔들릴 때마다/ 내 몸의 잘디잔 실핏줄 하나에까지 흘러와" 감쌌다. 시인은 무량한 깊이로 함께 가는 강물의 빛나는 발걸음처럼, 나 또한 멈추지 않고 흐르리라 다짐한다. 고통과 좌절 그리고 수천의 눈물방울도 반짝이는 아침햇살로 바꿔 안고 흐르는 강물처럼, "아직 아무것도 이룬 것은 없으나/ 어떤 하찮은 것도 쉬이 이루어지진 않으리니/ 나는 멈추지 않으리라"고. (「겨울 금강」)

물길 위를 걷는 나그네, 그러다 물이 되어 함께 흐르는 물의 분신. 물은 흘러 다함이 없으므로 그의 고통과 눈물 또한 마를 날 없겠다. 그의 '길 찾기'는 흐르는 물의 이미지와 떼어 생각할 수 없을 만큼 본원적으로 물과 하나가 되어 있다. 대체로 개울처럼 낮은 곳을 포복하며 "멈추지 않고 흐른다면/ 그토록 꿈꾸던 바다에 이미 닿아 있"을 거라는 견인과 각성의 물이다. 또한 "낮은 곳을 지키다 가는 물줄기"인 수용과 겸손의 물이다. (「개울」) 그가 꿈의 비현실성을 알면서 꿈을 버리지 못하는 것은 (오히려 그 비현실성 때문에 더 꿈을 꾼다는 게 맞을 듯하다) 꿈 자체가 갖는 불가능성에 대한 도전이기도 하겠다. 그 불가능성에 대한 꿈이 아름다울수록 삶은 비천하다. 아니 꿈을 꾸기에 그 꿈에 비추어 비천한 삶이 도드라져 보인다. 기실 꿈 때문에 삶이 남루해지거나, 삶 때문에 꿈이 훼손당하지 않는데.

아름다운 목소리 지닌 새도
그 아름다운 소리가 울려나오는 부리로
필사적으로 벌레를 잡아먹는다
고고하고 우아한 몸짓으로 날아가는 새들도
물가에 내려 비린 물고기를 잡아먹거나
진흙탕에 발을 딛고
날개와 깃털에 온통 흙물 묻힌 채
먹을 것을 찾는다
___「똑같은 새를 보며」 부분

먹이를 찾아 진흙을 묻히는 새의 삶은 추한 모순을 사는 존재로 보일 수 있겠다. 그러나 어느 날 그는 달리 보기 시작한다. "거친 털에 징그럽게 꿈틀거리는/ 벌레를 잡아먹어가면서도/ 저 새는 저리 아름다운 소리를" 내고, "온몸에 흙탕칠을 하며 먹을 것을 구하던/ 새들도 저리 환하게 날개를 펼쳐들고/ 하늘 한가운데를 다시 날아가는" 게 아닌가. 이전투구 속에서도 새는 제 하늘 제 소리를 지켜간다. 하지만 날개와 아름다운 목소리를 지닌 천상의 세계를 더 추앙하고 과대평가하지 않는 한 꿈은 미화되지 않는다. 미화시키기 위해선 현실에 조금쯤 눈감을 줄 아는 몽롱한 시선과 적당한 자기기만이 필수. 그래서 자기를 속이지 못하는 인간이 세상이 더 아름다워져야 한다는 꿈을 꾼다는 건 불행한 의식을 감수할 수밖에 없다. 그래서 그의 꿈은 벅차게 차오르는 열정도, 자신만만한 패기도, 역동적인 행복도 끌어들이지 못한다. 더 정직하게 표현하면 그의 꿈은 쓸쓸하고 슬프다. 그러나 바로 그것 때문에 자신에 대해서 거리를 유지할 수 있고 반성할 수 있으며, 영원을 붙잡고 싶은 부질없는 욕망으로부터 자유로울 수 있지 않을까.

희망이라는 이름의 '그대'에 대한 짝사랑

그의 길 찾기는 '꿈'에 대한 짝사랑이다. 희망은 사람들 말마따나 "모든 아궁이가 스스로 불씨를 꺼버린 방에 앉아/ 재마저 식은 질화로를 끌어안고/ 따뜻한 온돌을 추억하는 일"인지도 모른다. 그러나 시인은 추억으로 변혁과 정의와 민주주의와 운동을 이야기할 수 없다. 현재가 없는 운동을 현재로 끌어오며 그 공허함을 견딜 바엔, 불완전하나마, 바로 오늘, 이 자리에서, 몸으로 부딪치고 싶다. "차디찬 겨울 감옥 마룻장 같은 세상에/ 오랫동안 그곳을 지켜온/ 한 장의 얇은 모포 같은 그대가 있어" 희망을 버릴 수 없다. 희망 때문에 살기 때문이다. 그러나 그 희망이라는 연인은 "매일 만난다 해도" 다 만날 수 없다. 하지만 "생애 오직 한 번만 만나도 다 만나는" 사랑이다. (「희망」)

희망은 제 스스로 형체가 없다. 밀가루 반죽처럼 주무르는 자의 손에 의해 만들어지는 영원한 변수가 희망이자 꿈이니까. 다가가면 멀어지는 대상을 사랑하는 행위를 고련(苦戀)이라 한다. 저 혼자 짝사랑한다는 건 괴롭다는 의미겠다. 그래서 가끔씩 그는 그 희망이라는 연인과 "함께 있는 모습을 보고 싶"기도 하다. 무엇을 하기에도 늦은 나이라 말할 때 "아직도 늦지 않았다고/ 언제든 다시 시작할 수 있다고/ 조그맣게 속삭여오는 그대", 희망이여. "그대와 함께 있는 우리를 보고 싶다".(『함께 있는 우리를 보고 싶다』)

그대를 버리지 못하는 한 고통 또한 끝나지 않는다. 그 사랑은 비현실적인 사랑이기 때문이다. 그대 희망은 항상 배반할 수밖에 없기에, 그것이 희망의 또 다른 얼굴이기도 하기 때문이다. 그럼에도 불구하고 "그와 만날 수 있다는 생각만으로도 다시 설레고" "나는 첫사랑을 만날 때처럼 다시 소년이 되곤 한다/ 희망이라는 이름의 그가 이 세상에 살아 있다는 것만으로" 내가 살아야 하는 존재 이유를 발견한다. "내가 아직 버리지 못하는 것들을 안고 살아 있다는 것만으로/ 그가 우리에 대한 기쁨을 버리지 않을 것"을 믿기에, 짝사랑을 감당할 수밖에.(『사라지고 없는 그』) 하지만 이렇게 느끼는 순간 이미 짝사랑이 아니겠다. 이 정도 사랑이고 보면, 그 자체로 이미 보상받은 셈이다. 희망인 그대가 그에게 들어와 한 몸이 되어 있으므로, 객관적 성취와 상관없이 온전한 사랑을 그 순간 만난 게 아닐까. 함께 마주 보고 사랑하여도 기실 어느 만큼은 짝사랑이요 평행선인 게 사랑이고 인생인 법인데, 짝사랑의 거리를 온 사랑으로 바꿀 수 있다면 그대 얼마든지 짝사랑하라. 역사를, 길을, 희망을, 그 소박한 유토피아를 짝사랑하기를 두려워 마라.

그렇다면, 시인의 구체적 속내와 보편적인 꿈 찾기가 하나가 되기를 바라는 것은 욕심인가. 희망이란 반쯤 무의식 속에 갇혀 있거나 묻혀 있는 저 태곳적 원시림 같은 것일 텐데, 밀실에 갇혀 터무니없이 나만의 시원을 찾겠다고 덤벼대는 감정의 사치를 지니지 못한 인간은 더더욱, 그리고 충분히 내면의 꿈을 꿀 권리가 있지 않나. 아니 그렇게 해야만 정당하지 않을까. 현대 사회의 인간이 갖는 불행 중 하나는 경찰이나 감옥을 자기의 영혼이나 내면 속에 소유하고 있다는 것이다. 그것은 때로 다수를 위한 보편선에 복무해야 한다는 이름의 감옥이기도 하고, 내 안의 잣대에 비추어 진정 한 점 부끄럼 없기를 바라는 '완전'이란 이름의 감옥이기도 하다. 그러나 한편 생각해보면 그것 또한 때로 관습과 도리가 심어놓은 타율적 영혼의 흔적은 아닐 것인가. 그런 점에서 나를 해방시키고 세상을 해방시키는 길은 우리의 머릿속 경찰을 추방해야 가능할 것 같다. 내 안에 있는 테두리를 깨뜨리고 감각을 깨워 진실로 나와 정면으로 마주쳐야만, 우리의 희망 찾기가 수많은 감옥의 벽들을 자신으로부터 멀리 밀어내려는 영혼의 훈련이 되지 않겠나.

「종이배 사랑」과 「끊긴 전화」 그리고 「늑대」 같은 시는 내 존재의 알몸과 세상에 대한 꿈이 깊이 하나가 된 시로 읽힌다. "우리 영혼의 젖어 있는 구석구석을 햇볕에 꺼내 말리며/ 머물렀다 갈 익명의 작은 섬 하나 만나지 못"하게 하는 건 그대를 사랑하지 않아서가 아니다. "그물을 들고 먼바다에 나가야" 하고 "뱃전에 진흙을 묻힌 채 낯선 섬의/ 감탕밭에 묶여" 있지 않을 수 없는 게 삶이기 때문이다. (「종이배 사랑」) 그러나 "망설이고 망설이다 항아리 깊은 곳에/ 비린 것을 눌러담듯 가슴 캄캄한 곳에/ 저 혼자 삭아가도록 담아둔 수많은 밤이 있었"다. 자신만의 외로운 속내는 "평생 저 혼자 기억의 수첩에 썼다 지운/ 저리디저린 것들이 있을 것이다"는 타인에 대한 이해로 접속된다. (「끊긴 전화」) 여기서 시인의 혼은 그를 버리고서야 자신이 될 수 있는 길의 도정에서 만난 익명의 사람들과 동일시된다.

도종환 시인으로서는 드물게 차용한 동물적 상상력이 드러난 「늑대」에서도 마찬가지. "인사동 지나다 충무로 지나다 늑대를 본다/ 늑대의 눈빛을 하고 바람 부는 도시의 변두리를/ 홀로 어슬렁거리는 늑대를 본다/ 그 무엇에도 길들여지지 않는 외로운 정신들을" 본다. 자신의 구체적 삶에 밀착해서야 빛나는 시편을 이룰 수 있었던 시적 정신이 그의 미덕이었던 점을 감안하면, 그에겐 반추할 구체적인 일상도, 시를 잉태할 현실의 계기도 척박한 지반에서 살아온 듯하다. 시인의 수첩은 갖가지 약속들로 빽빽한 활동가로 한 치 여유 없이 살아온 삶을 보여준다. 길옆의 길, 길 뒤의 길, 늘 길 위에서 반추할 수밖에 없는 시인의 내적 고뇌는 자주 선언적이거나 고백적 진술에 의지할 수밖에 없었겠다. 자연인 나로 돌아와서, 나를 성찰하고 내 길을 더듬어보는 「어린이 놀이터」나 「실풀기」 같은 시는 울림이 깊다. 자신의 존재 조건과 맞아떨어지는 지점의 구체적 계기에서 빛나는 언어와 순정한 감성의 발현이 오래 그 자리에 머물게 한다.

꿈을 앓는 자리에 얼비치는 빛

사는 날 내내 지속될, 버리고 또 버려도 눈물 나는 이 길을 걷는 '우리'는 대체 어떤가. 또한 아무리 우리라 하여도, 결국 그 속의 나일 수밖에 없는 '나'는 대체 누구인가. "부를 수 있는 또 다른 이름이 떠오르지 않는 밤/ 막차처럼 떠나버린 한 시대의 빈 공터에 서서/ 없는 너 사라진 너를 만나지 못해" 돌아가지도 못하는 우리는 제대로 살고 있기는 한 걸까.(「외곽도로에서」) "언젠부터인가 우리가 만나는 사람들은 지쳐 있었다/ (……) / 사랑하는 이의 목소리가 잘 들리지 않고/ 지는 노을과 사람의 얼굴이/ 제대로 보이지 않게 되었다/ (……) / 우리의 몸에서 조금씩 사람의 냄새가/ 사라져가는 것을 알면서도" 앞으로 나아간다. 내일을 위해, 더 많은 사람들의 인간다운 삶의 터전을 위해 싸운다고 생각하며, 오늘 이 순간 인간답게 살기를 포기하는 것처럼도 보인다. 하지만 "오늘 쓰지 못한 편지는/ 끝내 쓰지 못하고 말리라/ 오늘 하지 않고 생각 속으로 미루어둔/ 따뜻한 말 한마디는/ 결국 생각과 함께 잊혀지고/ 내일도 우리는 여전히 바"쁜 삶을 살 것이다.(「귀가」)

바쁜 길에서 우리는 서로 갈라지고 갈라지면 원수가 되고 마침내 마음속엔 노여움과 미움이 들끓는다. 가장 믿는 사람에게 상처를 주고받는 줄 알면서도, 길에서 만난 사람들과 함께 길을 걸을 수밖에 없다. 그래서 마음이 어지럽고 얽히고설킨 마음 몰래 버릴까 하여 산에 오르기도 하지만, 미움과 노여움 어느 것 하나 버리지 못하여 되갖고 내려올 수밖에 없다. 부정적인 감정을 온전히 버릴 수 있다면 먼지 속에 살면서 먼지를 떠나 살겠다는 거니까. 노여움과 미움조차 죽는 날까지 사람 사는 세상에서 풀어야 하는 게 사람살이이기에. 진화는 물에서 땅으로 또 땅에서 하늘로 가는 방향이었지만, 진화의 마지막 단계라는 인간은 결국 땅으로 귀환하여 살 수밖에 없기에. 역사가 더 큰 선을 위해 악을 행해 가는 과정이었다 해도, 눈앞의 어둠과 질곡 때문에 더 큰 선을 통째로 버릴 수 없기에. 그 동시적인 분열과 간극에서 벗어나고자 꿈을 꾸는 게 아닐까. 아니 그 간극이 없는 어느 한순간이 있어서 그것을 조금 오래 붙잡고 싶어 길을 걸으며 시를 쓰며, 꿈과 하나가 되고 싶어지는 게 아닐까.

　도종환 시인은 초월을 꿈꾸지 않는다. 나쁜 것과 미움의 위험성이 자신에게 있다는 걸 아는 자만이 그것을 잊거나 없앨 수 있는 완전한 세계로 떠나고픈 충동을 느낀다. 어쩌다 힘들어서 잠깐 들어갔더라도 그는 다시 저잣거리로, 지금 바로 그의 처지로 돌아온다. 어느 시대나 악한 것은 강한 욕망을 낳고 그 욕망은 권세를 갖는다. 그래서 무욕의 선한 인간이 권좌를 차지하는 일은 역사에는 없다고 보아도 좋다. 그런 세상에 염증을 내어 그런 꿈조차도 폐기하고 싶어지지만, 그래서 어느 정도 나이가 들면 '나도 역사를 짝사랑할 만큼 했어', 하고 돌아서지만, 시인은 무용(無用)의 꿈을 잃는다. 그것은 꿈이 권력의 폭력적 질서를 없앨 수는 없지만, 적어도 줄일 수는 있으리라는 믿음 때문이겠다. 꿈이 그를 사랑하고 있기에, 상처만 남길지언정 그 꿈이 저와 같은 인간의 몸을 빌어 육화시키고자 하기에.

　"몸은 바쁘고 걸쳐놓은 가지 많았지만/ 어느 것 하나 제대로 거두어들인 것 없고/ 마음먹은 만큼 이 땅을/ 아름답게 하지도 못"했다 생각하는 동백꽃은 "겨울바람 속에서 먼저 피었다는 걸/ 기억해주는 것만으로도 고맙고/ (……) / 나뭇가지마다 용솟음치는 많은 꽃의 봉오리들로/ 오래오래 이 세상이 환해지기를 바랄 뿐"이다. (「지는 동백꽃 보며」) 이러한 육보시(肉布施) 정신은 '민들레 뿌리'라는 눈에 보이지도 않는 존재에 대한 상상력으로 나아간다. "가뭄이 깊어 튼실한 꽃은커녕/ 몸을 지키기 어려운 때도 있"지만, "떨어져나가는 제 살과 이파리들/ 어쩌지 못하고 바라보아야 할 때도 있"지만 그럴수록 민들레는 근원으로 내려간다.

>   그럴수록 민들레는 뿌리를 깊이 내린다
>   남들은 제 꽃이 어떤 모양 어떤 빛깔로 비칠까 걱정할 때
>   곁뿌리 다 데리고 원뿌리를 곧게 곧게 아래로 내린다
>   꽃 피기 어려운 때일수록 두 배 세 배 깊어져간다
>   더욱 말없이 더욱 진지하게 낮은 곳을 찾아서
>   ——「민들레 뿌리」 부분

그러나 낮아서 깊어지는 일이, 그것도 곁뿌리 다 데리고 원뿌리 곧게 세우기가 그리 쉬운가? 민들레처럼 견디는 한, 틈이 자리할 데가 없기 마련. 시인은 장지문을 닫다 길게 금이 간 문종이에서, "시간 시간 긴장하며 팽팽하게 잡아당기던 반듯한 삶이/ 그 팽팽함으로 인해 찢어지는"(「틈」) 걸 목도하기도 한다. 틈이 없는 삶에 빈틈을 열어놓고 바람도 불러놓고 조용히 숨을 들이쉬는 여유를 준 것은 찢어진 틈이다. 그 틈은 겸허한 자기 성찰 속에서 따뜻하고 넉넉한 자기 긍정에 이르게 한다. "내가 밝힐 수 있는 만큼의 빛이 있는데/ 심지만 뽑아올려 더 밝히려 하다/ 그을음만 내"고 싶지 않은 '등잔'의 순리가 찾아오기도 한다.

>   욕심부리지 않으면 은은히 밝은
>   내 마음의 등잔이여
>   분에 넘치지 않으면 법구경 한 권
>   거뜬히 읽을 수 있는

따뜻한 마음의 빛이여

___「등잔」 부분

 그는 심지를 더 내림으로써 마음이 따뜻해지는 동시에, 창호지와 문
설주를 태우는 욕심에서 벗어난다. 자신을 낮추려 하면 할수록 낮은 곳
으로 물은 흘러들고 더 무거워진 몸뚱이로 흘러가야 하는 게 무욕의 인
간이 짊어져야 할 역설적인 몫인지도 모르겠다. 그래서 어느 틈에 존재
스스로 알아서 병을 만들기도 하고, 찢어져 틈을 만들어 그 무거운 짐
을 잠시 벗어주는 게 아닐까. 그는 대중운동에 융합되는 개인의 행동이
혁혁하고 찬란한 것이 아님을 원래부터 아는 사람 같다. 그것은 초인처
럼 백마를 타고 달리는 게 아니라, 저 자신도 어쩌지 못하는 푸르른 그
리움과 발끝 저리게 하는 기다림일 뿐임을. 그래서 "차마 떨구지 못한
몇 개의 가을 잎 달고"(「가을 잎」) 서 있는 그 꿈의 비현실성 때문에 조롱
받는 짓이라는 걸. 하지만 개인이 세상을 바꾸지는 못하지만, 작은 흔
적은 남길 수 있으며, 이것들이 모여 대지를 푸르게 할 것임을 믿는다.
구체적인 현실에 뿌리내리면서도 열린 열매를 잊지 않고, 열매를 낳기 위
해 스스로 떨어져간 꽃을 잊지 않는다. 역사의 어두움을 알지만 그에 용
해되거나 절망하지 않고, 어떠한 고난에도 좌절하지 않는 도저한 낙관
주의가 시인을 숨 쉬게 하는 또 다른 틈으로 보인다.
 낙관주의는 쓸쓸하다. 간직하고 쌓아가는 것이 아니라 버리고 비움
으로 가능하다. 그래서 기꺼이 버릴 것 다 버린 '나'는 "의지할 나뭇가지
하나 찾을 수 없어 저무는 하늘에 몸을 던"지는 꽃처럼 외롭다. 마음 나
눌 사람 하나 찾을 수 없어 나를 안고 내 안으로 쓰러져 가고, 길들은

녹아 그의 안으로 흘러 고인다.

> 그대가 그대 몸의 파도를 따라
> 파도 속 작은 물방울로
> 수평선 너머 사라져간 뒤에도
> 하늘 올려다보며 눈물 감추었지만
>
> 그대가 내 발목을 감으며
> 밀려오고 밀려가는 물결이었을 때도
> 실은 돌아서서 몰래 아파하곤 했다
>
> (······)
>
> 그대 곁에 있던 날들도
> 내 속에서 나를 떠나지 않는 외로움으로
> 나는 슬펐다
> ___「섬」 부분

　외로운 '섬'은 쓸쓸함조차 피하지 않는다. 오히려 그 쓸쓸함조차 사랑하는 것 같다. 그것은 고통스런 부재감을 보상해준다. 부재를 사랑한다는 건 우리들로 하여금 버리지 않는 것, 아무리 버려도 이 세상에 영원히 사라지는 것이 없음을 믿게 한다. 몸과 마음을 다 바쳐 어떤 것을 사랑하자마자, 어떤 외적 위세로도 끌 수 없는 마음의 빛이 된다. 세상에는 어느 한 편을 선택하여 불길에 휩싸이는 정열이 있는 것처럼, 모든 것에서 거리를 유지하려는 쓸쓸한 정열도 있는 법. 잔잔한 정열은 일정한 거리를 유지하게 하여 항상 쓸쓸함을 감당하게 하지만, 그로 하여 한 번 품은 마음 끝내 간직하게 하는 외사랑을 선사하지 않을까.

튼튼하게 뿌리내리면서 동시에 난다

그러면 스스로 "나 같은 사람도"(「이른 봄」)라는 단서를 붙일 수밖에 없는 시인이, 외로움을 안고서라도, 반 발짝이라도 가겠다는 길 끝에는 무엇이 있는가. 이제, 버릴 수 없는 희망 속에 무엇이 자라고 있는가. 삶의 도정에서 소중한 것은 어쩌면 살아가는 도리와 자세일지 모른다. 진정 버리지 않아야 할 것을 지키기 위해선 버려야 할 것들이 꼭 그만큼 있는 법. 나무와 숲과 잎과 피고 지는 꽃을 통해, 현실을 인식하고 삶의 깊이를 획득하며 자기 성찰로 나아가는 시적 방법을 통해, 그는 순리와 자세를 은근하게 내보이고 있다.

대지에 뿌리를 박으면서 동시에 창공으로 솟아나는 나무는 생리 그 자체로 이미 이중성을 갖고 있고 그래서 나무는 분열되어 있다. 나무는 그래서 매 순간 싸움을 하고 있는 셈이다. 나무라는 식물적 이미지는 무거우면서도 가볍고 강하면서도 약하며 억세면서도 연하다. 땅에 붙박여 사는 나무는 살기 위해 자신의 뿌리를 다지면서도 허공을 향해 날개를 펴야 한다. 때로 죽은 것처럼 뿌리에 안간힘을 걸어야 하는 추운 날도 생명을 흡수하고 그 대지의 즙을 공중으로 운반하는 뿌리일 수 있으려면? 제 절망과 어둠 속에 스스로 묻히지 않아야 한다. 그래서 대지로 돌아가려는 뿌리의 욕망과, 잎과 꽃과 과실로 창공을 향하고자 하는 이중의 욕망이 공존한다. 튼튼하게 뿌리내리면서 동시에 난다? 그 둘 중 어느 것도 포기해서는 안 된다? 그래서 식물적 상상력은 필연적으로 중용주의를 낳는다. 치열한 중용주의는 매 순간 싸움을 요한다. 그 싸움의 팽팽한 끈을 놓는 순간 창공으로 날아가버리거나 죽음의 뿌리에 숨어버릴 수 있기 때문. 그렇지 않으려면 둘을 적당히 지켜내는 안일주의를 선택하며, 대지와 창공 그 어느 쪽도 철저히 접하지 않는 적당한 선을 순리라는 이름으로 받아들이면 된다.

높이 올라갈수록 낮게 뿌리내려야 하는 높이와 깊이가 비례하는 나무는 싸움과 조정과 정진을 멈출 수 없다. 그것이 나무의 생리를 꿈꾸는 자의 운명이다. 하루에도 열두 번 바람에 끌려 넘어지면서 안간힘으로 버티는 풀잎처럼, 진정 안간힘으로 버티는 것과 길을 포기하는 것 그 양자택일밖에 없을까. 안간힘으로 버티기는 싫다. 그러나 '아직도 거리를 헤매야 하는 이름들'이 있고 '아직도 인정받지 못하는 우리의 목소리가' 있는 한, 길을 포기할 수 없다. 그러면 길을 걷되 자연스럽고 평화롭게 가는 길은 무엇인가. 버릴 것은 버리고 참으로 버리지 말아야 할 것은 지켜내야 가능하겠다.

시인은 일차적으로 과장된 절망은 버리기로 한다. "외딴 늪처럼 가슴에 혼란한 물무늬 만들며 육신 흔들어도 절망은 지나가는 비// 온 세상 뒤덮을 듯 검은 구름 하늘 끝에서 하늘 끝을 건너 밀려가다가도 구름을 찢고 간간이 드러나는 빛살의 여린 얼굴 다시 있어 절망도 언젠가는 지나가는 비"라는 근본적 시선을 놓치지 않는 일이다. (「지나가는 비」) 또한 이름 앞에 수없는 단서를 붙여야 직성이 풀리는 허명과 허영도 버려야한다. 복숭아나무처럼 화려한 꽃을 피우는 일에 연연해 하지 않고, 하늘 쪽으로만 가지 세워 올리는 일에 매달리지 않아야 한다. 하지만 무수한 꽃의 목숨을 유린하는 세월 속에서 향기만은 버리지 않아야 한다. 높이 오르려 안달하지 않되, 최후까지 하늘 향해 고개 꺾지 않아야 '꽃'이라 할 수 있다. 비바람 몰아친다고 질린 흙빛을 하면서 함께 빛나던 꽃잎은 적어도 버리지 않아야 한다. 그것은 젊은 날 내 절망의 돌팔매질로 금이 간 상수리나무처럼 내 흔적이자, 그 상처까지 말없이 받아준 나무이고 땅이기 때문이다.

둘째는, 아픈 상처를 안고도 아리게 정이 드는 무언가를 진정 사랑하기 위해서는 소유하지 않아야 한다. 이 세상 꽃 한 송이도, 이 세상 단한 사람도 내 안에 가두지 않으며, 어떤 것도 내 것으로 하지 않아야겠다. 가장 아름다운 걸 버릴 줄 알아 꽃은 다시 피기 때문. 제 몸 가장 빛나는 꽃도, 하늘 아래 가장 자랑스럽던 열매도 되돌려줄 줄 알아야 한다. 변치 않고 아름다운 건 없고, 영원히 가진 것 누릴 수는 없고, 버리지 않으면 영원할 수 없으니 버려야 한다. 그러나 버릴 것과 절대로 버리지 말아야 할 게 뒤바뀌기도 한 게 '사람의 숲'. 뒤바뀐 걸 바로 세우기 위해 매 순간 싸워야 한다. 뒤엉킨 세상과의 싸움이자 세상의 그림자인 자신과의 싸움을 요구한다. 그러므로 늑대처럼 그 무엇에도 길들여지지 않는 외로운 정신과 끈기가 필요하다.

시인은 "일없는 사내처럼 앉아 실을 풀"고 있다. "형형색색 얽히어 뒹구는/ 실패와 혼란함을 감아올리다/ 몇번이고 끊어버리고 일어서려다/ (……)/ 언젠가 손바닥과 손마디를 가르며/ 아리게 흩어져나올/ 그 자연스러운 실마리를 만나기 위해/ 손마디를 빠져나가는 아주 가느다란/ 자유로움과 평화의 실 한가닥씩 되찾아/ 참으로 우리가 끊어질 수 없는/ 하나의 면면한 끈이었음을/ 팽팽히 실패를 감는/ 한덩어리의 끈이었음을 만나기 위해" 질긴 싸움을 벌이고 있다.(『실 풀기』) 한 시대의 풀 죽은 깃발을 폐기하지 못하고, 엉킨 실이나 풀고 있는 째째한(?) 시인은 멋있는 혁명을 노래하지 못하고, 그 도정의 벅찬 정열도 토로하지 않는다. 영원히 끝나지 않을 지루하고 티도 안 나는 싸움이지만, 역설적이게 바로 그런 점으로 하여 시인은 거짓 믿음과 부풀림으로부터 해방된다. 그래서 그다지 큰 것 때문에 큰길을 간다 하지 않고 작은 것이라고 사소하게 취급하지 않게 된다.

시인은 그가 사는 삶의 도정에서 만난 사람의 말을 듣고 그 속에 깃들인 비밀의 조화를 찾는 사람이라 들었다. 때로는 진실이라는 이름으로 위악적이 되거나, 솔직한 알몸을 가장해 자극적인 통쾌함을 선사하는 시대에, 그의 시는 밋밋하고 심심하며 부담스러울 만큼 순결하다. 모든 것을 팔고 사는 이 시대의 생리를 받아들이지 못하는 인간으로서, 자신 앞에 있는 당면 문제들을 풀어내야만 했던 시인이자 운동가, 무엇보다 한 인간으로서의 최소한의 정직한 응답이 바로 그의 시였기 때문이겠다.

무거울 수밖에 없는 자의 자유

그의 시는 "평이하면서도 고아하고 구체적이면서도 단정하다"는 김사인 시인의 평처럼, 이 특성은 발을 땅에서 떼지 않고 감당해내려는 치열한 자기 절제의 형식적 표현이며 어설픈 형식에 자신의 시적 진실을 내맡기지 않겠다는 결의의 표시다. 자기 절제는 고통과 슬픔 속에서도 감상과 자기 연민, 체념과 비애에 몰아넣지 않고 자기 고양까지 이끌어가게 하는 힘을 준다. 고통과 슬픔을 회피하거나 다른 무엇으로 치환하지 않고 정면에서 맨정신으로 감당해내려는 성실성이다. 진정한 낙관은 우리 안과 세상에 스며든 어둠과 슬픔을 과장 없이 노래할 때 시작되겠다. 참다운 위안을 위해 제대로 슬퍼하고 제대로 고통스러워해야 한다.

아직도 어둠 속에서 고통스럽게 뿌리내리려는 숱한 원뿌리며 곁뿌리들을 보라,고 시인은 말하는 것 같다. 이 시간도 먹을 것이 없어서 죽어가거나 이유도 모른 채 폭격에 맞아 흔적도 없이 사라지고, 총검에 찔려 다리 난간에 고깃덩어리처럼 걸려 있는 무력한 자들의 주검을. 이성과 합리와 현실이라는 이름으로 수없이 금을 가르고 때로 노골적으로, 대체로 은폐하는 권력의 광기와 탐욕과 불의를. 싸움이 좋아서가 아니라 그런 이 땅의 현실이 매 순간 질긴 싸움을 요구한 게 아닌가. 그 속에서 우리 또한 끊임없이 분열하고 매 순간 부서지고 있지 않은가. 그럼에도 꿈꾼다. 그러니까 꿈꾸어야 한다.

어려울 것 없이 운명이란 팔자가 아니라 그가 좋아하는 것 때문에 이루어진다. '바로 그것'을 피할 수 없어 좇아가다보면 길이 만들어지고 그 길이 운명을 만든다. 그래서 그는 한 인간으로서 또한 한 시인으로서 싸움을 포기할 수 없을 것 같다. 강상의 쓰라린 삶 속에서, 사는 내내 실 풀기 같은 질긴 싸움과 잦아들지 않는 작은 심지로 자기 몫을 영원히 태울 것 같다. 살아 있는 한 매 순간 고요한 싸움을 질기게 벌여야 하는 나무처럼.

90년대 시의 주류적 경향에서 비껴나 있는 도종환 시인의 『부드러운 직선』은 여전히 직선을 생리로 갖는 무거움을 안고 있다. 그러나 시인이 노래하듯 직선은 곡선을 배제하지 않는다. 오히려 휘어지지 않는 정신들이 있어 부드러운 곡선을 낳고, 생애를 곧게 산 나무의 직선이 모여 부드러움을 낳는다. 시인은 흐르듯 이어지는 곡선의 유려함을 간절히 바라는지 모른다. 굽진함이 지나쳐 고지식하게 여겨질지라도. 참을 수 없이 가벼워야 할 자유가 있다면, 어찌할 수 없이 무거울 수밖에 없는 자의 자유 또한 허락해야 공평하다는 게 내 유일한 주장이다. 시인의 희망이 직선의 이데올로기나 추상적인 유토피아주의에 빠지지 않는 한, 진지함과 무거움이 혹자에게 부담은 줄지언정, 적어도 세상에 해가 되지는 않을지니.

김민기

\

우리 시대의 가객,
김민기의 노래에 부쳐

/

서산마루에 시들어지는 지쳐버린 황혼이

창에 드리운 낡은 커튼 위에 희미하게 넘실거리네

어두움에 취해버린 작은 방 안에 무슨 불을 밝혀둘까

오늘 밤에는 무슨 꿈을 꿀까 아무것도 뵈질 않네

___〈기지촌〉

    김민기 노래를 듣고 있습니다. 자연스레 어깨에 힘이 빠집니다. 가만히 따라 부르다 보니 3절까지 이어지네요. "가로등 아래 장님의 노래는 아무한테도 들리지 않고 자동차 소리 개 짖는 소리에 뒤섞여 흩어지"고, "잔별들이 하나둘 떨어지"는 "밤거리에는 낯선 사람들" 지나가고 "짙은 화장을 한 젊은 여인네들이 길가에 서성"댑니다. 유리로 된 박스에 들어 있는 밀랍으로 빚은 바비인형 같은 어린 여자가 멍한 눈으로 담배연기를 날리는 모습들이 붙박히네요. 그의 노래들을 흥얼거리다 제 생애는 반을 탁 접어 거슬러 올라가기 시작합니다.

1

연극 장면 같은 그림들이 김민기의 배경음악을 깐 채 끝없이 펼쳐지네요. 막걸리를 마시다 젓가락 두드려가며 부르던 "서방님의 손가락은 여섯 개래요. 시퍼런 절단기에 뚝뚝 잘려서 한 개에 오만 원씩 이십만 원에. 술 퍼먹고 돌아오니 빈털터리래 야야야야 야야야야". (〈서방님의 손가락〉) 수업 땡땡이치고 인촌 묘소에 올라 부르던 한낮의 〈아침 이슬〉과 〈세노야〉 등의 노래들은 영상처럼 계속 페이지를 넘어갑니다.

장구와 꽹과리 소리와 휘파람과 잡음 속에서 듣던 〈공장의 불빛〉을 기억하던 제게, 1993년 새로 녹음된 네 장짜리 그의 전집은 적잖은 충격이었습니다. 그의 음악 세계가 이렇게 단아하고 세련되고 클래식하고 웅장했다니. 또한 이렇게 편안하고 부드러운 음색이었다니. 우리가 부르던 동요풍의 노래가 색소폰이 끼어들다 피아노와 베이스로 마무리되는 재즈풍 노래였다니.

1971년도에 나온 음반이 그다음 해 압수조치 당한 후, 그의 음악은 양희은 목소리를 타고 혹은 입에서 입으로 건네어져 스물한 살인 제게 왔어요. 그의 목소리로 불러지지 않음은 물론 다른 음반에 실려도 작곡자의 이름을 숨긴 채 전해진 노래들은, 불온한(?) 작곡가의 손을 떠나 자기 방식과 상황과 감정에 따라 재해석되고 편곡되어 저마다의 노래가 되었죠.

　그는 음악 형식의 측면에서 통기타와 청바지로 상징되는 서구 포크의 영향을 받은 듯하지만 클래식과 재즈와 록 등을 자기 방식으로 소화해 노래를 만든 것 같습니다. 그는 음악인일 뿐만 아니라 시인이었고 시인일 뿐 아니라, 끊임없이 '아니다'라고 말하는 부정을 통해 앞으로 나아가는 인간이었습니다. 그의 부정 정신, 달리 말하면 창조 정신은 아름다운 서정시와 다를 바 없는 가사에도 그대로 반영되죠. "말 같지 않은 말에 지친 내 귀"(〈잃어버린 말〉)를 부정하고, "이렇게 가까이 이렇게 나뉘어서 힘없이 서 있는 녹슨 철조망을 쳐다만 보"(〈철조망 앞에서〉)는 암담한 현실을 부정합니다. "이 길뿐이라고" 한곳만을 가리키는 억압의 손가락을 부정하고(〈길〉) "그 모두 진정이라 우겨 말하"(〈친구〉)는 세상의 잣대를 부정하다, 마침내는 자신의 이름조차 잊은 채 바람의 노래가 되었겠지요.

2

　5·18광주항쟁 이듬해 대학에 들어간 저희 또래들은 양희은을 듣고 김민기를 알면서 하루아침에 업그레이드되었답니다. 뭔가 철학적이고 사색적이며 알레고리가 숨 쉬고 이국적인 냄새를 풍기는 노래들은 저희 세대에게 색다른 감각으로 다가왔죠. 새벽 기도 다니던 크리스천 버릇을 아직 간직하고 있던 대학 초반, 〈금관의 예수〉는 베토벤의 〈운명〉 이상으로 비장한 분위기였습니다. 『민중과 지식인』을 시작으로 해 의식화된 저희 또래들은 차츰 민중신학과 제3세계 해방사를 거쳐 경제사로

넘어가다 이어 『자본론』으로 이행해갔으며 혁명사와 정치공학으로 혁명을 다짐하고 결의하게 되었겠죠.

그즈음 김민기는 갈 길을 찾아 헤매는 자의 자의식과 번민을 강하게 드러내는 노래로 받아들여졌습니다. 우리는 〈친구〉〈아하 누가 그렇게〉〈두리번거린다〉 등을 부르며 "아무 데도 없는" 길을 걸어간 선배들의 고민과 만났어요. 제도권으로부터 요주의 인물로 간주된 그의 노래들이 정치적 함의를 띤 채 다가온 것은 당연했습니다. 사실 당시도 막연히 느끼기는 했지만, 김민기 노래 세계는 정치적 의미 연관으로만 제한할 수 없는, 폭넓고 다양한 프리즘을 지니고 있어요. 공장과 탄광 및 농촌에서 땀 흘리며 자신의 예술을 건져 올리려 했던 그의 족적과 더불어, 가중된 정치적 규제에 의해 과장되어지고 신비화된 측면이 있을지 모른다고 생각합니다. 이런 정치적 요소에 의해 재단될 때 한 예술가의 진정한 의미는 훼손되거나 왜곡될 가능성이 많겠죠.

청담동 달동네 원주민이었던 아주 가난했던 선배가 횃불시위를 주동하고 손을 데인 채 옷 벗겨 끌려갔을 때, 한 선배는 술집에서 〈친구〉를 부르며 눈시울이 젖어들었습니다. "눈앞에 보이는 수많은 모습들/ 그 모두 진정이라 우겨 말하면/ 어느 누구 하나가 홀로 일어나/ 아니라고 말할 사람 누구 있겠소". 전 그 노래를 들으며 생각에 잠겼던 것 같습니다. '하필이면 째지게 가난한 선배가 주동할 게 뭐람.' 그는 감옥에서 나온 후, 지하 보일러실에서 따라 부르지도 못할 저음의 김민기 노래를 들으며 불을 피웠다고 합니다. 순박한 데다 얼굴이 짱돌처럼 울퉁불퉁한 한 선배는 〈차돌이 내 몸〉이 18번이어서 별명이 짱돌이었죠. 그는 비밀 집회랄 것도 없는 엠티장에서 형사에 쫓기다 문건을 숨긴 채 옥상에서 뛰어내려 다리가 부러졌습니다. 그는 잊을 만하면 다리를 절며 나타나 "산산이 부서져라 차돌이 내 몸 깨뜨리고 깨진 듯이 외쳐라"를 부릅니다.

그렇듯 우리는 청춘 시절 시위장에서 술자리에서 일터에서조차 김민기의 감수성을 자양분으로 삼아 먹고 마시고 싸웠습니다. 시위를 시작할 때도 사인처럼 "자 와서 모여 함께 하나가 되자 물가에 심어진 나무같이 흔들리잖게"를 불렀죠. 태권도와 유도를 합쳐 10단이 넘는다는 짭새들이 이단 옆차기를 하며 금방 들이닥칠 텐데…, 가슴을 졸이면서도, '물가에 심어진 나무는 왜 흔들리지 않을까', 궁금해하던 저학년인 제게 그의 번안곡 또한 달콤한 세례였죠. 미국 민요 〈We shall overcome〉은 그의 손을 거쳐 〈우리 승리하리라〉가 되었습니다. 학생 숫자보다 많은 짭새들에게 둘러싸여 치고 튀는 벼락치기 시위를 하다, 주동이 끌려가고 난 후 몇 명쯤 그 자리에 남아 물가의 나무가 된 듯 꼼짝 않고 부르던 '승리의 미래'. 시위가 실패하고(몇 초 혹은 몇 분 만에 끝나는 시위를 실패라고 부른다면) 끌려간 선배를 생각하며 "누가 알았을까, 아픈 이 마음을, 아무도 알지 못했지, 이 아픈 마음을"(〈저 부는 바람〉)을 부를 수 있었던 것도 김민기 덕이겠습니다. 그는 투쟁 이면의 인간의 고뇌와 슬픔과 자연을 총체적으로 느끼는 물기가 많은 인간으로 느껴졌어요.

대부분 대학가에서 불렀기 때문인지 그의 노래는 지식인적 자의식이 심한 노래로 평가되기도 합니다. 양희은이 부른 〈아침 이슬〉이나 〈상록수〉, 고은 시에 곡을 붙인 〈세노야〉〈가을 편지〉 등 몇 노래들을 빼면 사실 그의 노래는 대중화되지도 않았죠. 그의 노래가 클래식처럼 부르기보다 듣기 좋은 음악이라는 평가 또한 그의 음악 언어가 대중가요

적 정서에 물들어 있는 대중에겐 접근하기 어렵고, 웬만큼 노래를 들을 여유와 포크송에 대한 이해를 가진 지식인층에 의해 수용될 수밖에 없었다는 현실 조건을 반영하고 있는지도 모릅니다. 재즈 맛이 섞인 우수와 그 우수를 음 하나로 날려버리는 가벼운 비트의 〈아하 누가 그렇게〉는 그 대표적 예겠지요. 하지만 그런 비판은 가장 엄혹한 시절 속에서조차 피상적이거나 속물적 리얼리즘에 맡기지 않으려는 그의 예술적 양심과 정직성으로 제겐 보입니다.

> 아하 누가 푸른 하늘 보여주면 좋겠네
> 아하 누가 은하수도 보여주면 좋겠네
> 구름 속에 가리운 듯 애당초 없는 듯
> 아하 누가 그렇게 보여주면 좋겠네
>
> 아하 누가 나의 손을 잡아주면 좋겠네
> 아하 내가 너의 손을 잡았으면 좋겠네
> 높이높이 두터운 벽 가로놓여 있으니
> 아하 누가 그렇게 잡았으면 좋겠네
> ___〈아하 누가 그렇게〉 1, 2절

소중한 꿈이 짓밟히는 사회 정치 현실을 아이를 화자로 세워 노래하는 〈꽃 피우는 아이〉나, 작은 연못의 붕어 두 마리가 서로 싸우다 결국 둘 다 죽고 연못은 썩어버렸다는 분단 현실의 알레고리로 읽히는 〈작은 연못〉 또한, 우리 역사와 현실을 탁월하게 비유하거나 풍자한 노래들이죠. 미술학도인 김지하 등과 지적 토론을 통해 우리 사회의 모순과 극복 방안을 깊이 사유한 70년대 인텔리겐차인 그가 독재 체제하에서 느낀 억압과 자유에 대한 바람과 세상에 대한 답답한 심경은 80년대 20대를 시작한 저희 세대에게도 고스란히 전달되었습니다. 학습하고 회의하고 조직하고 투쟁하는 한가운데서 불쑥 고개를 드는 온갖 의문들과 사람과 풍경과 세상에 대한 알 수 없는 답답함들 속으로 그의 정신은 시시때때로 파고들었죠.

청년기에 고민한 흔적을 보여주는 〈두리번거린다〉와 〈잃어버린 말〉 등은 특히 제게 공감을 주었는데, 공감이 정신의 고뇌에 대한 사유라면 일종의 '철학하기'로서의 노래였던 셈이죠. "말없이 찾아온 친구 곁에서, 교정 뒤안의 황무지에서" 늘 두리번거리며,(〈두리번거린다〉) "가다 못 가도 죽은 후에라도 찾아 헤맬 수밖에 없는" 길을 노래한 그는 10년 후 저 같은 사람에게, 우리를 둘러싼 세상에 대해 회의하며, 길을 찾고자 하는 청년들에게 미리 일러주었던 셈이지요. 길은 그렇게 흔들리며 가는 거라고. 삶이란 "메마른 들판을 지나" 날아가는 가녀린 나비의 길이며(〈나비〉), "열릴 듯 스쳐 가는 그 사이 따라"(〈그 사이〉) 난 길이며 "하얀 눈 쌓여 안 보이는"(〈눈산〉) 눈길이라고.

3

갈숲 지나서 산길로 접어들어 와
몇 구비 넘으니 넓은 곳이 열린다

길섶에 핀 꽃 어찌 이리도 고우냐
허공에 맴도는 소리는 잠잘 줄을 모르는가
에헤야 얼라리야 얼라리난다 에헤야
텅 빈 지게에 갈잎 물고 나는 간다

___〈가뭄〉 1절

　장년기 김민기 노래는 참 털털하고 소박하게 변했더군요. 진지하면 부담스럽고 메시지가 담기면 무거워지는 법이죠. 그런데 그의 민요풍 음조와 가사에는 갈 길을 담담히 걸어가는 자의 편안함이 녹아 있습니다. 무언가를 가르치려는 훈계도, 나만 괴롭다는 과장도 없이, 자기 속으로 난 길을 털털털 걸어가는 관조와 낙관의 정서가 녹아 있습니다. 누가 뭐라든 탈탈탈 소리 내며 들길을 가는 경운기 소리도 같고요, 그저 농군이 지게 지고 산길을 가듯, 물이 제 길을 가듯 편안한 흐름이 됩니다.

　그의 노래는 노동요나 민요처럼 단순하고 동화적이기도 합니다. "굴뚝에 빗대면 졸음이 올까 봐 온몸 흔들고 밤바람 쐬"며 "오늘 하루 흘린 땀 쉴 만한가" 돌아보며 "큰 숨 들이쉬고 두 팔도 치켜"듭니다. 그의 노래는 힘들고 홀로인 듯 길을 걸으면서도 불평하거나 감상에 젖거나 비장감을 무기로 하여 과장된 소리를 내지르지 않습니다. 밤바다에서 홀로 서 "바람아 쳐라 물결아 일어라 내 작은 조각배 띄워 볼란다"(〈바다〉)며 작은 배일망정 밀고 나가는 뚝심이 있죠. "어두운 비 내려오면 처마 밑에"서 "울고" "새하얀 눈 내려오면 우뚝 서"(〈아름다운 사람〉) 있는 이 노래들은 진실하고 위대한 사람이 그렇듯 그들이 피우는 사랑이 그렇듯 아주 단순하고 평이하고 자연스럽습니다. 지식인적 고뇌와 감수성을 노래한 김민기의 노래는 일하는 사람의 몸을 입으면서 육체성을 지닌 민중의 감수성으로 재생되는 게 아닌가 싶어요. 기지촌에서 몸을 파는 병든 여자의 막막함을 그린 〈기지촌〉과, 아무와 섞이지 못하고 혼자 종이 연을 띄우는 아이의 외로움을 다룬 〈혼혈아〉 등이 그것입니다.

중년이 되면서 그의 시선은 차츰 살기 위해 고향을 떠나온 사람들에 대한, 그중에서도 어린아이들에 대한 연민의 시선으로 아름답게 빛납니다. (〈고향 가는 길〉 〈서울로 가는 길〉 〈강변에서〉). 더불어 힘없고 상처 받기 쉬운 어린 것들(〈백구〉 〈석구 생각〉 〈미운 내 얼굴〉)에 골고루 미치죠. 한 손에 과자를 들고 한 손에 초코우유 봉지를 들고 행복해하는 아이처럼, 강아지 한 마리 데리고 세상 모르고 즐거워하는 아이처럼, 삶은 애초에 단순한 것인지 모릅니다. 암울한 시대 속에서 그는 아이의 마음으로 돌아가 스스로를 치유하고 강퍅하고 불의한 세상에서 날카로워진 마음을 어루만져주고 싶었는지도 모르겠어요.

스무 살에서 두셋 더 되던 우리는 고무줄놀이도 안 하면서 아이처럼 "하나 둘 셋 넷" 숫자를 센 후, "살진 송아지 한 마리 어~ 철둑길로 뛰어가요 새끼 염소도 한 마리 어~ 송아지만 쫓아가요 애야 애야 누렁아 기차 오면 다친다" "어떡할래 어떡해 나도 인젠 모르겠다 아이구 아이구 속상해" 하며 〈고무줄놀이〉를 부르곤 했죠. 상처 받기 쉬운 동심에 기우는 마음들은 철모르고 놀 나이에 서울로 올라온 열서너 살 이 땅의 숱한 전태일에게로 넘어갑니다.

4

서산에 붉은 해 걸리고 강변에 앉아서 쉬노라면
낯익은 얼굴이 하나둘 집으로 돌아온다
늘어진 어깨마다 퀭한 두 눈마다 빨간 노을이 물들면
왠지 맘이 설레인다
강 건너 공장의 굴뚝엔 시커먼 연기가 펴오르고
순이네 뎅그런 굴뚝엔 파란 실오라기 펴오른다
바람은 어두워가고 별들은 춤추는데
건너 공장에 나간 순이는 왜 안 돌아오는 걸까
____〈강변에서〉 1절

강변에서 기다리는 순이는 "우리 부모 병들어 누우신 지 삼 년에 뒷산
의 약초 뿌리 모두 캐어" 드리고 나서 돈 벌러 서울 온 아이입니다. "나
떠나면 누가" "병드신 부모 모실까"(〈서울로 가는 길〉) 걱정하면서. 그 십
대 아이들이 얼터져가며 일 배우고 병든 부모가 계신 고향에 돈을 보
내며 병들어 고향에도 못가는 신세가 되어갑니다.

두어라 가자 몹쓸 세상
설운 거리여 두어라 가자
언 땅에 움터 모질게 돋아
봄은 아직도 아련하게 멀은데
객지에 나와 하 세월도 길어

422

몸은 병들고 갈갈이 찢겼네

고향집 사립문 늙은 오매

이제 내 가도 받아 줄랑가 줄랑가

___〈두어라 가자〉

　이 노래만 부르면 눈물이 납니다. 공장이 뭔지 몰랐던 20대 초반에
도, 공장에서 뺑뺑이 치던 그 이후 10여 년간도, 그곳을 떠나오고 나서
도. 술을 마시고 달이 훤하게 뜬 밤바다에서 이 노래를 부른 적이 있습
니다. "두어라 가자 몹쓸 세상"이라는 소리가 저도 모르게 터져 나오더
니 바다에도, 강에도, 개굴창에도, 사금파리에도 공평하게 비추는 그 달
빛이 제 눈과 입안으로 쏟아지는 것 같았습니다. "예쁘게 빛나던 불빛
공장의 불빛 온데간데도 없고 희뿌연 작업등만 이대론 못 돌아가지. 그
리운 고향 마을 춥고 지친 밤 여기는 또 다른 고향". 〈공장의 불빛〉 중
에서 휘파람 소리와 함께 나지막이 시작하는 노래가 들립니다.

　김민기 노래를 접하던 때로부터 4년째 되던 가을 전 학교를 떠났습
니다. 아주 짧았던 84년 자율화 조치 이후 석 달 동안 주동을 하던 끝
에 38kg 몸무게로 정식 공순이가 된 게죠. 20만 원에 4만 원 하는 닭장
집을 얻어 몇 달간 '기레빠시'를 천 삼아 연습한 실력으로 미싱사라고
우기다가 몇 번 시다로 좌천되기도 하며, 전 제 이름과 나이를 잊은 채
몇 년째 스무 살과 스물세 살 사이를 오르내렸습니다. 월급봉투에 적힌
잔업 시간을 보면 대부분 140시간이 넘었죠. 날마다 10시까지 잔업을
하고 수요일과 토요일은 야근하고 철야했습니다. 어떤 날은 잠깐 눈
붙이고 일요일 오후까지 작업하기도 했죠. 어쩌다 저도 몰래 "어떻게 사

람이…" 놀라기라도 하면 6, 7년 경력의 A급 미싱사들은 무용담을 말했죠. "이건 아무것도 아냐. 명절 대목 땐 보름 동안 공장에 갇혀 일했어. 새벽에 잠깐 미싱에서 내려와 미싱 다리에 머리를 대고 잠자고. 빵쪼가리 입에 문 채 그대로 앉아 잠들기도 하고".

한 시대의 희생자요 피해자였지만, 피해 의식도 없이 엄청난 강도의 노동과 생활을 묵묵히 견디는 그들이야말로 말 없는 영웅들이었는지 모릅니다. 그 뒤 오랫동안 전 미싱사였습니다. 때로 굽힐 수도 펼 수도 없는 허리를 비틀며 미싱 앞에서 내가 아는 사람들의 얼굴을 그리고 때로 시를 끄적대기도 했죠. 임금 체불에 이어 위장폐업하게 된 공장에서 몇 달간 물미역과 오이짠지로 점심 한 끼 얻어먹으며 일을 하는 기숙사 친구들과 호박과 감자와 밀가루를 가져다 부침개와 수제비를 해먹으며 공장을 지키고 노동청을 걸어 다녔어요. 그런 제게 특별히 〈공장의 불빛〉을 들을 때면 먹먹해집니다. 수없이 들어도 소름끼치는 "돈 벌어 돈만 벌어"를 들을 때나(이 노래는 꼭 젓가락으로 술상을 두드리면서 불러서 더 겁이 났습니다), "두어라 가자 몹쓸 세상"을 들을 때 저는 바다 밑으로 잠겨 부서진 공장 잔해 사이를 헤엄칩니다. 김민기는 아래서(under) 함께 서 있었던(stand) 게 분명합니다. 그래서 이해(understand)한 거죠. 가난과 날마다 계속되는 노동과 "밤바람 찬 새벽에 교대"하러 가는 여공들의 무섬증과 피로와 병들어가는 몸을. 인(仁)이란 심미적 감수성의 씨앗이 아닐까요. 같이 느끼지 않으면 측은지심이란 도덕교과서일 뿐이죠.

5

돌아보면 김민기라는 이름은 제 청춘에서 지워질 수 없는 고유명사이자 보편명사입니다. 삶이자 고뇌이자 회복제이자 놀이이자 예술이었습니다. 최근 거리에서 공장에서 부르는 힘찬 노래들은 미안하게도 다 기억하지 못합니다. 그냥 따라 부를 수 있을 뿐인 노래와 나도 몰래 3절까지 부를 수 있는 노래의 차이는, 순전히 '나'라는 개인이 통과한 시간과 공유할 수 있는 시대적 감수성이 작동되는 경험과 유관할 것입니다. 김민기 노래를 따라 부르기 시작할 때 전 스무 살. 사랑이든 이념이든 노래든 좋아하면 눈멀어버리는 스무 살 언저리였던 겁니다.

이렇게 주절주절 노래하며 생각하고 있는 김민기 선생을 우연히도 만났습니다. 100여 일 동안 아래위 층 방에서 사는 인연으로 말입니다. 원주 외곽에 있던 '토지문화관'이라는 곳이었죠. 아래위 층이라 고요한 새벽이면 해소 기침 같은 소리가 올라오곤 했습니다. 이 한새벽에 깨어서 담배 피우며 작업하고 있다는 증거입니다. 별 작업도 않은 채 깨어 있기만 한 제게 들리는 그 소리에 이어 박경리 선생이 뒷밭에 모습을 드러냈습니다. 낡은 청 면옷에 몸뻬, 그리고 시장에서 장사하는 할머니들이 걸치는 전대가 든 앞치마를 걸치고 우북하게 쌓여 있는 콩대나 깻잎대에 몸을 기댄 채 담배를 맛나게 피우셨죠. 그리고 새벽안개 속에서 엎드려 일을 시작하는 뒷모습이 보입니다. 박경리 선생은 소설 『토지』가 벌어들인 돈의 많은 부분을 들여 건물을 짓고 집필 여건이 좋지 않은 가난한 작가들에게 빌려줬고, 뇌수술하고 얼마동안 저는 머리칼이 귀밑을 덮을 때까지 거기 있었습니다.

문학관 뒤에 있는 산봉우리를 김민기 선생과 몇 번 올랐죠. 달밤이었을 겁니다. 아침에 산을 오르면 이미 봉우리에서 내려오는 선생을 마주친 적도 있었죠. 그 봉우리 이름은 모르지만, 그 봉우리는 저희에게 오르고 내릴 몸을 허락했고, 지금도 그럴 겁니다. 제가 그의 노래를 부르며 청춘기를 보냈다는 것을 꿈에도 몰랐을 김민기 선생은 산사람처럼 묵묵히 산길을 안내했습니다. 그는 온갖 나무와 풀과 향기와 새들의 노랫소리를 품고 있는 봉우리처럼 과묵했고 관대했으며 겸손했습니다.

이제 저는 김민기 노래를 들어도 비장해지지도 아프지도 않습니다. 낮은 음색으로 읊조리는 듯한 소리가 그냥 편합니다. 나지막한 산등성이에서 지나가는 바람소리인 듯 물소리인 듯 들립니다. 친구에게 말하는 듯한 이야기로 시작하는 〈봉우리〉는 저희들에게 보여줍니다. 세상의 길은 거창하고 위대한 곳으로 뻗어 있지 않다는 것을. "높고 뾰족한 봉우리"를 향해 올라가는 길만이 참 길이 아니라는 걸. "봉우리란 그저 넘어가는 고갯마루일 뿐이라"는 걸.

> 하여, 친구여 우리가 오를 봉우리는
> 바로 지금 여긴지도 몰라
> 우리 땀 흘리며 가는 여기 숲속의 좁게 난 길
> 높은 곳엔 봉우리는 없는지도 몰라
> 그래 친구야 바로 여긴지도 몰라
> 우리가 오를 봉우리는
> ___〈봉우리〉 부분

여운과 함께 사라져가는 노래에 오버랩 되어 낡은 테이프에서 흘러나오는 〈공장의 불빛〉. 방만 바꾼 채 이루지 못한 혁명이 환멸이 된 시대, 이 노래는 말하는 것 같습니다. 희망은 하늘에서 오는 것이 아니라고. 아플 대로 아파본 밑바닥에서 마치 굿거리장단처럼 터져 나오는 것이 희망이자 노래라고. 그리고 위로합니다. "힘들 내요. 힘들 내. 기죽지 말고 힘내. 죽지는 말고 힘내". 슬픔과 눈물과 고통이 버무려져 위로가 되는 노래. 그 노래는 아직도 나직하게 말하고 있네요. 살기 힘들어도, 살기 싫어도 희망을 버리지 말라고. 오늘 당신 앞에 펼쳐진 거친 바람 속으로 다시 힘을 내 걸어가라고.